Oetinger

Suzanne Collins, 1962 in New Jersey/USA geboren, schrieb Drehbücher für das amerikanische Kinderfernsehen, bevor sie sich gleich mit ihren ersten Romanen in die Riege der Bestsellerautoren katapultierte: Ihre fünfteilige Abenteuerreihe um »Gregor« erwies sich als internationaler Erfolg, der von der Trilogie »Die Tribute von Panem« noch übertroffen wurde. Die packenden Bücher über Katniss, die in Panem um ihr Überleben kämpft, errangen weltweit die vordersten Plätze der Bestsellerlisten sowie zahlreiche Literaturpreise und wurden mit großem Staraufgebot verfilmt. Suzanne Collins wurde vom *Time Magazine* auf die Liste der 100 einflussreichsten Persönlichkeiten 2010 gewählt.

Suzanne Collins

Die Tribute von PANEM

Flammender Zorn

Deutsch von Sylke Hachmeister und Peter Klöss

Verlag Friedrich Oetinger · Hamburg

MIX
Papier | Fördert gute Waldnutzung
FSC® C014496

1. Auflage

Published by Arrangement with DISTRICT 12 LLC
Die amerikanische Originalausgabe erschien bei
Scholastic Inc., NY 10012 USA,
unter dem Titel »The Hunger Games. Mockingjay«
Dieses Werk wurde vermittelt durch die Literarische Agentur
Thomas Schlück GmbH, 30161 Hannover
Deutsch von Sylke Hachmeister und Peter Klöss
Einband von HAUPTMANN & KOMPANIE Werbeagentur,
München – Zürich
Druck: GGP Media GmbH,
Karl-Marx-Straße 24, 07381 Pößneck, Deutschland
Printed 2023
ISBN 978-3-7512-0374-6

www.dietributevonpanem.de
www.oetinger.de

Für Cap, Charlie und Isabel

Teil 1

Die Asche

1

Ich stehe da und schaue zu, wie sich eine dünne Ascheschicht auf meine abgetragenen Lederschuhe legt. Hier war das Bett, das ich früher einmal mit meiner Schwester Prim geteilt habe. Da drüben stand der Küchentisch. Die Ziegel des Kamins, der eingestürzt ist und nun als verkohlter Haufen daliegt, dienen mir als Orientierung im Haus. Wie sollte ich mich sonst in dieser grauen Wüste zurechtfinden?

Von Distrikt 12 ist praktisch nichts mehr übrig. Vor einem Monat haben die Brandbomben des Kapitols die armseligen Häuser der Minenarbeiter im Saum ausradiert, die Geschäfte in der Stadt, selbst das Gerichtsgebäude. Nur das Dorf der Sieger blieb von der Vernichtung verschont. Warum, weiß ich nicht. Vielleicht, damit es als Unterkunft für den einen oder anderen dient, der vom Kapitol hergeschickt wird. Ein einsamer TV-Reporter zum Beispiel. Oder eine Expertengruppe, die den Zustand der Kohleminen beurteilen soll. Ein Trupp Friedenswächter, der nach heimkehrenden Flüchtlingen sucht.

Doch niemand ist zurückgekommen, außer mir. Und das auch nur kurz. Die Regierenden von Distrikt 13 waren dagegen, dass ich noch mal herkomme. Sie sahen darin ein kostspieliges und sinnloses Wagnis, denn mindestens ein Dutzend unsichtbare Hovercrafts schwirren zu meinem Schutz über mir, und neue Erkenntnisse sind nicht zu erwarten. Aber ich musste es einfach sehen. So sehr, dass ich das zur Bedingung dafür gemacht habe, bei ihren Plänen mitzuwirken.

Schließlich gab Plutarch Heavensbee, der Oberste Spielmacher, der die Rebellenorganisation im Kapitol angeführt hat, sich geschlagen: »Lasst sie doch hinfahren. Lieber einen Tag verlieren als noch einen Monat. Vielleicht braucht sie die kleine Tour nach 12 einfach, um sich davon zu überzeugen, dass wir auf derselben Seite stehen.«

Dieselbe Seite. Ein stechender Schmerz durchzuckt meine linke Schläfe, ich presse die Hand dagegen. Es ist die Stelle, wo Johanna Mason mich mit der Drahtrolle getroffen hat. Die Erinnerungen verschwimmen, während ich versuche herauszufinden, was wahr ist und was falsch. Welche Abfolge von Ereignissen hat dazu geführt, dass ich hier in den Ruinen meiner Heimatstadt stehe? Keine leichte Frage, denn die Gehirnerschütterung klingt noch immer nach, und noch immer neigen meine Gedanken dazu, durcheinanderzugeraten. Und die Medikamente, die sie mir geben, um Schmerzen und Stimmung zu regulieren, führen manchmal dazu, dass ich Dinge sehe. Glaube ich wenigstens. So ganz bin ich immer noch nicht davon überzeugt, dass es eine Halluzination war, als sich der Boden der Krankenstation neulich nachts in einen Teppich aus sich windenden Schlangen verwandelte.

Ich wende die Technik an, die einer der Ärzte mir empfohlen hat. Ich fange mit den einfachen Dingen an, von denen ich weiß, dass sie wahr sind, und arbeite mich dann zu den komplizierten vor. In meinem Kopf gehe ich die Liste durch …

Ich heiße Katniss Everdeen. Ich bin siebzehn Jahre alt. Meine Heimat ist Distrikt 12. Ich war in den Hungerspielen. Ich bin geflohen. Das Kapitol hasst mich. Peeta wurde gefangen genom-

men. Man geht davon aus, dass er tot ist. Höchstwahrscheinlich ist er tot. Es wäre für alle das Beste, wenn er tot ist …

»Katniss. Soll ich zu dir runterkommen?« Durch das Headset, auf dem die Rebellen bestanden haben, dringt Gales Stimme zu mir. Gale ist mein bester Freund. Er sitzt oben in einem Hovercraft und wacht über mich, bereit zum Sturzflug, falls irgendwas nicht stimmen sollte. Erst jetzt merke ich, dass ich auf dem Boden kauere, Ellbogen auf den Oberschenkeln, Kopf zwischen den Händen. Vielleicht sehe ich so aus, als ob ich gleich zusammenbreche. Aber das darf ich nicht. Nicht jetzt, da sie endlich die Medikamente absetzen wollen.

Ich richte mich auf. »Nein. Mir geht's gut«, sage ich. Zur Bekräftigung kehre ich meinem alten Haus den Rücken zu und gehe in Richtung Stadt. Gale wollte zusammen mit mir in Distrikt 12 abgesetzt werden, aber als ich seine Gesellschaft ablehnte, hat er nicht weiter darauf bestanden. Er versteht, dass ich heute niemanden in meiner Nähe haben möchte. Nicht mal ihn. Manche Wege muss man allein gehen.

Der Sommer war glühend heiß und knochentrocken. Die Aschehaufen, die der Angriff hinterlassen hat, blieben nahezu unberührt von Regentropfen. Meine Schritte lassen sie einstürzen und an anderer Stelle wiedererstehen. Kein Windstoß zerstreut sie. Ich hefte den Blick fest auf die Straße, die in meiner Erinnerung hier einmal verlaufen ist. Vorhin, als ich auf der Weide gelandet bin, habe ich nicht aufgepasst und bin gegen einen Stein gestoßen. Nur dass es kein Stein war, sondern ein Totenschädel. Er kullerte davon und blieb mit dem Gesicht nach oben liegen, und lange konnte ich den Blick nicht von den Zähnen wenden, die ganze Zeit fragte ich mich, wem sie wohl mal gehört haben. Meine würden unter solchen Umständen wohl ganz ähnlich aussehen.

Aus Gewohnheit bleibe ich auf der Straße, aber das ist keine gute Idee, denn überall liegen Überreste der Menschen, die versucht haben zu fliehen. Einige wurden vollständig eingeäschert. Andere, die wahrscheinlich im Qualm erstickt sind, entkamen der schlimmsten Feuersbrunst und liegen nun in unterschiedlichen Stadien der Verwesung da und stinken vor sich hin, bedeckt mit Fliegen, Beute für die Aasfresser. *Ich habe dich getötet,* denke ich, während ich an den Haufen vorbeigehe. *Und dich. Und dich.*

Denn das habe ich. Es war mein Pfeil, abgeschossen auf den wunden Punkt im Kraftfeld um die Arena, der diesen Feuersturm der Vergeltung verursacht, ganz Panem ins Chaos gestürzt hat.

In meinem Kopf hallen die Worte von Präsident Snow nach, die er an dem Morgen sprach, als die Tour der Sieger begann: *»Katniss Everdeen, das Mädchen, das in Flammen stand – von dir ist ein Funke ausgegangen, der sich, wenn wir uns nicht darum kümmern, zu einem Inferno auswachsen könnte, das Panem zerstört.«* Man sieht, er hat nicht übertrieben oder geblufft, um mich einzuschüchtern. Vielleicht wollte er mich wirklich nur einbinden, meine Hilfe gewinnen. Aber das, was ich in Gang gesetzt hatte, ließ sich nicht mehr kontrollieren.

Feuer, immer neues Feuer, denke ich benommen. In der Ferne stoßen die Brände in den Kohleminen schwarzen Rauch aus. Doch es ist niemand mehr da, der sich darum kümmern könnte. Neunzig Prozent der Bevölkerung im Distrikt sind tot. Die verbliebenen etwa achthundert Menschen leben als Flüchtlinge in Distrikt 13 – was, soweit es mich betrifft, im Grunde bedeutet, heimatlos zu sein.

So dürfte ich nicht denken, ich weiß. Ich müsste dankbar dafür sein, wie wir – krank, verletzt, hungernd und mit leeren Händen – dort aufgenommen wurden. Trotzdem kann ich einfach nicht verdrängen, dass Distrikt 13 an der Zerstörung von 12 maßgeblich beteiligt war. Das nimmt mir bestimmt nicht meine Schuld – ich habe viel Schuld auf mich geladen. Aber ohne die Rebellen wäre ich nicht Teil eines größeren Plans zum Sturz des Kapitols geworden, ich hätte gar nicht die Mittel dazu gehabt.

Die Bürger von Distrikt 12 besaßen keine eigene organisierte Widerstandsbewegung. Sie hatten mit alldem nichts zu tun. Sie hatten nur das Pech, dass sie *mich* hatten. Manche der Überlebenden sind glücklich, endlich weg zu sein aus Distrikt 12, in Freiheit. Den ewigen Hunger und die Unterdrückung hinter sich gelassen zu haben, die gefahrvollen Minen, die Peitsche von Romulus Thread, dem letzten Obersten Friedenswächter von Distrikt 12. Sie betrachten es als Wunder, dass sie überhaupt ein neues Zuhause haben, denn bis vor Kurzem wussten wir nicht mal, dass es Distrikt 13 überhaupt noch gibt.

Das Verdienst der Flucht gebührt nach einhelliger Meinung Gale, obwohl er sich sträubt, das zu akzeptieren. Sobald das Jubel-Jubiläum vorbei war – das heißt, sobald ich aus der Arena gezogen worden war –, wurde in Distrikt 12 der Strom abgestellt, die Bildschirme wurden schwarz, und im Saum wurde es so still, dass die Leute den Herzschlag ihres Nachbarn hören konnten. Niemand regte sich, um zu protestieren oder das Geschehen in der Arena zu bejubeln. Trotzdem tauchten binnen einer Viertelstunde am Himmel Hoverplanes auf und es hagelte Bomben.

Gale hatte die Idee mit der Weide, einem der wenigen Orte

im Distrikt, die nicht mit alten, in Kohlenstaub eingebetteten Holzhäusern bebaut waren. Dorthin trieb er so viele Leute, wie er konnte, einschließlich meiner Mutter und Prim. Er stellte eine Gruppe zusammen, die den Zaun niederriss – der nun, da der Strom fehlte, nur noch aus harmlosem Maschendraht bestand –, und führte die Menschen in den Wald. Er brachte sie an den einzigen Ort, der ihm einfiel: den See, den mein Vater mir als Kind gezeigt hat. Von dort aus schauten sie zu, wie in der Ferne die Flammen alles, was sie von der Welt kannten, verschlangen.

Als der Morgen graute, waren die Bomber längst wieder verschwunden, die Feuer erstarben, die letzten Nachzügler waren eingesammelt. Meine Mutter und Prim hatten ein Krankenlager eingerichtet und versuchten, die Verletzten mit dem zu behandeln, was sie im Wald fanden. Gale besaß zwei Ausrüstungen mit Pfeil und Bogen, ein Jagdmesser sowie ein Fischernetz, und damit mussten er und diejenigen, die kräftig genug waren, mehr als achthundert verschreckte Menschen ernähren. Drei Tage hielten sie so durch. Dann tauchte plötzlich aus heiterem Himmel ein Hovercraft auf und brachte sie nach Distrikt 13, wo es zahllose saubere weiße Wohneinheiten, ausreichend Kleidung und drei Mahlzeiten am Tag gab. Die Wohneinheiten hatten den Schönheitsfehler, dass sie unterirdisch angelegt waren, die Kleidung war für alle gleich und das Essen schmeckte praktisch nach nichts, doch die Flüchtlinge aus Distrikt 12 kümmerte das alles nicht. Sie waren in Sicherheit. Jemand sorgte sich um sie. Sie waren am Leben und wurden überschwänglich willkommen geheißen.

Diese Begeisterung wurde allgemein als Freundlichkeit interpretiert. Doch ein Mann namens Dalton, ein Flüchtling aus Distrikt 10, der es ein paar Jahre zuvor zu Fuß nach 13 geschafft hatte, verriet mir das wahre Motiv. »Sie brauchen uns. Dich, mich, uns alle. Vor einer Weile hatten sie hier eine Pockenepidemie oder so, der viele zum Opfer gefallen sind, und die meisten der Überlebenden wurden unfruchtbar. Neues Zuchtvieh, das sind wir für sie.« Dalton hatte in seinem Heimatdistrikt auf einer Rinderfarm gearbeitet und die genetische Vielfalt der Herde gesichert, indem er den Kühen tiefgefrorene Embryonen einpflanzte. Ich vermute stark, er hat recht mit Distrikt 13, denn Kinder sieht man dort so gut wie keine. Aber was soll's? Wir leben ja nicht eingepfercht, wir werden angelernt, um zu arbeiten, die Kinder gehen zur Schule. Die über Vierzehnjährigen wurden in die Armee aufgenommen und werden respektvoll mit »Soldat« angesprochen. Jeder Flüchtling hat automatisch die Staatsbürgerschaft von Distrikt 13 bekommen.

Trotzdem, ich hasse sie. Aber inzwischen hasse ich ja fast alle. Am meisten mich selbst.

Der Boden unter meinen Füßen wird auf einmal hart und unter dem Ascheteppich spüre ich die Pflastersteine des Platzes. Ringsum, wo einst die Geschäfte standen, sieht man eine flache Begrenzung aus Trümmern. Ein rußgeschwärzter Schutthaufen erhebt sich dort, wo einmal das Gerichtsgebäude war. Ich gehe weiter zu der Stelle, wo die Bäckerei von Peetas Familie gestanden haben muss. Es ist kaum mehr davon übrig als ein geschmolzener Klumpen, da, wo früher der Ofen stand. Peetas Eltern, seine beiden älteren Brüder – keiner von ihnen hat es nach 13 geschafft. Kaum ein Dutzend derjenigen, die in Distrikt 12 einmal als die Wohlhabenden galten, sind dem Feuer entkommen. Es wäre also sowieso nichts mehr da, wohin Peeta zurückkommen könnte. Außer mir …

Ich gehe weiter und stoße gegen etwas, verliere das Gleichgewicht und sitze plötzlich auf einem Metallbrocken, den die Sonne erwärmt hat. Ich grübele, was es gewesen sein könnte, dann fällt mir ein, dass Thread den Platz bei seinem Amtsantritt hat umgestalten lassen. Pfähle, Pranger und das hier, die Galgen – oder was davon übrig geblieben ist. Schlecht. Ganz schlecht. Das ruft wieder die Flut der Bilder hervor, die mich quälen, ob ich wach bin oder schlafe. Peeta, der gefoltert wird – ertränkt, verbrannt, zerfleischt, mit Stromstößen gequält, verstümmelt, geschlagen –, während das Kapitol versucht, Informationen über die Rebellion aus ihm herauszuholen, die er gar nicht hat. Ich mache die Augen ganz fest zu und versuche, ihn über die vielen Hundert Meilen hinweg zu erreichen, ihm meine Gedanken zu übertragen, um ihm zu sagen, dass er nicht allein ist. Aber er ist es. Und ich kann ihm nicht helfen.

Schnell weg. Fort von dem Platz, an den einzigen Ort, den das Feuer nicht zerstört hat. Ich gehe an der Ruine des Bürgermeisterhauses vorbei, wo meine Freundin Madge einst lebte. Keine Nachricht über ihren Verbleib oder den ihrer Familie. Wurden sie dank der Position ihres Vaters ins Kapitol evakuiert oder hat man sie den Flammen überlassen? Aschewolken wirbeln rings um mich auf und ich ziehe mir den Hemdkragen über den Mund. Es ist nicht die Frage, *was* ich einatme, die mir die Kehle zuschnürt, sondern *wen*.

Der Rasen ist versengt, der graue Schnee ist auch hier gefallen, doch die zwölf schönen Häuser im Dorf der Sieger sind unversehrt. Ich stürze in das Haus, in dem ich das ganze letzte Jahr über gelebt habe, schlage die Tür hinter mir zu und lehne mich dagegen. Alles scheint unberührt. Sauber. Gespenstisch still. Wieso bin ich nach Distrikt 12 zurückgekehrt? Wie sollte dieser Besuch mir dabei helfen, die Frage zu beantworten, der ich nicht ausweichen kann?

»Was soll ich tun?«, flüstere ich den Wänden zu. Ich weiß es wirklich nicht.

Die Leute reden auf mich ein, sie reden, reden, reden. Plutarch Heavensbee. Seine berechnende Assistentin, Fulvia Cardew. Eine bunte Truppe von Anführern aus den Distrikten. Militärs. Ausgenommen Alma Coin, die Präsidentin von Distrikt 13, die alles bloß beobachtet. Sie ist um die fünfzig, das graue Haar fällt ihr wie ein Tuch auf die Schultern. Ihre Haare faszinieren mich irgendwie, sie sind so gleichförmig, ohne Makel, ohne Strähnen, kein einziges ist gespalten. Auch Coins Augen sind grau, aber nicht so wie die Augen der Leute aus dem Saum. Sondern blass, fast als wäre alle Farbe aus ihnen gewichen. Die Farbe von Schneematsch, der nur dazu da ist wegzutauen.

Ich soll die Rolle spielen, die sie sich für mich ausgedacht haben. Das Symbol der Revolution. Der Spotttölpel. Was ich in der Vergangenheit getan habe – dem Kapitol bei den Spielen die Stirn zu bieten und damit alle vereint zu haben –, das ist nicht genug. Jetzt soll ich der tatsächliche Anführer werden, das Gesicht, die Stimme, die Verkörperung der Revolution. Die Figur, die den Distrikten – von denen sich die meisten inzwischen im offenen Krieg mit dem Kapitol befinden – den Weg zum Sieg weist. Aber nicht nur ich allein. Ein ganzes Team steht bereit, das mich umsorgen, einkleiden, meine Ansprachen verfassen, meine Auftritte planen soll – so schrecklich vertraut klingt das –, ich selbst muss nur meine Rolle spielen, so überzeugend wie möglich. Manchmal höre ich ihnen zu, manchmal betrachte ich auch nur die perfekte Linie von Coins Haar und grübele über der Frage, ob sie wohl eine Perücke trägt. Irgendwann verlasse ich den Raum, weil ich Kopfschmerzen bekomme oder weil es Essenszeit ist oder weil ich gleich anfange zu schreien, wenn ich nicht ans Tageslicht komme. Ich mache mir nicht die Mühe eines Kommentars. Ich stehe einfach auf und gehe hinaus.

Gestern Nachmittag, als sich die Tür hinter mir schloss, hörte ich Coin sagen: »Ich habe euch ja gesagt, wir hätten zuerst den Jungen retten sollen.« Sie meint Peeta. Da bin ich ganz ihrer Meinung. Er hätte ein vorzügliches Sprachrohr abgegeben.

Und wen haben sie sich stattdessen aus der Arena geangelt? Mich, aber ich kooperiere nicht. Dazu noch Beetee, einen älteren Erfinder aus Distrikt 3, den ich nur selten sehe, weil er in die Waffenabteilung verfrachtet wurde, kaum dass er wieder aufrecht sitzen konnte. Sie haben ihn buchstäblich im Krankenbett auf irgendein Topsecret-Gelände gekarrt und seitdem lässt er sich nur gelegentlich zu den Mahlzeiten blicken. Er ist sehr intelligent und sehr willig, sich in den Dienst der Sache zu stellen, aber ein Agitator ist er sicher nicht. Dann ist da noch Finnick Odair, das Sexsymbol aus dem Fischereidistrikt, der in der Arena dafür gesorgt hat, dass Peeta überlebte, als ich dazu nicht in der Lage war. Finnick wollen sie auch in einen Rebellenführer verwandeln, aber erst müssen sie es hinkriegen, dass er länger als fünf Minuten wach bleibt. Und selbst wenn er bei Bewusstsein ist, muss man ihm alles dreimal sagen, damit es zu ihm durchdringt. Die Ärzte meinen, das kommt von dem Stromschlag, den er in der Arena abbekommen hat, aber ich weiß, dass es so einfach nicht ist. Ich weiß, dass Finnick sich auf nichts in Distrikt 13 konzentrieren kann, weil er unbedingt wissen muss, was das Kapitol mit Annie anstellt, dem verrückt gewordenen Mädchen aus seinem Heimatdistrikt, dem einzigen Menschen auf Erden, den er liebt.

Meinen Vorbehalten zum Trotz habe ich Finnick schließlich verziehen, dass er in die Verschwörung, deretwegen ich hier gelandet bin, eingeweiht war. Er hat wenigstens eine Ahnung davon, was ich durchmache. Außerdem hält man es kaum durch, jemandem böse zu sein, der die ganze Zeit weint.

Wie ein Jäger, um ja kein Geräusch zu machen, schleiche ich mich durchs Erdgeschoss. Ich nehme ein paar Andenken mit: ein Foto meiner Eltern am Tag ihrer Hochzeit, ein blaues Haarband für Prim, das Familienbuch über Ess- und Arzneipflanzen. Das Buch öffnet sich auf einer Seite mit gelben Blumen, und ich schlage es sofort wieder zu, denn die Zeichnung stammt von Peetas Pinsel.

Was soll ich tun?

Hat es überhaupt einen Sinn, irgendwas zu tun? Meine Mutter, meine Schwester und Gales Familie sind endlich in Sicherheit. Was den Rest aus Distrikt 12 betrifft, so sind die Leute entweder tot, woran ich auch nichts mehr ändern kann, oder in Distrikt 13. Bleiben noch die Rebellen in den anderen Distrikten. Natürlich hasse ich das Kapitol, aber ich glaube nicht daran, dass es denen, die für seinen Sturz kämpfen, irgendetwas bringt, wenn ich der Spotttölpel bin. Wie kann ich den Distrikten helfen, wenn jeder meiner Schritte nur dazu führt, dass andere leiden oder ihr Leben verlieren? Der alte Mann in Distrikt 11, der erschossen wurde, weil er eine Melodie gepfiffen hat. Das brutale Vorgehen in Distrikt 12, nachdem ich gegen die Auspeitschung von Gale eingeschritten bin. Mein Stylist Cinna, den sie unmittelbar vor Beginn der Spiele blutig geschlagen und bewusstlos aus dem Startraum geschleift haben. Plutarchs Informanten vermuten, dass er bei einem Verhör getötet wurde. Der geniale, geheimnisvolle, liebenswerte Cinna ist tot, und das nur meinetwegen. Ich schiebe den Gedanken weg, er ist zu schmerzlich, und wenn ich länger bei ihm verweile, könnte mir die Kontrolle über die Situation ganz entgleiten.

Was soll ich tun?

Wenn ich der Spotttölpel werde – könnte der Schaden, den ich damit anrichte, durch irgendetwas aufgewogen werden? An wen könnte ich mich mit dieser Frage wenden? Bestimmt nicht an die Truppe aus Distrikt 13. Jetzt, da meine und Gales Familie in Sicherheit sind, könnte ich eigentlich auch einfach davonlaufen. Es gibt allerdings eine unbekannte Größe in der Rechnung. Peeta. Wenn ich ganz sicher wüsste, dass er tot ist, könnte ich einfach in den Wald verschwinden und nie mehr zurückkehren. Aber so sitze ich hier fürs Erste fest.

Ein Fauchen lässt mich herumfahren. In der Küchentür steht der hässlichste Kater der Welt, er macht einen Buckel und legt die Ohren an. »Butterblume!«, rufe ich. Tausende sind gestorben, doch er hat überlebt und sieht sogar wohlgenährt aus. Wie hat er das gemacht? Durch ein Fenster in der Speisekammer, das wir immer angelehnt gelassen haben, konnte er nach Belieben rein und raus. Bestimmt hat er sich von Feldmäusen ernährt. An anderes mag ich nicht denken.

Ich gehe in die Hocke und strecke die Hand aus. »Komm her, alter Junge.« Höchst unwahrscheinlich, dass er das tut. Er schmollt, weil er sich selbst überlassen wurde. Außerdem biete ich ihm nichts zu fressen an, und nur dass ich ab und zu einen Brocken für ihn hatte, ließ mich vor seinen Augen bestehen. Eine Zeit lang trafen wir uns im alten Haus, weil wir beide das neue nicht mochten, und da sah es fast so aus, als würden wir uns ein bisschen näherkommen. Aber diese Zeiten sind eindeutig vorbei. Er blinzelt mit seinen hässlichen gelben Augen.

»Möchtest du Prim sehen?« Beim Klang dieses Namens wird der Kater aufmerksam. Neben seinem eigenen Namen ist dies das einzige Wort, das für ihn eine Bedeutung hat. Er gibt ein eingerostetes »Miau« von sich und kommt näher. Ich hebe ihn hoch, streichle sein Fell, gehe hinüber zum Wandschrank, wo ich meinen Beutel für die Jagdbeute aufbewahre, und stopfe ihn kurzerhand hinein. Es gibt keinen anderen Weg, ihn ins Hovercraft zu befördern, und meiner Schwester bedeutet er alles. Ihre Ziege Lady, ein Tier von praktischerem Nutzen, hat sich leider noch nicht blicken lassen.

Gale meldet sich über das Headset und sagt, dass wir fortmüssen. Aber der Jagdbeutel hat mich noch an etwas anderes erinnert. Ich hänge den Gurt an eine Stuhllehne und springe die Treppe hinauf in mein Schlafzimmer. Im Schrank dort hängt die Jagdjacke meines Vaters. Ich habe sie vor den Jubiläumsspielen aus dem alten Haus mitgebracht, weil ich dachte, sie könnte meiner Mutter und meiner Schwester nach meinem Tod ein wenig Trost spenden. Gott sei Dank, sonst wäre sie jetzt Asche.

Das weiche Leder fühlt sich wohltuend an, und einen Augenblick lang beruhigen mich die Erinnerungen an die Stunden, in denen ich mich darin eingehüllt habe. Völlig grundlos werden meine Handflächen plötzlich schwitzig. Ein komisches Gefühl kriecht über meinen Rücken bis in den Nacken. Ich fahre herum, aber der Raum ist leer. Aufgeräumt. Alles an seinem Platz. Es war kein Geräusch, das mich in Alarm versetzt hat. Was dann?

Meine Nase zuckt. Es ist der Geruch. Süßlich, künstlich. Aus der Vase mit den vertrockneten Blumen auf meiner Kommode schaut ein weißer Farbklecks. Vorsichtig gehe ich näher heran.

Dort, halb verdeckt von ihren konservierten Schwestern, prangt eine weiße Rose. Vollkommen, bis in den letzten Dorn und das letzte seidige Blatt.

Ich weiß sofort, wer sie mir geschickt hat.

Präsident Snow.

Von dem Gestank wird mir übel, ich weiche zurück und verlasse den Raum. Wie lange steht sie schon da? Einen Tag? Eine Stunde? Bevor ich hineindurfte, haben die Rebellen das Dorf der Sieger sicherheitshalber nach Sprengstoff, Wanzen und anderen verdächtigen Sachen abgesucht. Vielleicht haben sie der Rose keine Bedeutung geschenkt? Ich schon.

Unten schnappe ich mir den Jagdbeutel und schleife ihn achtlos über den Boden, bis mir siedend heiß einfällt, dass ja jemand darin ist. Vom Rasen vor dem Haus aus winke ich wild dem Hovercraft, während Butterblume heftig strampelt. Ich verpasse ihm einen Schlag mit dem Ellbogen, aber das macht ihn erst richtig wütend. Das Hovercraft kommt näher, eine Leiter wird herabgelassen. Ich steige auf, und der Strom bannt mich, bis ich an Bord gezogen bin.

Gale hilft mir von der Leiter herunter. »Alles in Ordnung bei dir?«

»Ja«, sage ich und wische mir mit dem Ärmel den Schweiß aus dem Gesicht.

Er hat mir eine Rose dagelassen!, würde ich am liebsten schreien, aber ich bin mir nicht sicher, ob ich diese Information wirklich loswerden will, solange jemand wie Plutarch dabei ist. Weil es sich anhören würde, als wäre ich übergeschnappt. Als hätte ich mir das entweder nur eingebildet, was ja durchaus möglich ist, oder als würde ich überreagieren, und dann würden sie mich wieder in das Traumland des Drogenrauschs schicken, dem ich unbedingt entkommen möchte. Niemand wird verstehen, wieso das nicht einfach nur irgendeine Blume und auch nicht nur irgendeine Blume von Präsident Snow ist, sondern ein Racheversprechen. Denn niemand außer mir hat mit ihm in dem Arbeitszimmer gesessen, damals, vor der Tour der Sieger, als er mir drohte.

Die schneeweiße Rose auf meiner Kommode ist eine persönliche Botschaft an mich. Sie weist auf eine offene Rechnung hin. Sie flüstert: *Ich kann dich finden. Ich kann dich erreichen. Vielleicht beobachte ich dich genau in diesem Augenblick.*

2

Kommen jetzt die Hoverplanes des Kapitols angeschossen, um uns vom Himmel zu fegen? Während wir über Distrikt 12 hinweggleiten, suche ich beklommen nach Anzeichen für einen Angriff, aber niemand verfolgt uns. Nach ein paar Minuten entnehme ich einer Unterhaltung zwischen dem Piloten und Plutarch, dass der Luftraum frei ist, und entspanne mich ein wenig.

Gale nickt zu dem Gemaunze hin, das aus dem Beutel kommt. »Jetzt verstehe ich, warum du noch mal zurückmusstest.«

»Die Chance war nun wirklich gleich null.« Ich pfeffere den Beutel auf einen Sitz, von dem aus das abscheuliche Tier ein tiefes, kehliges Knurren ausstößt. »Ach, sei still«, sage ich zu dem Beutel, während ich mich gegenüber in einen gepolsterten Fensterplatz sinken lasse.

Gale setzt sich neben mich. »Ziemlich schlimm da unten, was?«

»Schlimmer geht es kaum«, antworte ich. Ich schaue ihm in die Augen und sehe meinen eigenen Kummer darin gespiegelt. Unsere Hände finden sich, sie halten einen Teil von Distrikt 12 fest, den Snow nicht hat zerstören können. Den Rest des Fluges nach Distrikt 13, der nur eine Dreiviertelstunde dauert, sitzen wir einfach so da. Zu Fuß würde es eine Woche dauern. Bonnie und Twill, die ich letzten Winter im Wald traf, nachdem sie aus Distrikt 8 geflohen waren, waren eigentlich gar nicht mehr weit von ihrem Ziel entfernt. Aber offenbar haben sie es trotzdem nicht geschafft. Als ich in Distrikt 13 nach ihnen fragte, schien niemand zu wissen, von wem ich redete. Vermutlich im Wald gestorben.

Von oben sieht es in 13 mehr oder weniger genauso einladend aus wie in 12. Anders, als das Kapitol es im Fernsehen zeigt, rauchen die Trümmer zwar nicht mehr, aber oberirdisch gibt es so gut wie kein Leben. In den fünfundsiebzig Jahren seit den Dunklen Tagen – als Distrikt 13 im Krieg zwischen dem Kapitol und den Distrikten angeblich ausgelöscht wurde – wurde fast nur noch unter der Erde gebaut. Schon vorher hatte es hier ausgedehnte unterirdische Anlagen gegeben, die über die Jahrhunderte errichtet worden waren, entweder als geheimer Schutzraum für die Regierenden in Kriegszeiten oder als letzte Zuflucht für die Menschheit, falls über der Erde kein Leben mehr möglich wäre. Entscheidend für die Menschen in 13 war, dass das Kapitol hier sein Atomprogramm entwickelte. In den Dunklen Tagen entrissen die Rebellen den Regierungstruppen die Kontrolle über die Atomwaffen, richteten sie auf das Kapitol und trafen dann ein Abkommen: Sie würden so tun, als wären sie tot, und im Gegenzug würde das Kapitol sie in Ruhe lassen. Im Westen besaß das Kapitol noch weitere Atomwaffen, aber bei einem Einsatz gegen 13 hätte es mit Vergeltung rechnen müssen. Also musste es dem Abkommen zustimmen. Das Kapitol zerstörte die sichtbaren Überreste des Distrikts und kappte sämtliche Verbindungen zur Außenwelt. Vielleicht rechneten die Führer im Kapitol damit, dass Distrikt 13 ohne Hilfe bald von allein zugrunde gehen würde. Manchmal war es auch fast so weit, aber durch strenge Rationierung der Ressourcen, eiserne Disziplin und ständige Wachsamkeit gegenüber erneuten

Angriffen des Kapitols kamen die Menschen in 13 immer wieder davon.

Nun leben die Bewohner fast ausschließlich unter der Erde. Wer Sport treiben oder ein bisschen Sonne tanken will, darf nach oben, aber nur zu genau festgelegten Zeiten im jeweiligen Tagesplan. Der Tagesplan muss unbedingt eingehalten werden. Jeden Morgen muss man den rechten Arm in eine Vorrichtung in der Wand halten. Dort wird auf die weiche Innenseite des Unterarms mit fieser lila Tinte der tägliche Stundenplan aufgedruckt. *7.00 Uhr – Frühstück. 7.30 Uhr – Küchendienst. 8.30 Uhr – Unterrichtscenter, Raum 17.* Und so weiter. Die Tinte ist unauslöschlich bis *22.00 Uhr – Baden*. Was immer die Tinte beständig macht, um diese Zeit verliert es seine Wirkung, und der Tagesplan wird weggespült. Das Erlöschen des Lichts um 22.30 Uhr zeigt an, dass jeder, der keine Nachtschicht hat, jetzt im Bett liegen soll.

Anfangs, als ich todelend in der Krankenstation lag, musste ich mich nicht bedrucken lassen. Nachdem ich zu meiner Mutter und meiner Schwester in Einheit 307 umgezogen war, wurde erwartet, dass ich an dem Programm teilnehme. Doch abgesehen von den Essenszeiten ignoriere ich die Anweisungen auf meinem Arm weitgehend. Ich gehe einfach wieder in unsere Einheit zurück, streife durch Distrikt 13 oder lege mich an einem versteckten Ort wieder schlafen. In einem Luftschacht, der außer Betrieb ist. Hinter den Wasserrohren in der Wäscherei. Im Unterrichtscenter gibt es einen prima Wandschrank, der offenbar nicht für Lehrmittel benötigt wird. Hier wird so sparsam mit den Dingen umgegangen, dass Verschwendung fast schon als Verbrechen gilt. Zum Glück sind die Leute aus Distrikt 12 noch nie verschwenderisch gewesen. Aber als Fulvia Cardew einmal ein Blatt Papier zusammenknüllte, auf dem nur ein paar Wörter standen, haben die anderen sie angestarrt, als hätte sie jemanden ermordet. Sie wurde puterrot, was die Silberblumen, die ihre prallen Wangen zieren, noch mehr hervorhob. Ein Sinnbild der Ausschweifung. Zu meinen wenigen Freuden in Distrikt 13 gehört es zu beobachten, wie schwer es den paar verhätschelten »Rebellen« aus dem Kapitol fällt, sich einzufügen.

Ich weiß nicht, wie lange sie mir die völlige Missachtung ihrer heiligen Pünktlichkeit noch durchgehen lassen. Im Moment lassen sie mich noch in Ruhe, weil ich als geistig verwirrt gelte – so steht es zumindest auf meinem ärztlichen Plastikarmband – und alle mein Herumstreunen dulden müssen. Aber das kann nicht ewig so weitergehen. Und auch ihre Geduld in Sachen Spotttölpel wird bald ein Ende haben.

Vom Landeplatz gehen Gale und ich die vielen Treppen hinunter zu Einheit 307. Wir könnten auch den Aufzug nehmen, aber das erinnert mich einfach zu sehr an den Aufzug, der mich in die Arena befördert hat. Ich kann mich sowieso kaum daran gewöhnen, so viel Zeit unter Tage zu verbringen. Aber jetzt, nach der unwirklichen Begegnung mit der Rose, gibt mir das Hinuntersteigen zum ersten Mal ein Gefühl der Sicherheit.

An der Tür zu Nummer 307 halte ich inne und bereite mich auf die Fragen meiner Familie vor. »Was soll ich ihnen über Distrikt 12 erzählen?«, frage ich Gale.

»Ich glaube nicht, dass sie Einzelheiten wissen wollen. Sie haben die Brände gesehen. Wahrscheinlich ist ihre größte Sorge, wie du damit fertigwirst.« Gale berührt meine Wange. »Und meine auch.«

Ich lege kurz mein Gesicht in seine Hand. »Ich werd's überleben.«

Dann hole ich tief Luft und öffne die Tür. Meine Mutter und meine Schwester sind zu Hause: *18.00 Uhr – Besinnung*, eine halbe Stunde der Muße vor dem Abendessen. Die Sorge steht ihnen ins Gesicht geschrieben, sie versuchen, meinen Seelenzustand zu erraten. Bevor irgendwer etwas fragen kann, leere ich meinen Jagdbeutel aus und ändere das Programm um in *18.00 Uhr – Großes Katergekuschel.* Prim sitzt, Rotz und Wasser heulend, auf dem Boden und wiegt ihren grässlichen Kater in den Armen, der sein Schnurren hier und da unterbricht, um mich anzufauchen. Und als Prim ihm das blaue Band um den Hals bindet, bedenkt er mich mit einem Blick, den man nur als selbstzufrieden bezeichnen kann.

Meine Mutter drückt das Hochzeitsfoto fest an die Brust und stellt es dann zusammen mit dem Pflanzenbuch auf unsere von der Regierung gestellte Kommode. Ich hänge die Jacke meines Vaters über eine Stuhllehne. Einen Augenblick lang wirkt der Raum fast wie ein Zuhause. Der Ausflug nach 12 war also nicht völlig sinnlos.

18.30 Uhr – Abendessen. Wir sind auf dem Weg hinunter in den Speisesaal, als Gales Mailmanschette piepst. Sie sieht aus wie eine überdimensionale Uhr, empfängt aber geschriebene Nachrichten. Eine Mailmanschette ist ein besonderes Privileg und steht nur jenen zu, die wichtig für die Sache sind. Gale hat sich diesen Status durch die Rettung der Flüchtlinge aus Distrikt 12 erworben. »Sie möchten, dass wir beide in die Kommandozentrale kommen«, sagt er.

Ich tapere hinter Gale her und versuche mich innerlich auf die nächste Spotttölpelsitzung einzustellen, die mich jetzt wohl erwartet. Ich bleibe im Eingang zur Kommandozentrale stehen, dem Hightech-Konferenz- und Kriegsratsraum, der mit computerisierten sprechenden Wänden, elektronischen Karten der Truppenbewegungen in den verschiedenen Distrikten sowie einem gigantischen rechteckigen Tisch mit Kontrollhebeln ausgestattet ist, die ich auf keinen Fall berühren darf. Doch niemand beachtet mich, alle haben sich am anderen Ende des Raums um einen Fernsehschirm versammelt, der rund um die Uhr das Programm des Kapitolsenders zeigt. Ich will die Gelegenheit nutzen, um mich davonzuschleichen, als Plutarch, dessen massige Gestalt den Bildschirm verdeckt hat, mich erblickt und energisch heranwinkt. Widerwillig trete ich näher und versuche mir vorzustellen, was es da für mich Interessantes zu sehen geben könnte. Es ist immer das Gleiche. Kriegsbilder. Propaganda. Wiederholungen der Bombardierung von Distrikt 12. Eine Unheil verkündende Botschaft von Präsident Snow. Deshalb ist es fast angenehm, Caesar Flickerman, den ewigen Moderator der Hungerspiele, mit seinem geschminkten Gesicht und dem glitzernden Anzug zu sehen, der sich auf ein Interview vorbereitet. Angenehm, ja – bis die Kamera plötzlich zurückzoomt und ich sehe, wer sein Gast ist. Peeta.

Ein Laut entfährt meiner Kehle, eine Mischung aus Stöhnen und dem Schnappen nach Luft, wie wenn man unter Wasser ist und der Mangel an Sauerstoff unerträglich wird. Ich bahne mir einen Weg durch die Leute, bis ich genau vor ihm stehe und meine Hand auf den Bildschirm legen kann. Ich suche nach Anzeichen von Verletzungen in seinem Blick, einem Widerschein der Folterqual. Aber da ist nichts. Peeta sieht gesund aus, geradezu kräftig. Seine Haut leuchtet makellos, wie nach einer Ganzkörperpolitur. Er wirkt ernst und gefasst. Ich kann diesen Anblick nicht mit dem zerschundenen, blutenden Jungen in Einklang bringen, der mich in meinen Träumen heimsucht.

Caesar macht es sich in seinem Sessel gegenüber Peeta bequem und sieht ihn eine Weile an, bevor er spricht. »Tja … Peeta … Herzlich willkommen mal wieder.«

Peeta lächelt schmal. »Schätze, Sie haben gedacht, Sie hätten mich zum letzten Mal interviewt, Caesar.«

»Ich gestehe es, ja«, sagt Caesar. »Am Abend vor dem Jubel-Jubiläum … Mensch, wer hätte gedacht, dass wir dich noch einmal wiedersehen würden?!«

»War auch nicht geplant, das können Sie mir glauben«, antwortet Peeta finster.

Caesar beugt sich ein wenig vor. »Ich glaube, jeder hier weiß, was du geplant hattest. Du wolltest dich in der Arena opfern, damit Katniss Everdeen und dein Kind überleben.«

»So ist es. Ganz einfach.« Peeta fährt mit den Fingern das Muster auf der gepolsterten Sessellehne nach. »Aber da hatten auch andere Leute ihre Pläne.«

Ja, da hatten auch andere Leute ihre Pläne, denke ich. Hat Peeta sich zusammengereimt, dass die Rebellen uns wie Schachfiguren benutzt haben? Dass meine Rettung von Anfang an geplant war? Und dass nicht zuletzt unser Mentor, Haymitch Abernathy, uns beide für eine Sache verraten hat, die ihn angeblich überhaupt nicht interessierte?

In der Stille, die folgt, bemerke ich, dass sich auf Peetas Stirn eine Falte gebildet hat. Er hat es erraten oder irgendwer hat es ihm gesagt. Trotzdem hat das Kapitol ihn weder getötet noch bestraft. Im Moment übersteigt das meine kühnsten Hoffnungen. Ich schwelge in dem Hochgefühl, dass er körperlich und geistig unversehrt ist. Es wirkt auf mich wie das Morfix, das sie mir auf der Krankenstation verabreichen, um den Schmerz der letzten Wochen zu betäuben.

»Warum erzählst du uns nicht ein bisschen von der letzten Nacht in der Arena?«, schlägt Caesar vor. »Hilf uns, die Dinge zu verstehen.«

Peeta nickt, wartet aber eine Weile, bis er zu sprechen anfängt. »Die letzte Nacht … ich soll Ihnen von der letzten Nacht erzählen … Nun ja, zunächst müssen Sie sich vorstellen, wie es sich in der Arena anfühlte. Man kam sich vor wie ein Insekt, das unter einer Glocke voll dampfender Luft gefangen ist. Und um einen herum nichts als Dschungel … grün und lebendig und tickend. Diese riesige Uhr, die das Leben wegtickt. Jede Stunde bringt neuen Horror. Sie müssen sich vorstellen, dass innerhalb von zwei Tagen sechzehn Menschen gestorben waren – manche von ihnen bei dem Versuch, mich zu beschützen. Ich konnte mir ausrechnen, dass bei dem Tempo auch die letzten acht am nächsten Morgen tot sein würden. Bis auf einen. Den Sieger. Und nach meinem Plan wäre das nicht ich gewesen.«

Bei der Erinnerung bricht mir der Schweiß aus. Meine Hand rutscht am Bildschirm ab und hängt schlaff herunter. Peeta braucht keinen Pinsel, um Bilder von den Spielen erstehen zu lassen. Er kann das mit Worten genauso gut.

»Wenn Sie erst einmal in der Arena sind, rückt die übrige Welt in weite Ferne«, fährt er fort. »Alle Menschen und Dinge, die Sie lieben und die Ihnen etwas bedeuten, existieren praktisch nicht mehr. Der rosafarbene Himmel, die Monster im Dschungel und die Tribute, die nach Ihrem Blut trachten, werden zur endgültigen Wirklichkeit, der einzigen, die je gezählt hat. Egal, wie elend Sie sich dabei fühlen, Sie werden töten müssen, denn in der Arena haben Sie nur noch ein Ziel. Und das kostet nun mal.«

»Es kostet dein Leben«, sagt Caesar.

»Oh nein. Es kostet viel mehr als mein Leben. Unschuldige Menschen zu töten?«, sagt Peeta. »Das kostet alles, was uns ausmacht.«

»Alles, was uns ausmacht«, wiederholt Caesar leise.

Stille senkt sich über das Studio, und ich spüre, wie sie sich über ganz Panem ausbreitet. Eine Nation, die sich zu den Bildschirmen vorbeugt. Niemand hat je davon erzählt, wie es in der Arena wirklich ist.

Peeta spricht weiter. »Also klammern Sie sich an Ihr Ziel. Und ja, in dieser letzten Nacht war es mein Ziel, Katniss zu retten. Aber obwohl ich nichts von den Rebellen wusste, war es irgendwie eigenartig. Es war alles zu kompliziert. Auf einmal bereute ich es, dass ich an diesem Tag nicht mit ihr davongelaufen war, so wie sie es vorgeschlagen hatte. Jetzt gab es keinen Ausweg mehr.«

»Weil du in Beetees Plan eingebunden warst, den Salzsee unter Strom zu setzen?«, fragt Caesar.

»Weil ich zu beschäftigt damit war, so zu tun, als wäre ich mit den anderen verbündet. Ich hätte nie zulassen dürfen, dass sie uns trennen!«, bricht es aus Peeta heraus. »Denn dabei habe ich sie aus den Augen verloren.«

»Du meinst, als du bei dem Gewitterbaum geblieben bist, während Katniss und Johanna Mason sich mit der Drahtrolle auf den Weg zum Wasser machten«, erläutert Caesar.

»Ich wollte das nicht!«, ruft Peeta erregt. »Aber ich konnte mich nicht mit Beetee streiten, ohne zu verraten, dass wir das Bündnis aufkündigen wollten. Und als dann der Draht durchgeschnitten wurde, ging plötzlich alles drunter und drüber. Ich kann mich nur bruchstückhaft erinnern. Wie ich nach ihr suchte. Wie Brutus Chaff tötete. Wie ich Brutus tötete. Ich weiß auch noch, dass sie nach mir rief. Aber dann schlug der Blitz in den Baum ein und das Kraftfeld rings um die Arena … flog in die Luft.«

»Katniss hat es in die Luft fliegen lassen, Peeta«, sagt Caesar. »Du hast die Videoaufnahmen gesehen.«

»Sie wusste nicht, was sie tat. Keiner von uns konnte Beetees Plan durchschauen. Man sieht doch, dass sie gar nicht richtig weiß, was sie mit dem Draht machen soll«, sagt Peeta wütend.

»Na gut. Aber es wirkt schon verdächtig«, sagt Caesar. »Als wäre sie die ganze Zeit in die Pläne der Rebellen eingeweiht gewesen.«

Peeta springt auf und geht ganz nah an das Gesicht seines Interviewers heran, die Hände fest auf Caesars Armlehnen gestemmt. »Tatsächlich? Und gehörte es auch zu ihrem Plan, dass Johanna sie fast umbringt? Dass der Stromschlag sie lähmt? Dass ihr Heimatdistrikt bombardiert wird?« Jetzt brüllt er. »Sie hat nichts davon gewusst, Caesar! Keiner von uns beiden wusste irgendwas, wir haben nur alles dafür getan, dass der andere überlebt!«

Caesar legt die Hände auf Peetas Brust, eine Geste, die zugleich abwehren und beschwichtigen soll. »Okay, Peeta, ich glaube dir.«

»Gut.« Peeta lässt von Caesar ab. Er fährt sich mit den Händen durchs Haar, wodurch er die sorgsam gestylten blonden Locken durcheinanderbringt. Aufgelöst lässt er sich in seinen Sessel zurückfallen.

Caesar mustert Peeta einen Augenblick. »Was ist mit eurem Mentor, Haymitch Abernathy?«

Peetas Miene verhärtet sich. »Ich weiß nicht, wie viel Haymitch gewusst hat.«

»Meinst du, er war Teil der Verschwörung?«, fragt Caesar.

»Er hat nie etwas erwähnt«, entgegnet Peeta.

Caesar bohrt nach. »Aber was sagt dir dein Gefühl?«

»Ich hätte ihm nicht vertrauen sollen«, sagt Peeta. »Das ist alles.«

Ich habe Haymitch nicht mehr gesehen, seit ich mich im Hovercraft auf ihn gestürzt und ihm mit den Fingernägeln das Gesicht zerkratzt habe. Ich weiß, dass er harte Zeiten durchmacht. In Distrikt 13 sind Herstellung und Konsum berauschender Getränke nämlich streng verboten, sogar der Reinigungsalkohol in der Krankenstation wird weggeschlossen. Damit ist Haymitch endlich gezwungen, nüchtern zu bleiben, ohne sich die Entwöhnung durch Geheimvorräte oder selbst gebrauten Fusel erträglicher gestalten zu können. Solange er nicht ganz trocken ist, bleibt er aus dem Verkehr gezogen; für öffentliche Auftritte gilt er als noch nicht geeignet. Er muss entsetzliche Qualen leiden, aber mein Mitleid für Haymitch ist restlos aufgebraucht, seit mir klar geworden ist, wie er uns getäuscht hat. Ich hoffe, dass er diese Sendung jetzt sieht, dann weiß er, dass auch Peeta sich von ihm losgesagt hat.

Caesar legt Peeta eine Hand auf die Schulter. »Wenn du möchtest, machen wir hier Schluss.«

»War denn noch was?«, fragt Peeta sarkastisch.

»Ich wollte dich noch nach deinen Gedanken zum Krieg fragen, aber wenn du zu aufgewühlt bist …«, hebt Caesar an.

»Oh nein, ich bin nicht zu aufgewühlt, um auf diese Frage zu antworten.« Peeta holt tief Luft und blickt direkt in die Kamera. »Ich möchte, dass Sie alle – ob Sie nun für das Kapitol sind oder für die Rebellen – einen Moment lang innehalten und darüber nachdenken, was dieser Krieg bedeuten könnte. Für die Menschen. Wir haben uns schon einmal an den Rand der Ausrottung gebracht. Diesmal sind wir noch viel weniger. Unsere Lage ist noch prekärer. Wollen wir das wirklich? Uns allesamt umbringen? In der Hoffnung, dass – was? Dass irgendeine vernunftbegabte Art die rauchenden Trümmer der Erde erbt?«

»Ich weiß wirklich nicht … Ich bin mir nicht sicher, ob ich dir folgen kann …«, sagt Caesar.

»Wir dürfen uns nicht bekriegen, Caesar«, erklärt Peeta. »Es werden nicht genug übrig bleiben, um weiterzumachen. Wenn nicht alle die Waffen niederlegen, und zwar *bald*, dann ist sowieso alles vorbei.«

»Du … du forderst also zu einem Waffenstillstand auf?«, fragt Caesar.

»Ja. Ich fordere zum Waffenstillstand auf«, sagt Peeta müde. »Wieso sagen wir jetzt nicht den Wachen, dass sie mich zurück in mein Quartier bringen sollen, damit ich noch ein paar Hundert Kartenhäuser bauen kann?«

Caesar dreht sich zur Kamera. »In Ordnung. Ich denke, das war's. Damit schalten wir zurück zum Vormittagsprogramm.«

Musik ertönt, dann werden die beiden ausgeblendet, und man sieht eine Frau, die die Liste der erwarteten Rationierungen für das Kapitol verliest – frisches Obst, Solarzellen, Seife. Ich tue so, als wäre ich ganz in ihren Anblick versunken. Ich weiß, dass alle darauf warten, wie ich auf das Interview reagiere. Aber ich kann das alles unmöglich so schnell verarbeiten – einerseits die Freude darüber, dass Peeta lebt und unversehrt ist, dass er mich gegen alle Vorwürfe verteidigt, gemeinsame Sachen mit den Rebellen gemacht zu haben, und andererseits seine unleugbare Komplizenschaft mit dem Kapitol, denn nur so ist zu erklären, warum er zum Waffenstillstand aufruft. Gewiss, er hat es so klingen lassen, als ob er beide Kriegsparteien verurteilte. Doch zum gegenwärtigen Zeitpunkt, da die Rebellen erst kleine Siege errungen haben, würde ein Waffenstillstand nichts anderes bedeuten als die Rückkehr zum ursprünglichen Zustand. Wenn nicht Schlimmeres.

Hinter mir höre ich, wie Vorwürfe gegen Peeta laut werden. Die Worte *Verräter*, *Lügner* und *Feind* hallen durch den Raum. Da ich die Empörung der Rebellen weder teilen noch zurückweisen kann, halte ich es für das Beste, einfach zu gehen. Als ich die Tür erreiche, übertönt Coins Stimme alle anderen. »Du bist noch nicht entlassen, Soldat Everdeen.«

Einer von Coins Männern legt mir die Hand auf den Arm. Wahrhaftig keine aggressive Geste, aber nach der Arena reagiere ich auf jede fremde Berührung mit Abwehr. Ich reiße mich los und renne den Flur hinunter. Hinter mir höre ich Gerangel, aber ich bleibe nicht stehen. In Windeseile gehe ich meine kleinen Verstecke durch und entscheide mich für den Wandschrank im Unterrichtscenter, wo ich mich an eine Kiste mit Kreide kauere.

»Du lebst«, flüstere ich, während ich meine Hände gegen die Wangen drücke und das Lächeln fühle, das so breit ist, dass es aussehen muss, als würde ich grinsen. Peeta lebt. Und er ist ein Verräter. Aber im Moment ist es mir egal, was er sagt und in wessen Auftrag. Für mich zählt nur, dass er überhaupt noch sprechen kann.

Kurz darauf geht die Tür auf und Gale schlüpft herein. Er lässt sich neben mir auf den Boden sinken, aus seiner Nase tropft Blut.

»Was ist passiert?«, frage ich.

»Ich bin Boggs in die Quere gekommen«, antwortet er schulterzuckend. Mit dem Ärmel wische ich ihm die Nase ab. »Pass doch auf!«

Ich versuche, sanfter zu sein. Tupfen statt wischen. »Wer von denen ist das?«

»Ach, du weißt schon. Coins Lakai. Der, der versucht hat, dich aufzuhalten.« Er stößt meine Hand weg. »Lass das! Sonst verblute ich noch.«

Das Tropfen ist zu einem steten Rinnsal geworden. Ich stelle meine Erste-Hilfe-Aktion ein. »Du hast dich mit Boggs geprügelt?«

»Nein, ich hab mich nur in die Tür gestellt, als er dir folgen wollte. Sein Ellbogen hat mich an der Nase getroffen«, erwidert Gale.

»Wahrscheinlich wirst du jetzt bestraft«, sage ich.

»Schon passiert.« Er hält sein Handgelenk hoch. Verdutzt starre ich darauf. »Coin hat mir die Mailmanschette abgenommen.«

Ich versuche krampfhaft, ernst zu bleiben. Aber es ist einfach zu lächerlich. »Das tut mir aber leid, Soldat Gale Hawthorne.«

»Muss es nicht, Soldat Katniss Everdeen.« Er grinst. »Ich bin mir damit sowieso wie ein Trottel vorgekommen.« Wir prusten los. »Das sollte wohl eine Degradierung sein.«

Das ist eins der wenigen guten Dinge an Distrikt 13. Dass ich Gale wiederhabe. Nachdem die Anspannung wegen meiner arrangierten Hochzeit mit Peeta vorbei war, haben wir unsere Freundschaft neu entdeckt. Er forciert es nicht weiter, versucht nicht, mich zu küssen oder über Liebe zu sprechen. Entweder weil ich zu krank war oder weil er mir jetzt mehr Freiraum lassen kann oder weil er weiß, dass mich die Geschichte mit Peeta, der vom Kapitol gefangen gehalten wird, einfach zu sehr mitnimmt. Jedenfalls habe ich jetzt wieder jemanden, dem ich meine Geheimnisse anvertrauen kann.

»Was sind das bloß für Leute?«, frage ich.

»So wären wir auch. Wenn wir Atombomben statt der paar Brocken Kohle gehabt hätten«, antwortet er.

»Ich würde ja gern daran glauben, dass Distrikt 12 damals in den Dunklen Tagen die anderen Rebellen nicht im Stich gelassen hätte«, sage ich.

»Wahrscheinlich hätten wir es doch getan, bei der Alternative, aufzugeben oder einen Atomkrieg anzuzetteln«, sagt Gale. »Irgendwie ist es schon bemerkenswert, dass sie überhaupt überlebt haben.«

Vielleicht liegt es daran, dass meinen Schuhen immer noch die Asche meines eigenen Distrikts anhaftet, aber zum ersten Mal erweise ich den Leuten aus Distrikt 13 etwas, das ich ihnen bisher verwehrt habe: Anerkennung. Weil sie allen Widrigkeiten zum Trotz überlebt haben. Die ersten Jahre müssen schrecklich für die Menschen gewesen sein, zusammengedrängt in unterirdischen Kammern, nachdem ihre Stadt dem Erdboden gleichgemacht worden war. Die Bevölkerung dezimiert, nirgends ein Verbündeter, an den man sich um Hilfe hätte wenden können. Im Lauf der vergangenen fünfundsiebzig Jahre haben sie gelernt, genügsam zu sein, haben aus den Bewohnern eine Armee aufgebaut und ohne jede Hilfe eine neue Gesellschaft errichtet. Und hätte nicht diese Pockenepidemie ihre Geburtenrate gegen null sinken lassen, wären sie noch mächtiger. Nur deshalb sind sie nun so versessen auf einen neuen Genpool und neue Erzeuger. Sie mögen militaristisch, übermäßig kontrolliert und etwas humorlos sein. Aber sie sind hier. Und sie sind bereit, es mit dem Kapitol aufzunehmen.

»Trotzdem, es hat lange gedauert, bis sie sich gezeigt haben«, sage ich.

»Das war halt nicht so einfach. Sie mussten erst eine Rebellenbasis im Kapitol aufbauen und den Untergrund in den Distrikten organisieren«, sagt Gale. »Und dann brauchten sie noch jemanden, der den Stein ins Rollen bringt. Sie brauchten dich.«

»Peeta brauchten sie auch, aber das scheinen sie vergessen zu haben«, sage ich.

Gales Miene verdüstert sich. »Peeta hat heute Abend möglicherweise eine Menge Schaden angerichtet. Die meisten Rebellen werden das, was er gesagt hat, natürlich umgehend ablehnen. Doch es gibt Distrikte, in denen der Widerstand wackelt. Das mit dem Waffenstillstand ist eindeutig die Idee von Präsident Snow. Aber wenn sie aus Peetas Mund kommt, klingt sie unheimlich vernünftig.«

Ich habe Angst vor Gales Antwort, aber ich frage trotzdem: »Warum, glaubst du, hat er das gesagt?«

»Vielleicht haben sie ihn gefoltert. Oder überredet. Ich persönlich glaube, er ist irgendeinen Handel eingegangen, um dich zu beschützen: Er bringt die Idee eines Waffenstillstands aufs Tapet, wenn Snow im Gegenzug erlaubt, dass Peeta dich als verwirrtes schwangeres Mädchen darstellt, das völlig ahnungslos war, als es von den Rebellen gefangen genommen wurde. Damit bestünde immer noch die Aussicht auf Milde für dich, falls die Distrikte verlieren. Und falls du mitspielst.« Ich muss völlig perplex aussehen, denn den nächsten Satz spricht Gale sehr langsam aus. »Katniss … er versucht immer noch, dich zu retten.«

Mich zu retten? Und dann begreife ich. Die Spiele dauern noch immer an. Wir sind zwar nicht mehr in der Arena, aber da

Peeta und ich nicht getötet wurden, hat sein letztes Ziel, also mein Leben zu retten, weiterhin Bestand. Seine Idee ist, dass ich mich versteckt halte, eingesperrt bleibe, solange der Krieg tobt. Dann hätte eigentlich keine der Seiten einen Grund, mich zu töten. Und Peeta? Wenn die Rebellen gewinnen, sieht es übel für ihn aus. Wenn das Kapitol gewinnt, wer weiß … Falls ich schön mitspiele, dürfen wir vielleicht beide am Leben bleiben – und zusehen, wie die Spiele weitergehen …

Bilder tauchen auf: der Speer in der Arena, der Rues Körper durchbohrt; Gale, der bewusstlos am Pranger hängt; die mit Leichen übersäte Wüstenlandschaft meiner Heimat. Und wozu das alles? Wozu? Je erregter ich werde, desto mehr Erinnerungen kommen hoch. Der erste flüchtige Hinweis auf den Aufstand in Distrikt 8. Die Sieger Hand in Hand am Abend vor Beginn der Spiele zum Jubel-Jubiläum. Und das ganz und gar nicht zufällige Abschießen meines Pfeils ins Kraftfeld um die Arena. Und wie sehr ich mir wünschte, ihn tief ins Herz meines Feindes zu versenken.

Ich springe auf, wobei ich eine Schachtel voll mit Stiften umkippe und sie auf dem Boden verstreue.

»Was ist los?«, fragt Gale.

»Es darf keinen Waffenstillstand geben.« Ich bücke mich, taste nach den dunkelgrauen Grafitstäben und versuche sie zurück in die Schachtel zu stopfen. »Wir dürfen nicht nachgeben.«

»Ich weiß.« Gale klaubt eine Handvoll Stifte zusammen und klopft sie auf dem Boden zurecht.

»Was immer Peeta bewogen hat, solche Sachen zu sagen, er irrt sich«, sage ich. Die blöden Stifte wollen nicht in die Schachtel und vor Ungeduld breche ich mehrere ab.

»Ich weiß.« Gale nimmt mir die Schachtel aus der Hand und füllt sie mit geschickten Bewegungen. »Gib her. Du machst sie ja alle kaputt.«

»Peeta weiß nicht, was sie mit Distrikt 12 gemacht haben. Wenn er gesehen hätte, wie es dort unten aussieht …«, sage ich.

»Katniss, ich will nicht mit dir streiten. Wenn ich einen Knopf drücken und jeden, der mit dem Kapitol zusammenarbeitet, töten könnte, ich würd's tun. Ohne zu zögern.« Er legt den letzten Stift in die Schachtel und macht sie zu. »Die Frage ist, was wirst du tun?«

Jetzt wird mir klar, dass es auf die Frage, die so lange an mir genagt hat, die ganze Zeit nur eine mögliche Antwort gab. Trotzdem bedurfte es Peetas Auftritt, damit ich es einsehe.

Was soll ich tun?

Ich hole tief Luft. Ich hebe sacht die Arme – wie ein Nachhall der schwarz-weißen Schwingen, die Cinna mir verliehen hat – und lasse sie wieder sinken.

»Ich werde der Spotttölpel sein.«

3

Butterblume liegt in Prims Armbeuge – es war immer seine Aufgabe, Prim vor der Nacht zu beschützen. In seinen Augen spiegelt sich das matte Glimmen des Sicherheitslichts über der Tür. Prim hat sich an meine Mutter gekuschelt, und wie sie so schlafend daliegen, sehen sie aus wie vor einem Jahr, am Morgen der Ernte, die mich in meine ersten Hungerspiele katapultierte. Ich habe ein Bett für mich allein, weil ich noch nicht richtig gesund bin und weil sowieso niemand mit mir in einem Bett schlafen kann, bei den Albträumen und dem dauernden Hin-und-her-Gewälze.

Nachdem ich mich stundenlang von einer Seite auf die andere geworfen habe, akzeptiere ich schließlich, dass es eine schlaflose Nacht wird. Unter Butterblumes wachsamem Blick schleiche ich auf Zehenspitzen über den kalten Fliesenboden zur Kommode.

Die mittlere Schublade enthält die mir zugeteilten Kleidungsstücke. Jeder hier trägt die gleiche graue Hose und das gleiche graue Hemd, das in den Hosenbund gesteckt wird. Unter der Kleidung verwahre ich die wenigen Dinge, die ich bei mir trug, als ich aus der Arena geholt wurde. Die Brosche mit dem Spotttölpel. Das Andenken von Peeta, ein goldenes Medaillon mit Fotos: meine Mutter, Prim und Gale. Ein silberner Fallschirm, in den ein Hahn zum Zapfen von Baumsaft eingewickelt ist, sowie die Perle, die Peeta mir geschenkt hat, kurz bevor ich das Kraftfeld in die Luft gejagt habe. Die Tube mit der Salbe hat Distrikt 13 ebenso konfisziert wie meinen Bogen und die Pfeile, denn nur die Wachen haben die Erlaubnis, Waffen zu tragen. Sie liegen jetzt im Arsenal.

Ich betaste den Fallschirm und fasse hinein, schließe die Finger um die Perle. Dann setze ich mich im Schneidersitz aufs Bett und fahre mit der zart irisierenden Perle über meine Lippen. Aus irgendeinem Grund tröstet mich das. Ein kühler Kuss von dem, der sie mir geschenkt hat.

»Katniss?«, flüstert Prim. Sie ist aufgewacht und späht durch die Dunkelheit zu mir herüber. »Was ist los?«

»Nichts. Hab nur schlecht geträumt. Schlaf weiter.« Ein Automatismus. Prim und meine Mutter heraushalten, um sie zu schützen.

Vorsichtig, damit sie meine Mutter nicht weckt, steigt Prim aus dem Bett, schnappt sich Butterblume und setzt sich neben mich. Sie berührt meine Hand, die sich um die Perle geschlossen hat. »Du frierst ja.« Sie zieht die Wolldecke vom Fußende des Bettes herauf und wickelt uns alle drei hinein. Jetzt bin ich in ihre Wärme und in Butterblumes pelzige Hitze eingehüllt. »Du kannst es mir ruhig sagen, weißt du. Ich kann ein Geheimnis für mich behalten. Sogar vor Mutter.«

Jetzt ist es endgültig verschwunden. Das kleine Mädchen mit der herausgerutschten Bluse, deren Zipfel aussieht wie ein Entenschwanz; dem man bei den Tellern helfen musste, weil es noch nicht so hoch kam, und das so lange bettelte, bis ich mit ihm die verzierten Kuchen im Schaufenster der Bäckerei anschauen ging. Zeit und Schicksalsschläge haben Prim notgedrungen älter werden lassen, zu schnell für meinen Geschmack, und jetzt ist sie eine junge Frau, die blutende Wunden zusammennäht und weiß, dass man unserer Mutter nicht so viel zumuten kann.

»Morgen früh werde ich mich bereit erklären, der Spotttölpel zu sein«, vertraue ich ihr an.

»Weil du es willst oder weil du es musst?«, fragt sie.

Ich lache kurz auf. »Beides, glaube ich. Nein, ich will es. Ich muss, wenn es den Rebellen hilft, Präsident Snow zu besiegen.« Ich drücke die Perle in meiner Faust noch fester. »Wenn nur er nicht wäre … Peeta. Ich habe Angst, dass die Rebellen ihn hinrichten, wenn sie gewinnen, weil sie ihn für einen Verräter halten.«

Prim denkt darüber nach. »Ich glaube, dir ist nicht klar, wie wichtig du für die Sache bist, Katniss. Wichtige Leute bekommen gewöhnlich, was sie wollen. Wenn du willst, dass Peeta von den Rebellen verschont wird, dann kriegst du das auch hin.«

Es stimmt wohl, dass ich wichtig bin. Sie haben eine Menge Scherereien in Kauf genommen, um mich zu retten. Sie haben mir sogar erlaubt, noch mal Distrikt 12 zu besuchen. »Du meinst … ich könnte verlangen, dass sie Peeta Straffreiheit zusichern? Und dass ihnen gar nichts anderes übrig bleibt, als Ja zu sagen?«

»Ich meine, du könntest so ziemlich alles verlangen, und ihnen würde nichts anderes übrig bleiben, als Ja zu sagen.« Prim runzelt die Stirn. »Die Frage ist nur, wie du sicher sein kannst, dass sie Wort halten.«

All die Lügen fallen mir ein, die Haymitch Peeta und mir aufgetischt hat, damit wir taten, was er wollte. Was sollte die Rebellen davon abhalten, sich einfach nicht an den Deal zu halten? Ein mündlich hinter verschlossenen Türen gegebenes Versprechen, selbst eine schriftliche Erklärung, könnte sich nach

Kriegsende allzu leicht in nichts auflösen, ihre Existenz oder Gültigkeit geleugnet werden. Zeugen, die dem Kommandostab angehören, bringen auch nichts. Im Gegenteil, vermutlich wären sie diejenigen, die Peetas Todesurteil unterschreiben. Ich brauche viel mehr Zeugen. So viele, wie ich kriegen kann.

»Es muss öffentlich passieren«, sage ich. Butterblume zuckt mit dem Schwanz, was ich als Zustimmung nehme. »Ich werde dafür sorgen, dass Coin es vor der gesamten Bevölkerung von Distrikt 13 verkündet.«

Prim lächelt. »Das ist gut. Eine Garantie ist es zwar immer noch nicht, aber so wird es wenigstens viel schwieriger für sie werden, von ihrem Versprechen abzurücken.«

Ich bin erleichtert. Erleichtert, weil wir die Lösung gefunden haben. »Ich sollte dich öfter mal aufwecken, kleine Ente.«

»Von mir aus jederzeit«, sagt Prim. Sie gibt mir einen Kuss. »Versuch jetzt wieder zu schlafen, ja?« Ich folge ihrem Rat.

Am Morgen sehe ich, dass der Programmpunkt *7.00 Uhr – Frühstück* direkt gefolgt wird von *7.30 Uhr – Kommando*, was mir sehr entgegenkommt. Ich kann die Kugel auch jetzt gleich ins Rollen bringen. Im Speisesaal halte ich meinen Tagesplan, auf dem irgendeine ID-Nummer steht, vor einen Sensor. Ich ziehe mein Tablett über die Metallablage vor den Behältern mit dem Essen und sehe, dass es mehr oder weniger das Gleiche zum Frühstück gibt wie immer – eine Schale Getreidebrei, eine Tasse Milch und eine kleine Portion Obst oder Gemüse. Heute zur Abwechslung mal Rübenmus. Alle Speisen stammen von den unterirdischen Farmen des Distrikts. Ich setze mich an den Tisch, der den Everdeens, den Hawthornes und einigen weiteren Flüchtlingen zugewiesen wurde, und schaufele das Frühstück in mich rein. Ich hätte gern einen Nachschlag, aber einen

Nachschlag gibt es nie. Sie haben hier ein rein technisches Verhältnis zum Essen. Man bekommt gerade so viele Kalorien verabreicht, dass man bis zur nächsten Mahlzeit durchhält, nicht mehr und nicht weniger. Die Ration hängt ab von Alter, Größe, Körperbau, Gesundheit sowie dem Arbeitspensum, das der Tagesplan verlangt. Wir aus Distrikt 12 bekommen sowieso schon etwas größere Portionen als die Einheimischen, damit wir Gewicht zulegen. Magere Soldaten machen zu schnell schlapp, schätze ich. Aber es funktioniert. Schon nach einem Monat sehen wir deutlich gesünder aus, besonders die Kinder.

Gale stellt sein Tablett neben mir ab. Ich versuche, nicht allzu mitleiderregend auf seine Rüben zu starren, denn ich hätte wirklich gern mehr und er würde mir sein Essen jederzeit überlassen. Obwohl ich mich also hingebungsvoll dem Falten meiner Serviette widme, schwappt ein Löffel voll Rübenmus in meine Schale.

»Du musst damit aufhören«, sage ich, nicht recht überzeugend, da ich das Zeug bereits in mich reinlöffele. »Echt. Wahrscheinlich ist das sogar verboten.« Was das Essen angeht, sind die Regeln hier sehr streng. Man darf zum Beispiel nicht einfach etwas aus dem Speisesaal mitnehmen, um es für später aufzubewahren. Wahrscheinlich haben die Leute in früheren Zeiten Lebensmittel gehortet. Gale und mir, die wir unsere Familien über Jahre mit Nahrung versorgt haben, passt das natürlich gar nicht. Wir sind daran gewöhnt, hungrig zu sein, aber nicht daran, dass man uns sagt, wie wir mit unseren Vorräten umzugehen haben. In gewisser Weise übt Distrikt 13 noch mehr Kontrolle aus als das Kapitol.

»Was hab ich schon zu befürchten? Meine Mailmanschette haben sie ja schon«, erwidert Gale.

Während ich meine Schale auskratze, kommt mir eine Idee. »Hey, vielleicht sollte ich das ja zur Bedingung machen, damit ich den Spotttölpel spiele!«

»Dass ich dich mit Rüben füttern darf?«, fragt er.

»Nein, dass wir jagen dürfen.« Jetzt ist sein Interesse geweckt. »Wir müssten zwar alles in der Küche abliefern, aber immerhin könnten wir ...« Ich brauche den Satz nicht zu beenden, er weiß es sowieso. Wir könnten über Tage sein. Draußen im Wald. Wir könnten wieder wir selbst sein.

»Gute Idee«, sagt er. »Und jetzt ist genau der richtige Zeitpunkt dafür. Du könntest das Unmögliche verlangen und sie müssten es irgendwie beschaffen.«

Er kann nicht wissen, dass ich schon das Unmögliche verlange, indem ich fordere, dass sie Peeta verschonen. Bevor ich mich entscheiden kann, ob ich es ihm sage, klingelt es und die Essensschicht ist zu Ende. Die Vorstellung, Coin allein gegenüberzutreten, macht mich nervös. »Was sagt dein Plan?«

Gale schaut auf seinen Unterarm. »Unterricht in Atomargeschichte. Wo man übrigens deine Abwesenheit bemerkt hat.«

»Ich muss in die Kommandozentrale. Kommst du mit?«, frage ich.

»Ist gut. Aber nach der Szene gestern werfen sie mich vielleicht gleich wieder raus.« Während wir unsere Tabletts zurückgeben, sagt er: »Hör mal, Butterblume setzt du am besten auch noch auf die Liste deiner Forderungen. Ich glaube nicht, dass die hier Sinn für nutzlose Haustiere haben.«

»Ach, die finden schon einen Job für ihn. Und verpassen ihm dann jeden Morgen ein Tattoo auf seine Pfote«, erwidere ich. Aber ich nehme mir vor, ihn ebenfalls auf die Liste zu setzen, Prim zuliebe.

Als wir in die Kommandozentrale kommen, sind Coin, Plutarch und die ganze Truppe schon da. Bei Gales Anblick runzeln einige die Stirn, aber niemand setzt ihn vor die Tür. Die Liste der Bedingungen, die ich im Geist immer wieder aufsage, ist völlig durcheinandergeraten, deshalb lasse ich mir erst mal ein Blatt Papier und einen Stift geben. Dass ich so offensichtlich Interesse am Ablauf zeige – zum ersten Mal, seit ich hier bin –, sorgt für Verwunderung. Blicke werden gewechselt. Wahrscheinlich hatten sie eine ganz besondere Standpauke für mich vorbereitet. Nun aber reicht Coin persönlich mir das Gewünschte, und alle warten schweigend, während ich mich an den Tisch setze und meine Liste hinkritzele. *Butterblume. Jagen. Peetas Straffreiheit. Öffentlich verkünden.*

Das hier ist vermutlich meine einzige Chance zu verhandeln. *Also, denk nach. Was willst du noch?* Ich spüre ihn in meinem Rücken. *Gale*, schreibe ich auf die Liste. Ich glaube nicht, dass ich es ohne ihn schaffen werde.

Ich bekomme Kopfschmerzen, meine Gedanken verheddern sich. Ich schließe die Augen und fange an, still herunterzubeten.

Ich heiße Katniss Everdeen. Ich bin siebzehn Jahre alt. Meine Heimat ist Distrikt 12. Ich war in den Hungerspielen. Ich bin geflohen. Das Kapitol hasst mich. Peeta wurde gefangen genommen. Er lebt. Er ist ein Verräter, aber er lebt. Ich muss ihn retten …

Die Liste. Irgendwie sieht sie immer noch zu kurz aus. Ich muss in größerem Maßstab denken, über die gegenwärtige Situation hinaus, wo ich von größter Bedeutung bin, in die Zukunft, wenn ich vielleicht gar nichts mehr wert bin. Sollte ich nicht noch mehr verlangen? Für meine Familie? Für die Überlebenden aus meinem Heimatdistrikt? Ich spüre wieder die Asche der Toten auf meiner Haut. Wieder stoße ich mit dem Schuh gegen den Totenschädel. Und wieder sticht mir der Geruch von Blut und Rosen in die Nase.

Der Stift bewegt sich von allein über das Blatt. Ich öffne die Augen und sehe die krakeligen Buchstaben. *ICH TÖTE SNOW.* Wenn er gefangen genommen wird, möchte ich dieses Vorrecht.

Plutarch hüstelt diskret. »So weit fertig?« Ich blicke kurz auf und sehe zur Uhr. Zwanzig Minuten sind vergangen. Finnick ist nicht der Einzige, der Probleme mit der Konzentration hat.

»Ja«, sage ich. Meine Stimme klingt heiser, ich räuspere mich. »Ja, also: Das ist die Abmachung. Ich werde euer Spotttölpel sein.«

Ich halte inne, damit sie erleichtert aufseufzen, einander gratulieren und auf die Schulter klopfen können. Nur Coin bleibt wie immer gelassen und sieht mich unbeeindruckt an.

»Aber nur unter ein paar Bedingungen.« Ich streiche die Liste glatt und beginne zu lesen. »Meine Familie darf den Kater behalten.« Schon meine geringste Forderung löst eine Diskussion aus. Die Rebellen aus dem Kapitol sehen darin kein Problem – selbstverständlich kann ich mein Haustier behalten –, während die aus Distrikt 13 die großen Schwierigkeiten zu bedenken geben, die das mit sich brächte. Schließlich einigen sie sich darauf, dass wir in die oberste Ebene umziehen, die den Luxus eines kleinen Fensters über Tage bietet. Da kann Butterblume kommen und gehen, wann er will. Er muss sich allerdings selbst ernähren. Wenn er die Sperrstunde verpasst, wird er ausgeschlossen und muss draußen übernachten. Sollte er irgendwelche Sicherheitsprobleme verursachen, wird er unverzüglich abgeschossen.

Das klingt okay. Viel anders hat er seit seiner Ankunft hier sowieso nicht gelebt. Bis auf das Abgeschossenwerden. Wenn er zu sehr abmagert, kann ich wohl ein paar Innereien für ihn abzwacken – vorausgesetzt, meiner nächsten Bitte wird entsprochen.

»Ich will jagen. Zusammen mit Gale. Draußen im Wald«, sage ich. Allgemeines Schweigen.

»Wir werden nicht weit gehen. Wir benutzen unsere eigenen Bogen. Und das Fleisch bekommt ihr für die Küche«, ergänzt Gale.

Bevor irgendjemand Nein sagen kann, rede ich schnell weiter. »Ich … ich kann einfach nicht atmen, wenn ich so eingeschlossen bin … Ich würde schneller werden, besser, wenn ich … jagen könnte.«

Plutarch hebt an, um uns die Nachteile darzulegen, die Gefahren, die zusätzlichen Sicherheitsmaßnahmen, das Risiko einer Verletzung, doch Coin unterbricht ihn. »Nein. Lasst sie. Zieht von ihrer Trainingszeit täglich zwei Stunden ab. Vierhundert Meter Radius. Mit Funkgeräten und Aufspürringen an den Knöcheln. Was noch?«

Ich überfliege meine Liste. »Gale. Ich brauche ihn an meiner Seite.«

»Wie, an deiner Seite? Abseits der Kameras? Die ganze Zeit? Möchtest du ihn als deinen neuen Geliebten präsentieren?«, fragt Coin.

Ich spüre keine Niedertracht in ihrer Stimme – im Gegenteil, ihre Worte sind geradezu nüchtern. Aber mir klappt trotzdem die Kinnlade runter. »Was?«

»Ich denke, wir sollten die Romanze so laufen lassen wie bisher. Wenn seine Geliebte sich so schnell von Peeta abwendet, könnten die Zuschauer sie weniger sympathisch finden«, sagt Plutarch. »Zumal sie ja glauben, dass sie sein Kind im Leib trägt.«

»Einverstanden. Und bei den Fernsehauftritten kann man Gale einfach als Gefolgsmann der Rebellen darstellen. Ist das in Ordnung?«, fragt Coin. Ich starre sie nur an. Ungeduldig wiederholt sie ihre Frage. »Was Gale betrifft. Reicht das?«

»Wir können ihn problemlos als deinen Cousin einbauen«, meint Fulvia.

»Wir sind aber keine Cousins«, sagen Gale und ich gleichzeitig.

»Das wissen wir, aber um den Schein zu wahren, sollten wir vor der Kamera weiter so tun, als ob«, sagt Plutarch. »Sobald die Kameras aus sind, gehört er dir allein. Noch was?«

Der Verlauf der Unterhaltung hat mich völlig verunsichert. Die Interpretation, dass ich Peeta so bereitwillig loswerden will, dass ich in Gale verliebt bin, dass alles nur geschauspielert war. Meine Wangen brennen. Allein die Vorstellung, dass ich unter den gegebenen Umständen einen einzigen Gedanken daran verschwenden könnte, wer als mein Geliebter präsentiert werden soll, ist erniedrigend. Ich bin so verärgert, dass ich mit der größten Forderung herausplatze. »Wenn der Krieg vorbei ist, also wenn wir gewonnen haben, dann wird Peeta begnadigt.«

Totenstille. Ich merke, wie Gales Körper sich verkrampft. Vermutlich hätte ich ihm doch vorher Bescheid sagen sollen, aber ich war mir nicht sicher, wie er darauf reagiert hätte. Weil es ja um Peeta ging.

»Es wird keine Strafe gegen ihn verhängt«, fahre ich fort, und dabei kommt mir ein neuer Gedanke. »Das Gleiche gilt für die anderen gefangenen Tribute, Johanna und Enobaria.« Ehrlich gesagt ist Enobaria, meine grausame Gegnerin aus Distrikt 2, mir herzlich egal. Ich kann sie nicht leiden, aber ich finde es trotzdem nicht richtig, sie außen vor zu lassen.

»Nein«, sagt Coin kategorisch.

»Doch«, schieße ich zurück. »Es ist nicht ihre Schuld, dass ihr sie in der Arena zurückgelassen habt. Wer weiß, was das Kapitol mit ihnen anstellt?«

»Sie werden wie alle Kriegsgefangenen vor Gericht gestellt und entsprechend ihrem Urteil behandelt«, sagt sie.

»Ihr werdet ihnen Straffreiheit garantieren!« Ich springe auf und spreche mit kräftiger, tönender Stimme. »Und Sie persönlich werden das vor der gesamten Bevölkerung von Distrikt 13 und den Überlebenden aus 12 zusichern. Bald. Noch heute. Und das wird für spätere Generationen aufgezeichnet. Sie und Ihre Regierung werden persönlich für die Sicherheit der Tribute garantieren oder Sie können sich einen anderen Spotttölpel suchen!«

Einen Augenblick lang hängen meine Worte in der Luft.

»Bingo!«, raunt Fulvia Plutarch zu. »Genau so brauchen wir sie. Dann noch das Kostüm, Geballer im Hintergrund, ein bisschen Qualm.«

»Ja, genau so wollen wir sie haben«, flüstert Plutarch zurück.

Am liebsten würde ich ihnen einen wütenden Blick zuwerfen, aber ich spüre, dass es ein Fehler wäre, Coin aus den Augen zu lassen. Sie kalkuliert still die Kosten meines Ultimatums, wiegt sie gegen meinen möglichen Wert ab.

»Was meinen Sie, Präsidentin?«, fragt Plutarch. »Sie könnten einen offiziellen Gnadenerlass verkünden angesichts der Umstände. Der Junge … er ist nicht mal volljährig.«

»Einverstanden«, sagt Coin schließlich. »Aber dann spielst du auch mit.«

»Ich spiele mit, sobald Sie die Sache verkündet haben«, erwidere ich.

»Beruft heute während der Besinnung die Nationale Sicherheitsversammlung ein«, ordnet Coin an. »Dort werde ich die Sache verkünden. Steht sonst noch was auf deiner Liste, Katniss?«

Das Blatt liegt jetzt zerknüllt in meiner rechten Faust. Ich streiche es auf dem Tisch glatt und lese die krakeligen Buchstaben. »Eins noch. Ich töte Snow.«

Zum ersten Mal überhaupt sehe ich die Andeutung eines Lächelns auf den Lippen der Präsidentin. »Wenn es so weit ist, werfen wir eine Münze.«

Vielleicht hat sie recht. Ich bin bestimmt nicht die Einzige, die Anspruch auf Snows Leben hat. Und dass Coin das auch hinkriegen würde, davon kann ich wohl ausgehen. »Von mir aus.«

Coin wirft einen schnellen Blick auf ihr Handgelenk, die Uhr. Auch sie hat einen Zeitplan, den sie einhalten muss. »Ich überlasse sie jetzt Ihnen, Plutarch.« Mit diesen Worten verlässt sie den Raum, ihre Mannschaft im Schlepptau. Plutarch, Fulvia, Gale und ich bleiben allein zurück.

»Ausgezeichnet. Ausgezeichnet.« Plutarch sinkt zusammen, die Ellbogen auf dem Tisch, und reibt sich die Augen. »Wisst ihr, was mir hier am meisten fehlt? Mehr als alles andere? Kaffee. Ist es denn zu viel verlangt, dass man etwas kriegt, um Haferschleim und Rüben runterzuspülen?«

»Wir hätten nicht gedacht, dass es hier so streng zugeht«, ergänzt Fulvia, während sie Plutarch die Schultern massiert. »Zumindest nicht in den oberen Rängen.«

»Wenn wenigstens die Aussicht auf kleine Nebenerwerbungen bestünde«, sagt Plutarch. »Sogar in Distrikt 12 gab es einen Schwarzmarkt, oder?«

»Ja, den Hob«, sagt Gale. »Da haben wir unser Fleisch verkauft.«

»Da, seht ihr? Selbst ihr, die ihr so anständig seid! Buchstäblich unkorrumpierbar!« Plutarch seufzt. »Was soll's, Kriege dauern nicht ewig. Jedenfalls freue ich mich, dass ihr mitmacht.« Er greift zur Seite, wo Fulvia ihm ein großes, in schwarzes Leder eingebundenes Skizzenbuch hinhält. »Du weißt im Groben, was wir von dir wollen, Katniss. Mir ist bewusst, dass du mit gemischten Gefühlen an die Sache herangehst. Vielleicht wird dir das hier helfen.«

Plutarch schiebt das Skizzenbuch zu mir herüber. Einen Augenblick lang mustere ich es misstrauisch. Aber dann siegt meine Neugier. Ich schlage das Buch auf und entdecke ein Bild von mir, aufrecht und stark, in einer schwarzen Uniform, die auf den ersten Blick völlig zweckmäßig aussieht, sich auf den zweiten aber als wahres Kunstwerk offenbart. Nur ein Mensch kann dieses Outfit entworfen haben. Der Schwung des Helms, die Wölbung der Brustplatte, die leichte Fülle der Ärmel, die die weißen Falten unter den Armen erkennen lässt. In seinen Händen bin ich erneut ein Spotttölpel.

»Cinna«, flüstere ich.

»Ja. Ich musste ihm versprechen, dir dieses Buch erst zu zeigen, nachdem du dich aus freien Stücken entschlossen hast, der Spotttölpel zu sein. Ich war ganz schön in Versuchung, glaub mir«, sagt Plutarch. »Mach weiter. Geh es durch.«

Langsam blättere ich die Seiten um und betrachte die Uniform in allen Details. Die sorgfältig geschneiderten Schichten der Panzerung, die verborgenen Waffen in Stiefeln und Gürtel, die besonderen Verstärkungen über dem Herzen. Auf der letzten Seite, unter einer Darstellung meiner Spotttölpelbrosche, hat Cinna geschrieben: *Ich wette immer noch auf dich.*

»Wann hat er …« Die Stimme versagt mir.

»Schwer zu sagen. Irgendwann nach der Verkündung des Jubel-Jubiläums. In den Wochen vor den Spielen vielleicht? Die Zeichnungen sind nicht alles. Wir haben auch die Uniformen. Ach ja, und Beetee hat etwas ganz Besonderes, das unten im Arsenal auf dich wartet. Aber ich verrate noch nichts«, sagt Plutarch.

»Du wirst der bestgekleidete Rebell aller Zeiten sein«, sagt Gale und lächelt. Plötzlich wird mir bewusst, wie erleichtert er ist. Wie Cinna hat er von Anfang an gehofft, dass ich mich so entscheide.

»Wir planen eine Attacke auf ihr Sendezentrum«, erklärt Plutarch. »Wir wollen eine Serie von Propaganda-Spots einspielen – Propos, wie wir sie nennen – und sie der gesamten Bevölkerung von Panem zeigen.«

»Aber wie? Das Kapitol kontrolliert die Sender«, sagt Gale.

»Wir haben doch Beetee. Vor etwa zehn Jahren hat er das unterirdische Leitungsnetz, über das die Sendungen übertragen werden, von Grund auf neu gestaltet. Er ist guter Hoffnung, dass wir es schaffen. Aber natürlich brauchen wir erst mal etwas, das wir senden können. Und deshalb, Katniss, wartet jetzt das Studio auf dich.« Plutarch wendet sich an seine Assistentin. »Fulvia?«

»Plutarch und ich haben lange überlegt, wie wir es am besten angehen, und sind zu dem Schluss gekommen, dass wir dich, unsere Rebellenführerin, von außen nach innen aufbauen. Das heißt, dass wir zunächst einen möglichst aufregenden Spotttölpel-Look finden und danach dann deine Persönlichkeit so herausarbeiten, dass du seiner auch würdig bist!«, sagt sie strahlend.

»Ihr habt ihre Uniform doch schon«, wirft Gale ein.

»Ja, aber ist sie abgerissen und blutverschmiert? Glimmt darin das Feuer der Rebellion? Wie schmuddelig darf sie sein, ohne dass die Leute sich angewidert abwenden? So oder so, sie muss etwas verkörpern. Denn das«, Fulvia tritt rasch auf mich zu und rahmt mit den Händen mein Gesicht ein, »das allein wird es kaum bringen.« Reflexhaft ziehe ich den Kopf zurück, aber da ist sie schon dabei, ihre Sachen zusammenzuraffen. »Wir haben noch eine weitere kleine Überraschung für euch. Kommt, kommt.«

Fulvia winkt uns zu sich, und Gale und ich folgen ihr und Plutarch in den Flur.

»Gut gemeint, aber echt taktlos«, flüstert Gale mir ins Ohr.

»Willkommen im Kapitol«, forme ich mit den Lippen. Doch Fulvias Worte lassen mich kalt. Ich halte mich lieber an das Skizzenbuch und gestatte mir ein wenig Optimismus. Es muss die richtige Entscheidung sein. Wenn Cinna es so wollte.

Wir betreten einen Aufzug und Plutarch geht seine Notizen durch. »Mal sehen. Einheit drei-neun-null-acht.« Er drückt auf einen Knopf mit einer *39* darauf, aber nichts passiert.

»Du brauchst den Schlüssel«, sagt Fulvia.

Plutarch zieht einen Schlüssel an einer dünnen Kette unter dem Hemd hervor und steckt ihn in einen Schlitz, der mir zuvor nicht aufgefallen war. Die Türen schließen sich. »Aha, jetzt aber!«

Der Aufzug fällt zehn, zwanzig, dreißig Ebenen nach unten.

Dass Distrikt 13 so tief reicht, habe ich nicht gewusst. Die Türen öffnen sich auf einen weiträumigen weißen Korridor mit einer Reihe roter Türen, die im Vergleich zu den grauen der oberen Geschosse fast dekorativ wirken. Jede ist deutlich mit einer Zahl beschriftet. *3901, 3902, 3903 …*

Ich schaue rasch zurück auf den sich schließenden Aufzug und sehe, wie sich ein Metallgitter vor die Türen schiebt. Als ich wieder nach vorn blicke, ist plötzlich ein Wachmann aus einem der Räume am anderen Ende des Korridors aufgetaucht. Während er auf uns zumarschiert, schließt sich irgendwo hinter ihm unhörbar eine Tür.

Plutarch geht ihm entgegen und hebt die Hand zum Gruß, wir anderen folgen. Mir ist unwohl hier unten. Nicht nur wegen der doppelt gesicherten Aufzugtüren oder der Platzangst, die einen so weit unter der Erde beschleicht, oder wegen des beißenden Gestanks nach Desinfektionsmittel. Ein Blick in Gales Gesicht bestätigt mir, dass er genauso empfindet.

»Guten Morgen, wir suchen …«, hebt Plutarch an.

»Sie haben sich im Stockwerk geirrt«, sagt der Wachmann schroff.

»Tatsächlich?« Plutarch sieht noch einmal in seinen Unterlagen nach. »Aber ich habe hier doch drei-neun-null-acht stehen. Vielleicht könnten Sie mal anrufen und …«

»Ich fürchte, ich muss Sie bitten, sofort zu gehen. Für Unstimmigkeiten bei der Nummerierung ist das Hauptbüro zuständig«, sagt der Wachmann.

Raum 3908 liegt direkt vor uns. Nur ein paar Schritte entfernt. An der Tür – eigentlich an allen Türen – scheint etwas zu fehlen. Die Klinke. Vermutlich handelt es sich um eine Schwingtür wie die, aus der der Wachmann eben gekommen ist.

»Wo war das noch mal?«, fragt Fulvia.

»Das Hauptbüro befindet sich auf Ebene 7«, sagt der Wachmann und breitet die Arme aus, um uns zurück zum Aufzug zu treiben.

Aus Raum 3908 dringt ein Geräusch. Kaum hörbar. Ein Laut, wie ihn vielleicht ein verängstigter Hund machen würde, der nicht geschlagen werden will – nur viel zu menschlich und vertraut. Ich tausche einen kurzen Blick mit Gale, aber er ist lang genug, wenn zwei Menschen so miteinander vertraut sind wie wir. Unter Mordsgetöse lasse ich dem Wachmann Cinnas Skizzenbuch vor die Füße fallen. Sobald er sich danach bückt, bückt sich auch Gale, und zwar so, dass sie mit den Köpfen zusammenstoßen. »Oh, das tut mir leid«, sagt Gale und lacht auf, während er sich Halt suchend an den Armen des Wachmanns festhält und ihn von mir wegdreht.

Das ist die Gelegenheit. Ich husche hinter dem abgelenkten Wachmann vorbei, drücke die Tür mit der *3908* auf und stehe vor ihnen.

Halb nackt, zerschrammt und an die Wand gekettet. Die Mitglieder meines Vorbereitungsteams.

4

Ein Gestank nach ungewaschenen Körpern, altem Urin und Eiter sticht durch die Wolke aus Desinfektionsmitteln. Die drei Gestalten sind nur an ihren auffälligen Modeaccessoires zu erkennen: Venias goldene Gesichtstattoos, Flavius' orangefarbene Korkenzieherlocken, Octavias immergrüne Haut, die nun ganz schlaff herabhängt wie die Hülle eines Ballons, der langsam die Luft verliert.

Als sie mich bemerken, pressen sich Flavius und Octavia gegen die gefliesten Wände, als würden sie nichts Gutes von mir erwarten, dabei habe ich ihnen nie etwas zuleide getan. Zwar habe ich sie manchmal mit unfreundlichen Gedanken bedacht, aber die habe ich immer für mich behalten. Warum schrecken sie bloß vor mir zurück?

Der Wachmann befiehlt mir herauszukommen, aber dem nun folgenden Gerangel entnehme ich, dass Gale ihn irgendwie zurückhält. Ich will wissen, was hier los ist. Vor Venia, die immer die Stärkste war, gehe ich in die Hocke und ergreife ihre eisigen Hände, die sich wie Schraubzwingen um meine schließen.

»Was ist passiert, Venia?«, frage ich. »Was macht ihr hier?«

»Sie haben uns mitgenommen. Aus dem Kapitol«, sagt sie mit heiserer Stimme.

Plutarch betritt den Raum. »Was um alles in der Welt geht hier vor?«

»Wer hat euch mitgenommen?«, dränge ich.

»Leute«, sagt Venia vage. »In der Nacht, als du ausgebrochen bist.«

»Wir dachten, es wäre dir ein Trost, wenn du dein gewohntes Team um dich hättest«, sagt Plutarch hinter mir. »Cinna wollte es so.«

»Das hat Cinna gewollt?«, fauche ich ihn an. Wenn ich eins weiß, dann das: Cinna ist den dreien immer freundlich und geduldig begegnet, niemals hätte er gutgeheißen, dass sie misshandelt werden. »Warum werden sie wie Verbrecher behandelt?«

»Ehrlich gesagt, ich weiß es nicht.« So, wie er es sagt, muss ich ihm glauben, und Fulvias bleiches Gesicht ist die Bestätigung. Plutarch wendet sich an den Wachmann, der mit Gale im Schlepptau erscheint: »Ich wusste nur, dass man sie eingesperrt hat. Weshalb wurden sie auf diese Weise bestraft?«

»Weil sie Essen gestohlen haben. Es gab eine heftige Auseinandersetzung um Brot und da mussten wir sie in die Schranken weisen«, sagt der Wachmann.

Venia zieht die Brauen zusammen, als könnte sie es immer noch nicht begreifen. »Keiner hat uns was gesagt. Wir hatten solchen Hunger. Sie hat nur eine einzige Scheibe genommen.«

Octavia schluchzt in ihre zerlumpte Tunika. Ich weiß noch, wie sie mir damals, als ich zum ersten Mal aus der Arena herauskam, heimlich unter dem Tisch ein Brötchen zugesteckt hat, weil sie meinen Hunger nicht mit ansehen konnte. Ich krabbele zu ihr. »Octavia?« Als ich ihren zitternden Körper berühre, zuckt sie zusammen. »Octavia? Es wird alles gut. Ich hol euch hier raus, ja?«

»Das geht entschieden zu weit«, sagt Plutarch.

»Und das alles nur, weil sie eine Scheibe Brot geklaut hat?«, fragt Gale aufgebracht.

»Es war nicht das erste Mal. Man hat sie gewarnt. Aber sie haben immer weiter Brot gestohlen.« Der Wachmann hält kurz inne, als könnte er unsere Begriffsstutzigkeit nicht begreifen. »Brot stehlen ist verboten.«

Ich kann Octavia nicht dazu bewegen, mich anzuschauen, aber immerhin hebt sie den Kopf ein wenig. Die Ketten an ihren Handgelenken rutschen etwas herunter, man sieht das rohe Fleisch. »Ich bringe euch zu meiner Mutter«, sage ich, und zu dem Wachmann gewandt: »Mach sie los.«

Der Wachmann schüttelt den Kopf. »Dazu bin ich nicht befugt.«

»Mach sie los! Sofort!«, brülle ich.

Da ist es mit der Selbstsicherheit des Wachmanns auf einmal vorbei. Gewöhnliche Bürger sprechen ihn so nicht an. »Ich habe keinen Befehl, sie freizulassen. Und Sie sind nicht befugt …«

»Aber ich bin befugt«, schaltet sich Plutarch ein. »Wir wollten die drei sowieso mitnehmen. Wir brauchen sie, Waffenabteilung. Ich übernehme die volle Verantwortung.«

Der Wachmann geht weg, um zu telefonieren. Als er zurückkommt, hat er ein Schlüsselbund bei sich. Die drei mussten so lange in verkrampfter Körperhaltung ausharren, dass sie kaum laufen können. Gale, Plutarch und ich müssen sie stützen. Flavius' Fuß bleibt im Metallgitter über einer kreisrunden Öffnung im Boden hängen, und als ich mir vorstelle, wozu ein Raum einen solchen Abfluss braucht, zieht sich mir der Magen zusammen. Dort lässt man die Flecken menschlichen Elends verschwinden, die man von den weißen Fliesen gespritzt hat …

In der Krankenstation suchen wir meine Mutter. Sie ist die

Einzige, der ich die Gefangenen anvertrauen mag. In dem Zustand erkennt meine Mutter sie nicht gleich. Ich bemerke ihren konsternierten Blick, und ich weiß, dass er nicht von dem Anblick misshandelter Körper herrührt – das war für sie in Distrikt 12 Alltag –, sondern von der Erkenntnis, dass es solche Dinge auch in Distrikt 13 gibt.

In der Krankenstation hat man meine Mutter willkommen geheißen, auch wenn man in ihr, trotz ihrer lebenslangen Erfahrung als Heilerin, eher eine Krankenschwester sieht als eine Ärztin. Aber niemand mischt sich ein, als sie das Trio in ein Behandlungszimmer führt, um die Wunden zu untersuchen. Ich setze mich auf eine Bank im Flur vor dem Eingang zur Krankenstation und warte auf ihre Diagnose. Meine Mutter besitzt die Fähigkeit, an einem Körper die Qualen abzulesen, die er erlitten hat.

Gale setzt sich neben mich und legt mir den Arm um die Schultern. »Deine Mutter kriegt sie wieder hin.« Ich nicke und frage mich, ob er wohl an seine eigene brutale Auspeitschung in Distrikt 12 zurückdenken muss.

Plutarch und Fulvia setzen sich auf die Bank gegenüber, äußern sich aber nicht zum Zustand meines Vorbereitungsteams. Offenbar wussten sie nichts von der Bestrafung. Es muss ihnen peinlich sein, dass Präsidentin Coin sie ohne ihr Wissen angeordnet hat. Ich beschließe, ihnen aus der Klemme zu helfen.

»Das dürfte ein dezenter Hinweis an uns alle sein«, sage ich.

»Was? Nein. Was willst du damit sagen?«, fragt Fulvia.

»Dass die Bestrafung meines Vorbereitungsteams eine Warnung ist«, erläutere ich. »Nicht nur für mich. Auch für euch. Um uns daran zu erinnern, wer hier das Sagen hat und was mit denen passiert, die nicht gehorchen. Und falls ihr euch der Illusion hingegeben habt, ihr hättet Macht, dann solltet ihr euch jetzt davon verabschieden. Eure Herkunft aus dem Kapitol schützt euch hier nicht. Vielleicht ist sie sogar eher hinderlich.«

»Du willst doch nicht Plutarch, den Organisator beim Ausbruch der Rebellen, mit diesen drei Kosmetikheinis vergleichen?«, sagt Fulvia eisig.

Ich zucke die Achseln. »Wie du meinst. Aber was, wenn ihr bei Coin in Ungnade fallt, Fulvia? Mein Vorbereitungsteam wurde gekidnappt, sie haben wenigstens noch die Hoffnung, dass sie eines Tages ins Kapitol zurückkehren. Gale und ich können im Wald leben. Aber du und Plutarch? Wohin solltet ihr beide zurückgehen?«

»Vielleicht sind wir doch ein bisschen wichtiger für den Krieg, als du annimmst«, erwidert Plutarch zuversichtlich.

»Natürlich seid ihr das. Aber die Tribute sind auch wichtig für die Spiele gewesen. Bis sie es irgendwann nicht mehr waren«, sage ich. »Und dann waren wir auf einmal sehr entbehrlich – stimmt's, Plutarch?«

Damit ist das Gespräch beendet. Schweigend warten wir, bis meine Mutter zu uns kommt. »Sie werden wieder auf die Beine kommen«, sagt sie. »Keine bleibenden körperlichen Schäden.«

»Gut. Wunderbar«, sagt Plutarch. »Wie lange wird es dauern, bis sie wieder einsatzbereit sind?«

»Warten wir bis morgen«, antwortet sie. »Nach allem, was sie durchgemacht haben, müssen wir mit einer gewissen emotionalen Labilität rechnen. Nach dem Leben, das sie im Kapitol führten, hat sie das alles hier völlig unvorbereitet getroffen.«

»Gilt das nicht für uns alle?«, sagt Plutarch.

Weil mein Vorbereitungsteam außer Gefecht gesetzt ist, entbindet Plutarch mich für den Rest des Tages von meinen Pflichten als Spotttölpel. Vielleicht auch, weil ich so angespannt bin. Jedenfalls gehen Gale und ich hinunter zum Mittagessen, wo uns heute ein Bohnen-Zwiebel-Eintopf, eine dicke Scheibe Brot sowie eine Tasse Wasser serviert werden. Nach Venias Geschichte bleibt mir das Brot allerdings im Hals stecken und ich schiebe den Rest auf Gales Tablett rüber. Während des Essens reden wir nicht viel, doch als unsere Schüsseln leer sind, krempelt Gale seinen Ärmel hoch und zeigt auf seinen Tagesplan. »Ich hab als Nächstes Training.«

Ich halte meinen Arm neben seinen. »Ich auch.« Im selben Augenblick fällt mir ein, dass Training jetzt Jagen heißt.

Der Wunsch, in den Wald zu entfliehen, und sei es nur für zwei Stunden, ist größer als meine Sorgen. In Laub und Sonnenlicht einzutauchen, könnte mir helfen, meine Gedanken zu ordnen.

Als wir draußen auf dem Hauptkorridor sind, laufen Gale und ich wie die Schulkinder los zum Arsenal, und als wir ankommen, bin ich atemlos und benommen. Ein Indiz dafür, dass ich noch nicht ganz die Alte bin. Die Wachleute händigen uns unsere Waffen sowie Messer und einen Jutebeutel aus, der zur Aufbewahrung der Beute dient. Ich sträube mich nicht, als der Aufspürer um meinen Knöchel gelegt wird, und mache ein aufmerksames Gesicht, als uns die Funktionsweise des Handfunkgeräts erklärt wird. Bei mir bleibt nur hängen, dass es eine Uhr besitzt und wir unbedingt zur festgesetzten Zeit zurück sein müssen, wenn wir nicht riskieren wollen, dass uns das Jagdprivileg wieder entzogen wird. Diese eine Regel werde ich nach Kräften befolgen.

Wir gehen hinaus auf das weitläufige eingezäunte Übungsgelände am Waldrand. Wachmänner öffnen kommentarlos die gut geölten Tore. Diesen Zaun auf eigene Faust zu überwinden, wäre alles andere als ein Kinderspiel: Er ist zehn Meter hoch, man hört das Sirren des Stroms, und den Abschluss bilden rasiermesserscharfe Stahlrollen. Wir gehen durch den Wald, bis wir den Zaun nicht mehr sehen. Auf einer kleinen Lichtung bleiben wir stehen und legen die Köpfe zurück, um das Licht der Sonne zu genießen. Ich breite die Arme aus und drehe mich im Kreis, langsam, damit mir nicht schwindelig wird.

Die Trockenheit, die mir schon in Distrikt 12 aufgefallen ist, hat auch hier die Pflanzen geschädigt, das dürre Laub bildet einen Teppich unter unseren Füßen. Wir ziehen die Schuhe aus. Meine passen sowieso nicht richtig, denn ganz im Sinne des Sparsamkeitsethos in Distrikt 13 hat man mir gebrauchte gegeben, aus denen der Vorbesitzer herausgewachsen war. Einer von uns muss einen merkwürdigen Gang haben, denn sie sind ganz komisch eingelaufen.

Gale und ich jagen wie in alten Zeiten. Schweigend, denn wir brauchen keine Worte, um uns zu verständigen, hier im Wald bewegen wir uns wie ein einziges Wesen. Wir ahnen den nächsten Schritt des anderen, geben uns gegenseitig Deckung. Wie lange ist das her, seit wir diese Freiheit zuletzt hatten? Acht Monate? Neun? Es ist nicht das Gleiche, wegen allem, was seither passiert ist, wegen der Aufspürer an unseren Knöcheln und der Tatsache, dass ich öfter mal eine Pause einlegen muss. Aber näher am Glück als in diesem Moment kann ich augenblicklich nicht sein.

Die Tiere hier sind nicht sehr scheu. Sie brauchen einen Moment zu lange, um unseren Geruch einzuordnen, und das bedeutet für sie den Tod. Nach anderthalb Stunden haben wir ein Dutzend Tiere erlegt, Kaninchen, Eichhörnchen und Truthähne. Wir beschließen, Feierabend zu machen und die verbleibende Zeit an einem Teich zu verbringen, der offenbar von einer unterirdischen Quelle gespeist wird, denn das Wasser ist kühl und süß.

Gale bietet an, die Tiere auszunehmen, und ich protestiere nicht. Ich lege mir ein paar Pfefferminzblätter auf die Zunge, schließe die Augen und lehne mich gegen einen Felsen. In dieser Haltung nehme ich die Geräusche in mir auf, genieße die heiße Nachmittagssonne auf der Haut und bin fast zur Ruhe gekommen, als Gales Stimme den Frieden unterbricht. »Wieso liegt dir eigentlich so viel an deinem Vorbereitungsteam, Katniss?«

Ich öffne die Augen, weil ich wissen will, ob er Witze macht, doch er blickt konzentriert auf das Kaninchen hinunter, dem er gerade das Fell abzieht. »Wieso denn nicht?«

»Tja. Weil sie das letzte Jahr damit verbracht haben, dich fürs Abschlachten schön zu machen, vielleicht?«, sagt er.

»So einfach ist das nicht. Ich kenne sie. Sie sind nicht böse oder grausam. Sie sind nicht mal besonders helle. Sie sind wie Kinder. Sie begreifen nicht … Ich meine, sie wissen nicht …« Ich verheddere mich in meinen Worten.

»Was wissen sie nicht, Katniss?«, fragt er. »Dass die Tribute – die in den Spielen doch die wahren Kinder sind – gezwungen werden, sich bis auf den Tod zu bekämpfen? Dass du in die Arena geschickt wurdest, damit die Leute ihren Spaß haben? War das im Kapitol ein großes Geheimnis?«

»Nein. Aber sie sehen das nicht so wie wir«, sage ich. »Sie sind damit groß geworden und …«

»Willst du sie deswegen auch noch in Schutz nehmen?« Mit einer schnellen Bewegung zieht er dem Kaninchen das Fell ab.

Das trifft mich, denn, so lächerlich es ist, genau das tue ich. Verzweifelt suche ich einen logischen Standpunkt. »Ich würde jeden in Schutz nehmen, der wegen einer Scheibe Brot so behandelt wird. Wahrscheinlich hat es mich einfach daran erinnert, was man wegen eines Truthahns mit dir gemacht hat!«

Aber er hat trotzdem recht. Es ist wirklich seltsam, dass ich mir solche Sorgen um mein Vorbereitungsteam mache. Eigentlich müsste ich sie doch hassen und am liebsten hängen sehen. Aber sie sind so unbedarft, außerdem gehörten sie zu Cinna, und der war doch auf meiner Seite, oder?

»Ich will mich wirklich nicht streiten«, sagt Gale. »Aber ich glaube nicht, dass Coin dich warnen wollte, indem sie die Typen dafür bestrafte, die hiesigen Regeln verletzt zu haben. Wenn überhaupt, dachte sie wahrscheinlich eher, dass sie dir damit einen Gefallen tut.« Er stopft das Kaninchen in den Beutel und steht auf. »Wir müssen los, wenn wir rechtzeitig zurück sein wollen.«

Ich ignoriere seine ausgestreckte Hand und komme wackelig auf die Füße. »Prima.« Auf dem Rückweg sagt keiner ein Wort, aber nachdem wir das Tor passiert haben, kommt mir ein neuer Gedanke. »Während der Vorbereitungen zum Jubel-Jubiläum mussten Octavia und Flavius ihre Arbeit abbrechen, weil sie die ganze Zeit darüber weinten, dass ich noch mal in die Arena musste. Und Venia konnte kaum Auf Wiedersehen sagen.«

»Ich versuch, dran zu denken, wenn sie dich … neu stylen«, sagt Gale.

»Tu das«, erwidere ich.

Wir gehen in die Küche und händigen das Fleisch Greasy Sae

aus. Sie fühlt sich in Distrikt 13 wohl, auch wenn die Köche es für ihren Geschmack ein wenig an Erfindungsgeist mangeln lassen. Eine Frau, die aus wildem Hund und Rhabarber einen schmackhaften Eintopf zubereitet, muss sich hier vorkommen, als wären ihr die Hände gebunden.

Erschöpft von der Jagd und vom Schlafmangel, gehe ich zurück in unsere Wohneinheit. Sie ist leer, und erst da fällt mir wieder ein, dass wir wegen Butterblume ja umquartiert worden sind. Also fahre ich ins oberste Stockwerk und mache mich auf die Suche nach Einheit E. Es sieht dort genauso aus wie in Einheit 307, nur dass es in der Mitte der Außenwand ein Fenster gibt – sechzig Zentimeter breit und zwanzig Zentimeter hoch. Dieses Fenster wird durch eine schwere Metallplatte gesichert, doch jetzt steht es offen, und der Kater ist nirgendwo zu sehen. Ich lege mich aufs Bett und genieße den nachmittäglichen Sonnenstrahl, der auf mein Gesicht fällt. Und dann weiß ich nichts mehr, bis meine Schwester mich weckt: *18.00 Uhr – Besinnung.*

Prim erzählt mir, dass beim Mittagessen die Versammlung angekündigt wurde. Abgesehen von jenen, die unabkömmlich sind, ist die gesamte Bevölkerung angewiesen, ihr beizuwohnen. Wir folgen den Hinweisschildern zur Versammlungshalle, einem Saal, der so groß ist, dass er die Tausende, die herbeiströmen, problemlos aufnimmt. Man sieht, dass er für noch größere Versammlungen errichtet wurde, wie sie vor der Pockenepidemie vielleicht auch stattgefunden haben. Prim weist schweigend auf die unübersehbaren Folgen der Katastrophe hin – die Pockennarben auf den Körpern, die leicht entstellten Kinder. »Die haben hier viel gelitten«, sagt sie.

Nach dem heutigen Morgen empfinde ich kein besonderes

Mitleid mit Distrikt 13. »Nicht mehr als wir in Distrikt 12«, sage ich. Meine Mutter führt eine Schar Patienten herein, die selbst gehen können. Sie tragen Nachthemden und Bademäntel der Krankenstation. Finnick ist unter ihnen, er sieht benommen aus und doch schön wie immer. In seinen Händen hält er ein Stück dünne Schnur, die mit ihren knapp dreißig Zentimetern Länge selbst für ihn zu kurz wäre, um daraus eine ausreichend große Schlinge zu knüpfen. Seine Finger bewegen sich schnell, unwillkürlich knüpfen und lösen sie verschiedene Knoten, während er starr vor sich hin blickt. Wahrscheinlich gehört das zu seiner Therapie. Ich gehe zu ihm und sage: »Hallo, Finnick.« Er scheint es nicht zu bemerken, deshalb stupse ich ihn an, um seine Aufmerksamkeit zu erregen. »Finnick! Wie geht's dir?«

»Katniss«, sagt er und greift nach meiner Hand. Er ist wohl erleichtert, ein bekanntes Gesicht zu sehen. »Warum versammeln wir uns hier?«

»Ich hab zugestimmt, für Coin den Spotttölpel zu spielen. Dafür muss sie mir versprechen, dass die anderen Tribute nach dem Sieg der Rebellen straffrei ausgehen«, erkläre ich. »Und zwar öffentlich, damit es viele Zeugen gibt.«

»Ah. Gut. Ich mache mir nämlich Sorgen wegen Annie. Dass sie unbewusst etwas sagt, was als verräterisch ausgelegt werden könnte«, erwidert Finnick.

Annie. Oje. Die habe ich ganz vergessen. »Keine Sorge, für sie gilt es auch.« Ich drücke Finnicks Hand und gehe zum Podium an der Stirnseite des Raums. Coin, die gerade noch einmal ihre Erklärung überfliegt, hebt die Augenbraue. »Annie Cresta muss auch noch auf die Liste derjenigen, die straffrei ausgehen«, sage ich zu ihr.

Die Präsidentin runzelt die Stirn. »Wer ist das?«

»Sie ist die …« Ja, was? Ich weiß wirklich nicht, als was ich sie bezeichnen soll. »Sie ist eine Freundin von Finnick Odair. Aus Distrikt 4. Auch eine Siegerin. Sie wurde verhaftet und ins Kapitol verschleppt, als die Arena in die Luft flog.«

»Ach, die Verrückte. Das ist wirklich nicht nötig«, sagt sie. »Wir pflegen keine Schwachen zu bestrafen.«

Ich muss an die Szene von heute Morgen denken. An Octavia, die sich an die Wand kauert. Coin und ich müssen völlig unterschiedliche Begriffe davon haben, was Schwäche bedeutet. Aber ich sage nur: »Nicht? Na, dann dürfte es doch kein Problem sein, Annie mit draufzusetzen.«

»Einverstanden«, sagt die Präsidentin und schreibt Annies Namen dazu. »Möchtest du hier oben neben mir stehen, wenn ich die Erklärung verlese?« Ich schüttele den Kopf. »Das dachte ich mir. Dann geh und misch dich unter die Menge. Ich fange jetzt an.« Ich kehre zu Finnick zurück.

Selbst mit Worten gehen sie in Distrikt 13 sparsam um. Coin bittet die Anwesenden um Aufmerksamkeit und teilt ihnen mit, dass ich zugestimmt habe, der Spotttölpel zu sein, vorausgesetzt, die anderen Sieger – Peeta, Johanna, Enobaria und Annie – werden nicht bestraft, und zwar unabhängig davon, ob sie der Sache der Rebellen Schaden zufügen oder nicht. In der Menge rumort es. Wahrscheinlich sind alle davon ausgegangen, dass ich unbedingt der Spotttölpel sein will. Deshalb bringt es sie auf, dass ich einen Preis nenne – und noch dazu einen, der mögliche Feinde verschont. Ich stehe einfach da und lasse die feindseligen Blicke an mir abprallen.

Die Präsidentin gestattet ein paar Augenblicke der Unruhe, dann macht sie auf ihre kurz angebundene Art weiter. Nur dass das, was sie jetzt verkündet, neu für mich ist. »Als Gegenleistung für diese beispiellose Forderung hat Soldat Everdeen versprochen, sich für unsere Sache zu opfern. Daraus folgt, dass jedes Abweichen von ihrer Mission in Wort oder Tat als Verstoß gegen diese Übereinkunft betrachtet wird. In einem solchen Fall würde die Straffreiheit widerrufen und das Schicksal der vier Sieger dem Gesetz von Distrikt 13 unterworfen. So wie ihr eigenes auch. Danke.«

Mit anderen Worten: Ein Fehltritt, und wir sind alle tot.

5

Noch ein Druck, mit dem ich fertigwerden muss. Noch ein mächtiger Spieler, der beschlossen hat, mich als Figur zu benutzen, obwohl die Dinge doch nie laufen wie geplant. Zuerst waren da die Spielmacher, die einen Star aus mir machen wollten und dann ihre liebe Not damit hatten, aus der Sache mit den giftigen Beeren wieder herauszukommen. Als Nächstes Präsident Snow, der mit meiner Hilfe die Flammen der Rebellion austreten wollte und doch nur erreichte, dass sie mit jedem meiner Schritte höher loderten. Dann die Rebellen, die mich mit einem stählernen Greifer aus der Arena zogen, damit ich ihr Spotttölpel werde, und die dann erfahren mussten, dass ich die Flügel vielleicht gar nicht haben wollte. Und jetzt Coin mit ihren kostbaren Atomraketen und ihrem gut geölten Distrikt, die feststellen muss, dass es noch schwieriger ist, einen Spotttölpel aufzubauen, als ihn einzufangen. Immerhin hat sie vor allen anderen erkannt, dass ich meinen eigenen Kopf habe und man mir nicht trauen sollte. Sie ist die Erste, die mich öffentlich als Bedrohung bezeichnet hat.

Ich tauche die Finger in den dicken Schaum. Diese Grundreinigung in der Badewanne ist nur ein erster Schritt, bevor sie meinen neuen Look festlegen. Mein Vorbereitungsteam wird mich so wiederherstellen, dass man die verätzten Haare, die sonnenverbrannte Haut und die hässlichen Narben nicht mehr sieht. Sie werden mich schön machen, um mich dann erneut zu ramponieren, zu verbrennen und zu entstellen, aber so, dass es gut aussieht.

»Bringt sie erst mal auf Beauty Zero«, hat Fulvia heute Morgen angeordnet. »Dann legen wir los.« Beauty Zero entspricht dem Aussehen eines Menschen, der frisch dem Bett entsteigt, makellos, aber natürlich. Die Nägel gefeilt, aber nicht lackiert. Das Haar weich und schimmernd, aber nicht frisiert. Die Haut zart und sauber, aber ungeschminkt. Entfernt die Körperbehaarung mit Wachs und tilgt die schwarzen Ringe unter den Augen, aber unterlasst jede augenfällige Verschönerung. Cinna hat bestimmt die gleichen Anweisungen gegeben, als ich das erste Mal als Tribut im Kapitol eintraf. Nur dass ich damals ein Wettkampfteilnehmer war. Als Rebell, hätte ich gedacht, darf ich mehr wie ich selbst aussehen. Doch ein Fernsehrebell muss offenbar anderen Standards genügen.

Ich brause den Schaum ab und steige aus der Wanne. Octavia wartet schon mit einem Handtuch. Sie ist so anders als die Frau, die ich im Kapitol kennengelernt habe, keine auffälligen Kleider, kein starkes Make-up, keine Tönungen, kein Strass oder sonstiger Nippes, mit dem sie früher ihr Haar schmückte. Ich weiß noch, wie sie eines Tages mit pinkfarbenen Zöpfen ankam, in die sie bunte blinkende Plastikmäuse eingeflochten hatte. Sie hielt mehrere Mäuse als Haustiere, erzählte sie mir. Damals stieß mich das ab, denn Mäuse gelten bei uns als Ungeziefer, außer gekocht. Aber Octavia mochte sie vermutlich, weil sie klein, weich und piepsig waren. Wie sie selbst. Während sie mich trocken tupft, versuche ich mich mit der Distrikt-13-Octavia vertraut zu machen. Ihr Haar ist in Wirklichkeit von einem schönen Kastanienbraun. Ihr Gesicht ist gewöhnlich, aber nicht ohne Anmut. Sie ist jünger, als ich dachte. Anfang zwanzig vielleicht. Ihre Finger, die ohne die sieben Zentimeter langen künstlichen Nägel etwas stummelig wirken, zittern die ganze Zeit. Ich würde ihr gern sagen, dass alles in Ordnung ist, dass ich dafür sorgen werde, dass Coin ihr nie wieder wehtut. Doch die vielfarbigen Blutergüsse unter ihrer grünen Haut erinnern mich daran, wie machtlos ich bin.

Auch Flavius wirkt ohne den lila Lippenstift und die leuchtenden Klamotten wie ausgewaschen. Immerhin hat er seine orangefarbenen Ringellocken halbwegs wieder hingekriegt. Venia hat sich am wenigsten verändert. Ihr einst stacheliges blaues Haar liegt platt am Kopf und man sieht den grauen Haaransatz. Aber das Auffälligste an ihr waren schon immer die Tattoos und die sind so golden und schockierend wie immer. Sie geht zu Octavia und nimmt ihr das Handtuch ab.

»Katniss wird uns nicht wehtun«, sagt sie ruhig, aber bestimmt zu Octavia. »Katniss wusste gar nicht, dass wir hier sind. Jetzt wird alles besser.« Octavia nickt kaum merklich, aber sie traut sich immer noch nicht, mir in die Augen zu schauen.

Trotz des ausgeklügelten Arsenals an Produkten und Apparaten, die Plutarch in weiser Voraussicht aus dem Kapitol mitgenommen hat, ist es keine leichte Aufgabe, mich auf Beauty Zero zu bringen. Doch mein Vorbereitungsteam kommt gut voran – bis sie sich die Stelle an meinem Unterarm vornehmen, wo Johanna den Aufspürer herausgerissen hat. Als die Ärzte die klaffende Wunde zusammenflickten, haben sie sich nicht darum gekümmert, wie das hinterher aussehen mag. Und so prangt dort jetzt eine wulstige, unregelmäßige Narbe von der Größe eines Apfels. Normalerweise wird sie vom Ärmel bedeckt, doch die Ärmel von Cinnas Spotttölpelkostüm enden knapp über dem Ellbogen. Die Sache ist so wichtig, dass Fulvia und Plutarch zurate gezogen werden. Beim Anblick der Narbe muss Fulvia unwillkürlich würgen. Für die Assistentin eines Spielmachers ist sie ganz schön empfindlich. Vermutlich bekommt sie die unerfreulichen Dinge sonst nur auf dem Bildschirm zu sehen.

»Weiß doch jeder, dass ich an dieser Stelle eine Narbe habe«, sage ich mürrisch.

»Es zu wissen und es zu sehen, sind zwei verschiedene Paar Schuh«, sagt Fulvia. »Die Narbe ist zu abstoßend. Plutarch und ich werden uns in der Mittagspause etwas überlegen.«

»Das kriegen wir schon hin«, erklärt Plutarch mit einer wegwerfenden Handbewegung. »Vielleicht ein Armband oder so was.«

Angewidert ziehe ich mich an, damit ich in den Speisesaal kann. Mein Vorbereitungsteam steht dicht gedrängt am Ausgang. »Wird euch das Essen hierher gebracht?«, frage ich.

»Nein«, sagt Venia. »Wir sollen in irgendeinen Speisesaal gehen.«

Bei der Vorstellung, mit den dreien im Schlepptau den Speisesaal betreten zu müssen, seufze ich still auf. Aber was soll's, die Leute starren mich sowieso immer an. Viel schlimmer kann es nicht werden. »Ich zeig euch den Weg«, sage ich. »Kommt mit.«

Normalerweise gibt es verstohlene Blicke und leises Gemurmel, wenn ich auftauche. Aber der bizarre Anblick meines Vorbereitungsteams löst heftigere Reaktionen aus. Den Leuten bleibt der Mund offen stehen, sie zeigen mit dem Finger auf uns, Rufe werden laut. »Einfach ignorieren«, weise ich mein Team an. Mit gesenkten Blicken folgen sie mir mechanisch zur Warteschlange, nehmen Schalen mit gräulichem Fisch und Okraschoteneintopf und Tassen mit Wasser in Empfang.

Wir setzen uns an meinen Tisch, neben eine Gruppe aus dem Saum. Sie reagieren ein wenig zurückhaltender als die Leute aus 13, vielleicht sind sie aber auch nur verlegen. Leevy, die in Distrikt 12 in der Nachbarschaft wohnte, begrüßt die drei aus dem Kapitol schüchtern, und Gales Mutter Hazelle, die über ihre Gefangenschaft Bescheid wissen dürfte, hält den Löffel mit dem Okrabrei hoch. »Keine Angst«, sagt sie. »Schmeckt besser, als es aussieht.«

Aber erst Posy, Gales kleine Schwester, bricht das Eis. Sie rutscht über die Bank zu Octavia und berührt zaghaft ihre Haut. »Du bist grün. Bist du krank?«

»Das ist modisch, Posy. Wie wenn man sich die Lippen anmalt«, sage ich.

»Es soll schöner machen«, flüstert Octavia, und ich sehe die Tränen, die jeden Moment überlaufen können.

Posy denkt darüber nach und sagt nüchtern: »Ich glaube, du siehst mit jeder Farbe hübsch aus.«

Die winzige Andeutung eines Lächelns erscheint auf Octavias Lippen. »Danke.«

»Wenn du Posy richtig beeindrucken möchtest, dann solltest du dich pink färben«, sagt Gale und lässt sein Tablett neben meins krachen. »Das ist ihre Lieblingsfarbe.« Posy kichert und rutscht zurück zu ihrer Mutter. Gale nickt zu Flavius' Schale hin. »Ich würde das lieber nicht kalt werden lassen. Die Konsistenz wird nicht besser.«

Alle fangen an zu essen. Der Gemüseeintopf schmeckt nicht schlecht, aber das leicht schleimige Gefühl im Mund ist schwer erträglich. Als müsste man jeden Happen dreimal hinunterschlucken, bevor er wirklich unten ist.

Gale, der beim Essen normalerweise nicht viel spricht, versucht die Unterhaltung in Gang zu halten und fragt mich, wie es beim Styling war. Ein Versuch, gut Wetter zu machen, das ist mir klar. Gestern Abend haben wir uns nämlich wieder mal gestritten. Er meinte, ich hätte Coin keine Wahl gelassen: Auf meine Forderung nach Straffreiheit für die Siegertribute hätte sie mit eigenen Garantieforderungen reagieren *müssen*. »Sie ist es, die diesen Distrikt regiert, Katniss. Es darf nicht so aussehen, als würde sie deinem Willen einfach so nachgeben.«

»Du meinst wohl eher, dass sie keine abweichende Meinung ertragen kann, selbst wenn sie begründet ist«, entgegnete ich.

»Ich meine, du hast sie in eine dumme Lage gebracht. Sie musste Peeta und den anderen zu einem Zeitpunkt Straffreiheit gewähren, da wir noch gar nicht wissen, welchen Schaden sie vielleicht anrichten werden.«

»Ich hätte also einfach mitmachen und die anderen Tribute ihrem Schicksal überlassen sollen? Aber was soll's, das tun wir ja sowieso schon die ganze Zeit!« Und damit schlug ich ihm die Tür vor der Nase zu. Beim Frühstück habe ich mich an einen anderen Platz gesetzt, und als Plutarch Gale am Vormittag zum Training geschickt hat, habe ich mich nicht von ihm verabschiedet. Ich weiß, dass er nur aus Sorge um mich so redet, aber ich brauche ihn auf meiner Seite, nicht auf Coins. Das muss ihm doch klar sein!

Nach dem Mittagessen sieht der Tagesplan für Gale und mich einen Besuch unten bei Beetee in der Waffenabteilung vor. Im Aufzug sagt Gale schließlich: »Du bist immer noch sauer.«

»Und dir tut es immer noch nicht leid«, erwidere ich.

»Ich stehe zu dem, was ich gesagt habe. Soll ich dich etwa anlügen?«, fragt er.

»Nein, du sollst noch mal darüber nachdenken und zu dem

richtigen Schluss gelangen«, sage ich. Aber da lacht er nur. Ich muss mich damit abfinden. Gale lässt sich nicht vorschreiben, was er denken soll. Und ehrlich gesagt, vertraue ich ihm gerade deshalb.

Die Waffenabteilung befindet sich eine Ebene über dem Kerker, wo wir mein Vorbereitungsteam gefunden haben. Ein Gewirr aus zahllosen Räumen voller Computer, Labors, Forschungsausrüstung und Testeinrichtungen.

Wir fragen nach Beetee und werden durch das Labyrinth geschickt, bis vor eine riesige Glasscheibe. Dahinter befindet sich die erste schöne Sache, die ich in Distrikt 13 bisher gesehen habe: die Nachbildung einer Wiese mit echten Bäumen, blühenden Pflanzen und lebendigen Kolibris. Beetee sitzt reglos in einem Rollstuhl in der Mitte der Wiese und schaut einem frühlingsgrünen Vogel zu, der, in der Luft stehend, aus einer großen orangefarbenen Blüte Nektar saugt. Als der Vogel wegfliegt, schaut Beetee ihm hinterher, und da sieht er uns und winkt uns freundlich herein.

Die Luft ist unerwartet kühl und angenehm, gar nicht feucht und schwül. Von allen Seiten hört man das Surren winziger Flügel, das ich im ersten Augenblick mit dem Gesumme der Insekten in unserem Heimatwald verwechsele. Welchem Glücksfall es wohl zu verdanken ist, dass hier so etwas Schönes entstehen konnte?

Beetee ist immer noch sehr blass, doch die Augen hinter der schlecht sitzenden Brille leuchten vor Begeisterung. »Sind die nicht umwerfend? Distrikt 13 hat hier jahrelang das Flugverhalten der Kolibris erforscht. Vorwärts- und Rückwärtsflug, Geschwindigkeiten bis zu hundert Stundenkilometern. Ach, könnte ich dir solche Flügel konstruieren, Katniss!«

»Ich bezweifle, dass ich damit zurechtkäme, Beetee«, sage ich lachend.

»In der einen Sekunde hier, in der nächsten dort. Kannst du einen Kolibri mit dem Pfeil treffen?«, fragt er.

»Ich hab's noch nie versucht. Ist nicht viel dran an den Dingern«, antworte ich.

»Nein. Und zum Spaß tötest du nicht«, sagt er. »Ich wette, du würdest sie nicht erwischen.«

»Mit einer Falle könnte es gehen«, sagt Gale. Sein Gesicht nimmt diesen abwesenden Ausdruck an, wie immer, wenn er etwas austüftelt. »Man bräuchte ein sehr feinmaschiges Netz. Damit müsste man ein größeres Areal einfassen und nur eine etwa einen Quadratmeter große Öffnung lassen, die mit Nektarblüten bestückt wird. Während die Vögel daran saugen, wird die Öffnung geschlossen. Von dem Geräusch würden sie sofort wegfliegen und sich im Netz verfangen.«

»Du meinst, das würde funktionieren?«, fragt Beetee.

»Ich weiß nicht. Nur so eine Idee«, sagt Gale. »Vielleicht wären sie auch zu clever.«

»Gut möglich. Du baust auf ihren natürlichen Fluchtinstinkt. Denke wie deine Beute … und du findest ihre Schwachstelle«, sagt Beetee.

Mir fällt etwas ein, an das ich mich nicht gern erinnere. Damals bei der Vorbereitung auf das Jubel-Jubiläum habe ich in der Aufzeichnung einer früheren Ausgabe der Hungerspiele gesehen, wie Beetee, damals noch ein Junge, zwei Drähte miteinander verband. Der Stromschlag tötete die anderen Tribute, die hinter ihm her waren. Ihre zuckenden Körper, der groteske Ausdruck in ihren Gesichtern. Und Beetee, der nunmehrige Sieger, sah ihnen beim Sterben zu. Es war nicht seine Schuld.

Reiner Selbstschutz. Wir alle haben versucht, uns selbst zu schützen …

Plötzlich möchte ich nur noch raus aus dem Raum mit den Kolibris, bevor irgendjemand auf die Idee kommt, eine Falle aufzustellen. »Plutarch meinte, du hättest was für mich, Beetee.«

»Richtig, habe ich. Deinen neuen Bogen.« Er drückt einen Knopf auf der Rollstuhllehne und fährt hinaus. Während wir ihm durch die verschachtelten Gänge der Abteilung folgen, erklärt er uns, was es mit dem Rollstuhl auf sich hat. »Ich kann schon wieder ein bisschen gehen. Aber ich ermüde schnell. Es ist einfacher, wenn ich mich damit fortbewege. Wie geht's Finnick?«

»Er … er hat Konzentrationsprobleme«, antworte ich. Ich möchte nicht herumerzählen, dass er einen richtigen Nervenzusammenbruch gehabt hat.

»Konzentrationsprobleme, was?« Beetee lächelt grimmig. »Wenn du wüsstest, was Finnick in den letzten Jahren durchgemacht hat, dann wüsstest du auch, wie bemerkenswert es ist, dass er überhaupt noch unter uns weilt. Aber sag ihm doch, ich hätte einen neuen Dreizack für ihn entwickelt, ja? Vielleicht lenkt ihn das eine Zeit lang ab.« Ablenkung scheint mir zwar das Letzte, was Finnick nötig hat, aber ich verspreche trotzdem, die Botschaft zu überbringen.

Vier Soldaten bewachen den Eingang zu einer Halle mit der Kennzeichnung GEHEIMWAFFEN. Als Erstes werden die Tagespläne auf unseren Unterarmen kontrolliert, aber das ist nur der Anfang. Fingerabdrücke, Iris und DNA-Sequenzen werden ebenfalls geprüft und dann werden wir noch durch spezielle Metalldetektoren geschickt. Beetee muss seinen Rollstuhl draußen lassen, bekommt aber einen anderen, sobald wir den Sicherheitscheck hinter uns haben. Ich finde das alles ziemlich seltsam, denn ich kann mir nicht vorstellen, dass irgendwer, der in Distrikt 13 aufgewachsen ist, eine Bedrohung darstellt, vor der sich die Regierung schützen müsste. Oder wurden diese Maßnahmen als Reaktion auf den jüngsten Zustrom von Flüchtlingen eingerichtet?

Am Eingang zum Arsenal müssen wir uns erneut umfassend ausweisen – als hätte sich mein Erbgut in der Zeit, die wir für die zwanzig Meter Flur benötigt haben, verändert – und dürfen dann endlich die Waffensammlung betreten, bei der es mir, das muss ich zugeben, den Atem verschlägt. Reihe um Reihe Schusswaffen, Raketenwerfer, Sprengstoff, gepanzerte Fahrzeuge. »Die Luftwaffe ist natürlich woanders untergebracht«, erläutert Beetee.

»Natürlich«, sage ich, als läge das auf der Hand. Ich frage mich, wo unter all diesem Hightech-Gerät mein schlichter Pfeil und Bogen eingeordnet worden sein mag, bis wir auf eine Wand mit den tollsten Bogenwaffen stoßen. Im Vorfeld der Spiele habe ich viel mit den Waffen des Kapitols trainiert, aber keine davon war für den Kriegseinsatz entwickelt worden. Ich konzentriere mich auf einen tödlich aussehenden Bogen, der so mit Zielvorrichtungen und sonstigem Zubehör befrachtet ist, dass ich ihn bestimmt nicht hochheben und noch viel weniger damit schießen kann.

»Möchtest du vielleicht mal einen davon ausprobieren, Gale?«, fragt Beetee.

»Im Ernst?«, erwidert Gale.

»Zum Kämpfen bekommst du natürlich irgendwann ein Gewehr. Aber in den Propos, wenn du als Mitglied von Katniss'

Team in Erscheinung trittst, wäre so einer vielleicht ein bisschen auffälliger. Ich dachte, du möchtest dir vielleicht einen aussuchen, der zu dir passt«, erklärt Beetee.

»Und ob.« Gales Hand schließt sich um den Bogen, der kurz zuvor meine Aufmerksamkeit erregt hat. Er hievt ihn sich auf die Schulter, schaut durchs Visier und zielt im Raum umher.

»Das scheint mir nicht sehr fair gegenüber dem Hirsch«, sage ich.

»Auf Hirsche würde ich damit auch kaum schießen, oder?«, antwortet er.

»Bin gleich wieder da«, sagt Beetee. Er tippt einen Nummerncode in ein Bedienfeld ein und eine schmale Tür öffnet sich. Ich schaue ihm nach, bis die Tür sich hinter ihm geschlossen hat.

»Das könntest du so einfach? Damit auf Menschen schießen?«, frage ich.

»Das habe ich nicht gesagt.« Gale lässt den Bogen sinken. »Aber wenn ich eine Waffe gehabt hätte, mit der ich das, was ich in Distrikt 12 gesehen habe, hätte beenden können … Wenn ich eine Waffe gehabt hätte, mit der ich dich vor der Arena hätte bewahren können … ich hätte sie benutzt.«

»Ich auch«, gebe ich zu. Doch ich weiß nicht, wie ich ihm erklären soll, wie es hinterher ist, nachdem man einen Menschen getötet hat. Dass man die Toten nie mehr loswird.

Beetee kommt zurückgerollt. Zwischen der Fußstütze und seiner Schulter balanciert er mehr schlecht als recht einen großen schwarzen Kasten. Er hält vor mir an und lässt ihn auf mich zukippen. »Für dich.«

Ich lege den Kasten auf den Boden und öffne die Verschlüsse an der Seite. Lautlos klappt der Deckel auf. Darin liegt auf einem Bett aus weinrotem Knautschsamt ein fantastischer schwarzer Bogen. »Oh«, flüstere ich voller Ehrfurcht. Vorsichtig hebe ich ihn heraus, um die Harmonie der Form, das elegante Design und den Schwung der Arme zu bewundern, die an die Schwingen eines fliegenden Vogels erinnern. Da ist noch etwas. Ich muss ganz stillhalten, um sicherzugehen, dass ich es mir nicht nur einbilde. Nein, der Bogen lebt in meinen Händen. Ich drücke ihn gegen die Wange und spüre das leise Summen in meinen Gesichtsknochen. »Was macht er da?«, frage ich.

»Er sagt Guten Tag«, erklärt Beetee grinsend. »Er hat deine Stimme gehört.«

»Er erkennt meine Stimme?«, frage ich.

»*Nur* deine Stimme«, erläutert Beetee. »Eigentlich sollte ich bloß einen Bogen entwerfen, der gut aussieht. Als Teil deines Kostüms, weißt du? Aber ich dachte mir die ganze Zeit: So eine Verschwendung! Was, wenn du ihn mal gebrauchen musst? Nicht nur als modisches Accessoire, meine ich. Also habe ich sein Äußeres eher schlicht gestaltet und meine Fantasie auf sein Innenleben gerichtet. Am besten lässt sich das in der Praxis erklären. Wollt ihr sie mal ausprobieren?«

Gesagt, getan. Eine Zielscheibe für uns hängt schon da. Die Pfeile, die Beetee entworfen hat, sind genauso ungewöhnlich wie der Bogen. Ich kann damit auf hundert Meter punktgenau treffen. Die unterschiedlichen Eigenschaften der Pfeile – rasiermesserscharf, entzündlich, explosiv – verwandelten den Bogen in eine Mehrzweckwaffe. Die jeweilige Eigenschaft erkennt man an der Färbung des Schafts. Ich kann die Pfeile jederzeit durch einen Befehl stoppen, aber ich kann mir nicht vorstellen, wieso ich das tun sollte. Um den Bogen zu deaktivieren, muss ich nur »Gute Nacht« sagen. Dann geht er schlafen, bis ihn meine Stimme wieder weckt.

Als ich Beetee und Gale zurücklasse und mich auf den Weg zu meinem Vorbereitungsteam mache, bin ich bester Laune. Geduldig lasse ich die Schminkprozedur über mich ergehen und ziehe mein Kostüm an, das nun um einen blutigen Verband über der Narbe an meinem Unterarm ergänzt ist: Er soll darauf hinweisen, dass ich frisch vom Schlachtfeld komme. Venia steckt mir die Spotttölpelbrosche über dem Herzen an. Ich nehme meinen Bogen und den Köcher mit den normalen Pfeilen aus Beetees Produktion, denn mit den Spezialpfeilen würde man mich hier niemals herumspazieren lassen. Anschließend gehen wir ins Filmstudio, wo ich stundenlang dastehe, während sie Make-up, Beleuchtung und Rauchdichte einrichten. Irgendwann werden die Kommandos, die über eine Gegensprechanlage von unsichtbaren Personen in dem geheimnisvollen verspiegelten Kabuff gegeben werden, weniger und weniger. Fulvia und Plutarch schauen mich jetzt bloß noch an und müssen kaum mehr Anweisung zum Nachbessern geben. Schließlich wird es still am Set. Volle fünf Minuten lang werde ich nur gemustert. Dann sagt Plutarch: »So wird's gehen, denke ich.«

Ich werde zu einem Monitor gewinkt. Dort sind die letzten fünf Minuten zu sehen und ich betrachte die Frau auf dem Bildschirm. Ihr Körper wirkt größer, imposanter als meiner. Ihr Gesicht ist schmutzig, aber sexy. Die Brauen schwarz und in einem trotzigen Winkel nachgezeichnet. Aus der Kleidung steigen kleine Rauchfahnen und suggerieren, dass die Frau entweder eben erst gelöscht wurde oder im nächsten Augenblick in Flammen aufgeht. Ich kenne diese Person nicht.

Finnick, der sich schon seit Stunden am Set herumtreibt, tritt hinter mich und sagt in einem Anflug seines alten Humors: »Entweder wollen sie dich töten oder küssen oder du sein.«

Alle sind so aufgekratzt, so zufrieden mit ihrem Werk. Eigentlich ist es bald Zeit fürs Abendessen, aber sie bestehen darauf, dass wir weitermachen. Morgen werden wir uns auf die Reden und Interviews konzentrieren, in denen ich behaupte, Seite an Seite mit den Rebellen zu kämpfen. Heute brauchen sie nur einen Slogan, eine Zeile, die sie in einen kurzen Propo einbauen und Coin vorführen können.

»Volk von Panem, wir kämpfen, wir wagen, wir wollen endlich Gerechtigkeit!« So lautet der Text. An der Art, wie sie ihn präsentieren, kann ich erkennen, dass sie Monate, vielleicht Jahre daran gefeilt haben und richtig stolz darauf sind. Aber auf mich wirkt er wie ein Zungenbrecher. Und steif dazu. Ich kann mir nicht vorstellen, so etwas im echten Leben zu sagen – höchstens ironisch, mit Kapitolakzent. Wie damals, als Gale und ich Effie Trinkets Standardspruch »Möge das Glück stets mit euch sein!« nachgeäfft haben. Doch jetzt stellt Fulvia sich vor mich hin und erzählt mir von der Schlacht, die ich gerade geschlagen habe, meine Kameraden liegen allesamt tot da, und ich soll mich der Kamera zuwenden und meinen Text aufsagen, um die Lebenden um mich zu scharen!

Ich werde zurück an meinen Platz gezerrt, die Rauchmaschine wird eingeschaltet. Ruhe wird geboten, die Kameras laufen, dann ruft jemand: »Action!« Ich halte den Bogen über meinen Kopf und brülle, so zornig ich kann: *»Volk von Panem, wir kämpfen, wir wagen, wir machen unserem Hunger nach Gerechtigkeit ein Ende!«*

Stille senkt sich über das Set. Und es bleibt still. Totenstill.

Schließlich krächzt es in der Gegensprechanlage und Haymitchs ätzendes Lachen hallt durchs Studio. Er muss so lachen, dass er Mühe hat, den Satz herauszubringen: »Und damit, Freunde, wäre die Revolution gestorben!«

6

Der Schock gestern, Haymitchs Stimme zu hören, die Erkenntnis, dass er nicht nur wieder im Einsatz ist, sondern in gewissem Maß erneut über mein Leben bestimmt, hat mich wahnsinnig wütend gemacht. Ich bin schnurstracks aus dem Studio gerannt, und heute habe ich mich erst mal geweigert, seine Kommentare aus dem Kabuff zu beherzigen. Obwohl ich sofort wusste, dass er recht hat, was meinen Auftritt betrifft.

Den ganzen Vormittag hat es gebraucht, bis er die anderen davon überzeugt hatte, dass meine Möglichkeiten begrenzt sind. Dass ich es nicht hinkriege. Ich kann nicht geschminkt und verkleidet und in einer künstlichen Rauchwolke in einem Fernsehstudio stehen und die Distrikte auf den Sieg einschwören. Es ist schon irre, dass ich überhaupt so lange vor der Kamera bestanden habe. Dieses Verdienst gebührt natürlich Peeta. Allein kann ich nicht der Spotttölpel sein.

Wir versammeln uns um den großen Tisch in der Kommandozentrale. Coin und ihre Leute. Plutarch, Fulvia und mein Vorbereitungsteam. Haymitch, Gale und ein paar andere aus 12, deren Anwesenheit ich mir nicht recht erklären kann, wie Leevy und Greasy Sae. Kurz bevor es losgeht, schiebt Finnick Beetee herein, begleitet von Dalton, dem Viehzuchtexperten aus Distrikt 10. Diese seltsame Gesellschaft hat Coin wohl einberufen, damit sie mein Scheitern bezeugt, denke ich.

Doch dann ist es Haymitch, der die anderen begrüßt und ihnen dankt, dass sie seiner Einladung gefolgt sind. Zum ersten Mal, seit ich ihm das Gesicht zerkratzt habe, sitzen wir gemeinsam in einem Raum. Ich vermeide es, ihn direkt anzusehen, aber auf einer der polierten Schalttafeln an der Wand erhasche ich sein Spiegelbild. Seine Haut sieht gelblich aus, und er hat viel Gewicht verloren, wodurch er geschrumpft wirkt. Auf einmal habe ich Angst, er könnte nicht mehr lange leben, aber sofort sage ich mir, dass mir das egal sein kann.

Zunächst zeigt Haymitch noch einmal die Aufnahmen, die wir gestern gemacht haben. Unter Plutarchs und Fulvias Anleitung habe ich ganz offensichtlich einen neuen Tiefpunkt erreicht. Stimme und Körper wirken fahrig, unkoordiniert, wie eine Puppe, die von unsichtbaren Kräften gelenkt wird.

»Möchte einer der Anwesenden die Meinung vertreten, dass uns das dabei hilft, den Krieg zu gewinnen?«, fragt Haymitch, als es vorbei ist. Keiner möchte. »Gut. Das spart Zeit. Dann lasst uns jetzt einen Moment innehalten. Ich möchte, dass jeder von euch in sich geht und an ein Ereignis zurückdenkt, bei dem Katniss Everdeen euch wirklich berührt hat. Nicht, weil sie so eine tolle Frisur hatte oder weil ihr Kleid in Flammen aufging oder weil sie passabel einen Pfeil abgeschossen hat. Nicht, weil Peeta euch dazu gebracht hat, sie zu mögen. Mich interessieren die Momente, in denen sie ein echtes Gefühl bei euch ausgelöst hat.«

Es wird still, und ich denke schon, diese Stille wird nie enden, als Leevy das Wort ergreift. »Bei der Ernte, als sie freiwillig vortrat, um an Prims Stelle in die Arena zu gehen. Weil ich sicher war, dass sie dachte, sie würde sterben.«

»Gut. Hervorragendes Beispiel«, sagt Haymitch. Mit einem lila Filzstift schreibt er *Meldet sich freiwillig für Schwester bei Ernte* auf einen Block und schaut in die Runde: »Der Nächste.«

Es überrascht mich, dass sich als Nächster Boggs meldet. Ich hatte ihn für einen muskelbepackten Roboter gehalten, der nur dazu da ist, Coins Befehle auszuführen. »Als sie das Lied sang. Während das kleine Mädchen starb.« Irgendwo in meinem Kopf steigt ein Bild auf: Boggs, der einen kleinen Jungen auf der Hüfte trägt. Im Speisesaal, glaube ich. Vielleicht ist er gar kein Roboter.

»Wen hätte das kaltgelassen, was?«, sagt Haymitch und schreibt es auf.

»Als sie Peeta betäubte, damit sie Medikamente für ihn besorgen konnte, und ihm einen Abschiedskuss gab, da musste ich weinen!«, platzt Octavia heraus. Dann schlägt sie sich die Hand vor den Mund, als wäre ihr plötzlich bewusst geworden, dass sie einen schlimmen Fehler gemacht hat.

Doch Haymitch nickt nur. »Ach ja. Betäubt Peeta, um sein Leben zu retten. Sehr schön.«

Jetzt erinnern sich alle wild durcheinander an solche Momente. Als ich Rue zur Verbündeten nahm. Chaff am Abend der Interviews die Hand hinstreckte. Mags zu tragen versuchte. Und immer wieder, als ich diese Beeren hochhielt – ein Akt, der ganz unterschiedlich gedeutet wird: als Liebe zu Peeta. Als Weigerung, in aussichtsloser Lage nachzugeben. Als Widerstand gegen die Unmenschlichkeit des Kapitols.

Haymitch hält seinen Block hoch. »Die Frage ist jetzt, was haben all diese Momente gemeinsam?«

»Sie gehörten Katniss«, sagt Gale ruhig. »Niemand hat ihr gesagt, was sie tun oder sagen soll.«

»Improvisiert, ja!«, ruft Beetee. Er greift nach meiner Hand und tätschelt sie. »Vielleicht sollten wir dich einfach in Ruhe machen lassen, was?«

Ein paar lachen. Ich lächele sogar ein wenig mit.

»Nun, das ist ja alles schön und gut, aber es hilft uns nicht weiter«, sagt Fulvia gereizt. »Hier in Distrikt 13 sind die Gelegenheiten für sie, toll dazustehen, leider ziemlich begrenzt. Also, falls hier keiner vorschlägt, dass wir sie mitten im Kampfgebiet aussetzen …«

»Genau das ist mein Vorschlag«, unterbricht Haymitch sie. »Stellt sie aufs Schlachtfeld und haltet mit der Kamera drauf.«

»Aber die Leute denken doch, sie wäre schwanger«, wirft Gale ein.

»Wir streuen einfach das Gerücht, sie hätte das Baby durch den Stromschlag in der Arena verloren«, entgegnet Plutarch. »Ein tragisches Unglück. Zu traurig.«

Die Idee, mich ins Schlachtgetümmel zu schicken, löst eine heftige Diskussion aus. Doch Haymitchs Vorschlag ist bestechend. Wenn ich nur unter echten Bedingungen gut bin, dann sollte ich mich genau dahinein begeben. »Jedes Mal, wenn wir sie coachen oder ihr Texte vorgeben, können wir allenfalls hoffen, dass es ganz okay wird. Es muss aus ihr selbst herauskommen, darauf springen die Leute an.«

»Egal, wie vorsichtig wir sind, wir können für ihre Sicherheit nicht garantieren«, wendet Boggs ein. »Sie wird eine Zielscheibe für jeden …«

»Ich mache es«, unterbreche ich ihn. »Hier bin ich den Rebellen keine Hilfe.«

»Und wenn du getötet wirst?«, fragt Coin.

»Seht zu, dass ihr es auf Film kriegt. Dann könnt ihr ja das benutzen«, entgegne ich.

»Schön«, sagt Coin. »Aber eins nach dem anderen. Wir versuchen die am wenigsten gefährliche Situation zu finden, die spontan etwas in dir auslöst.« Sie tritt vor die erleuchteten Landkarten der Distrikte, die die Truppenbewegungen in diesem Krieg zeigen, und studiert sie. »Heute Nachmittag setzen wir sie in Distrikt 8 ab. Am Morgen hat es dort schwere Bombardements gegeben, aber die Angriffe scheinen vorbei zu sein. Sie geht bewaffnet und mit einem Trupp Leibwächter als Begleitung, Kamerateam am Boden. Haymitch, du bleibst im Hovercraft und hältst von dort den Kontakt. Schauen wir mal, wie's läuft. Irgendwelche Anmerkungen?«

»Sie soll sich das Gesicht waschen«, sagt Dalton. Alle drehen sich zu ihm herum. »Ihr lasst sie wie fünfunddreißig aussehen, dabei ist sie doch noch ein Mädchen. Das fühlt sich verkehrt an. So was würde das Kapitol tun.«

Als Coin die Sitzung aufhebt, bittet Haymitch darum, unter vier Augen mit mir reden zu dürfen. Alle verlassen den Raum, bis auf Gale, der unschlüssig an meiner Seite bleibt. »Worüber machst du dir Sorgen?«, fragt Haymitch ihn. »Wenn hier einer einen Leibwächter braucht, dann ich.«

»Ist schon okay«, sage ich zu Gale, und da geht auch er. Jetzt hört man nur noch das Summen der Instrumente, das Schnurren der Belüftung.

Haymitch setzt sich auf den Stuhl mir gegenüber. »Sieht so aus, als müssten wir wieder zusammenarbeiten. Also los. Spuck's aus.«

Ich denke an unseren handgreiflichen Meinungsaustausch neulich im Hovercraft. An die Verbitterung, die folgte. Aber ich sage nur: »Ich verstehe nicht, warum du Peeta nicht gerettet hast.«

»Ich weiß«, erwidert er.

Damit ist aber noch nicht alles gesagt. Und ich meine nicht die fehlende Entschuldigung. Wir waren ein Team. Wir hatten die Abmachung, Peeta zu retten. Eine alkoholgeschwängerte, unrealistische Abmachung, getroffen in finsterer Nacht, aber eine Abmachung. Und tief in mir spüre ich, dass wir beide versagt haben.

»Jetzt du«, fordere ich ihn auf.

»Ich verstehe nicht, wieso du ihn in der Nacht aus den Augen gelassen hast«, sagt Haymitch.

Ich nicke. Darum geht's. »Immer wieder gehe ich es durch. Was ich hätte tun können, damit wir zusammenbleiben und trotzdem nicht das Bündnis aufkündigen müssen. Aber mir fällt nichts ein.«

»Du hattest keine Wahl. Und selbst wenn ich in dieser Nacht Plutarch dazu hätte bewegen können, dazubleiben und Peeta zu retten, hätte es den Verlust des ganzen Hovercrafts bedeutet. Wir sind sowieso nur mit knapper Not da rausgekommen.« Endlich sehe ich Haymitch in die Augen. Augen des Saums. Grau und tief liegend und mit den Ringen schlafloser Nächte. »Er ist noch nicht tot, Katniss.«

»Das Spiel geht weiter.« Ich versuche, optimistisch zu klingen, doch meine Stimme versagt.

»Das Spiel geht weiter. Und ich bin immer noch dein Mentor.« Haymitch deutet mit seinem Filzstift auf mich. »Wenn du nachher da unten bist, denk dran, ich bin über dir. Ich habe den besseren Überblick, also tu, was ich dir sage.«

»Mal sehen«, gebe ich zurück.

Ich gehe wieder in den Ankleideraum, rubbele mir das Make-up vom Gesicht und schaue zu, wie die farbigen Schlieren im Abfluss verschwinden. Die Frau im Spiegel sieht fertig aus, mit unebener Haut und müden Augen, aber immerhin sieht sie aus wie ich. Ich reiße das Armband ab und lege die hässliche Aufspürernarbe frei. Da. Das sieht auch nach mir aus.

Beetee hilft mir mit der Rüstung, die Cinna für mich entworfen hat. Ein Helm aus gewebtem Metall, der den Kopf eng umschließt und so geschmeidig ist, dass ich ihn wie eine Stoffkapuze zurückstreifen kann, falls ich ihn nicht die ganze Zeit aufhaben will. Eine Weste als zusätzlicher Schutz über den lebenswichtigen Organen. Ein kleines weißes Headset, das über Kabel mit dem Kragen verbunden ist. An meinem Gürtel befestigt Beetee eine Maske, die ich aber nur im Fall eines Gasangriffs benutzen soll. »Setz sie sofort auf, wenn du mitbekommst, dass jemand ohne ersichtlichen Grund zu Boden geht«, schärft er mir ein. Schließlich schnallt er mir einen Köcher mit drei Fächern für die Pfeile auf den Rücken. »Denk dran: rechte Seite, Feuer. Linke Seite, Sprengstoff. Mitte, normal. Ich glaube nicht, dass du sie brauchen wirst, aber sicher ist sicher.«

Boggs erscheint, um mich hinunter zu den Flugzeugen zu bringen. Gerade als sich die Aufzugtür öffnet, kommt Finnick aufgeregt angelaufen. »Katniss, die lassen mich nicht mit! Es geht mir gut, hab ich gesagt, aber sie wollen mich nicht im Hovercraft mitfliegen lassen!«

Ich mustere Finnick – seine nackten Beine, die zwischen Bademantel und Schlappen hervorschauen, sein wirres Haar, die Schnur mit den Knoten zwischen seinen Fingern, der wilde Blick –, und mir wird bewusst, dass jedes Bitten meinerseits sinnlos sein wird. Ich halte es ja selbst für keine gute Idee, ihn mitzunehmen. Deshalb schlage ich mir mit der Hand gegen die Stirn, als wäre mir grad was eingefallen, und sage: »Fast hätte ich es vergessen! Blöde Gehirnerschütterung aber auch. Ich sollte dir von Beetee ausrichten, dass du dich bei den Geheimwaffen melden sollst. Er hat einen neuen Dreizack für dich entwickelt.«

Bei dem Wort *Dreizack* kommt der alte Finnick zum Vorschein. »Echt? Inwiefern neu?«

»Ich weiß es nicht. Aber wenn es so was ist wie mein Pfeil und Bogen, dann wirst du begeistert sein«, sage ich. »Allerdings musst du erst damit trainieren.«

»Stimmt. Natürlich. Dann schaue ich mal besser gleich unten bei Beetee vorbei«, sagt er.

»Finnick?«, sage ich. »Wie wär's mit einer Hose?«

Er schaut an seinen Beinen herunter, als würde er seinen Aufzug erst jetzt bemerken. Dann reißt er sich den Bademantel vom Leib und steht nur noch in Unterhose da. »Wieso? Findest du das hier«, er wirft sich in eine alberne Pose, »etwa zu aufreizend?«

Das ist so lustig, dass ich lachen muss, und besonders lustig ist es, weil Boggs so unangenehm berührt wirkt. Außerdem bin ich froh, dass Finnick endlich wieder so klingt wie der, den ich beim Jubel-Jubiläum kennengelernt habe.

»Ich bin auch nur ein Mensch, Odair.« Ich schlüpfe in den Aufzug, die Tür schließt sich. »Tut mir leid«, sage ich zu Boggs.

»Kein Problem. Ich denke, du … du hast das gut hingekriegt«, sagt er. »Jedenfalls besser, als wenn ich ihn verhaftet hätte.«

»Ja«, sage ich. Ich werfe ihm einen schnellen Blick von der

Seite zu. Er ist ungefähr Mitte vierzig, hat kurz rasiertes graues Haar und blaue Augen. Unglaubliche Statur. Er hat heute zweimal Dinge gesagt, die mich glauben lassen, dass wir eher Freunde als Feinde werden könnten. Vielleicht sollte ich ihm eine Chance geben. Allerdings ist er voll auf Coin gepolt …

Plötzlich klickt es mehrmals laut. Der Aufzug hält kurz an und bewegt sich dann nach links. »Fährt der zur Seite?«, frage ich.

»Ja. Es gibt hier ein ganzes Netz von unterirdischen Aufzugwegen«, antwortet Boggs. »Dieser hier verläuft oberhalb der Transportspeiche zur fünften Luftbrückenplattform. Er führt zum Hangar.«

Der Hangar. Die Kerker. Die Waffenabteilung. Irgendwo werden Nahrungsmittel angebaut. Wird Energie erzeugt. Werden Luft und Wasser gereinigt. »Distrikt 13 ist viel größer, als ich dachte.«

»Das meiste ist nicht auf unserem Mist gewachsen«, sagt Boggs. »Im Grunde haben wir hier fast alles geerbt. Wir mussten es nur noch am Laufen halten.«

Erneut klickt es. Für kurze Zeit fahren wir wieder hinunter, nur ein paar Ebenen, dann öffnet sich die Tür zum Hangar.

»Oh«, entfährt es mir unwillkürlich beim Anblick der Flotte. Reihenweise Hovercrafts verschiedener Typen. »Habt ihr die auch geerbt?«

»Manche haben wir selbst gebaut. Andere gehörten zur Luftwaffe des Kapitols. Aber die wurden natürlich auf den neuesten Stand gebracht«, sagt Boggs.

Wieder empfinde ich diesen Anflug von Hass gegen Distrikt 13. »Und obwohl ihr die alle hattet, habt ihr die anderen Distrikte schutzlos dem Kapitol überlassen.«

»So einfach ist es nicht«, entgegnet er. »Bis vor Kurzem waren wir noch nicht in der Lage zurückzuschlagen. Wir hatten selbst Mühe zu überleben. Nachdem wir die Leute des Kapitols gestürzt und hingerichtet hatten, wusste gerade mal eine Handvoll von uns, wie man die Dinger fliegt. Wir hätten Atomraketen auf sie abfeuern können, das ja. Aber da stellt sich natürlich immer die Frage: Wenn wir einen Atomkrieg gegen das Kapitol anzetteln, würde es danach überhaupt noch Menschen geben?«

»Jetzt redest du schon fast wie Peeta. Und den habt ihr einen Verräter genannt«, erwidere ich.

»Weil er einen Waffenstillstand gefordert hat«, sagt Boggs. »Wie du vielleicht bemerkt hast, hat keine der Seiten Atomwaffen abgefeuert. Wir erledigen die Sache auf die altmodische Art. Da geht's rein, Soldat Everdeen.« Er deutet auf eins der kleineren Hovercrafts.

Ich steige die Stufen hinauf und treffe auf das Kamerateam samt Ausrüstung. Alle anderen tragen die dunkelgrauen Militäroveralls aus Distrikt 13, selbst Haymitch, obwohl ihm der Kragen offensichtlich unbequem ist.

Fulvia Cardew kommt angerannt und stöhnt, als sie mein gesäubertes Gesicht sieht. »Die ganze Arbeit für die Katz. Ich mache dir keinen Vorwurf, Katniss. Aber es gibt nur ganz wenige Menschen, die mit einem Kameragesicht geboren werden. Er hier zum Beispiel.« Sie schnappt sich Gale, der sich gerade mit Plutarch unterhält, und schiebt ihn zu uns. »Sieht er nicht toll aus?«

Gale sieht wirklich ziemlich gut aus in seiner Uniform. Aber die Bemerkung bringt uns beide in Verlegenheit. Ich überlege, wie ich die Situation geschickt retten kann, als Boggs einwirft:

»Sie können nicht erwarten, dass uns das umhaut – wir haben soeben Finnick Odair in Unterhose gesehen.« Ich beschließe, mir einen Ruck zu geben und Boggs zu mögen.

Aus dem Lautsprecher kommt die Warnung, dass wir gleich starten werden, und ich schnalle mich auf dem Platz neben Gale fest, gegenüber von Haymitch und Plutarch. Wir gleiten durch ein Tunnellabyrinth, das sich auf eine Plattform öffnet. Eine Art Aufzug hebt das Fluggerät langsam durch die Ebenen. Plötzlich befinden wir uns draußen auf einem großen Feld, das von Bäumen umstanden ist, wir heben ab und werden von Wolken eingehüllt.

Jetzt, da die hektische Aktivität, die zu dieser Mission geführt hat, vorbei ist, wird mir schlagartig bewusst, dass ich keine Ahnung habe, was mir auf diesem Trip nach Distrikt 8 blüht. Ich weiß nämlich so gut wie nichts über den bisherigen Kriegsverlauf. Oder darüber, wie man diesen Krieg gewinnen könnte. Oder was passieren würde, wenn wir ihn gewinnen.

Plutarch versucht es mir in einfachen Worten darzulegen. Sämtliche Distrikte befinden sich im Kriegszustand mit dem Kapitol, außer Distrikt 2, dessen Bewohner trotz der Teilnahme an den Hungerspielen seit jeher ein positives Verhältnis zu unseren Feinden gehabt haben. Sie hatten mehr zu essen und bessere Lebensbedingungen. Nach den Dunklen Tagen und der vermeintlichen Zerstörung von Distrikt 13 wurde Distrikt 2 zur neuen Waffenschmiede des Kapitols. Offiziell wurde er als Heimat der nationalen Steinbrüche präsentiert, so wie Distrikt 13 für Grafitförderung stand. In Distrikt 2 werden nicht nur Waffen produziert, er stellt auch viele Friedenswächter und bildet sie aus.

»Du meinst … manche der Friedenswächter sind in Distrikt 2 geboren?«, frage ich. »Ich dachte, sie kämen alle aus dem Kapitol.«

Plutarch nickt. »Das solltest du auch denken. Viele stammen ja auch von dort. Aber das Kapitol hat gar nicht so viele Einwohner, um solch eine starke Streitmacht zu unterhalten. Außerdem haben sie Probleme, genügend Leute zu finden, die im Kapitol aufgewachsen und trotzdem bereit sind, ein ödes Leben voller Entbehrungen in den Distrikten auf sich zu nehmen. Sie müssen sich bei den Friedenswächtern auf zwanzig Jahre verpflichten und dürfen weder heiraten noch Kinder kriegen. Manche sehen darin eine Ehre, andere willigen ein, um einer Bestrafung zu entgehen. Wer zu den Friedenswächtern geht, dem werden zum Beispiel die Schulden erlassen. Im Kapitol versinken viele in ihren Schulden, aber nicht alle eignen sich für den Militärdienst. Um zusätzliche Truppen anzuwerben, greifen wir deshalb auf Distrikt 2 zurück. Der dortigen Bevölkerung bietet sich so ein Weg, der Armut und einem Leben in den Steinbrüchen zu entkommen. Sie wachsen mit einer kriegerischen Mentalität auf. Du hast ja gesehen, wie sich die Kinder darum reißen, Tribut zu werden.«

Cato und Clove. Brutus und Enobaria. Ich habe ihren Eifer gesehen und ihre Mordlust auch. »Aber alle anderen Distrikte stehen auf unserer Seite?«, frage ich.

»Ja. Unser Ziel ist es, die Distrikte einen nach dem anderen einzunehmen, zuletzt Distrikt 2, und das Kapitol auf diese Weise von der Versorgung abzuschneiden. Wenn es erst mal ausreichend geschwächt ist, beginnen wir mit dem Einmarsch«, erläutert Plutarch. »Das wird eine ganz andere Herausforderung werden. Aber wenn es erst mal so weit ist, werden wir diesen Schritt gehen.«

»Und wenn wir gewinnen, wer würde dann die Regierung bilden?«, fragt Gale.

»Alle«, antwortet Plutarch. »Wir werden eine Republik gründen, in der die Einwohner jedes Distrikts einschließlich des Kapitols ihre eigenen Vertreter wählen können, damit diese in der Zentralregierung für sie sprechen. Schau nicht so skeptisch! Das hat früher auch schon mal funktioniert.«

»In Büchern«, brummt Haymitch.

»In Geschichtsbüchern«, sagt Plutarch. »Und wenn unsere Vorfahren das konnten, dann können wir das auch.«

Mit unseren Vorfahren sollten wir eigentlich nicht so angeben, finde ich. Wenn man sieht, was sie uns hinterlassen haben, die Kriege, den zerstörten Planeten. Offensichtlich haben sie sich keine Gedanken über die Leute gemacht, die nach ihnen kamen. Trotzdem, die Idee mit der Republik klingt verlockend im Vergleich zu unserer jetzigen Regierung.

»Und wenn wir verlieren?«, frage ich.

»Wenn wir verlieren?« Plutarch schaut durch das Fenster in die Wolken und ein sarkastisches Lächeln spielt um seine Lippen. »Dann dürften die nächsten Hungerspiele ziemlich unvergesslich werden. Apropos …« Er holt ein Fläschchen aus seinem Gewand, schüttet ein paar dunkellila Pillen in seine Hand und reicht sie uns. »Wir haben sie Nachtriegel genannt, dir zu Ehren, Katniss. Im Interesse der Rebellen können wir es uns jetzt nicht mehr leisten, dass einer von uns in Gefangenschaft gerät. Aber es ist völlig schmerzlos, das verspreche ich.«

Ich nehme eine der Pillen, weiß aber nicht, wo ich sie hintun soll. Plutarch tippt an eine Stelle an meiner Schulter, vorn am linken Ärmelansatz. Ich sehe mir die Stelle näher an und entdecke eine winzige Tasche, in der ich die Pille verstecken kann. Selbst mit gefesselten Händen könnte ich mich nach vorn beugen und die Tasche mit den Zähnen aufreißen.

Wie es aussieht, hat Cinna alle Eventualitäten bedacht.

7

Mit einem kurzen Schlenker abwärts landet das Hovercraft in den Außenbezirken von Distrikt 8. Im nächsten Augenblick öffnet sich die Tür, die Treppe fährt aus und wir werden auf dem Asphalt abgesetzt. Sobald der Letzte draußen ist, wird die Treppe wieder eingefahren, das Hovercraft hebt ab und verschwindet. Da stehe ich mit meiner Leibwache Gale, Boggs und zwei weiteren Soldaten. Das Fernsehteam besteht aus zwei stämmigen Kameraleuten aus dem Kapitol, deren Körper von den schweren tragbaren Kameras wie von Insektenpanzern eingeschlossen werden, einer Regisseurin namens Cressida mit grünen Rankentattoos auf dem kahl rasierten Kopf sowie ihrem Assistenten Messalla. Messalla ist ein schlanker junger Mann mit mehreren Reihen Ohrringen und einem Zungenpiercing in Form einer murmelgroßen silbernen Kugel.

Boggs scheucht uns sofort weg von der Straße, hin zu einer Ansammlung von Lagerhäusern. Gleich darauf landet ein zweites Hovercraft, das Kisten mit Arzneimitteln sowie ein sechsköpfiges Ärzteteam absetzt, wie ich an der auffälligen weißen Kleidung sehe. Wir folgen Boggs in die Gasse zwischen zwei düsteren grauen Lagerhäusern, deren verschrammte Metallwände nur ab und zu von Leitern unterbrochen werden, die aufs Dach führen. Als wir an der nächsten Straße wieder herauskommen, ist es, als hätten wir eine andere Welt betreten.

Die Verletzten der Bombardements von heute Morgen werden herbeigebracht. Auf selbst gemachten Tragen, in Schubkarren, auf Leiterwagen, gestützt auf Schultern, von Armen gehalten. Blutend, verstümmelt, bewusstlos. Von verzweifelten Menschen zu einem Lagerhaus getrieben, über dessen Eingang flüchtig ein rotes Kreuz gemalt wurde. Eine Szene, wie ich sie aus unserer alten Küche kenne, wo meine Mutter die Sterbenden versorgte, nur um den Faktor zehn, fünfzig, hundert gesteigert. Ich hatte ausgebombte Gebäude erwartet, stattdessen werde ich mit zerstörten Körpern konfrontiert.

Und hier soll ich gefilmt werden? Ich wende mich an Boggs. »Das wird nicht funktionieren«, sage ich. »Hier wird das nichts.«

Vermutlich sieht er die Panik in meinem Blick, denn er hält kurz inne und legt mir die Hände auf die Schultern. »Du machst das schon. Sie sollen dich nur sehen. Damit kannst du mehr für sie tun als alle Ärzte der Welt.«

Eine Frau, die den eintreffenden Patienten Plätze zuweist, bemerkt uns, muss noch mal hingucken. Dann kommt sie energisch auf uns zu. Ihre dunkelbraunen Augen sind vor Erschöpfung geschwollen, sie riecht nach Metall und Schweiß. Der Verband um ihren Hals hätte schon vor Tagen gewechselt werden müssen. Der Riemen des Maschinengewehrs, das sie auf dem Rücken trägt, ist ein Stück nach hinten gerutscht und schnürt sie ein. Sie bewegt die Schulter, um ihn wieder zurechtzurücken. Mit dem Daumen weist sie die Ärzte an, ins Lagerhaus zu gehen. Sie gehorchen anstandslos.

»Das ist Commander Paylor aus Distrikt 8«, sagt Boggs. »Commander, darf ich Ihnen Soldat Katniss Everdeen vorstellen?«

Für einen Commander sieht sie jung aus. Anfang dreißig.

Aber ihre Stimme hat einen gebieterischen Klang, an dem man merkt, dass ihre Ernennung nicht willkürlich erfolgt sein kann. Neben ihr komme ich mir in meinem funkelnagelneuen Aufzug, geschrubbt und glänzend, vor wie ein frisch geschlüpftes Küken, das erst lernen muss, wie man sich in der Welt bewegt.

»Ich weiß, wer das ist«, sagt Paylor, und dann, zu mir gewandt: »Du lebst also. Wir waren uns nicht ganz sicher.« Irre ich mich oder schwingt da ein Vorwurf mit?

»Ich bin mir selbst noch nicht ganz sicher«, erwidere ich.

»Krankenstation.« Boggs tippt sich an den Kopf. »Üble Gehirnerschütterung«, sagt er und senkt kurz die Stimme: »Fehlgeburt. Aber sie wollte unbedingt herkommen und eure Verwundeten sehen.«

»Na, davon haben wir mehr als genug«, sagt Paylor.

»Haltet ihr das für eine gute Idee?«, fragt Gale und blickt stirnrunzelnd auf das Lazarett. »Alle eure Verwundeten auf einem Haufen?«

Insgeheim pflichte ich ihm bei. Eine ansteckende Krankheit würde sich an diesem Ort rasend schnell ausbreiten.

»Auf jeden Fall besser, als sie sterben zu lassen, denke ich«, sagt Paylor.

»Das habe ich nicht gemeint«, entgegnet Gale.

»Im Moment ist das nun mal die einzige Alternative. Aber wenn ihr eine andere Idee habt und Coin damit einverstanden ist – ich bin ganz Ohr.« Paylor winkt mich herein. »Tritt ein, Spotttölpel. Und bring doch deine Freunde mit.«

Ich werfe einen Blick hinter mich auf meine skurrile Begleiterschar und folge ihr ins Lazarett, auf das Schlimmste gefasst. Ein schwerer Industrievorhang hängt auf ganzer Länge des Gebäudes herunter und trennt einen ziemlich breiten Gang ab, in dem Seite an Seite tote Körper liegen. Der Vorhang streicht über ihre Köpfe, weiße Bandagen verbergen die Gesichter. »Etwas westlich von hier haben wir ein Massengrab ausgehoben, aber ich habe im Moment nicht genug Leute, um sie rüberzuschaffen«, sagt Paylor. Sie findet einen Schlitz im Vorhang und schlägt ihn beiseite.

Ich klammere mich an Gales Handgelenk. »Lass mich hier bloß nicht allein«, flüstere ich ihm zu.

»Ich bin bei dir«, antwortet er leise.

Ich trete durch den Vorhang und erlebe einen Anschlag auf meine Sinne. Mein erster Impuls ist es, mir die Nase zuzuhalten, um den Gestank nach schmutzigen Laken, verfaulendem Fleisch und Erbrochenem abzuwehren, der von der Hitze, die im Lagerhaus herrscht, ins Unerträgliche gesteigert wird. Die Luken hoch oben im Metalldach stehen offen, doch die frische Luft vermag den Dunst darunter nicht aufzulösen. Die schwachen Sonnenstrahlen bilden die einzige Lichtquelle, und als meine Augen sich ans Zwielicht gewöhnt haben, sehe ich Reihe um Reihe von Verletzten, auf Feldbetten, Strohsäcken und auf dem Boden – so viele, dass nirgends ein freier Platz ist. Das Summen der schwarzen Fliegen, das Stöhnen der leidenden Menschen und das Schluchzen ihrer Angehörigen verbinden sich zu einem herzzerreißenden Chor.

In den Distrikten gibt es keine richtigen Krankenhäuser. Wir sterben zu Hause, was bei dem Anblick, der sich mir hier bietet, eine annehmbare Alternative darstellen würde. Dann wird mir bewusst, dass die meisten Leute hier nach den Bombardements wahrscheinlich kein Zuhause mehr haben.

Der Schweiß läuft mir nur so herunter und sammelt sich in

meinen Handflächen. Damit ich den Gestank nicht so stark wahrnehme, atme ich durch den Mund. Schwarze Flecken wandern über mein Gesichtsfeld, mir ist, als könnte ich auf der Stelle ohnmächtig werden. Aber da merke ich, dass Paylor mich scharf beobachtet. Sie will herausfinden, aus was für einem Holz ich geschnitzt bin und ob sie alle zu Recht gedacht haben, sie könnten auf mich zählen. Ich lasse Gale los und zwinge mich, weiter ins Lagerhaus vorzudringen, den schmalen Durchgang zwischen den Liegenden zu betreten.

»Katniss?«, krächzt eine Stimme irgendwo links von mir und übertönt den allgemeinen Lärm. »Katniss?« Durch den Dunst fasst eine Hand nach mir. Ich greife danach wie nach einem rettenden Strohhalm. Die Hand gehört zu einer jungen Frau mit verletztem Bein. Der schwere Verband ist blutgetränkt und von Fliegen bedeckt. In ihrem Gesicht spiegelt sich der Schmerz, aber auch etwas anderes, etwas, das überhaupt nicht zu ihrer Lage zu passen scheint. »Bist du das?«

»Ja«, stoße ich hervor.

Sie freut sich. Man sieht es in ihrem Gesicht. Beim Geräusch meiner Stimme hellt es sich auf, für kurze Zeit wird das Leiden überdeckt.

»Du lebst! Wir waren uns nicht sicher. Es ging das Gerücht, aber wir wussten es nicht!«, sagt sie erregt.

»Ich war ziemlich angeschlagen. Aber jetzt geht es mir wieder gut«, sage ich. »Und du wirst auch wieder gesund.«

»Das muss ich meinem Bruder erzählen!« Die Frau setzt sich mühsam auf und ruft jemanden, der ein paar Betten weiter liegt. »Eddy! Eddy! Sie ist hier! Das ist Katniss Everdeen!«

Ein etwa zwölfjähriger Junge dreht sich zu uns hin. Er hat das halbe Gesicht bandagiert. Die Seite seines Mundes, die ich sehen kann, öffnet sich, als wollte er etwas rufen. Ich gehe zu ihm, streiche ihm die nassen braunen Locken aus der Stirn. Murmele einen Gruß. Er kann nicht sprechen, aber mit seinem gesunden Auge starrt er mich so intensiv an, als wollte er sich jede Einzelheit meines Gesichts einprägen.

Ich höre, wie mein Name durch die heiße Luft ins ganze Lazarett weitergetragen wird. »Katniss! Katniss Everdeen!« Die Schmerzens- und Klagelaute werden leiser, weichen Rufen gespannter Erwartung. Von allen Seiten rufen mich Stimmen herbei. Ich gehe weiter, drücke Hände, die mir entgegengestreckt werden, berühre die unverletzten Glieder derjenigen, die Arme und Beine nicht bewegen können, sage »Hallo«, »Wie geht's?«, »Schön, Sie kennenzulernen«. Nichts Bedeutendes, keine sonderlich inspirierten Worte. Aber das macht nichts. Boggs hat recht. Mein Anblick genügt. Dass ich lebe, ist Inspiration genug.

Gierige Finger greifen nach mir, wollen mein Fleisch befühlen. Als ein geschwächter Mann mein Gesicht in seine Hände nimmt, schicke ich Dalton meinen stillen Dank für den Tipp, mir das Make-up abzuwaschen. Wie lächerlich, wie pervers würde ich mir vor diesen Leuten mit der angemalten Maske des Kapitols vorkommen. Narben, Erschöpfung, Makel. Daran erkennen sie mich, deshalb bin ich eine von ihnen.

Trotz des umstrittenen Interviews mit Caesar fragen viele nach Peeta und versichern mir, sie wüssten, dass er unter Zwang gehandelt habe. Ich gebe mir alle Mühe, unsere gemeinsame Zukunft positiv darzustellen, doch als sie erfahren, dass ich das Baby verloren habe, sind die Leute aufrichtig erschüttert. Ich würde gern mein Gewissen erleichtern und einer Frau, die in Tränen ausbricht, sagen, dass es nur ein Schwindel war, ein

Schachzug. Aber Peeta als Lügner zu entlarven, wäre seinem Image sicher nicht förderlich. Oder meinem. Oder der Sache.

Langsam begreife ich die großen Anstrengungen, die die Menschen unternehmen, um mich zu beschützen. Was ich für die Rebellen bedeute. Bei meinem ständigen Kampf gegen das Kapitol, der sich oft so angefühlt hat wie eine einsame Reise, war ich nicht allein. Ich hatte Abertausende Menschen in den Distrikten an meiner Seite. Ich war ihr Spotttölpel, lange bevor ich die Rolle akzeptiert habe.

Ein neues Gefühl reift in mir heran. Aber erst als ich auf einem Tisch stehe und dem heiseren Chor, der meinen Namen ruft, zum Abschied zuwinke, kann ich es fassen. Macht. Ich habe eine Macht, von der ich bisher nichts wusste. Snow wusste es von dem Augenblick an, da ich diese Beeren in die Kamera hielt. Plutarch wusste es, als er mich aus der Arena rettete. Und Coin weiß es jetzt auch. So genau, dass sie ihr Volk öffentlich daran erinnern muss, dass nicht ich die Führung habe.

Als wir wieder draußen sind, lehne ich mich gegen die Wand des Lagerhauses, ringe nach Atem und nehme nur zu gern die Feldflasche mit Wasser an, die Boggs mir reicht. »Du warst großartig«, sagt er.

Na ja, ich bin nicht ohnmächtig geworden und musste mich auch nicht übergeben oder schreiend hinausrennen. Die meiste Zeit bin ich nur auf der Welle der Gefühle geschwommen, die durch die Halle ging.

»Das Material ist top«, sagt Cressida. Ich schaue zu den Insektenmännern, die unter ihrer Kameraausrüstung schwitzen. Messalla macht sich Notizen. Ich hatte ganz vergessen, dass sie mich gefilmt haben.

»Ich hab wirklich nicht viel gemacht«, sage ich.

»Du kannst dir ruhig ein paar Lorbeeren anstecken für das, was du in der Vergangenheit getan hast«, sagt Boggs.

Was habe ich denn in der Vergangenheit getan? Ich denke an die Spur der Verwüstung, die ich hinter mir herziehe – meine Knie geben nach und ich rutsche in eine sitzende Position. »Ziemlich gemischt, meine Bilanz.«

»Tja, perfekt bist du bestimmt nicht. Aber so, wie die Zeiten nun mal sind, müssen wir mit dir vorliebnehmen«, sagt Boggs.

Gale hockt sich neben mich und schüttelt den Kopf. »Unglaublich, dass du dich von all diesen Leuten hast anfassen lassen! Ich hätte gedacht, du machst auf der Stelle kehrt und rennst raus.«

»Ach, sei bloß still«, sage ich lachend.

»Deine Mutter wird sehr stolz auf dich sein, wenn sie die Aufnahmen sieht«, sagt er.

»Meine Mutter wird mich gar nicht bemerken. Sie wird viel zu entsetzt sein über die Zustände dadrin.« Ich wende mich an Boggs und frage: »Sieht es in allen Distrikten so aus?«

»Ja. Die meisten werden angegriffen. Wir versuchen, wo immer es geht, Hilfe zu schicken, aber es reicht nicht.« Er unterbricht sich und lauscht auf eine Botschaft in seinem Headset. Erst da wird mir klar, dass ich Haymitchs Stimme nicht hören kann. Ich frage mich, ob mein Headset vielleicht kaputtgegangen ist, und fummele daran herum. »Wir sollen zum Landeplatz gehen. Sofort«, sagt Boggs und zieht mich mit einer Hand hoch. »Es gibt ein Problem.«

»Was für ein Problem?«, fragt Gale.

»Bomber im Anflug«, sagt Boggs. Er greift in meinen Nacken und stülpt mir Cinnas Helm über. »Schnell weg hier!«

Ich habe keine Ahnung, was los ist. Mit den anderen renne

ich an der Vorderseite des Lagerhauses entlang zu der Gasse, die zum Landeplatz führt. Unmittelbar bedroht fühle ich mich nicht. Am Himmel nichts als reines, wolkenloses Blau. Die Straße ist leer bis auf die Leute, die die Verwundeten ins Lazarett karren. Kein Feind, kein Alarm. Dann beginnen die Sirenen zu heulen. Innerhalb von Sekunden erscheint über uns eine tief fliegende V-Formation von Hoverplanes aus dem Kapitol, Bomben fallen. Die Druckwelle reißt mir den Boden unter den Füßen weg und ich werde gegen die Wand des Lagerhauses geschleudert. Ich spüre einen brennenden Schmerz über der rechten Kniekehle. Auch am Rücken bin ich von irgendwas getroffen worden, aber offenbar hat die Weste gehalten. Als ich mich aufrappeln will, stößt Boggs mich wieder nach unten und schirmt meinen Körper mit seinem ab. Bombe auf Bombe fällt aus den Hoverplanes und explodiert, bis der Boden unter mir zu wogen scheint.

Reglos gegen die Wand gepresst zu sein, während es Bomben hagelt, ist ein schreckliches Gefühl. Wie hat mein Vater das noch genannt, wenn man leichte Beute machen konnte? *Als würde man auf Fische in einem Fass schießen*. Wir sind die Fische, die Straße ist das Fass.

»Katniss!« Haymitchs Stimme in meinem Ohr schreckt mich auf.

»Was? Ja, was? Ich bin hier!«, antworte ich.

»Hör zu! Solange die bombardieren, können wir nicht landen, aber sie dürfen dich unter keinen Umständen entdecken«, sagt er.

»Wissen die gar nicht, dass ich hier bin?« Ich war davon ausgegangen, dass meine Anwesenheit mal wieder die Ursache für die Bestrafungsaktion war.

»Die Aufklärung meint, nein. Der Angriff war schon vorher geplant«, sagt Haymitch.

Jetzt höre ich Plutarchs Stimme, ruhig und doch eindringlich. Die Stimme eines Obersten Spielmachers, der gewohnt ist, unter Druck die Führung zu übernehmen. »Ein paar Gebäude weiter steht ein hellblaues Lagerhaus. In dessen äußerster Nordecke befindet sich ein Bunker. Schafft ihr es bis dahin?«

»Wir geben unser Bestes«, antwortet Boggs. Plutarch muss für jeden zu hören sein, denn meine Leibwächter und das Kamerateam stehen sofort auf. Instinktiv schaue ich mich nach Gale um. Er ist auf den Beinen, augenscheinlich unversehrt.

»Ihr habt maximal fünfundvierzig Sekunden bis zur nächsten Welle«, sagt Plutarch.

Als ich mein Bein belaste, stöhne ich auf, aber ich laufe trotzdem los. Keine Zeit, die Verletzung zu untersuchen. Am besten überhaupt nicht hinschauen. Zum Glück habe ich die von Cinna entworfenen Schuhe an: Sie haften bei Kontakt am Asphalt fest und lösen sich beim Abheben wieder. Hätte ich noch das schlecht sitzende Paar Schuhe, das Distrikt 13 mir zugeteilt hat, wäre ich verloren. Boggs läuft vor, sonst überholt mich keiner. Stattdessen passen sie sich an meine Geschwindigkeit an, decken meine Flanken, meinen Rücken. Während die Sekunden ticken, zwinge ich mich zu einem Zwischenspurt. Wir lassen das zweite Lagerhaus hinter uns und laufen an einem schmutzig braunen Gebäude entlang. Weiter vorn erkenne ich eine blassblaue Fassade. Dort befindet sich der Bunker. Wir haben gerade die letzte Gasse erreicht, die uns vom Eingang trennt, als die nächste Bombenwelle anrollt. Instinktiv hechte ich in die Gasse und lasse mich auf die blaue Wand zurollen. Jetzt wirft Gale sich auf mich und bildet eine weitere Schutzschicht zwischen mir und den Bomben. Diesmal scheint es länger zu dauern, dafür sind wir weiter weg.

Ich drehe mich auf die Seite und schaue Gale direkt in die Augen. Einen Augenblick lang weicht die Welt zurück, nur sein gerötetes Gesicht ist noch da, die pochenden Schläfen, seine leicht geöffneten Lippen, während er wieder zu Atem zu kommen versucht.

»Alles in Ordnung bei dir?«, fragt er. Seine Worte gehen fast in einer Explosion unter.

»Ja. Ich glaube nicht, dass sie mich gesehen haben«, antworte ich. »Sie verfolgen uns nicht.«

»Nein, sie hatten was anderes im Visier«, sagt Gale.

»Ich weiß, aber hier ist doch gar nichts außer …« Erst jetzt begreifen wir.

»Das Lazarett.« Gale springt auf und ruft den anderen zu: »Sie bombardieren das Lazarett!«

»Das ist nicht euer Problem«, sagt Plutarch bestimmt. »Macht, dass ihr zum Bunker kommt.«

»Aber da sind doch nur Verwundete!«, sage ich.

»Katniss.« Ich höre den warnenden Unterton in Haymitchs Stimme und weiß, was jetzt kommt. »Schlag dir den Gedanken gleich wieder aus dem Kopf …!« Ich reiße mir das Headset aus dem Ohr und lasse es am Kabel baumeln. Jetzt, da ich nicht mehr abgelenkt werde, höre ich ein anderes Geräusch. Maschinengewehrfeuer, das vom Dach des schmutzig braunen Lagerhauses auf der anderen Seite der Gasse kommt. Jemand erwidert das Feuer. Bevor irgendwer mich aufhalten kann, stürme ich auf eine Leiter zu und steige hinauf. Klettern. Wenn ich eins kann, dann das.

»Nicht stehen bleiben!«, höre ich Gale hinter mir sagen.

Dann das Geräusch seines Stiefels in irgendeinem Gesicht. Falls es das von Boggs war, wird Gale später teuer dafür bezahlen müssen. Ich erreiche das Dach, wuchte mich auf die Teerpappe und helfe Gale hoch. Dann rennen wir los, hin zu den MG-Nestern an der Straßenseite des Lagerhauses. Jedes wird offenbar von mehreren Rebellen besetzt. Wir werfen uns in eins der Nester und ducken uns hinter die Schutzwand.

»Weiß Boggs, dass ihr hier oben seid?« Links von mir hockt Paylor hinter einem der MGs und sieht uns skeptisch an.

Ich suche nach einer ausweichenden Antwort, ohne sie direkt anzulügen. »Kein Problem, er weiß, wo wir sind.«

Paylor lacht auf. »Bestimmt. Haben sie euch gezeigt, wie man damit umgeht?«, fragt sie und schlägt auf den Schaft ihres Gewehrs.

»Mir ja. Ich hab's in Distrikt 13 gelernt«, sagt Gale. »Ich würde aber lieber meine eigene Waffe benutzen.«

»Ja, wir haben unsere Bogen dabei.« Ich halte meinen Bogen hoch und merke im selben Augenblick, wie niedlich er wirken muss. »Er ist gefährlicher, als er aussieht.«

»Das will ich hoffen«, erwidert Paylor. »Gut. Wir erwarten mindestens noch drei weitere Wellen. Bevor sie die Bomben fallen lassen, müssen sie den Sichtschutz ausschalten. Das ist unsere Chance. Bleibt unten!« Ich knie nieder und mache mich schussbereit.

»Als Erstes die Brandpfeile«, sagt Gale.

Ich nicke und ziehe einen Pfeil aus dem rechten Köcher. Falls wir danebenzielen, werden die Pfeile irgendwo landen, wahrscheinlich auf dem Lagerhaus gegenüber. Ein Feuer kann man löschen, aber der Schaden, den ein Sprengpfeil anrichtet, könnte irreparabel sein.

Plötzlich tauchen sie auf, zwei Blocks weiter unten, etwa hundert Meter über uns. Sieben kleine Bomber in V-Formation. »Gänse!«, schreie ich Gale zu. Ich bin sicher, er weiß sofort, was ich meine. Im Herbst, als wir Jagd auf Zugvögel machten, haben wir ein System entwickelt, wie wir die Vögel unter uns aufteilen, damit wir nicht beide auf dieselben zielen. Ich übernehme den fernen Schenkel des V, Gale den nahen, und den ersten Vogel ganz vorne beschießen wir abwechselnd. Es ist keine Zeit für weitere Absprachen. Ich berechne die Flugzeit des Pfeils und schieße. Der Pfeil trifft einen Flügel nah am Rumpf und setzt ihn in Brand. Gale verfehlt den Anführer. Auf dem leeren Dach eines Lagerhauses gegenüber steigt eine Stichflamme empor. Er flucht leise.

Das Hoverplane, das ich getroffen habe, schert aus der Formation aus, wirft aber weiter Bomben. Immerhin wird es nicht unsichtbar. Und auch das andere nicht, das wohl von MG-Feuer getroffen worden ist. Offenbar verhindern die Treffer, dass der Sichtschutz reaktiviert wird.

»Guter Schuss«, sagt Gale.

»Den hatte ich gar nicht im Visier«, brumme ich. Ich hatte auf den davor gezielt. »Die sind schneller, als man denkt.«

»In Position!«, ruft Paylor. Schon kommt die nächste Hoverplanewelle.

»Feuer bringt's nicht«, sagt Gale. Ich nicke und wir legen Pfeile mit Sprengspitzen ein. Die Lagerhäuser auf der anderen Straßenseite sehen sowieso verlassen aus.

Als die Hoverplanes lautlos heranschießen, fasse ich noch einen Entschluss. »Ich stelle mich hin!«, rufe ich Gale zu und stehe auf. In dieser Position kann ich am besten zielen. Ich justiere neu und reiße dem Anführer ein Loch in den Rumpf. Gale schießt einem anderen das Heck ab. Das Hoverplane kippt und stürzt auf die Straße, wo seine Fracht explodiert.

Ohne Vorwarnung taucht ein drittes Geschwader auf. Diesmal landet Gale einen Volltreffer beim Anführer. Ich schieße dem zweiten Bomber einen Flügel ab, sodass er sich in das nachfolgende Hoverplane hineindreht. Beide krachen in das Dach des Lagerhauses gegenüber dem Lazarett. Die MGs holen ein viertes vom Himmel.

»Okay, das war's wohl«, sagt Paylor.

Flammen und dichter schwarzer Qualm aus den Wracks nehmen uns die Sicht. »Haben sie das Lazarett getroffen?«

»Vermutlich«, sagt sie finster.

Als ich zu den Leitern am anderen Ende des Lagerhauses renne, kommen zu meiner Überraschung Messalla und einer der Insektenmänner hinter einem Lüftungsschacht hervor. Ich hatte gedacht, sie würden noch unten in der Gasse kauern.

»Die wachsen mir allmählich ans Herz«, sagt Gale.

Ich klettere eine Leiter hinunter. Unten warten ein Leibwächter, Cressida und der zweite Insektenmann auf mich. Ich bin auf Vorwürfe gefasst, doch Cressida scheucht mich nur Richtung Lazarett. »Das ist mir egal, Plutarch!«, brüllt sie. »Nur fünf Minuten!« Ohne die Erlaubnis abzuwarten, renne ich los, auf die Straße.

»Oh nein!«, entfährt es mir leise beim Anblick des Lazaretts. Beziehungsweise dessen, was einmal das Lazarett gewesen ist. Ich haste an den Verwundeten vorbei, an den brennenden Wracks der Hoverplanes, und habe nur Augen für die Katastrophe vor mir. Menschen schreien, rennen wild durcheinander, unfähig zu helfen. Die Bomben haben das Dach des Lazaretts zum Einsturz gebracht und das Gebäude in Brand gesteckt. Jetzt sitzen die Patienten in der Falle. Eine Gruppe von Rettern hat sich zusammengeschart und versucht sich einen Weg ins Innere zu bahnen. Aber ich weiß schon, was sie dort vorfinden werden. Wenn die Insassen nicht durch herabstürzende Trümmer oder Flammen den Tod gefunden haben, dann durch den Rauch.

Gale steht jetzt hinter mir. Die Tatsache, dass er nichts unternimmt, bestätigt meine Vermutung. Bergleute verlassen einen Unglücksort erst, wenn keine Hoffnung mehr besteht.

»Los, Katniss. Haymitch sagt, sie können jetzt ein Hovercraft für uns schicken«, sagt er. Aber mir ist, als könnte ich mich nicht rühren.

»Warum haben sie das getan? Warum haben sie die Menschen bombardiert, obwohl sie schon im Sterben lagen?«, frage ich.

»Um andere abzuschrecken. Damit die Verwundeten keine Hilfe suchen«, sagt Gale. »Die Leute, die du heute besucht hast, waren verzichtbar. Jedenfalls für Snow. Wenn das Kapitol gewinnt, was soll es mit einer Horde kriegsversehrter Sklaven anfangen?«

Ich denke an die vielen Jahre im Wald zurück, als ich Gale auf das Kapitol habe schimpfen hören und nicht weiter darauf geachtet habe. Damals habe ich mich eher gefragt, warum er sich überhaupt die Mühe machte, die Beweggründe des Kapitols zu analysieren: Was sollte es bringen, wie unser Feind zu denken? Heute hätte es eindeutig etwas gebracht. Als Gale die Existenz des Lazaretts hinterfragte, dachte er nicht an eine mögliche Epidemie, sondern an das hier. Weil er die Grausamkeit unserer Gegner niemals unterschätzt.

Langsam drehe ich dem Lazarett den Rücken zu und finde mich Cressida gegenüber, die ein paar Meter vor mir steht, neben sich die Insekten. Seelenruhig. Geradezu cool. »Katniss«, sagt sie, »Präsident Snow hat veranlasst, dass die Bombardierung live gezeigt wird. Dann trat er vor die Kamera und sagte, das sei seine Art, den Rebellen eine Botschaft zu schicken. Was ist mit dir? Möchtest du den Rebellen etwas sagen?«

»Ja«, flüstere ich. Das rote Blinklicht auf der Kamera bannt meine Aufmerksamkeit. Ich weiß, dass ich jetzt gefilmt werde. »Ja«, sage ich etwas energischer. Alle treten zur Seite – Gale, Cressida, die Insekten – und überlassen mir die Bühne. Aber ich starre nur auf das rote Licht. »Ich möchte den Rebellen sagen, dass ich am Leben bin. Ich stehe hier in Distrikt 8, wo das Kapitol soeben ein Lazarett mit unbewaffneten Männern, Frauen und Kindern bombardiert hat. Keiner dadrin wird überleben.« Der Schock, der mich gelähmt hat, weicht langsam dem Zorn. »Euch allen möchte ich sagen: Solltet ihr auch nur eine Sekunde lang glauben, dass das Kapitol uns im Fall einer Waffenruhe fair behandeln würde, dann macht ihr euch etwas vor. Ihr wisst, wer sie sind und was sie tun.« Meine Hände heben sich automatisch, als wollten sie auf all das Grauen um mich herum deuten. »*Das* tun sie! Und wir müssen zurückschlagen!«

Angetrieben von meinem Zorn, gehe ich auf die Kamera zu. »Präsident Snow sendet uns eine Botschaft? Hier habe ich eine für ihn. Sie können uns quälen und bombardieren und unsere Distrikte niederbrennen, aber sehen Sie das hier?« Die Kamera folgt meinem ausgestreckten Arm, der auf die brennenden Hoverplanes auf dem Dach des Lagerhauses gegenüber deutet. Das Wappen des Kapitols auf einem Flügel leuchtet deutlich durch die Flammen. »Das Feuer breitet sich aus!«, schreie ich jetzt, damit Snow auch ja kein Wort verpasst. »Und wenn wir brennen, brennen Sie mit!«

Meine letzten Worte hängen in der Luft. Die Zeit scheint stillzustehen. Ich fühle mich emporgetragen von einer Hitzewolke, die nicht von außen kommt, sondern aus mir selbst.

»Schnitt!« Cressidas Stimme reißt mich zurück in die Wirklichkeit, löscht mich. Sie nickt anerkennend. »Das war's!«

8

Boggs kommt zu mir und packt mich fest am Arm, dabei will ich gar nicht weglaufen. Ich schaue zum Lazarett, sehe gerade noch, wie der Rest des Gebäudes einstürzt, und mein Kampfgeist erlischt. All die Menschen, Hunderte Verletzte, ihre Verwandten, die Sanitäter aus Distrikt 13, alle sind tot. Ich drehe mich zu Boggs um, sehe die Schwellung in seinem Gesicht, die Gales Stiefel hinterlassen hat. Höchstwahrscheinlich ist seine Nase gebrochen, man muss kein Experte sein, um das zu sehen. Aber als er etwas sagt, klingt es eher resigniert als wütend. »Alles zurück zum Startplatz.« Gehorsam mache ich einen Schritt vorwärts und zucke zusammen, mein rechtes Knie tut höllisch weh. Der Adrenalinstoß, der den Schmerz überlagert hatte, ist abgeebbt, und jetzt klagen meine Körperteile um die Wette. Ich bin verletzt, ich blute, und in meinem Schädel scheint jemand zu sitzen, der mir mit einem Hammer gegen die linke Schläfe haut. Boggs untersucht rasch mein Gesicht, dann hebt er mich hoch und läuft mit mir zum Startplatz. Auf halbem Weg kotze ich ihm auf die kugelsichere Weste. Ich glaube, er seufzt, aber er ist so außer Atem, dass es kaum zu hören ist.

Ein kleines Hovercraft, nicht das, mit dem wir gekommen sind, wartet auf dem Startplatz. Kaum bin ich mit meinem Team eingestiegen, heben wir auch schon ab. Keine bequemen Sitze diesmal, keine Fenster. Wir befinden uns offenbar in einer

Art Transporter. Boggs versorgt die lebensgefährlich Verletzten notdürftig, damit sie bis zur Landung in Distrikt 13 durchhalten. Ich würde gern die Weste ausziehen, denn die hat auch eine ordentliche Ladung von meinem Erbrochenen abbekommen, aber daran ist bei der Kälte nicht zu denken. Ich strecke mich auf dem Boden aus und lege den Kopf in Gales Schoß. Ich nehme so eben noch wahr, wie Boggs mich mit ein paar Leinensäcken zudeckt.

Als ich aufwache, liege ich in meinem alten Krankenbett. Die Wunden sind versorgt und ich habe es warm. Meine Mutter ist gekommen, um zu sehen, ob ich noch lebe. »Wie geht es dir?«

»Bin ein bisschen zerschunden, aber sonst ganz gut«, sage ich.

»Keiner hat uns gesagt, dass du weggehst! Auf einmal warst du verschwunden«, sagt sie.

Ich habe ein schlechtes Gewissen. Zwei Mal hat meine Familie mit ansehen müssen, wie ich in die Hungerspiele geschickt wurde, da hätte ich das nicht vergessen dürfen. »Tut mir leid. Der Angriff kam ganz überraschend. Ich sollte nur die Patienten besuchen«, erkläre ich. »Nächstes Mal sollen sie das mit dir absprechen.«

»Katniss, mit mir spricht niemand irgendwas ab«, sagt sie.

Das ist wahr. Ich ja auch nicht. Jedenfalls nicht seit dem Tod meines Vaters. Warum so tun, als ob? »Na ja, dann sage ich ihnen wenigstens, sie sollen … dir Bescheid geben.«

Auf dem Nachttisch liegt der Granatsplitter, den sie aus meinem Bein geholt haben. Die Ärzte haben vor allem Sorge, mein Gehirn könnte durch die Explosionen Schaden genommen haben, die Gehirnerschütterung war ja noch gar nicht ganz ausgeheilt. Aber ich sehe nicht doppelt und kann einigermaßen klar denken. Seit gestern Nachmittag habe ich geschlafen und jetzt verspüre ich einen Bärenhunger. Das Frühstück ist enttäuschend klein. Nur ein paar Brocken Brot in warmer Milch. Sie haben mich zu einem morgendlichen Treffen in die Kommandozentrale bestellt. Als ich aufstehen will, bedeuten sie mir, dass sie mich im Krankenbett dorthin schieben wollen. Ich würde lieber laufen, aber sie lassen mich nicht. Als Kompromiss bekomme ich einen Rollstuhl. Mir geht es wirklich gut. Nur mein Kopf tut weh und das Bein und die Prellungen und seit dem Frühstück ist mir irgendwie übel. Vielleicht ist die Idee mit dem Rollstuhl gar nicht so verkehrt.

Ich lasse mich schieben, und allmählich wird mir mulmig bei dem Gedanken an das, was mich erwartet. Gale und ich haben gestern die Befehle missachtet, Boggs' Verletzung ist der Beweis. Das kann nicht folgenlos bleiben, aber wird es so weit kommen, dass Coin unser Abkommen über die Straffreiheit der Sieger bricht? Habe ich Peeta das bisschen Schutz genommen, das ich ihm bieten konnte?

In der Kommandozentrale warten bereits Cressida, Messalla und die Insektenmänner, sonst ist keiner da. Messalla strahlt und sagt: »Da kommt ja unser kleiner Star!«, und die anderen lächeln so herzlich, dass ich einfach zurücklächeln muss. Ich war schwer beeindruckt, als sie während der Bombardierung von Distrikt 8 Plutarchs Anweisungen ignoriert haben und mir aufs Dach gefolgt sind, um an das Filmmaterial zu gelangen. Sie machen nicht einfach nur ihre Arbeit, sie sind auch stolz darauf. Wie Cinna.

Auf einmal denke ich: *Wenn wir zusammen in der Arena wären, würde ich sie als Verbündete nehmen. Cressida, Messalla, und … und …* »Ich will euch nicht mehr Insektenmänner nennen«, sage ich unvermittelt zu den beiden Kameraleuten. Ich erkläre ihnen, was es damit auf sich hat, dass ich ihre Namen nicht kenne und ihre Anzüge mich an einen Insektenpanzer erinnern. Sie wirken nicht beleidigt. Auch ohne die Kameraausrüstung sehen sie einander sehr ähnlich. Beide haben rotblonde Haare, blaue Augen und einen roten Bart. Der Kameramann mit den abgekauten Fingernägeln stellt sich als Castor vor und den anderen, seinen Bruder, als Pollux. Ich warte darauf, dass Pollux etwas sagt, aber er nickt nur. Erst halte ich ihn für schüchtern oder schweigsam. Aber seine Lippen und sein schweres Schlucken erinnern mich an etwas, und noch ehe Castor es ausspricht, weiß ich Bescheid. Pollux ist ein Avox. Sie haben ihm die Zunge herausgeschnitten und er wird nie wieder sprechen können. Jetzt brauche ich mich nicht mehr zu fragen, weshalb er sein Leben riskiert hat, um das Kapitol zu stürzen.

Während der Raum sich füllt, mache ich mich auf einen unfreundlichen Empfang gefasst. Aber nur von Haymitch, der sowieso immer mürrisch ist, und von der sauertöpfischen Fulvia Cardew geht eine unangenehme Stimmung aus. Boggs' Gesicht ist von der Oberlippe bis zur Stirn mit einer hautfarbenen Maske bedeckt – ich hatte also recht mit der gebrochenen Nase –, deshalb lässt sich seine Miene kaum deuten. Coin und Gale sind in ein Gespräch vertieft, das regelrecht freundlich wirkt.

Als Gale sich kurz darauf auf den Platz neben meinem Rollstuhl setzt, sage ich: »Na, Freundschaft geschlossen?«

Sein Blick huscht zu Coin und wieder zurück. »Einer von uns muss ja kommunikativ sein.« Er berührt mich leicht an der Schläfe. »Wie geht es dir?«

Zum Frühstück gab es offenbar irgendwas mit Knoblauch. Je mehr Leute hereinkommen, desto stärker werden die Ausdünstungen. Mir dreht sich der Magen um und das Licht ist mir auf einmal zu grell. »Ein bisschen wacklig auf den Beinen«, sage ich. »Und du?«

»Mir geht's gut. Ein paar Granatsplitter. Nichts Wildes«, sagt er.

Coin erklärt die Sitzung für eröffnet. »Unser Medienangriff hat offiziell begonnen. Für alle, die gestern um 20 Uhr die Ausstrahlung unseres ersten Propos verpasst haben – und auch die siebzehn Wiederholungen, die Beetee seitdem gesendet hat –, werden wir ihn hier noch einmal zeigen.« Noch einmal zeigen? Dann haben sie also aus dem brauchbaren Filmmaterial schon einen ersten Propo zusammengeschustert und mehrfach ausgestrahlt. Bei der Vorstellung, mich selbst im Fernsehen zu sehen, bekomme ich feuchte Hände. Wenn ich nun immer noch so schlecht rüberkomme? Wenn ich immer noch so steif und dilettantisch wirke wie im Studio und sie nichts Besseres hingekriegt haben? Mehrere Bildschirme werden aus dem Tisch gefahren, das Licht wird leicht gedimmt, die Gespräche verstummen.

Zuerst ist der Bildschirm vor mir schwarz. Dann flackert in der Mitte ein winziger Funke auf. Er wird größer und heller, verdrängt das Schwarz, bis das ganze Bild von einem so echten, intensiven Feuer ausgefüllt ist, dass ich die Hitze zu spüren meine. Rotgoldglühend erscheint meine Spotttölpelbrosche. Dann ertönt die tiefe, hallende Stimme, die mich immer im Traum verfolgt. Claudius Templesmith, der Moderator der Hungerspiele, sagt: »Katniss Everdeen, das Mädchen, das in Flammen stand, brennt immer noch.«

Statt des Spotttölpels bin plötzlich ich zu sehen, wie ich in Distrikt 8 vor den Flammen und dem Rauch stehe. *»Ich möchte den Rebellen sagen, dass ich am Leben bin. Ich stehe hier in Dis-*

trikt 8, wo das Kapitol soeben ein Lazarett mit unbewaffneten Männern, Frauen und Kindern bombardiert hat. Keiner dadrin wird überleben.« Dann Schnitt zum einstürzenden Lazarett, zur Verzweiflung der Umstehenden, die machtlos zusehen müssen, während ich aus dem Off weiterrede. *»Euch allen möchte ich sagen: Solltet ihr auch nur eine Sekunde lang glauben, dass das Kapitol uns im Fall einer Waffenruhe fair behandeln würde, dann macht ihr euch etwas vor. Ihr wisst, wer sie sind und was sie tun.«* Dann wieder Schnitt auf mich, ich hebe die Hände und zeige auf das Grauen um mich herum. »Das *tun sie! Und wir müssen zurückschlagen!*« Jetzt kommt eine großartige Montage von Aufnahmen der Schlacht. Wie die ersten Bomben fallen, wie wir wegrennen, zu Boden gefegt werden – eine Großaufnahme von meiner Wunde, richtig schön blutig –, wie wir aufs Dach klettern, in die MG-Nester springen, dann einige beeindruckende Treffer der Rebellen. Gale, aber vor allem ich, ich und wieder ich, wie ich die Hoverplanes vom Himmel schieße. Ein harter Schnitt zurück zu mir, wie ich auf die Kamera zugehe. *»Präsident Snow sendet uns eine Botschaft? Hier habe ich eine für ihn. Sie können uns quälen und bombardieren und unsere Distrikte niederbrennen, aber sehen Sie das hier?«* Die Kamera zoomt die Hoverplanes heran, die auf dem Dach des Lagerhauses brennen. Nahaufnahme vom Wappen des Kapitols auf einem Flügel, Überblendung zu meinem Gesicht, wie ich den Präsidenten anschreie. *»Das Feuer breitet sich aus! Und wenn wir brennen, brennen Sie mit!«* Wieder füllen die Flammen den Bildschirm. Darüber wird in fetten schwarzen Buchstaben eingeblendet:

WENN WIR BRENNEN,
BRENNEN SIE MIT!

Die Worte fangen Feuer, und die ganze Bildfläche verbrennt, bis alles schwarz ist.

Wir genießen jeder für sich den Moment, dann folgt Applaus, und Rufe nach einer Wiederholung werden laut. Gutmütig drückt Coin die Wiedergabetaste, und da ich jetzt schon weiß, was kommt, stelle ich mir vor, ich würde den Film auf unserem Fernseher zu Hause im Saum sehen. Ein Manifest gegen das Kapitol. So etwas hat es noch nie im Fernsehen gegeben. Jedenfalls nicht, seit ich lebe.

Als das Bild ein zweites Mal verbrennt, will ich mehr erfahren. »Ist das in ganz Panem gezeigt worden? Haben sie es im Kapitol gesehen?«

»Im Kapitol nicht«, sagt Plutarch. »Wir haben es bisher nicht geschafft, in ihr System einzudringen, aber Beetee arbeitet daran. In den Distrikten ist der Film gelaufen. Sogar in 2 und der ist zu diesem Zeitpunkt vielleicht mehr wert als das Kapitol.«

»Ist Claudius Templesmith auf unserer Seite?«, frage ich.

Darüber muss Plutarch herzlich lachen. »Nur seine Stimme. Aber an die sind wir leicht rangekommen. Wir mussten sie nicht mal bearbeiten. Genau diesen Satz hat er bei deinen ersten Spielen gesagt.« Er schlägt mit der Hand auf den Tisch. »Und jetzt noch mal einen Applaus für Cressida, für ihr großartiges Team und natürlich für unser Talent vor der Kamera!«

Ich klatsche mit den anderen, bis mir klar wird, dass ich das Talent vor der Kamera bin – vielleicht gehört es sich nicht, sich selbst zu beklatschen? Aber niemand achtet darauf. Mir fällt auf, wie angestrengt Fulvia aussieht. Es muss schlimm für sie sein zu sehen, wie erfolgreich Haymitchs Idee unter Cressidas Regie ist, nachdem ihre eigene Studioversion so ein Flop war.

Coin hat jetzt genug von der Selbstbeweihräucherung. »Alles gut und schön. Das Ergebnis kann sich sehen lassen. Aber ich muss mich doch wundern, dass ihr ein solches Risiko in Kauf genommen habt. Ich weiß, der Angriff kam überraschend. Doch unter den gegebenen Umständen halte ich es für geboten, dass wir über die Entscheidung sprechen, Katniss mitten ins Gefecht zu schicken.«

Entscheidung? Mich ins Gefecht zu schicken? Dann weiß sie also gar nicht, dass ich einfach die Befehle missachtet, mir das Headset vom Kopf gerissen und die Leibwächter abgehängt habe? Was hat man ihr noch alles verheimlicht?

»Die Entscheidung ist uns nicht leichtgefallen«, sagt Plutarch und runzelt die Stirn. »Aber wir waren uns schnell einig, dass wir kein vernünftiges Material bekommen, wenn wir sie bei jedem Schuss in einen Bunker sperren.«

»Und du warst damit einverstanden?«, fragt Coin.

Erst als Gale mir unter dem Tisch einen Fußtritt verpasst, merke ich, dass ich gemeint bin. »Ach so! Ja, voll und ganz. Ich war froh, dass ich endlich mal was tun konnte.«

»Meinetwegen, aber ich finde, sie sollte sich trotzdem nicht so unvorsichtig in der Öffentlichkeit zeigen. Vor allem jetzt, da das Kapitol weiß, wozu sie imstande ist«, sagt Coin. Zustimmendes Gemurmel am Tisch.

Keiner hat Gale und mich verpfiffen. Nicht Plutarch, dessen Befehlsgewalt wir missachtet haben. Nicht Boggs mit seiner gebrochenen Nase. Nicht die Insektenmänner, die wir in die Schusslinie geführt haben. Und auch Haymitch nicht – obwohl, Moment mal. Haymitch lächelt mich eisig an und sagt zuckersüß: »Nein, wir wollen unseren kleinen Spotttölpel ja nicht verlieren, jetzt, wo er endlich angefangen hat zu singen.«

Ich nehme mir vor, mich nicht allein mit ihm in ein Zimmer zu begeben, denn er hat eindeutig Rachegelüste wegen dieses blöden Headsets.

»Was habt ihr noch alles geplant?«, fragt Coin.

Plutarch nickt Cressida zu, die auf ihr Klemmbrett schaut. »Wir haben ganz fantastisches Bildmaterial von Katniss im Lazarett von Distrikt 8. Das müsste einen weiteren Propo hergeben unter dem Motto: ›Ihr wisst, wer sie sind und was sie tun.‹ Im Mittelpunkt steht Katniss, wie sie sich um die Patienten kümmert, vor allem um die Kinder, und anschließend zeigen wir die Bombardierung des Lazaretts und die Trümmer. Messalla schneidet das gerade zusammen. Außerdem denken wir an ein Stück über den Spotttölpel. Katniss' beste Momente, zusammengeschnitten mit Szenen vom Aufstand der Rebellen und Bildmaterial vom Krieg. Den Film nennen wir ›Das Feuer breitet sich aus‹. Und dann hatte Fulvia noch eine geniale Idee.«

Vor Schreck vergisst Fulvia einen Moment lang, sauertöpfisch zu gucken, doch sie erholt sich schnell wieder. »Na ja, ob sie wirklich so genial ist, weiß ich nicht, aber ich dachte, wir könnten eine Serie von Propos unter dem Titel ›In Memoriam‹ bringen. In jeder Folge kann ein gefallener Tribut im Mittelpunkt stehen. Die kleine Rue aus 11 oder die alte Mags aus 4. So könnten wir jeden Distrikt mit einem ganz persönlichen Beitrag ansprechen.«

»Ein Tribut an unsere Tribute sozusagen«, sagt Plutarch.

»Das ist wirklich genial, Fulvia«, sage ich begeistert. »Besser kann man den Leuten nicht in Erinnerung rufen, wofür sie kämpfen.«

»Es könnte funktionieren«, sagt Fulvia. »Ich dachte mir, Finnick könnte die Intros zu den Spots machen und sie begleitend kommentieren. Wenn Interesse daran besteht.«

»Meiner Meinung nach können wir gar nicht genug solcher ›In Memoriam‹-Propos haben«, sagt Coin. »Kannst du heute noch damit anfangen?«

»Aber ja«, sagt Fulvia, offenbar besänftigt durch die positive Resonanz.

Die Wogen in der Abteilung der Kreativen haben sich also wieder geglättet. Mit ihrem Lob für Fulvia hat Cressida dafür gesorgt, dass sie mit ihrer eigenen Darstellung des Spotttölpels weitermachen kann. Interessanterweise ist Plutarch nicht darauf aus, an der Anerkennung teilzuhaben. Er will nur, dass der Medienangriff funktioniert. Aber er ist ja auch der Oberste Spielmacher, er gehört nicht zur Crew. Er ist nicht Teil der Spiele. Die Einzelheiten interessieren ihn nicht. Ihm geht es um den Gesamterfolg der Produktion. Erst wenn wir den Krieg gewinnen, wird Plutarch sich bejubeln lassen. Und eine Belohnung erwarten.

Präsidentin Coin schickt alle an die Arbeit und Gale schiebt mich zurück in die Krankenstation. Wir lachen ein bisschen darüber, wie wir Coin hinters Licht geführt haben. Gale meint, sie wollten einfach nicht zugeben, dass sie nicht gut genug auf uns aufgepasst haben. Ich bin etwas gnädiger und sage, sie wollten nicht riskieren, dass wir kaltgestellt werden, jetzt, wo sie endlich brauchbare Aufnahmen haben. Vermutlich kommt beides zusammen. Gale muss nach unten zu den Geheimwaffen, wo er sich mit Beetee trifft, also schlafe ich ein bisschen.

Es kommt mir so vor, als hätte ich die Augen nur ganz kurz geschlossen. Als ich sie wieder öffne, zucke ich zusammen – da sitzt Haymitch, nur einen halben Meter von meinem Bett entfernt. Er wartet. Möglicherweise schon seit Stunden, wenn die Uhr richtig geht. Ich überlege, ob ich nach einem Zeugen rufen soll, aber früher oder später muss ich mich Haymitch doch stellen.

Er beugt sich vor und lässt etwas an einem dünnen weißen Kabel vor meiner Nase baumeln. Ich kann es nicht richtig erkennen, aber ich glaube, ich weiß, was es ist. Er lässt es aufs Bett fallen. »Das ist dein Headset. Ich gebe dir noch eine allerletzte Chance, es zu tragen. Wenn du es noch mal absetzt, lasse ich dir das hier verpassen.« Er hält etwas hoch, das so aussieht wie eine kieferorthopädische Apparatur aus Metall. Ich bezeichne es im Stillen als Kopffessel. »Das ist ein akustisches Gerät, das um deinen Schädel befestigt und unter dem Kinn verschlossen wird. Es lässt sich nur mit einem Schlüssel öffnen. Und den einzigen Schlüssel habe ich. Falls es dir irgendwie gelingt, das Gerät auszuschalten«, Haymitch wirft die Kopffessel aufs Bett und zückt einen winzigen silbernen Chip, »werde ich Anweisung geben, dir diesen Sender ins Ohr zu implantieren, damit ich vierundzwanzig Stunden am Tag mit dir sprechen kann.«

Haymitch rund um die Uhr in meinem Ohr. Der absolute Horror. »Ich werde das Headset aufbehalten«, murmele ich.

»Wie bitte?«, fragt er.

»Ich werde das Headset aufbehalten!«, sage ich so laut, dass wahrscheinlich die halbe Krankenstation aufwacht.

»Bestimmt? Mir ist es nämlich egal, für welche der drei Möglichkeiten du dich entscheidest«, erwidert er.

»Bestimmt«, sage ich. Ich schließe die Hand um das Kabel des Headsets. Mit der anderen Hand schmeiße ich Haymitch die Kopffessel ins Gesicht, doch er fängt sie mühelos auf. Wahrscheinlich hatte er schon damit gerechnet. »Sonst noch was?«

Haymitch erhebt sich. »Während ich gewartet habe … hab ich dein Mittagessen gegessen.«

Mein Blick fällt auf die leere Suppenschüssel und das Tablett auf meinem Nachttisch. »Das werde ich melden«, murmele ich in mein Kopfkissen.

»Mach das, Süße.« Unbekümmert verlässt er das Zimmer. Er weiß, dass ich nicht petze.

Ich versuche wieder einzuschlafen, aber ich bin zu unruhig. Die Bilder des gestrigen Tages drängen sich in mein Bewusstsein. Die Bombardierung, die Hoverplanes, wie sie abstürzen und in Flammen aufgehen, die Gesichter der Verwundeten, die es nicht mehr gibt. Tod von allen Seiten. Der letzte Moment, bevor die Granate einschlägt, die Tragfläche, die von dem Hoverplane abgerissen wird, der schwindelerregende Senkrechtsturz ins Nichts, das Dach des Lagerhauses, das über mir zusammenbricht, während ich hilflos auf meiner Pritsche liege. Alles, was ich gesehen habe, live oder aufgezeichnet. Alles, was ich mit meinen Pfeilen ausgelöst habe. All das ist für immer in mein Gedächtnis eingebrannt.

Zum Abendessen kommt Finnick mit seinem Tablett zu mir ans Bett, damit wir den neuesten Propo gemeinsam im Fernsehen anschauen können. Er hat ein Quartier auf meiner alten Ebene zugewiesen bekommen, aber er bricht so oft zusammen, dass er immer noch mehr oder weniger auf der Krankenstation lebt. Die Rebellen strahlen Messallas »Ihr wisst, wer sie sind und was sie tun«-Propo aus. Zwischen den einzelnen Aufnahmen werden kurze Studio-Clips eingespielt, in denen Gale, Boggs und Cressida den Vorfall erläutern. Es ist kaum auszuhalten, meinen Empfang im Lazarett von Distrikt 8 anzusehen, mit dem Wissen, was gleich kommt. Als die Bomben auf das

Dach niedergehen, vergrabe ich mein Gesicht im Kopfkissen und schaue erst am Schluss wieder hoch. Da sind alle Opfer tot und ich bin noch einmal zu sehen.

Wenigstens klatscht und jubelt Finnick nicht, als der Film zu Ende ist. Er sagt nur: »Die Leute sollen wissen, was passiert ist. Und jetzt wissen sie es.«

»Komm, wir schalten aus, bevor sie es noch mal zeigen«, sage ich. Doch als er nach der Fernbedienung greift, rufe ich: »Warte mal!« Das Kapitol strahlt eine Sondersendung aus und irgendetwas daran kommt mir bekannt vor. Ja, das ist Caesar Flickerman. Und ich ahne schon, wen er zu Gast hat.

Ich bin entsetzt, wie sehr Peeta sich verändert hat. Der gesunde Junge mit dem klaren Blick, den ich noch vor wenigen Tagen gesehen habe, hat mindestens fünf Kilo abgenommen. Seine Hände zittern nervös. Er wirkt immer noch gepflegt. Aber unter dem Make-up, das die Ringe unter seinen Augen nicht kaschieren kann, und den eleganten Kleidern steckt ein schwer angeschlagener Mensch. Man sieht, dass ihm jede Bewegung Schmerzen bereitet.

Meine Gedanken rasen, ich versuche mir einen Reim darauf zu machen. Ich habe ihn doch neulich erst gesehen! Vor vier – nein, fünf Tagen. Wie konnte sein Zustand sich so schnell verschlechtern? Was können sie ihm in so kurzer Zeit angetan haben? Auf einmal kapiere ich es. Ich lasse sein erstes Interview mit Caesar noch einmal Revue passieren und überlege, ob es einen Hinweis auf den Zeitpunkt der Aufnahme gibt. Nein. Theoretisch kann das Interview ein oder zwei Tage nachdem ich die Arena gesprengt habe, geführt worden sein, und seitdem können sie ihm alles Mögliche angetan haben. »Oh, Peeta …«, flüstere ich.

Nachdem Caesar und Peeta ein paar Belanglosigkeiten ausgetauscht haben, kommt Caesar darauf zu sprechen, dass ich angeblich in Propos für die Distrikte auftrete.

»Offenbar benutzen sie Katniss«, sagt Peeta, »um die Rebellen anzustacheln. Ich bezweifle, dass sie überhaupt weiß, was im Krieg genau vor sich geht. Was da auf dem Spiel steht.«

»Möchtest du ihr irgendetwas mitteilen?«, fragt Caesar.

»Ja«, sagt Peeta. Er schaut genau in die Kamera, genau in meine Augen. »Sei nicht dumm, Katniss! Gebrauch deinen Verstand! Sie wollen dich als Waffe einsetzen, um die Menschheit zu zerstören. Wenn du wirklich Einfluss hast, nutze ihn, um diese Sache zu stoppen! Stopp den Krieg, bevor es zu spät ist! Frag dich selbst, ob du den Leuten, für die du arbeitest, auch wirklich trauen kannst! Weißt du überhaupt, was vor sich geht? Wenn nicht ... versuch, es herauszufinden.«

Der Bildschirm wird schwarz. Das Wappen von Panem. Ende der Sendung.

Finnick greift zur Fernbedienung und schaltet das Gerät aus. Gleich werden Leute kommen, um die Wirkung von Peetas schlechter Verfassung und dem, was er gesagt hat, auf mich zu entschärfen. Ich werde mich von seinen Worten distanzieren müssen. Dabei stimmt es, ich traue den Rebellen, Plutarch und Coin wirklich nicht. Ich weiß nicht genau, ob sie mir die Wahrheit sagen. Und das werde ich nicht verbergen können. Schritte kommen näher.

Finnick packt mich an den Armen. »Wir haben das nicht gesehen.«

»Was?«, frage ich.

»Wir haben Peeta nicht gesehen. Nur den Propo über Distrikt 8. Dann haben wir den Fernseher ausgeschaltet, weil die

Bilder dich so mitgenommen haben. Klar?« Ich nicke. »Iss dein Abendessen auf!« Ich reiße mich zusammen, und als Plutarch und Fulvia hereinkommen, esse ich gerade etwas Kohl und Brot. Finnick spricht davon, wie gut Gale in dem Film rübergekommen sei. Wir gratulieren ihnen zu dem Propo. Und lassen durchblicken, dass wir danach sofort ausgeschaltet haben, weil die Eindrücke zu stark waren. Sie sehen erleichtert aus. Sie glauben uns.

Niemand erwähnt Peeta.

9

Ich versuche zu schlafen, aber nachdem ich immer wieder von entsetzlichen Albträumen geweckt werde, gebe ich auf. Wenn jemand kommt und nach mir sieht, liege ich still da und atme möglichst gleichmäßig. Am Morgen werde ich entlassen mit der Anweisung, es ruhig angehen zu lassen. Cressida bittet mich, ein paar Sätze für einen neuen Spotttölpel-Propo zu sprechen. Beim Mittagessen warte ich darauf, dass jemand Peetas Auftritt erwähnt, aber niemand sagt etwas. Es ist ausgeschlossen, dass keiner außer Finnick und mir das Interview gesehen hat.

Anschließend habe ich Training, und weil Gale mit Beetee an den Waffen arbeiten muss, darf ich Finnick mit in den Wald nehmen. Wir streifen ein wenig umher, dann werfen wir unsere Funkgeräte unter einen Busch. In sicherer Entfernung setzen wir uns hin und sprechen über das Interview mit Peeta.

»Zu mir hat kein Mensch was darüber gesagt. Zu dir?«, sagt Finnick. Ich schüttele den Kopf. Nach einer Weile fragt er: »Nicht mal Gale?« Ich klammere mich an die Hoffnung, dass Gale nichts davon weiß. Aber ich habe ein ungutes Gefühl. »Vielleicht wartet er auf den richtigen Moment, um es dir unter vier Augen zu erzählen.«

»Vielleicht«, sage ich.

Wir schweigen so lange, dass ein unaufmerksamer Rehbock

auf Reichweite herankommt. Ich erlege ihn mit einem Pfeil. Finnick schleppt ihn zum Zaun.

Zum Abendessen gibt es Eintopf mit Rehfleischeinlage. Nach dem Essen begleitet Gale mich zur Wohneinheit E. Als ich ihn frage, was heute los war, sagt er wieder kein Wort von Peeta. Sobald meine Mutter und meine Schwester eingeschlafen sind, nehme ich die Perle aus der Schublade und verbringe eine weitere schlaflose Nacht, die zweite mit der Perle in der Hand. Immer wieder gehen mir Peetas Worte durch den Kopf. *Frag dich selbst, ob du den Leuten, für die du arbeitest, auch wirklich trauen kannst! Weißt du überhaupt, was vor sich geht? Wenn nicht … versuch es herauszufinden.* Versuch es herauszufinden. Aber was? Und von wem? Und wie kann Peeta irgendetwas wissen außer dem, was das Kapitol ihm erzählt? Es ist nur ein Kapitol-Propo. Heiße Luft. Aber wenn Plutarch der Meinung ist, dass es bloß ein Trick des Kapitols ist, wieso hat er mir dann nichts davon erzählt? Wieso hat niemand Finnick und mich informiert?

Wichtige Überlegungen, doch der wahre Grund für meine Verzweiflung verbirgt sich dahinter: Peeta. Was haben sie ihm angetan? Und was tun sie ihm in diesem Moment an? Natürlich hat Snow uns die Geschichte, dass Peeta und ich von der Rebellion nichts wussten, nicht abgekauft. Und dass ich als Spotttölpel aufgetaucht bin, hat ihn in seinem Argwohn bestärkt. Was die Taktik der Rebellen angeht, kann Peeta nur Vermutungen anstellen oder sich Geschichten ausdenken, um seinen Peinigern irgendetwas zu erzählen. Wenn herauskäme, dass er gelogen hat, würden sie ihn hart bestrafen. Wie verlassen er sich fühlen muss. In seinem ersten Interview hat er mich und auch die Rebellen vor dem Kapitol zu schützen versucht. Ich dagegen habe nicht nur darin versagt, ihn zu beschützen, ich habe alles noch viel schlimmer für ihn gemacht.

Als es Morgen wird, stecke ich den Arm in die Wand und starre erschöpft auf den Tagesplan. Gleich nach dem Frühstück habe ich einen Termin in der TV-Produktion. Während ich im Speisesaal mein warmes Getreide mit Milch und Rote-Bete-Brei verschlinge, entdecke ich an Gales Handgelenk eine Mailmanschette. »Wann hast du das Teil zurückgekriegt, Soldat Hawthorne?«, frage ich.

»Gestern. Wenn ich mit dir auf dem Schlachtfeld bin, sollte ich sicherheitshalber ein Kommunikationsmittel dabeihaben, meinen sie«, antwortet Gale.

Mir hat noch nie jemand eine Mailmanschette angeboten. Ich frage mich, ob ich eine bekommen würde, wenn ich darum bitten würde. »Ja, einer von uns muss ja kommunikativ sein«, sage ich mit scharfem Unterton.

»Was willst du damit sagen?«, fragt er.

»Nichts. Ich wiederhole nur deine Worte«, sage ich. »Und ich bin auch ganz deiner Meinung, dass du der Kommunikative von uns beiden sein sollst. Ich hoffe nur, dass du auch mit mir noch kommunizierst.«

Unsere Blicke treffen sich, und ich merke, wie wütend ich auf ihn bin. Keinen Augenblick habe ich geglaubt, dass er Peetas Propo nicht gesehen hat. Ich fühle mich verraten, weil er mir nichts davon erzählt hat. Wir kennen uns so gut, er kann meine Stimmung sofort deuten, und er kann sich auch denken, woher sie kommt.

»Katniss …«, setzt er an. Ich höre, dass er ein schlechtes Gewissen hat.

Ich schnappe mir mein Tablett, gehe zur Geschirrrückgabe und knalle das Tablett auf die Ablage. Im Flur holt er mich ein.

»Warum hast du nichts gesagt?«, fragt er und nimmt meinen Arm.

»Ich?« Ich reiße mich los. »Warum hast *du* nichts gesagt, Gale? Außerdem hab ich doch was gesagt, als ich dich gestern Abend gefragt habe, was los war!«

»Es tut mir leid, okay? Ich war hin und her gerissen. Ich hätte es dir gern gesagt, aber alle hatten Angst, dass du es nicht verkraften würdest, Peetas Propo zu sehen«, sagt er.

»Da hatten sie recht. Es war wirklich schlimm. Aber noch schlimmer ist die Tatsache, dass du mich für Coin angelogen hast.« In dem Moment piepst seine Mailmanschette. »Da ist sie ja schon. Beeil dich lieber. Du hast ihr was zu berichten.«

Einen Moment lang ist ihm anzusehen, dass ich ihn verletzt habe. Dann verwandelt sich sein Gesichtsausdruck in kalte Wut. Er macht auf dem Absatz kehrt und geht. Vielleicht war ich zu gehässig, habe ihm nicht lange genug zugehört. Vielleicht wollen sie mich mit ihren Lügen nur schützen. Aber das ist mir egal. Ich bin es leid, dass die Leute mich zu meinem vermeintlichen Besten anlügen. In Wirklichkeit ist es nämlich vor allem zu ihrem eigenen Besten. *Sagt Katniss bloß nicht die Wahrheit über die Rebellion, damit sie keine Dummheiten macht. Schickt sie ahnungslos in die Arena, damit wir sie rausholen können. Erzählt ihr nichts von Peetas Propo, das macht sie nur fertig, und es ist so schon schwer genug, sie vernünftig vor die Kamera zu kriegen.*

Ich bin wirklich fertig. Am Boden zerstört. Und zu müde für einen Tag in der Produktion. Aber jetzt stehe ich schon vor der Tür zum Erneuerungsstudio, also gehe ich hinein. Ich erfahre, dass es heute noch einmal nach Distrikt 12 geht. Cressida möchte spontane Interviews mit Gale und mir machen, in denen es um unsere zerstörte Heimat gehen soll.

»Falls ihr euch das zutraut«, sagt Cressida und schaut mich prüfend an.

»Ich bin dabei«, sage ich. Unkommunikativ und steif wie eine Schaufensterpuppe stehe ich da, während das Vorbereitungsteam mich anzieht, frisiert und schminkt. Ganz dezent, gerade so, dass die Ringe unter meinen schlaflosen Augen nicht sofort auffallen.

Boggs begleitet mich hinunter in den Hangar, aber wir grüßen uns nur und reden nicht weiter miteinander. Ich bin froh darüber, nicht schon wieder über meinen Ungehorsam in Distrikt 8 reden zu müssen, zumal seine Maske wirklich unbequem aussieht.

Gerade noch rechtzeitig denke ich daran, meiner Mutter Bescheid zu geben, dass ich Distrikt 13 verlasse, und ihr zu versichern, dass es nicht gefährlich ist. Die kurze Strecke nach Distrikt 12 legen wir mit dem Hovercraft zurück. Plutarch, Gale und Cressida sind schon an Bord und beugen sich über einen Tisch mit einer Landkarte. Selbstzufrieden zeigt Plutarch mir auf der Karte, was für eine Wirkung die ersten Propos bereits gezeitigt haben. Die Rebellen, die in manchen Distrikten kaum Fuß fassen konnten, haben sich wieder gefangen. Sie haben die Distrikte 3 und 11 eingenommen – 11 ist besonders wichtig, weil dort ein Großteil der Nahrungsmittel von Panem erzeugt wird – und sind in mehrere andere Distrikte eingefallen.

»Es sieht gut aus, sehr gut sogar«, sagt Plutarch. »Heute

Abend wird Fulvia den ersten Schwung der ›In Memoriam‹-Spots fertigstellen, dann können wir die einzelnen Distrikte mit ihren Toten konfrontieren. Finnick ist unglaublich.«

»Es tut richtig weh, ihm zuzusehen«, sagt Cressida. »Er hat so viele persönlich gekannt.«

»Deshalb wirkt es ja auch so überzeugend«, sagt Plutarch. »Es kommt aus dem Herzen. Ihr macht das alle ganz toll. Coin ist begeistert.«

Dann hat Gale es ihnen also nicht gesagt. Dass ich nur so getan habe, als hätte ich Peetas Interview nicht gesehen, und sauer bin, weil sie mir etwas vormachen. Trotzdem, es ist zu wenig und zu spät, um mich zu versöhnen. Egal. Er redet sowieso nicht mit mir.

Erst als wir auf der Weide landen, fällt mir auf, dass Haymitch nicht bei uns ist. Als ich Plutarch darauf anspreche, schüttelt er nur den Kopf und sagt: »Er würde es nicht durchstehen.«

»Haymitch und etwas nicht durchstehen? Der wollte wohl eher einen Tag freihaben«, sage ich.

»Wörtlich hat er, glaube ich, gesagt: ›Ohne eine Flasche würde ich es nicht durchstehen‹«, sagt Plutarch.

Ich verdrehe die Augen. Ich habe schon längst die Geduld mit meinem Mentor verloren, mit seiner Schwäche fürs Trinken und damit, was er ertragen kann und was nicht. Aber schon nach fünf Minuten in Distrikt 12 hätte ich selbst gern einen Drink. Ich dachte, ich hätte mich mit dem Untergang von 12 abgefunden – ich hatte davon gehört, hatte den Distrikt von oben gesehen und war sogar durch die Asche gestiefelt. Warum ist der Schmerz jetzt wieder ganz frisch? War ich vorher so neben der Spur, dass ich den Verlust meiner Welt nicht richtig erfassen konnte? Oder liegt es an Gales Gesichtsausdruck, während er durch die Ruinen wandert, dass es sich anfühlt, als wäre das Schreckliche gerade erst passiert?

Cressida erklärt dem Kamerateam, sie sollen vor meinem alten Haus mit mir beginnen. Ich frage, was ich machen soll. »Was du willst«, sagt sie. Als ich in unserer Küche stehe, will ich überhaupt nichts. Ich schaue in den Himmel – das einzige Dach –, weil zu viele Erinnerungen auf mich einstürzen. Nach einer Weile sagt Cressida: »Das reicht schon, Katniss. Los, gehen wir weiter.«

Gale kommt bei seinem alten Zuhause nicht so leicht davon. Cressida filmt ihn ein paar Minuten lang stumm, doch gerade als er das einzige Überbleibsel seines früheren Lebens aus der Asche zieht – ein verbogenes Schüreisen –, fragt sie ihn nach seiner Familie aus, nach seiner Arbeit, dem Leben im Saum. Er muss die Nacht der Brandbomben noch einmal durchleben und alles nachstellen, erst vor seinem Haus, dann geht es über die Weide und durch den Wald bis zum See. Ich folge der Filmcrew und den Bodyguards unwillig und finde insgeheim, dass sie mit ihrer Anwesenheit meinen geliebten Wald entweihen. Das ist ein intimer Ort, eine Zufluchtsstätte, wenn auch bereits verdorben vom Kapitol. Auch nachdem wir die verkohlten menschlichen Überreste am Zaun hinter uns gelassen haben, stolpern wir noch über verwesende Leichen. Aber müssen wir das für alle Welt filmen?

Als wir am See ankommen, scheint Gale seine Sprache verloren zu haben. Alle sind schweißüberströmt, vor allem Castor und Pollux in ihren Insektenpanzern, und Cressida bittet um eine Pause. Ich schöpfe mit den Händen Wasser aus dem See, am liebsten würde ich hineinspringen und allein wieder auftauchen, nackt und unbeobachtet. Eine Weile gehe ich am See entlang. Als ich wieder zu dem kleinen Haus aus Beton gelange, bleibe ich im Eingang stehen und sehe, wie Gale das verbogene Schüreisen, das er gerettet hat, an die Wand neben dem Kamin lehnt. Ganz kurz habe ich das Bild eines einsamen Fremden vor Augen, irgendwo weit in der Zukunft, der sich in der Wildnis verirrt hat und zu diesem kleinen Zufluchtsort kommt, zu dem Stapel Brennholz, dem Kamin und dem Schüreisen. Und sich fragt, wie das alles dorthin gekommen ist. Gale dreht sich um, unsere Blicke treffen sich, und ich weiß, dass er an unsere letzte Begegnung hier denkt. Als wir darüber gestritten haben, ob wir fliehen sollten oder nicht. Wenn wir geflohen wären, würde es Distrikt 12 dann noch geben? Ich glaube, ja. Aber dann würde das Kapitol immer noch über Panem herrschen.

Es werden Käsebrote herumgereicht und wir essen sie im Schatten der Bäume. Ich habe mich absichtlich an den Rand der Gruppe gesetzt, neben Pollux, damit ich nicht reden muss. Wir reden alle nicht viel. In der relativen Stille kehren die Vögel zurück. Ich stoße Pollux an und zeige auf einen kleinen schwarzen Vogel mit einer Haube. Er hüpft auf einen jungen Zweig, breitet kurz die Flügel aus und zeigt seine weißen Flecken. Pollux deutet auf meine Brosche und zieht fragend die Augenbrauen hoch. Ich nicke: *Ja, es ist ein Spotttölpel.* Ich hebe einen Finger, um zu sagen: *Warte, ich beweise es dir,* und mache eine Vogelstimme nach. Der Spotttölpel legt den Kopf schräg und pfeift direkt zurück. Da pfeift Pollux zu meiner Überraschung selbst ein paar Töne. Der Vogel antwortet sofort. Pollux sieht entzückt aus und pfeifend unterhält er sich eine Weile mit dem Vogel. Bestimmt ist es sein erstes Gespräch seit Jahren. Spotttölpel fühlen sich von Musik angezogen wie Bienen von Blüten und in kürzester Zeit sitzt ein halbes Dutzend Artgenossen in den Ästen über unseren Köpfen. Pollux tippt mir an den Arm und schreibt mit einem Stöckchen ein Wort in die Erde: *Singen?*

Normalerweise mache ich das nicht, aber Pollux kann ich den Wunsch unmöglich abschlagen. Außerdem würde ich die Singstimmen der Spotttölpel selbst gern wieder einmal hören. Und ehe ich recht weiß, was ich da tue, singe ich Rues Melodie, die vier Töne, mit denen sie in Distrikt 11 immer das Ende des Arbeitstages verkündete. Die Melodie, die schließlich zur Hintergrundmusik ihres grausamen Todes wurde. Die Vögel wissen das nicht. Sie greifen die einfache Tonfolge auf und lassen sie spielerisch hin und her wandern. Genau wie in der Arena, bevor plötzlich die Mutationen zwischen den Bäumen auftauchten, uns auf das Füllhorn jagten und Cato langsam in eine blutige Masse verwandelten …

»Wollt ihr mal ein richtiges Lied hören?«, platze ich heraus. Alles würde ich tun, um diese Erinnerungen zu verscheuchen. Schon springe ich auf, gehe zu den Bäumen und lege eine Hand an den rauen Stamm des Ahorns, auf dem die Vögel hocken. Das Lied vom Henkersbaum habe ich seit zehn Jahren nicht mehr laut gesungen, denn es ist verboten, aber ich weiß noch jedes Wort. Ich beginne langsam und zärtlich, wie mein Vater es immer gesungen hat.

Kommst du, kommst du,
Kommst du zu dem Baum,
Wo sie hängten den Mann, der drei getötet haben soll?
Seltsames trug sich hier zu.
Nicht seltsamer wäre es,
Träfen wir uns bei Nacht im Henkersbaum.

Sobald die Spotttölpel merken, dass ich ihnen etwas Neues anbiete, ändern sie ihr Lied.

Kommst du, kommst du,
Kommst du zu dem Baum,
Wo der tote Mann zu seiner Liebsten rief: Lauf!
Seltsames trug sich hier zu.
Nicht seltsamer wäre es,
Träfen wir uns bei Nacht im Henkersbaum.

Jetzt habe ich die Aufmerksamkeit der Vögel. Noch eine Strophe, dann haben sie die Melodie aufgeschnappt, denn sie ist einfach und wird mit nur kleinen Variationen viermal wiederholt.

Kommst du, kommst du,
Kommst du zu dem Baum,
Wohin ich dir riet zu fliehen und uns zu befreien?
Seltsames trug sich hier zu.
Nicht seltsamer wäre es,
Träfen wir uns bei Nacht im Henkersbaum.

Jetzt ist es ganz still in den Bäumen. Nur die Blätter rascheln im Wind. Aber keine Vögel sind zu hören, weder Spotttölpel noch andere. Peeta hat recht. Wenn ich singe, verstummen sie. Genau wie bei meinem Vater.

Kommst du, kommst du,
Kommst du zu dem Baum,
Ein Seil als Kette, Seite an Seite mit mir?

Seltsames trug sich hier zu.
Nicht seltsamer wäre es,
Träfen wir uns bei Nacht im Henkersbaum.

Die Vögel warten darauf, dass ich weitersinge. Doch das Lied ist zu Ende. Das war die letzte Strophe. In der Stille erinnere ich mich daran, wie es war an jenem Tag. Mein Vater und ich kamen aus dem Wald nach Hause. Prim, die damals noch ein Kleinkind war, und ich saßen auf dem Boden und sangen das Lied vom Henkersbaum. Flochten uns Ketten aus altem Seil, wie es in dem Lied heißt, ohne den eigentlichen Sinn der Worte zu verstehen. Es war eine einfache Melodie, leicht zu lernen, und damals konnte ich mir nach ein- bis zweimaligem Hören fast jede Melodie merken. Plötzlich riss meine Mutter uns die Ketten aus den Händen und schrie meinen Vater an. Ich fing an zu weinen, weil meine Mutter sonst nie schrie, dann heulte Prim, und ich lief hinaus, um mich zu verstecken. Weil ich nur ein einziges Versteck hatte – auf der Weide unter einem Geißblatt –, fand mein Vater mich sofort. Er beruhigte mich und sagte, es sei alles gut, aber dieses Lied sollten wir lieber nicht mehr singen. Meine Mutter wollte, dass ich es einfach vergaß. Und deshalb brannte sich mir natürlich jedes Wort unwiderruflich ins Gedächtnis ein.

Wir sangen das Lied dann nicht mehr, mein Vater und ich, und sprachen auch nicht mehr davon. Nach seinem Tod fiel es mir oft wieder ein. Als ich älter wurde, verstand ich allmählich den Text. Am Anfang hört es sich so an, als ob ein Junge seine Freundin überreden will, ihn heimlich in der Nacht zu treffen. Aber es ist ein seltsamer Ort für ein Stelldichein, ein Henkersbaum, an dem ein Mann für einen Mord gehängt wurde. Die

Liebste des Mörders muss etwas mit dem Mord zu tun haben, oder vielleicht soll sie einfach nur so bestraft werden, jedenfalls ruft seine Leiche ihr zu, sie solle weglaufen. Das mit der sprechenden Leiche ist natürlich seltsam, aber erst in der dritten Strophe wird das Lied unheimlich. Da wird klar, dass es von dem toten Mörder selbst gesungen wird. Er hängt immer noch im Henkersbaum. Und obwohl er seine Liebste auffordert zu fliehen, bittet er sie, ihn zu treffen. Am beklemmendsten ist die Stelle *Wohin ich dir riet zu fliehen und uns zu befreien*. Erst denkt man, sie solle fliehen, damit sie in Sicherheit wäre, aber dann fragt man sich, ob er vielleicht meint, sie solle zu ihm laufen. In den Tod. In der letzten Strophe ist es dann eindeutig, dass er genau darauf wartet. Dass seine Liebste mit einem Seil als Kette tot neben ihm am Baum hängt.

Früher fand ich den Mörder wirklich gruselig. Jetzt, nach zwei Ausflügen zu den Hungerspielen, würde ich nicht mehr so schnell über ihn urteilen. Vielleicht war seine Liebste bereits zum Tode verurteilt und er wollte es ihr leichter machen. Vielleicht wollte er ihr sagen, dass er auf sie wartet. Oder er fand, dass der Ort, an dem er sie zurückließ, noch schlimmer war als der Tod. Wollte ich Peeta nicht auch mit der Spritze töten, um ihn vor dem Kapitol zu bewahren? War das der einzige Ausweg? Wahrscheinlich nicht, aber damals habe ich keinen anderen gesehen.

Meine Mutter muss wohl der Meinung gewesen sein, dass das Lied für eine Siebenjährige nicht geeignet war. Schon gar nicht für eine, die sich selbst Ketten aus Seil knüpft. Wir kannten den Tod durch den Strang ja nicht nur aus Geschichten. In Distrikt 12 wurden viele Menschen auf diese Weise hingerichtet. Ganz sicher wollte meine Mutter nicht, dass ich das Lied im Musikunterricht vorsang. Wahrscheinlich würde es ihr auch nicht gefallen, dass ich es jetzt Pollux vorsinge, aber wenigstens werde ich nicht – Moment, da habe ich mich getäuscht. Als ich zur Seite schaue, sehe ich, dass Castor mich gefilmt hat. Alle gucken mir gebannt zu. Pollux laufen Tränen über die Wangen, bestimmt hat mein verrücktes Lied irgendein schreckliches Ereignis in seinem Leben wieder hochkommen lassen. Na super. Seufzend lehne ich mich an den Baumstamm. Und da singen die Spotttölpel ihre Version vom »Henkersbaum«. Aus ihren Kehlen klingt es ganz schön. Ich bin mir bewusst, dass ich gefilmt werde, und stehe still da, bis Cressida ruft: »Schnitt!«

Lachend kommt Plutarch auf mich zu. »Wo hast du das denn her? Hätten wir das so geplant, niemand würde es dir abnehmen!« Er nimmt mich in die Arme und gibt mir einen Schmatz auf den Kopf. »Du bist Gold wert!«

»Ich hab das nicht für die Kamera gemacht«, sage ich.

»Umso besser, dass sie eingeschaltet war«, sagt er. »Los jetzt, alle, es geht zurück in die Stadt!«

Der Rückweg durch den Wald führt uns zu einem Felsen, und wie zwei Hunde, die mit dem Wind eine Fährte wittern, wenden Gale und ich den Kopf in dieselbe Richtung. Cressida merkt es und fragt, was da ist. Ohne uns abzusprechen, geben wir zu, dass wir uns an der Stelle früher immer zur Jagd getroffen haben. Wir sagen ihr, dass da nichts Besonderes ist, aber sie möchte die Stelle trotzdem sehen.

Nur ein Ort, an dem ich glücklich war, denke ich.

Unser Felsvorsprung, von dem aus man das Tal überblickt. Vielleicht nicht so grün wie sonst, doch die Brombeersträucher hängen voll. Hier begannen zahllose Tage, an denen wir jagten und Fallen stellten, fischten und sammelten, gemeinsam durch den Wald streiften und, während wir die Jagdtaschen füllten, unsere Herzen erleichterten. Es war die Tür zu unserem leiblichen und seelischen Wohl. Und wir waren der Schlüssel zur Tür des jeweils anderen.

Jetzt gibt es keinen Distrikt 12 mehr, aus dem man fliehen könnte, keine Friedenswächter, die es zu überlisten gälte, keine hungrigen Mäuler, die gestopft werden müssten. Das alles hat uns das Kapitol genommen, und jetzt bin ich nahe dran, auch noch Gale zu verlieren. Was uns all die Jahre so zusammengeschweißt hat, dass wir aufeinander angewiesen waren, das schmilzt dahin. Zwischen uns ist jetzt kein Licht, nur dunkle Schatten. Wie ist es möglich, dass wir heute, angesichts des Untergangs von Distrikt 12, so zerstritten sind, dass wir nicht mal miteinander reden können?

Gale hat mich mehr oder weniger angelogen. Das finde ich unmöglich, selbst wenn es ihm um mein Wohl ging. Aber seine Entschuldigung wirkte aufrichtig. Und ich habe darauf mit einer gehässigen Bemerkung reagiert, die ihn verletzen sollte. Was ist mit uns los? Warum haben wir ständig Streit, warum ist alles so verfahren? Irgendwie spüre ich, dass mein Verhalten die Wurzel des Übels ist. Will ich ihn etwa vertreiben?

Ich pflücke eine Brombeere und rolle sie sanft zwischen Daumen und Zeigefinger. Unvermittelt wende ich mich zu ihm und werfe ihm die Brombeere zu. »Und möge das Glück …«, sage ich. Ich werfe sie so hoch, dass er genügend Zeit hat, zu entscheiden, ob er sie wegschlagen oder annehmen will.

Gale schaut zu mir, nicht zu der Beere, doch im letzten Moment macht er den Mund auf und schnappt sie. Er kaut, schluckt und erst nach einer langen Pause sagt er: »… *stets* mit euch sein.« Aber er sagt es.

Cressida lässt uns in einer Ecke zwischen den Felsen hinsetzen, wo wir uns unmöglich *nicht* berühren können, und lenkt das Gespräch auf die Jagd. Was uns in den Wald getrieben habe, wie wir uns kennengelernt hätten, besondere Momente, an die wir uns erinnerten. Wir tauen auf, lachen ein wenig, als wir von kleinen Katastrophen mit Bienen, wilden Hunden und Stinktieren erzählen. Cressida fragt, was es für ein Gefühl war, unser Geschick im Umgang mit Waffen gegen die Bomber in Distrikt 8 einzusetzen, und ich verstumme. Gale sagt nur: »Das war lange überfällig.«

Als wir auf den Marktplatz kommen, naht schon der Abend. Ich führe Cressida zu den Trümmern der Bäckerei und bitte sie, dort etwas zu filmen. Ich bringe kein Gefühl mehr zustande, nur noch Erschöpfung. »Peeta, das hier ist dein Zuhause. Von deiner Familie fehlt seit der Bombardierung jede Nachricht. Distrikt 12 gibt es nicht mehr. Und du forderst einen Waffenstillstand?« Ich schaue in das Nichts. »Hier ist niemand, der dich hören könnte.«

Als wir vor dem Metallklumpen stehen, der einmal der Galgen war, fragt Cressida, ob einer von uns gefoltert worden sei. Anstelle einer Antwort zieht Gale sein Hemd hoch und dreht den Rücken zur Kamera. Ich starre auf die Narben von den Peitschenhieben und höre wieder das Zischen der Peitsche, sehe, wie er blutüberströmt und bewusstlos an den Handgelenken hängt.

»Ich bin fertig«, verkünde ich. »Wir treffen uns im Dorf der Sieger. Ich will da … was für meine Mutter holen.«

Ich muss zu unserem Haus gelaufen sein, aber ich kann mich nicht dran erinnern. Ich sitze vor den Küchenschränken auf dem Fußboden. Packe Tonkrüge und Glasflaschen fein säuberlich in eine Kiste. Lege Baumwollverbände zum Schutz dazwischen. Binde Sträuße aus Trockenblumen.

Da fällt mir die Rose auf meiner Kommode wieder ein. War sie wirklich da? Und wenn ja, ist sie immer noch da oben? Ich unterdrücke den Drang nachzusehen. Wenn sie noch da ist, versetzt mich das nur wieder in Angst und Schrecken. Ich beeile mich mit dem Packen.

Als die Schränke leer sind und ich mich umdrehe, steht plötzlich Gale in der Küche. Es ist unheimlich, wie lautlos er auftauchen kann. Er stützt sich auf den Tisch, die Finger auf der Holzmaserung weit gespreizt. Ich stelle die Kiste zwischen uns ab. »Weißt du noch?«, fragt er. »Hier hast du mich geküsst.«

Obwohl wir ihm nach der Auspeitschung eine hohe Dosis Morfix verabreicht haben, ist die Erinnerung nicht aus seinem Bewusstsein gelöscht. »Ich hätte nicht gedacht, dass du das noch weißt«, sage ich.

»Müsste schon tot sein, um das zu vergessen. Vielleicht nicht mal dann«, sagt er. »Vielleicht bin ich wie der Mann in dem Lied vom Henkersbaum. Der immer noch auf eine Antwort wartet.« Gale, den ich noch nie habe weinen sehen, hat Tränen in den Augen. Bevor sie ihm über die Wangen laufen können, beuge ich mich vor und lege meine Lippen auf seine. Wir schmecken nach Hitze, Asche und Unglück. Ein überraschender Geschmack für einen so zarten Kuss. Gale löst sich als Erster und lächelt mich schief an. »Ich wusste, dass du mich küssen würdest.«

»Wie das?«, frage ich. Ich selbst habe es nämlich nicht gewusst.

»Weil ich leide«, sagt er. »Nur so bekomme ich Zuwendung von dir.« Er hebt die Kiste hoch. »Keine Sorge, Katniss. Das geht schon vorüber.« Bevor ich etwas sagen kann, ist er draußen.

Ich bin zu müde, um mir über seinen Vorwurf den Kopf zu zerbrechen. Den kurzen Flug zurück nach Distrikt 13 verbringe ich zusammengerollt auf einem Sitz. Ich versuche Plutarch auszublenden, der sich über eines seiner Lieblingsthemen ausbreitet – Waffen, die der Menschheit nicht mehr zur Verfügung stehen. Hoch fliegende Flugzeuge, militärische Satelliten, Zellzersetzer, Drohnen, biologische Waffen mit begrenzter Haltbarkeit. Unschädlich gemacht durch die Zerstörung der Atmosphäre, mangelnde Ressourcen oder moralische Zimperlichkeiten. Man hört das Bedauern eines Obersten Spielmachers heraus, der von solchen Spielzeugen nur träumen kann und sich jetzt mit Hovercrafts, Boden-Boden-Raketen und läppischen Gewehren zufriedengeben muss.

Nachdem ich mein Spotttölpelkostüm abgelegt habe, gehe ich, ohne zu essen, ins Bett. Trotzdem muss Prim mich am nächsten Morgen wach rütteln. Ich pfeife auf meinen Tagesplan und halte nach dem Frühstück ein Nickerchen im Wandschrank des Materialraums. Als ich wieder zu mir komme und zwischen den Kisten von Kreide und Stiften hervorkrabbele, ist es schon Zeit zum Abendessen. Ich bekomme eine extragroße Portion Erbsensuppe und werde wieder zur Wohneinheit E geschickt. Dort fängt Boggs mich ab.

»In der Kommandozentrale ist eine Versammlung. Vergiss deinen Tagesplan«, sagt er.

»Schon geschehen«, sage ich.

»Hast du ihn heute überhaupt befolgt?«, fragt er verärgert.

»Wer weiß? Ich bin geistig verwirrt.« Ich halte mein Handgelenk hoch, um ihm mein medizinisches Armband zu zeigen, aber es ist nicht mehr da. »Siehst du? Ich kann mich nicht mal daran erinnern, dass sie mir das Armband abgenommen haben. Was soll ich in der Kommandozentrale? Hab ich irgendwas verpasst?«

»Ich glaube, Cressida wollte dir die Propos aus Distrikt 12 zeigen. Aber die siehst du dann ja, wenn sie ausgestrahlt werden«, sagt er.

»Dafür könnte ich mal einen Plan brauchen. Für die Sendezeiten der Propos«, sage ich. Er sieht mich scharf an, verkneift sich jedoch eine weitere Bemerkung.

In der Kommandozentrale drängen sich schon alle, aber sie haben mir einen Platz zwischen Finnick und Plutarch frei gehalten. Die Bildschirme auf den Tischen sind schon ausgefahren, es laufen die offiziellen Nachrichten aus dem Kapitol.

»Was ist los? Wollten wir nicht die Propos aus 12 sehen?«, frage ich.

»Oh nein«, sagt Plutarch. »Das heißt kann schon sein. Ich weiß nicht genau, welche Aufnahmen Beetee verwenden will.«

»Beetee glaubt, eine Möglichkeit gefunden zu haben, wie wir in das landesweite Nachrichtenübermittlungssystem eindringen können«, sagt Finnick. »Dann wären unsere Propos auch im Kapitol zu sehen. Er ist gerade in der Waffenabteilung und arbeitet an dem Problem. Heute Abend gibt es eine Livesendung. Einen Auftritt von Snow oder so. Ich glaub, jetzt geht es los.«

Das Wappen des Kapitols erscheint, begleitet von der Nationalhymne. Dann schaue ich direkt in die Schlangenaugen von Präsident Snow, der die Nation grüßt. Er ist hinter seinem Rednerpult verschanzt, doch die weiße Rose an seinem Revers ist gut zu sehen. Die Kamera fährt zurück, und jetzt ist auch Peeta im Bild, hinter ihm eine Karte von Panem. Er sitzt auf einem erhöhten Stuhl, die Füße hat er auf eine Metallstange gestützt. Mit dem Fuß seines künstlichen Beins klopft er einen merkwürdigen unregelmäßigen Rhythmus. Durch die Puderschicht auf seinem Gesicht sind Schweißperlen auf Oberlippe und Stirn sichtbar. Aber am meisten erschreckt mich sein Blick, unstet und voller Zorn.

»Es geht ihm schlechter«, flüstere ich. Finnick nimmt meine Hand, damit ich mich an etwas festhalten kann.

Aufgebracht spricht Peeta von der Notwendigkeit eines Waffenstillstands. Er betont, dass in mehreren Distrikten die Infrastruktur zerstört worden sei. Während er spricht, werden bestimmte Teile der Karte erleuchtet und Bilder der Zerstörung eingeblendet. Ein gebrochener Damm in Distrikt 7. Ein entgleister Zug mit einer Ladung Giftmüll, die aus den Kesselwagen läuft. Ein Getreidespeicher, der bei einem Brand einstürzt. All das schreibt er den Rebellen zu.

Zack! Da bin ich plötzlich im Bild, wie ich in den Trümmern der Bäckerei stehe.

Plutarch springt auf. »Ha! Beetee hat es geschafft!«

Alle in der Kommandozentrale sind aus dem Häuschen. Aber da ist Peeta wieder zu sehen, er sieht verwirrt aus. Er hat mich auf dem Monitor gesehen. Er versucht, mit seinem Beitrag fortzufahren, als Nächstes ist die Bombardierung einer Kläranlage dran, da wird er von einem Film verdrängt, in dem Finnick über Rue spricht. Und jetzt versuchen die führenden Techniker des Kapitols, Beetees Attacke abzuwehren, es kommt zur reinsten Sendeschlacht. Das Kapitol ist unvorbereitet, und Beetee, der offenbar schon ahnte, dass er nicht fortlaufend würde senden können, hat eine Reihe von Fünf- bis Zehn-Sekunden-Spots auf Lager, die er einspielen kann. Wir werden Zeuge, wie die offizielle Präsentation in sich zusammenbricht, als sie mit Ausschnitten aus den Propos beschossen wird.

Plutarch ist außer sich vor Begeisterung, und alle jubeln Beetee zu, nur Finnick neben mir bleibt reglos und stumm. Ich schaue zu Haymitch auf der anderen Seite des Raums, sein Blick spiegelt meine eigene Angst wider. Wir beide wissen, dass Peeta uns mit jedem Jubelruf mehr entgleitet.

Im Fernsehen ist jetzt wieder das Wappen des Kapitols zu sehen, begleitet von einem monotonen Studiogeräusch. Erst nach etwa zwanzig Sekunden erscheinen Snow und Peeta wieder auf dem Bildschirm. Das Studio sieht chaotisch aus. Aus dem Regieraum ist hektischer Wortwechsel zu hören. Snow stürzt nach vorn, er sagt, nun versuchten die Rebellen offenbar, die Verbreitung belastender Informationen zu stören, doch am Ende würden Wahrheit und Gerechtigkeit siegen. Sobald die Sicherheit wiederhergestellt sei, werde die Sendung fortgesetzt. Er fragt Peeta, ob er Katniss Everdeen noch etwas Abschließendes mitteilen wolle.

Als Peeta meinen Namen hört, verzieht er angestrengt das Gesicht. »Katniss … was meinst du, wo das alles hinführen soll? Was wird am Ende übrig bleiben? Alle sind in Gefahr. Im Kapitol und in den Distrikten. Und ihr … in Distrikt 13 …« Er atmet scharf ein, als könnte er kaum Luft bekommen, der Wahnsinn spricht aus seinem Blick. »… noch vor Tagesanbruch tot!«

Aus dem Off ist Snow zu hören, wie er ruft: »Ausschalten!« Beetee sorgt für Chaos, indem er alle drei Sekunden ein Standbild von mir vor dem Lazarett einblendet. Aber zwischen den Einblendungen werden wir Zeugen des Geschehens im Studio. Wie Peeta versucht weiterzusprechen. Wie die Kamera heruntergerissen wird und die weißen Bodenfliesen filmt. Schritte von Stiefeln. Dann ein heftiger Schlag, vermischt mit Peetas Schmerzensschrei.

Und sein Blut, das auf die Fliesen spritzt.

Teil 2
Der Angriff

10

Der Schrei entsteht ganz unten, wandert meinen Körper hoch und bleibt mir im Hals stecken. Ich bin stumm wie ein Avox, ersticke an meinem Schmerz. Selbst wenn ich die Muskeln im Hals loslassen könnte, den Schrei hinausließe, würde ihn jemand hören? Im Raum hat sich ein Tumult erhoben. Fragen und Forderungen werden laut, während alle versuchen, Peetas Worte zu entschlüsseln. *»Und ihr … in Distrikt 13 … noch vor Tagesanbruch tot!«* Doch niemand fragt nach dem Überbringer der Nachricht, dessen Blut durch ein Grieselbild ersetzt wurde.

Da ruft jemand: »Ruhe!« Aller Augen richten sich auf Haymitch. »So ein großes Rätsel ist das nicht! Der Junge sagt uns, dass ein Angriff auf uns geplant ist. Hier, in 13.«

»Woher will er das wissen?«

»Warum sollten wir ihm trauen?«

»Woher weißt du das?«

Haymitch knurrt genervt. »Während wir hier quatschen, schlagen die ihn zusammen. Was wollt ihr noch? Katniss, hilf mir doch mal!«

Ich muss mich schütteln, damit die Worte hinauskönnen. »Haymitch hat recht. Ich weiß nicht, woher Peeta die Information hat. Oder ob es stimmt, was er sagt. Aber er glaubt es auf jeden Fall. Und sie …« Ich kann nicht laut aussprechen, was Snow ihm antut.

»Sie kennen ihn nicht«, sagt Haymitch zu Coin. »Wir schon. Rufen Sie Ihre Leute zusammen.«

Coin wirkt nicht erschrocken, nur ein wenig verdutzt über diese Wendung. Sie denkt über die Worte nach und tippt mit einem Finger leicht gegen den Rand der Schalttafel vor sich. Dann sagt sie mit ruhiger Stimme zu Haymitch: »Natürlich haben wir für ein solches Szenario unsere Vorkehrungen getroffen. Obwohl seit Jahrzehnten ausgemacht scheint, dass sich das Kapitol mit weiteren direkten Angriffen auf Distrikt 13 nur selbst schaden würde. Atomraketen würden Strahlen in die Atmosphäre schicken, mit unvorhersehbaren Folgen für die Umwelt. Aber auch ein konventioneller Angriff könnte unsere Waffenarsenale, auf die sie es abgesehen haben, empfindlich beschädigen. Und natürlich riskieren sie einen Gegenschlag. Möglich, dass sie in Anbetracht unseres Bündnisses mit den Rebellen nun doch bereit sind, all das in Kauf zu nehmen.«

»Meinen Sie wirklich?«, sagt Haymitch, eine Spur zu ernsthaft, aber die Feinheiten der Ironie kommen in 13 selten an.

»Ja. So oder so ist eine Luftschutzübung der Stufe fünf überfällig«, sagt Coin. »Fahren wir mit der Abriegelung fort.« Sie hackt etwas in die Tasten und gibt die entsprechende Anweisung aus. Als sie den Kopf wieder hebt, geht es auch schon los.

Seit ich in Distrikt 13 bin, hatten wir zwei Übungen auf niedriger Stufe. An die erste kann ich mich kaum noch erinnern. Ich lag auf der Intensivstation, und die Patienten waren wohl von der Teilnahme befreit, denn der Aufwand, uns für eine Übung wegzuschaffen, hätte in keinem Verhältnis zum Nutzen gestanden. Ich erinnere mich dunkel an eine mechanische Stimme, die alle anwies, sich in den gelben Zonen zu versammeln. Bei der zweiten Übung, einer Übung der Stufe zwei für den kleineren

Krisenfall – zum Beispiel eine vorübergehende Quarantäne, um die Bewohner auf Grippeviren zu testen –, sollten wir uns in unsere Quartiere begeben. Ich versteckte mich hinter einem Rohr im Wäscheraum, ignorierte das pulsierende Tuten der Alarmanlage und schaute einer Spinne zu, die ein Netz webte. Nichts hat mich auf die ohrenbetäubenden, entsetzlichen Sirenen vorbereitet, die Distrikt 13 jetzt durchdringen. Dieses Geräusch kann man nicht ignorieren, es soll offenbar die ganze Bevölkerung in Panik versetzen. Aber wir sind hier in Distrikt 13, da passiert so etwas nicht.

Boggs führt Finnick und mich aus der Kommandozentrale, durch den Flur zu einem Durchgang und dann auf eine breite Treppe. Menschenströme vereinigen sich zu einem Fluss, der einfach nur abwärtsfließt. Es wird nicht geschrien und nicht gedrängelt. Selbst die Kinder fügen sich. Stockwerk um Stockwerk gehen wir tiefer, schweigend, denn kein Wort würde den Sirenenlärm durchdringen. Ich halte nach meiner Mutter und Prim Ausschau, aber außer den Menschen in meiner unmittelbaren Nähe kann ich niemanden erkennen. Sie arbeiten heute Abend beide auf der Krankenstation, also können sie die Übung nicht verpassen.

Ich habe Druck auf den Ohren und meine Augenlider werden schwer. Wir sind tief unter der Erde, wie in einem Kohlebergwerk. Das hat den einzigen Vorteil, dass die Sirenen nicht mehr ganz so schrill klingen. Als sollten sie uns physisch vom Erdboden vertreiben, und so ist es wohl auch gedacht. Gruppen von Menschen schieben sich durch gekennzeichnete Durchgänge, und Boggs führt mich immer weiter nach unten, bis die Treppe schließlich vor einer riesigen Höhle endet. Ich will direkt hineingehen, doch Boggs sagt, ich müsse erst meinen Tagesplan vor einen Scanner halten, um mich auszuweisen. Garantiert wird die Information an irgendeinen Computer weitergeleitet, damit niemand verloren geht.

Die Höhle ist teils natürlich, teils von Menschenhand geschaffen. An einigen Stellen sind die Wände aus Stein, an anderen sieht man Stahlträger und Zement als Verstärkung. In die Felswände sind Schlafkojen gehauen. Es gibt eine Küche, Toiletten, eine Erste-Hilfe-Station. Alles ist für einen längeren Aufenthalt ausgelegt.

Um die Höhle herum sind in regelmäßigen Abständen weiße Schilder mit Buchstaben oder Zahlen angebracht. Boggs erklärt Finnick und mir gerade, dass wir uns an dem Schild aufstellen sollen, das unserem Quartier entspricht – in meinem Fall *E* für Wohneinheit E –, als Plutarch zu uns kommt. »Ach, hier seid ihr«, sagt er. Die Ereignisse der letzten Stunden scheinen ihn nicht sonderlich beeindruckt zu haben. Er ist immer noch hocherfreut über Beetees gelungenen Medienangriff. Er hat den Wald im Blick, nicht die Bäume. Dass Peeta misshandelt wird und Distrikt 13 demnächst in die Luft fliegt, scheint nebensächlich. »Katniss, ich weiß, dass das für dich nicht einfach ist, diese Schlappe für Peeta, aber du darfst nicht vergessen, dass du beobachtet wirst.«

»Was?«, sage ich. Ich fasse es nicht, dass er Peetas schreckliche Lage als Schlappe abtut.

»Die anderen im Bunker werden sich an dich halten. Wenn du ruhig und tapfer bist, nehmen sie sich daran ein Beispiel. Wenn du in Panik gerätst, könnte sich das ausbreiten wie ein Lauffeuer«, schärft Plutarch mir ein. Ich starre ihn nur an. »Es brennt sozusagen«, fährt er fort, als wäre ich etwas begriffsstutzig.

»Am besten tue ich einfach so, als stünde ich vor der Kamera, oder?«, sage ich.

»Ja! Perfekt. Vor Publikum ist man immer viel tapferer«, sagt er. »Wir haben ja gerade gesehen, wie viel Mut Peeta aufgebracht hat.«

Am liebsten würde ich ihm eine reinhauen.

»Ich muss vor der Abriegelung wieder bei Coin sein. Du machst weiter so!«, sagt er und geht davon.

Ich begebe mich zu dem großen *E* an der Wand. Unser Platz besteht aus vier Quadratmetern, die auf dem Steinboden markiert sind. Zwei Kojen sind in die Wand gehauen – einer muss auf dem Boden schlafen –, unten gibt es ein quadratisches Fach für Vorräte. An der Wand hängt ein weißes Blatt in Plastikfolie mit der Überschrift Regeln für den Bunker. Ich starre die kleinen schwarzen Striche auf dem Papier an. Zuerst werden sie von den Blutstropfen überlagert, die ich einfach nicht aus dem Kopf kriege. Dann werden sie langsam zu Buchstaben und Wörtern. Der erste Absatz trägt die Überschrift *Bei der Ankunft.*

1. Stellen Sie sicher, dass alle Mitglieder Ihrer Wohneinheit anwesend sind.

Meine Mutter und Prim sind noch nicht da, aber ich bin auch als eine der Ersten im Bunker angekommen. Wahrscheinlich sind die beiden noch damit beschäftigt, Patienten zu verlegen.

2. Gehen Sie zur Versorgungsstelle und sichern Sie jedem Mitglied Ihrer Wohneinheit einen Rucksack. Bereiten Sie Ihr Lager vor. Geben Sie die Rucksäcke wieder ab.

Ich schaue mich in der Höhle um, bis ich die Versorgungsstelle gefunden habe, einen tiefen Raum, der durch eine Theke abgetrennt ist. Ein paar Leute stehen dahinter, aber es ist noch nicht viel los. Ich gehe hin, nenne den Buchstaben unserer Wohneinheit und verlange drei Rucksäcke. Ein Mann überprüft die Angaben, zieht die für uns bestimmten Rucksäcke aus dem Regal und legt sie mit Schwung auf die Theke. Ich setze mir einen auf den Rücken und nehme die anderen beiden in die Hände. Als ich mich umdrehe, hat sich hinter mir eine Menschenansammlung gebildet. »Entschuldigung«, sage ich, während ich mich mit den Vorräten durch die Leute zwänge. Ist das nur Zufall? Oder hat Plutarch recht? Orientieren sich die Leute an mir?

In unserem Lager öffne ich einen Rucksack. Ich finde eine dünne Matte, Bettzeug, graue Kleidung zum Wechseln, eine Zahnbürste, einen Kamm und eine Taschenlampe. In den anderen beiden Rucksäcken befindet sich das Gleiche, zusätzlich zu der grauen jedoch auch weiße Kleidung. Die ist bestimmt für meine Mutter und Prim gedacht, für den Fall, dass ihr medizinischer Einsatz gefragt ist. Nachdem ich die Betten gemacht, die Kleidung verstaut und die Rucksäcke wieder abgegeben habe, kann ich nichts weiter tun, als die letzte Regel zu befolgen.

3. Warten Sie auf weitere Anweisungen.

Also setze ich mich im Schneidersitz auf den Boden und warte. Immer mehr Menschen strömen in die Höhle, nehmen ihre Lager in Beschlag und holen ihre Vorräte ab. Es dauert nicht lange, da ist die Höhle voll. Ich frage mich, ob meine Mutter und Prim die Nacht an dem Ort verbringen, an den man die Patienten gebracht hat. Aber nein, das glaube ich nicht. Sie standen ja auf der Liste. Ich fange schon an, mir Sorgen zu machen, als meine Mutter endlich kommt. Allein, mitten unter Leuten, die ich nicht kenne. »Wo ist Prim?«, frage ich.

»Ist sie nicht hier?«, sagt meine Mutter. »Sie wollte direkt von der Krankenstation herkommen. Sie ist zehn Minuten vor mir los. Wo ist sie? Wohin könnte sie gegangen sein?«

Ich kneife die Augen zu, um sie aufzuspüren, als wäre ich auf der Jagd. Ich sehe sie vor mir, wie sie auf die Sirene reagiert, wie sie sich hastig um die Patienten kümmert, wie sie nickt, als man sie auffordert, in den Bunker zu gehen. Auf der Treppe zögere ich mit ihr. Bin einen Moment lang hin und her gerissen. Warum nur?

Ich reiße die Augen auf. »Der Kater! Sie holt den Kater!«

»Oh nein«, sagt meine Mutter. Wir wissen beide, dass ich recht habe. Wir schieben uns gegen den Strom, versuchen aus dem Bunker hinauszukommen. Oben machen sie sich daran, die Flügel der schweren Eisentür zu schließen. Langsam drehen sie die Stahlräder auf beiden Seiten nach innen. Wenn die Tür erst einmal geschlossen ist, das weiß ich, wird nichts auf der Welt die Soldaten dazu bringen, sie wieder zu öffnen. Vielleicht stünde es auch gar nicht in ihrer Macht. Ich dränge die Leute zur Seite, während ich den Soldaten zurufe, dass sie warten sollen. Der Abstand zwischen den Flügeln schrumpft auf einen Meter, einen halben Meter, nur noch ein paar Zentimeter sind übrig, bloß meine Hand passt noch durch den Spalt.

»Machen Sie auf! Lassen Sie mich raus!«, schreie ich.

Die Soldaten sind unschlüssig, dann schieben sie die Flügel ein Stück zurück. Nicht so weit, dass ich hindurchkann, aber so weit, dass ich mir nicht die Finger klemme. Ich nutze die Gelegenheit, um mich mit einer Schulter in die Öffnung zu zwängen. »Prim!«, brülle ich nach oben. Meine Mutter spricht begütigend auf die Wachen ein, während ich mich immer weiter durch den Spalt quetsche. »Prim!«

Da höre ich es. Leise Schritte auf der Treppe. »Wir kommen!«, ruft meine Schwester.

»Halt die Tür auf!« Das war Gale.

»Sie kommen!«, sage ich zu den Wachen, woraufhin sie die Tür ein kleines Stück weiter aufmachen. Aber vor lauter Angst, dass sie uns alle aussperren, wage ich mich nicht zu rühren, bis Prim da ist, die Wangen rot vom Rennen, Butterblume auf dem Arm. Ich ziehe sie in die Höhle, Gale kommt hinterher und zwängt noch eine Menge Gepäck durch die Öffnung. Mit einem lauten und endgültigen Knall geht die Tür zu.

»Was hast du dir bloß gedacht?« Aufgebracht schüttele ich Prim, dann umarme ich sie und zerdrücke Butterblume fast.

Prim hat die Erklärung bereits parat. »Ich konnte ihn nicht zurücklassen, Katniss«, sagt sie. »Nicht schon wieder. Du hättest sehen sollen, wie er durchs Zimmer gelaufen ist und gemaunzt hat. Er würde auch zurückkommen, um uns zu retten.«

»Ja, ja, schon gut.« Ich atme ein paarmal tief durch, gehe einen Schritt zurück und packe Butterblume im Nackenfell. »Ich hätte dich ertränken sollen, als es noch nicht zu spät war.« Er legt die Ohren an und hebt eine Pfote. Ich fauche ihn an, bevor er es tut. Das ärgert ihn, er findet, Fauchen sollte ihm vorbehalten sein. Im Gegenzug maunzt er wie ein hilfloses kleines Kätzchen und meine Schwester springt ihm sofort zur Seite.

»Ach, Katniss, ärgere ihn nicht.« Sie nimmt ihn wieder in die Arme. »Er ist doch so schon außer sich.«

Bei der Vorstellung, dass ich die zarten Gefühle dieses Mistkaters verletzt habe, kriege ich schon wieder Lust, ihn zu ärgern.

Aber Prim ist wirklich verzweifelt. Also stelle ich mir nur vor, wie sein Fell ein Paar Handschuhe ziert, ein Bild, das mir über die Jahre geholfen hat, ihn zu ertragen. »Na gut, tut mir leid. Wir sind unter dem großen *E* an der Wand. Such ihm lieber ein Plätzchen, bevor er ausrastet.« Eilig geht Prim weg und jetzt stehe ich Gale direkt gegenüber. In den Händen hält er den Arzneikasten aus unserer Küche in Distrikt 12. Wo unser letztes Gespräch stattfand, unser letzter Kuss, unser letzter Streit, egal. Er trägt meine Jagdtasche über der Schulter.

»Wenn Peeta recht hat, hätten die Sachen nicht überlebt«, sagt er.

Peeta. Blut wie Regentropfen am Fenster. Wie feuchte Erde an den Stiefeln.

»Danke für … alles.« Ich nehme die Sachen. »Was hast du in unseren Räumen gemacht?«

»Nur noch mal alles kontrolliert«, sagt er. »Wir sind in siebenundvierzig, falls du mich brauchst.«

Als die Tür geschlossen wurde, haben sich fast alle auf ihre Plätze verzogen, und jetzt schauen mir mindestens fünfhundert Leute zu, wie ich mich zu unserem neuen Zuhause begebe. Um meine Panikaktion von vorhin wiedergutzumachen, versuche ich jetzt, besonders ruhig und besonnen zu wirken. Als könnte ich irgendjemandem etwas vormachen. Ein tolles Vorbild bin ich. Aber was soll's? Die Leute halten mich sowieso alle für verrückt. Ein Mann, den ich vermutlich umgestoßen habe, fängt meinen Blick auf und reibt sich empört den Ellbogen. Am liebsten würde ich ihn auch anfauchen.

Prim hat Butterblume auf die untere Koje gesetzt und in eine Decke gewickelt, sodass nur sein Kopf herausguckt. So hat er es gern bei Gewitter, das Einzige, wovor er sich richtig fürchtet. Meine Mutter stellt ihren Arzneikasten sorgfältig in das quadratische Fach. Mit dem Rücken zur Wand kauere ich mich hin und schaue mir an, was Gale alles in meine Jagdtasche gepackt hat. Das Pflanzenbuch, meine Jagdjacke, das Hochzeitsfoto meiner Eltern und die persönlichen Sachen aus meiner Schublade. Meine Spotttölpelbrosche steckt jetzt ja immer an dem Kostüm, das Cinna für mich gemacht hat, aber da sind das goldene Medaillon und der silberne Fallschirm mit dem Zapfhahn und Peetas Perle. Ich verknote die Perle im Zipfel des Fallschirms und stecke sie ganz tief in meine Tasche, als wäre sie Peetas Leben und niemand könnte sie wegnehmen, solange ich darauf aufpasse.

Das ferne Geräusch der Sirenen bricht abrupt ab. Über die Lautsprecher des Distrikts ist Coins Stimme zu hören, sie dankt uns allen für eine vorbildliche Evakuierung der oberen Stockwerke. Sie betont, dass es sich nicht um eine Übung handele, da Peeta Mellark, der Sieger aus Distrikt 12, im Fernsehen vor einem Angriff auf 13 gewarnt habe, der möglicherweise heute Nacht bevorstehe.

In diesem Moment fällt die erste Bombe. Erst gibt es einen heftigen Schlag, gefolgt von einer Detonation, die in meinem Innersten nachhallt, in meinen Eingeweiden, im Knochenmark, in den Zahnwurzeln. *Wir werden alle sterben,* denke ich. Mein Blick wandert nach oben, ich rechne damit, gewaltige Risse in der Decke zu sehen, dicke Gesteinsbrocken, die auf uns herabregnen, aber der Bunker bebt nur ein wenig. Die Lichter gehen aus, und ich erlebe, wie orientierungslos man in völliger Dunkelheit ist. Die Laute der Menschen, die keine Worte für das Geschehen haben – spontane Schreie, unregelmäßiges Atmen, das Wimmern von Babys, der Fetzen eines irren Lachens –, tanzen in der aufgeladenen Atmosphäre umher. Dann das Summen eines Generators, ein schwaches Flackern, so ganz anders als die grelle Beleuchtung, die in Distrikt 13 üblich ist. Es ist fast wie damals zu Hause in Distrikt 12, beim schwachen Schein von Kerzen und Kaminfeuer in einer Winternacht.

Im Zwielicht strecke ich den Arm nach Prim aus, halte mich an ihrem Bein fest und ziehe mich zu ihr hinüber. Mit fester Stimme spricht sie beruhigend auf Butterblume ein. »Schon gut, Kleiner, alles ist gut. Hier unten kann uns nichts passieren.«

Meine Mutter nimmt uns in die Arme. Einen Augenblick lang gestehe ich mir zu, mich klein zu fühlen, und lege den Kopf auf ihre Schulter. »Nichts im Vergleich zu den Bomben in Distrikt 8«, sage ich.

»Wahrscheinlich eine Bunkerbombe«, sagt Prim. Dem Kater zuliebe spricht sie immer noch mit sanfter Stimme. »Bei der Einführungsveranstaltung für Neubürger haben wir davon gehört. Sie dringen tief in die Erde ein, bevor sie losgehen. Weil es ja schon lange keinen Grund mehr gibt, die Oberfläche von 13 zu bombardieren.«

»Atombomben?«, frage ich und merke, wie es mich kalt durchläuft.

»Nicht unbedingt«, sagt Prim. »Manche enthalten nur eine Menge Sprengstoff. Aber … es könnte wohl beides sein.«

In dem Dämmerlicht ist die schwere Stahltür am Ende des Bunkers kaum zu erkennen. Würde sie uns vor einem atomaren Angriff schützen? Und selbst wenn sie, was sehr unwahrscheinlich ist, die Strahlung zu hundert Prozent abschirmen würde, könnten wir dann je wieder hier raus? Die Vorstellung, den Rest meines Lebens in dieser Gruft zu verbringen, ist entsetzlich.

Ich verspüre den Drang, wie eine Verrückte zur Tür zu rennen und zu verlangen, dass sie mich rauslassen, was auch immer mich dort erwartet. Aber es ist zwecklos. Sie würden mich nie hinauslassen und ich würde womöglich eine Massenpanik auslösen.

»Wir sind so tief unter der Erde, bestimmt sind wir hier sicher«, sagt meine Mutter matt. Denkt sie an meinen Vater, der im Bergwerk in Stücke gerissen wurde? »Aber das war knapp. Gut, dass Peeta das Nötige getan und uns gewarnt hat.«

Das Nötige. Eine harmlose Umschreibung für alles, was nötig war, um Alarm zu schlagen. Das Wissen, die Gelegenheit, der Mut. Und noch etwas anderes, das ich nicht benennen kann. Peeta schien mit sich ringen zu müssen, er musste sich überwinden, die Botschaft zu äußern. Warum? Die Leichtigkeit, mit der er Worte verdrehen kann, ist sein größtes Talent. War die Anstrengung eine Folge der Folter? Oder mehr als das? Eine Art Wahnsinn?

Coins Stimme, vielleicht etwas härter als sonst, erfüllt den Bunker, die Lautstärke flackert ebenso wie das Licht. »Offenbar war Peeta Mellarks Information korrekt und wir sind ihm zu großem Dank verpflichtet. Die Messinstrumente zeigen an, dass das erste Geschoss eine große Sprengkraft hatte, jedoch nicht gestrahlt hat. Wir rechnen damit, dass weitere folgen werden. Für die Dauer des Angriffs haben die Bewohner in ihren zugewiesenen Bereichen zu bleiben, solange keine anderslautenden Anweisungen erfolgen.«

Ein Soldat teilt meiner Mutter mit, dass sie in der Erste-Hilfe-Station gebraucht wird. Sie lässt uns ungern allein, obwohl sie nur dreißig Meter entfernt sein wird.

»Uns passiert schon nichts«, sage ich. »Glaubst du, an dem

käme jemand vorbei?« Ich zeige auf Butterblume, der mich so halbherzig anfaucht, dass wir alle ein wenig lachen müssen. Selbst ich habe Mitleid mit ihm. Nachdem meine Mutter weg ist, sage ich zu Prim: »Warum steigst du nicht mit ihm in die Koje?«

»Ich weiß, dass es albern ist … aber ich hab Angst, dass das Ding beim nächsten Einschlag über uns zusammenkracht«, sagt sie.

Wenn die Kojen zusammenkrachen, bricht der ganze Bunker zusammen und begräbt uns, doch diese Logik ist jetzt wohl wenig hilfreich. Anstatt etwas zu sagen, räume ich das Vorratsfach frei und bereite Butterblume darin ein Bett. Davor lege ich für meine Schwester und mich eine Matte.

Wir dürfen in kleinen Grüppchen die Toilette benutzen und uns die Zähne putzen, Duschen ist für heute allerdings gestrichen. Ich kuschele mich mit Prim auf die Matte. Die Decken nehmen wir doppelt, denn in der Höhle ist es feucht und kalt. Butterblume, der unglücklich ist, obwohl Prim sich die ganze Zeit um ihn kümmert, kauert im Vorratsfach und stößt mir seinen Katzenatem ins Gesicht.

Trotz der misslichen Umstände bin ich dankbar für die Zeit mit meiner Schwester. Seit ich hier bin – nein, seit den ersten Spielen –, war ich so wahnsinnig beschäftigt, dass ich mich kaum um sie kümmern konnte. Ich habe nicht so auf sie aufgepasst wie nötig, nicht so wie früher. Schließlich war es Gale, der unsere Wohneinheit durchgesehen hat, nicht ich. Das muss ich wiedergutmachen.

Ich habe sie noch nicht mal gefragt, wie sie den Schock verkraftet hat, dass es sie hierher verschlagen hat. »Und, Prim, wie gefällt es dir in Distrikt 13?«, frage ich.

»Jetzt gerade?«, fragt sie zurück. Wir müssen lachen. »Manchmal habe ich fürchterliches Heimweh. Aber dann fällt mir ein, dass es nichts mehr gibt, wonach ich Heimweh haben könnte. Hier fühle ich mich sicherer. Wir müssen keine Angst mehr um dich haben. Na ja, jedenfalls nicht mehr so wie früher.« Sie schweigt eine Weile, dann umspielt ein scheues Lächeln ihre Lippen. »Ich glaube, sie wollen mich zur Ärztin ausbilden.«

Davon höre ich zum ersten Mal. »Na klar. Sie wären schön blöd, wenn sie das nicht machen würden.«

»Sie haben mich beobachtet, als ich auf der Krankenstation ausgeholfen habe. Ich besuche bereits die Sanitätskurse. Das ist nur für Anfänger. Einiges davon weiß ich schon von zu Hause. Trotzdem gibt es noch viel zu lernen«, sagt sie.

»Das ist ja toll«, sage ich. Prim als Ärztin. Davon hätte sie in Distrikt 12 nicht mal träumen können. Etwas Kleines, Stilles erhellt die Finsternis in meinem Innern, wie ein Streichholz, das angezündet wird. So eine Zukunft könnte die Rebellion uns bringen.

»Was ist mit dir, Katniss? Wie kommst du zurecht?« Ganz leicht und zärtlich bewegt sie die Fingerspitzen zwischen Butterblumes Augen. »Und sag jetzt nicht, dass es dir gut geht.«

Sie hat recht. Mir geht es alles andere als gut. Also erzähle ich ihr von Peeta, dass ich im Fernsehen zuschauen konnte, wie sein Zustand immer schlechter wurde, und dass sie ihn womöglich gerade umbringen. Butterblume muss eine Weile allein klarkommen, denn jetzt wendet Prim sich ganz mir zu. Sie zieht mich fest an sich, streicht mir mit den Fingern die Haare hinter die Ohren. Ich habe aufgehört zu reden, weil es eigentlich nichts mehr zu sagen gibt und weil dort, wo sich mein Herz befindet, ein bohrender Schmerz ist. Vielleicht habe ich sogar einen Herzanfall, aber es lohnt nicht, davon zu sprechen.

»Katniss, ich glaube nicht, dass Präsident Snow Peeta umbringt«, sagt sie. Natürlich sagt sie das, sie will mich beruhigen. Aber dann sagt sie etwas Überraschendes. »Sonst hätte er keinen mehr, an dem dir etwas liegt. Dann könnte er dir nicht mehr wehtun.«

Da muss ich auf einmal an ein anderes Mädchen denken, an eine, die alles Böse gesehen hat, was das Kapitol zu bieten hat. Johanna Mason, Tribut aus Distrikt 7, in der letzten Arena. Ich habe sie davon abzuhalten versucht, in den Dschungel zu gehen, wo die Schnattertölpel die Stimmen unserer Lieben nachahmten, die gefoltert wurden, aber sie hat mich nur beiseitegestoßen und gesagt: *»Die können mir nichts anhaben. Ich bin nicht wie ihr. Von meinen Lieben ist keiner mehr da.«*

Prim hat recht. Snow kann es sich nicht leisten, Peetas Leben zu vergeuden, schon gar nicht jetzt, da der Spotttölpel solch ein Chaos anrichtet. Snow hat bereits Cinna getötet. Mein Zuhause zerstört. Meine Familie, Gale und sogar Haymitch sind außerhalb seiner Reichweite. Peeta ist alles, was ihm bleibt.

»Was glaubst du dann, was sie mit ihm machen?«, frage ich.

Jetzt klingt Prim, als wäre sie tausend Jahre alt. »Was nötig ist, um dich zu brechen.«

11

Was wird mich brechen?

Das ist die Frage, die mich in den nächsten drei Tagen quält, während wir darauf warten, dass wir aus unserem sicheren Gefängnis entlassen werden. Was wird mich in unzählige Stücke zerbrechen, sodass ich nicht wieder heil werden kann, nicht mehr zu gebrauchen bin? Ich spreche mit niemandem darüber, aber es verschlingt meine wachen Stunden und durchzieht meine Albträume.

In dieser Zeit werden vier weitere Bunkerbomben abgefeuert, alle gewaltig, jedoch ohne gravierende Wirkung. Die Bomben sind über mehrere Stunden verteilt, und gerade wenn wir denken, jetzt ist es vorbei, jagt uns eine erneute Detonation Schockwellen durch die Eingeweide. Offenbar geht es ihnen eher darum, uns hier unten festzuhalten, als darum, Distrikt 13 zu schwächen. Den Distrikt lahmlegen, ja. Die Leute damit beschäftigen, ihn wieder funktionsfähig zu machen. Aber ihn zerstören? Nein. In diesem Punkt hatte Coin recht. Das, worauf man es abgesehen hat, zerstört man nicht. Ein vordringliches Ziel besteht sicher darin, die Medienangriffe zu stoppen und zu verhindern, dass ich noch mal im Fernsehen von Panem auftrete.

Wir erhalten kaum Informationen, unsere Bildschirme schalten sich nie ein. Durch die Lautsprecher klärt Coin uns nur kurz über die Beschaffenheit der Bomben auf. Die Kriegshandlungen sind bestimmt noch nicht vorbei, aber über den Stand der Dinge werden wir im Dunkeln gelassen.

Im Bunker ist Zusammenarbeit das Gebot der Stunde. Für alles gibt es einen strikten Plan, Mahlzeiten, Waschen, Bewegung und Schlafen. Hin und wieder dürfen wir zusammenkommen, damit die Untätigkeit erträglicher wird. Unser Lager ist sehr beliebt, weil die Kinder und auch die Erwachsenen von Butterblume fasziniert sind. Mit seinem abendlichen Spiel »Der verrückte Kater« ist er ein richtiger Star. Ich habe es vor ein paar Jahren zufällig erfunden, als wir im Winter einen Stromausfall hatten. Man schwenkt eine Taschenlampe durch den Raum und Butterblume jagt dem Strahl hinterher. Fies, wie ich bin, habe ich meinen Spaß daran, weil ich finde, dass er dabei so dämlich aussieht. Aus unerklärlichen Gründen finden alle anderen hier ihn klug und niedlich. Für das Spektakel bekomme ich sogar neue Batterien zugeteilt – was für eine Verschwendung. Die Bewohner von 13 gieren wirklich nach Unterhaltung.

In der dritten Nacht finde ich während unseres Spiels die Antwort auf die Frage, die mich so quält. Der verrückte Kater wird zur Metapher für meine Situation. Ich bin Butterblume, und Peeta, den ich unbedingt retten will, ist das Licht. Solange Butterblume das Gefühl hat, er könne das trügerische Licht mit den Pfoten festhalten, ist er voller Angriffslust. (So war ich, als ich aus der Arena herauskam und erfuhr, dass Peeta lebt.) Wenn das Licht ganz ausgeht, ist Butterblume zunächst verstört und verwirrt, doch nach kurzer Zeit fängt er sich wieder und beschäftigt sich mit etwas anderem. (Das würde passieren, wenn Peeta sterben würde.) Doch was Butterblume wirklich fertigmacht, das ist, wenn ich die Taschenlampe eingeschaltet lasse, den Strahl aber hoch an die Wand halte, außer Reichweite, sodass er nicht mal springen kann. Dann geht er an der Wand hin und her, maunzt und lässt sich weder trösten noch ablenken. Erst wenn ich die Taschenlampe ausschalte, ist er wieder zu etwas zu gebrauchen. (Das versucht Snow jetzt mit mir zu machen, nur dass ich nicht weiß, welche Formen das Spiel annimmt.)

Vielleicht will Snow ja nur, dass ich das begreife. Es war schlimm genug zu glauben, dass er Peeta in der Hand hat und ihn foltert, um etwas über die Rebellen herauszubekommen. Aber zu denken, dass er ihn foltert, um mich außer Gefecht zu setzen, ist unerträglich. Und unter der Last dieser Erkenntnis fange ich tatsächlich an zu brechen.

Nach dem »Verrückten Kater« ist Schlafenszeit. Mal haben wir Strom, mal nicht; manchmal brennen die Lampen ganz hell, dann wieder blinzeln wir einander im Dämmerlicht an. Zur Schlafenszeit drehen sie das Licht fast völlig runter und schalten in jedem Lager Notleuchten an. Prim, die jetzt überzeugt ist, dass die Wände halten, kuschelt sich mit Butterblume in die untere Koje. Meine Mutter liegt in der oberen. Ich biete an, mich in eine der Kojen zu legen, aber die beiden bestehen darauf, dass ich auf der Matte am Boden schlafe, weil ich in der Nacht immer so wild um mich schlage.

Jetzt schlage ich nicht um mich, meine Muskeln sind starr, weil ich mich mit aller Kraft zusammenreiße. Der Schmerz in meinem Herzen ist wieder da, und ich stelle mir vor, wie sich von dort aus kleine Fissuren in meinem Körper ausbreiten. Sie wandern durch meinen Oberkörper und von dort in die Arme und Beine, über mein Gesicht, bis es von Rissen übersät ist. Eine ordentliche Erschütterung durch eine Bunkerbombe und ich würde in eigentümliche, messerscharfe Scherben zersplittern.

Als die meisten Leute eingeschlafen sind, schäle ich mich vorsichtig aus meiner Decke und gehe auf Zehenspitzen durch die Höhle, bis ich Finnick gefunden habe. Aus irgendeinem Grund spüre ich, dass er mich verstehen wird. Er sitzt unter der Notleuchte in seinem Lager und macht Knoten in sein Seil, er tut nicht mal so, als würde er schlafen. Während ich ihm zuflüstere, wie Snow mich brechen will, dämmert es mir. Für Finnick ist diese Strategie überhaupt nichts Neues. Genau so haben sie ihn gebrochen.

»Das Gleiche tun sie dir mit Annie an, stimmt's?«, sage ich.

»Sie haben sie jedenfalls nicht gefangen genommen, weil sie ihnen Informationen über die Rebellen beschaffen könnte«, erwidert er. »Sie wussten, dass ich es nie riskiert hätte, ihr davon zu erzählen. Weil ich sie damit in Gefahr gebracht hätte.«

»Oh, Finnick. Es tut mir so leid«, sage ich.

»Nein, mir tut es leid. Dass ich dich nicht gewarnt habe«, sagt er.

Plötzlich taucht eine Erinnerung auf. Ich, wie ich an mein Bett gefesselt bin, außer mir vor Wut und Kummer nach der Rettung. Finnick versucht mich wegen Peeta zu trösten. *Die werden bald merken, dass er nichts weiß. Und sie werden ihn nicht töten, solange sie denken, sie können ihn gegen dich einsetzen.* »Du hast mich doch gewarnt. Auf der Krankenstation. Aber als du gesagt hast, sie würden Peeta gegen mich einsetzen, da dachte ich, du meinst, als Köder. Um mich ins Kapitol zu locken«, sage ich.

»Nicht mal das hätte ich sagen sollen. Es war zu spät, um dir zu helfen. Wenn ich dich schon nicht vorher, vor dem Jubel-Jubiläum, gewarnt habe, hätte ich mir auch den Hinweis darauf sparen können, wie Snow vorgeht.« Finnick reißt am Ende seines Seils und ein komplizierter Knoten löst sich auf. »Aber damals, als ich dich kennenlernte, da hab ich es nicht kapiert. Nach euren ersten Spielen dachte ich, die Liebesgeschichte wäre von deiner Seite aus nur Theater. Wir sind alle davon ausgegangen, dass du diese Taktik weiterverfolgen würdest. Erst als Peeta das Kraftfeld berührt hat und fast gestorben wäre, da wusste ich ...« Finnick zögert.

Ich denke zurück an die Arena. Wie ich geschluchzt habe, als Finnick Peeta wiederbelebte. Sein verwirrter Gesichtsausdruck. Und wie er mein Benehmen entschuldigt und es auf die angebliche Schwangerschaft geschoben hat. »Was wusstest du da?«

»Da wusste ich, dass ich dich falsch eingeschätzt hatte. Dass du ihn liebst. Auf welche Art, weiß ich nicht. Vielleicht weißt du das selbst nicht. Aber jeder, der dich beobachtet hat, konnte sehen, wie viel er dir bedeutet«, sagt er sanft.

Jeder? Als Snow mich vor der Tour der Sieger besucht hat, hat er von mir verlangt, jeden Zweifel an meiner Liebe zu Peeta auszulöschen. »Überzeuge *mich*«, hat er gesagt. Unter dem heißen rosa Himmel, als Peetas Leben an einem seidenen Faden hing, scheint mir das schließlich gelungen zu sein. Und indem es mir gelungen ist, habe ich Snow die Waffe zur Verfügung gestellt, die er braucht, um mich zu brechen.

Lange sitzen Finnick und ich schweigend da, schauen den Knoten zu, wie sie entstehen und sich wieder auflösen, bis ich die Frage über die Lippen bringe: »Wie hältst du das aus?«

Finnick schaut mich ungläubig an. »Ich halte es nicht aus, Katniss! Natürlich nicht. Jeden Morgen quäle ich mich aus Albträumen, um festzustellen, dass das Erwachen keine Erleichterung bringt.« Etwas in meinem Blick lässt ihn verstummen. »Am besten gar nicht erst nachgeben. Sich wieder zusammenzuflicken, dauert zehnmal so lange, wie zu zerbrechen.«

Er muss es ja wissen. Ich hole tief Luft und zwinge mich dazu, ganz zu bleiben.

»Versuch dich abzulenken, das ist das Beste«, sagt er. »Morgen besorgen wir dir als Erstes ein eigenes Seil. Bis dahin kannst du meins haben.«

Den Rest der Nacht sitze ich auf meiner Matte und mache wie besessen Knoten, die ich dann Butterblume zeige. Wenn einer verdächtig aussieht, fängt er ihn aus der Luft und beißt ein paarmal hinein, damit er auch ganz sicher tot ist. Am nächsten Morgen habe ich wunde Finger, aber ich mache weiter.

Nachdem es vierundzwanzig Stunden ruhig geblieben ist, verkündet Coin schließlich, dass wir den Bunker verlassen können. Unsere alten Quartiere sind ausgebombt worden. Alle bekommen ganz genaue Anweisungen, wo sich die neuen Wohneinheiten befinden. Wie angeordnet, räumen wir unsere Lager und stellen uns gehorsam vor der Tür auf.

Ehe ich angekommen bin, taucht Boggs auf und zieht mich aus der Schlange. Er gibt Gale und Finnick ein Zeichen, zu uns zu kommen. Die anderen lassen uns durch. Einige lächeln mich sogar an, durch das Spiel mit dem »Verrückten Kater« habe ich offenbar gepunktet. Zur Tür hinaus und die Treppe hoch, durch den Flur und zu den multidirektionalen Aufzügen, die uns in die Waffenabteilung bringen. Unterwegs haben wir keine Zerstörungen gesehen, aber wir sind auch noch immer tief unter der Erde.

Boggs führt uns in einen Raum, der fast genauso aussieht wie die Kommandozentrale. Coin, Plutarch, Haymitch, Cressida und alle anderen am Tisch sehen erschöpft aus. Irgendwer hat endlich den Kaffee rausgeholt – wenn auch garantiert nur als Aufputschmittel –, und Plutarch hat beide Hände fest um die Tasse gelegt, als könnte sie ihm gleich wieder weggeschnappt werden.

Präsidentin Coin kommt sofort zur Sache. »Wir brauchen euch vier in voller Montur über der Erde. Ihr habt genau zwei Stunden Zeit, um Bildmaterial zu sammeln, das erstens die Zerstörung durch die Bomben zeigt, zweitens beweist, dass die Militäreinheit von 13 nicht nur funktioniert, sondern übermächtig ist, und vor allem, drittens, dass der Spotttölpel noch lebt. Fragen?«

»Können wir einen Kaffee bekommen?«, fragt Finnick.

Dampfende Tassen werden verteilt. Voller Abscheu schaue ich auf die glänzende schwarze Flüssigkeit. Ich war noch nie ein großer Freund von dem Zeug, aber vielleicht kann ich mich damit besser auf den Beinen halten. Finnick kippt mir etwas Sahne in meine Tasse und langt in das Zuckerschälchen. »Möchtest du ein Stück Zucker?«, fragt er mit seiner alten Verführerstimme. So haben wir uns kennengelernt, Finnick bot mir Zucker an. Umgeben von Pferden und Wagen, kostümiert und geschminkt für die Massen. Bevor wir Verbündete wurden. Bevor ich eine Ahnung hatte, wie er tickt. Bei der Erinnerung daran muss ich tatsächlich lächeln. »Hier, damit schmeckt es besser«, sagt er mit seiner normalen Stimme und lässt drei Stück Zucker in meinen Kaffee fallen.

Als ich mich umdrehe, um mein Spotttölpelkostüm anzuziehen, sehe ich, wie Gale unglücklich zu Finnick und mir schaut. Was soll das jetzt? Denkt er etwa, da läuft was zwischen uns?

Vielleicht hat er mitgekriegt, dass ich letzte Nacht bei Finnick war. Auf dem Weg zu ihm bin ich wahrscheinlich am Lager der Hawthornes vorbeigekommen. Das ist ihm wohl gegen den Strich gegangen. Dass ich Finnicks Nähe gesucht habe und nicht seine. Na, wennschon. Meine Finger brennen vom Knotenmachen, ich kann die Augen kaum offen halten, ein Kamerateam wartet darauf, dass ich irgendwas Geniales zustande bringe, und Snow hat Peeta in seiner Gewalt. Soll Gale doch denken, was er will.

Noch ehe der Kaffee abgekühlt ist, hat mein Vorbereitungsteam mich in dem neuen Erneuerungsstudio in der Waffenabteilung in mein Spotttölpelkostüm gesteckt, frisiert und dezent geschminkt. Zehn Minuten später begeben sich die Darsteller und das Team des nächsten Propos über die vielen gewundenen Treppen nach draußen. Unterwegs schlürfe ich meinen Kaffee, der durch Sahne und Zucker deutlich gewinnt. Als ich den Kaffeesatz runterkippe, der sich in der Tasse abgesetzt hat, merke ich, dass ich mich leicht berauscht fühle.

Nach einer letzten Treppe betätigt Boggs einen Hebel und eine Falltür öffnet sich. Frische Luft strömt herein. Ich atme tief durch, und erst jetzt kann ich mir in Gänze eingestehen, wie grässlich ich es im Bunker fand. Wir kommen in den Wald und ich lasse die Hände durch die Blätter über meinem Kopf gleiten. Einige fangen schon an, sich zu verfärben. »Der Wievielte ist heute?«, frage ich niemand Bestimmten. Boggs antwortet, dass nächste Woche der September anfängt.

September. Dann hat Snow Peeta jetzt schon fünf oder sechs Wochen in seinen Klauen. Ich schaue auf meine Hand und sehe, dass sie zittert. Ich schaffe es nicht, das Zittern zu unterdrücken. Ich schiebe es auf den Kaffee und konzentriere mich darauf, langsamer zu atmen, denn für das Tempo, in dem ich gehe, atme ich viel zu schnell.

Je weiter wir vordringen, desto mehr Trümmer liegen auf dem Waldboden verstreut. Wir sehen den ersten Bombenkrater, dreißig Meter breit, wie tief er ist, weiß ich nicht. Sehr tief. Boggs sagt, wahrscheinlich wäre jeder auf den obersten zehn Ebenen getötet worden. Wir gehen um die Vertiefung herum und marschieren weiter.

»Kann man das wiederaufbauen?«, fragt Gale.

»Nicht in nächster Zeit. Die Bombe hier hat kaum Schaden angerichtet. Nur ein paar Ersatzgeneratoren und eine Geflügelfarm«, sagt Boggs. »Wir sperren den Krater einfach ab.«

Als wir den Zaun hinter uns lassen, gibt es keine Bäume mehr. Die Krater sind von einer Mischung aus altem und neuem Schutt umringt. Vor der Bombardierung war nur ein kleiner Teil von Distrikt 13 oberirdisch. Ein paar Wachstationen. Das Übungsgelände. Etwa ein halber Meter der obersten Etage unseres Trakts – wo Butterblumes Fenster hinausging – und darüber ein paar Meter Stahl. Selbst das war nicht dafür gebaut, mehr als einem oberflächlichen Angriff standzuhalten.

»Wie viel Zeit hattet ihr durch Peetas Warnung?«, fragt Haymitch.

»Ungefähr zehn Minuten später hätte unser Alarmsystem die Geschosse identifiziert«, sagt Boggs.

»Aber es hat was gebracht, oder?«, frage ich. Ich ertrage es nicht, wenn er jetzt Nein sagt.

»Auf jeden Fall«, antwortet Boggs. »Die Zivilbevölkerung konnte vollständig evakuiert werden. Bei einem Angriff zählt jede Sekunde. Zehn Minuten bedeuten, dass viele Leben gerettet wurden.«

Prim, denke ich. *Und Gale.* Sie waren nur wenige Minuten vor der ersten Bombe im Bunker. Möglicherweise hat Peeta die beiden gerettet. Zwei Namen auf der Liste der Dinge, für die ich ihm ewig dankbar sein werde.

Cressida schlägt vor, mich vor den Ruinen des alten Justizgebäudes zu filmen – eine witzige Idee, denn es diente dem Kapitol jahrelang als Kulisse für gefälschte Nachrichten. Sie wollten damit zeigen, dass Distrikt 13 nicht mehr existiert. Seit dem letzten Angriff klafft etwa zehn Meter vom Justizgebäude entfernt ein Bombenkrater.

Als wir auf den einst prächtigen Eingang zugehen, zeigt Gale plötzlich auf etwas, und wir alle halten inne. Erst weiß ich nicht, was los ist, dann sehe ich, dass der Boden mit lauter rosa und roten Rosen übersät ist. »Nicht anfassen!«, schreie ich. »Die sind für mich!«

Der widerlich süße Geruch dringt mir in die Nase und das Herz hämmert mir gegen die Brust. Also habe ich es mir doch nicht eingebildet. Die Rose auf meiner Kommode. Vor mir liegt Snows zweite Lieferung. Langstielige rosa und rote Schönheiten, genau die gleichen, mit denen das Studio dekoriert war, in dem Peeta und ich nach dem Sieg interviewt wurden. Blumen, die nicht für eine Person gedacht sind, sondern für zwei Liebende.

Ich erkläre es den anderen, so gut ich kann. Bei näherer Untersuchung stellt sich heraus, dass sie genetisch verändert, aber harmlos sind. Zwei Dutzend Rosen. Leicht verwelkt. Vermutlich nach der Bombardierung hier verstreut worden. Eine Mannschaft in Spezialanzügen sammelt sie ein und karrt sie weg. Doch ich bin mir sicher, dass sie nichts Besonderes daran finden werden. Snow weiß genau, was er mir antut. Es ist genau so, wie als Tribut im Glaszylinder zu stehen und zuzusehen, wie Cinna zusammengeschlagen wird. Es soll mich aus der Fassung bringen.

Wie damals versuche ich, mich zu fangen und mich zu wehren. Aber als Cressida Castor und Pollux ruft, spüre ich die Angst in mir hochsteigen. Ich bin so müde und angespannt, und seit ich die Rosen gesehen habe, kann ich nur noch an Peeta denken. Der Kaffee war ein Riesenfehler. Wenn ich eins nicht gebraucht habe, dann etwas Aufputschendes. Ich zittere am ganzen Körper und kann nicht richtig atmen. Nach Tagen im Bunker muss ich blinzeln, egal, in welche Richtung ich schaue, das Licht tut mir in den Augen weh. Trotz der kühlen Brise läuft mir der Schweiß übers Gesicht.

»Was genau wollt ihr noch mal von mir?«, frage ich.

»Nur ein paar Worte, die zeigen, dass du lebst und immer noch Kampfgeist hast«, sagt Cressida.

»Na gut.« Ich mache mich bereit, dann starre ich in das rote Licht. Starre und starre. »Es tut mir leid. Mir fällt nichts ein.«

Cressida kommt zu mir. »Geht es dir gut?« Ich nicke. Sie nimmt ein kleines Tuch aus der Tasche und tupft mir das Gesicht ab. »Wie wär's mit dem guten alten Frage-und-Antwort-Spiel?«

»Ja. Ich glaub, das wär besser.« Ich verschränke die Arme, damit das Zittern nicht so auffällt. Schaue zu Finnick, der den Daumen hochhält. Aber er sieht selbst ganz schön zittrig aus.

Cressida nimmt ihre Position wieder ein. »Also, Katniss. Du hast die Bombardierung von Distrikt 13 durch das Kapitol überlebt. Wie war das im Vergleich zu dem, was du in Distrikt 8 über der Erde erlebt hast?«

»Wir waren diesmal so tief unten, dass keine richtige Gefahr bestand. Distrikt 13 ist wohlauf und das bin …« Mit einem hohen, trockenen Ton erstickt meine Stimme.

»Versuch den Satz noch mal«, sagt Cressida. »Distrikt 13 ist wohlauf und das bin ich auch.«

Ich atme tief durch, versuche Luft in mein Zwerchfell zu pressen. »Distrikt 13 ist wohlauf und das …« Nein, so nicht.

Ich habe immer noch den Duft der Rosen in der Nase.

»Katniss, nur diesen einen Satz, dann hast du es für heute geschafft. Versprochen«, sagt Cressida. »Distrikt 13 ist wohlauf und das bin ich auch.«

Ich schüttele die Arme aus, um lockerer zu werden. Stemme die Fäuste in die Seiten. Lasse die Arme sinken. Die Spucke läuft mir im Mund zusammen und ich spüre einen Brechreiz im Hals. Ich schlucke schwer und öffne den Mund, damit ich den blöden Satz sagen und mich im Wald verstecken kann und … in dem Moment fange ich an zu weinen.

Ich kann nicht mehr der Spotttölpel sein. Kann noch nicht mal diesen einen Satz sagen. Denn jetzt weiß ich, dass Peeta unter allem, was ich sage, unmittelbar zu leiden hätte. Dass sie ihn wieder foltern würden. Töten werden sie ihn nicht, nein, so gnädig sind sie nicht. Snow wird schon dafür sorgen, dass Peetas Leben viel schlimmer ist als der Tod.

»Schnitt«, höre ich Cressida ruhig sagen.

»Was hat sie denn?«, fragt Plutarch leise.

»Sie hat begriffen, wie Snow Peeta benutzt«, sagt Finnick.

Die Leute, die in einem Halbkreis vor mir stehen, stoßen so etwas wie einen kollektiven Seufzer des Bedauerns aus. Weil ich es jetzt weiß. Weil es mir nie mehr möglich sein wird, es nicht zu wissen. Weil es nicht nur unter militärischen Gesichtspunkten einen Nachteil bedeutet, einen Spotttölpel zu verlieren, sondern weil ich darüber hinaus gebrochen bin.

Viele wollen mich umarmen. Aber ich will mich nur von einem trösten lassen, von Haymitch, weil auch er Peeta liebt. Ich strecke die Arme nach ihm aus und sage seinen Namen, und dann ist er da, hält mich fest und tätschelt mir den Rücken. »Schon gut. Alles wird gut, Süße.« Er setzt mich auf eine umgestürzte Marmorsäule und hält den Arm um meine Schultern, während ich schluchze.

»Ich kann das nicht mehr«, sage ich.

»Ich weiß«, sagt er.

»Ich kann nur daran denken … was er Peeta antun wird … weil ich der Spotttölpel bin!«, stoße ich hervor.

»Ich weiß.« Haymitch nimmt mich fester in den Arm.

»Hast du das gesehen? Wie verrückt er sich benommen hat? Was machen sie nur mit ihm?« Zwischen den Schluchzern schnappe ich nach Luft, und am Ende bringe ich noch einen Satz heraus: »Ich bin schuld!« Und dann werde ich richtig hysterisch, ich spüre einen Nadelstich im Arm und die Welt entgleitet mir.

Es muss etwas Starkes sein, was sie mir da gespritzt haben, denn es dauert einen ganzen Tag, bis ich wieder zu mir komme. Aber ich hatte keinen friedlichen Schlaf. Es fühlt sich so an, als würde ich aus einer unheimlichen, dunklen Welt auftauchen, in der ich allein herumgereist bin. Haymitch sitzt auf dem Stuhl neben meinem Bett, seine Haut wächsern, die Augen blutunterlaufen. Ich denke an Peeta und fange wieder an zu zittern.

Haymitch drückt mir die Schulter. »Es wird alles gut. Wir versuchen Peeta rauszuholen.«

»Was?« Ich verstehe überhaupt nichts.

»Plutarch schickt eine Rettungsmannschaft aus. Er hat Leute dadrin. Er glaubt, wir können Peeta lebend rausholen«, sagt er.

»Warum haben wir das nicht schon vorher gemacht?«, frage ich.

»Weil es verlustreich wird. Aber alle sind sich einig, dass wir es tun müssen. Die gleiche Entscheidung haben wir damals in der Arena getroffen. Alles zu tun, damit du weitermachen kannst. Wir können es uns jetzt nicht leisten, den Spotttölpel zu verlieren. Und du kannst deine Rolle nur spielen, wenn du weißt, dass Snow Peeta nichts anhaben kann.« Haymitch reicht mir eine Tasse. »Hier, trink mal was.«

Langsam setze ich mich auf und trinke einen Schluck Wasser. »Was meinst du mit verlustreich?«

Er zuckt die Achseln. »Es werden Leute auffliegen. Manche bezahlen vielleicht mit dem Leben. Aber vergiss nicht, dass jeden Tag welche draufgehen. Und wir wollen nicht nur Peeta rausholen, sondern auch Annie für Finnick.«

»Wo ist er?«, frage ich.

»Hinter dem Vorhang, schläft sein Beruhigungsmittel aus. Gleich nachdem wir dir die Spritze verpasst hatten, ist er ausgeklinkt«, sagt Haymitch. Ich lächele ein wenig, jetzt komme ich mir nicht mehr ganz so schwach vor. »Ja, das war wirklich ein toller Dreh. Ihr beide mit Nervenzusammenbruch und Boggs allein vor der Aufgabe, Peetas Befreiung zu organisieren. Wir strahlen jetzt Wiederholungen aus.«

»Wenn Boggs sich um die Sache kümmert, ist das ja schon mal gut«, sage ich.

»Oh ja, er hat alles im Griff. Sie haben Freiwillige gesucht, aber meine Hand hat er sicherheitshalber übersehen«, sagt

Haymitch. »Siehst du? Damit hat er doch schon ein gutes Urteilsvermögen bewiesen.«

Irgendwas stimmt da nicht. Haymitch versucht ein bisschen zu sehr, mich aufzuheitern. Das sieht ihm so gar nicht ähnlich. »Und wer hat sich noch gemeldet?«

»Ich glaube, es waren insgesamt sieben«, sagt er ausweichend.

Ich habe ein unangenehmes Gefühl in der Magengrube. »Wer, Haymitch?«

Schließlich gibt er das Theater auf. »Das weißt du doch, Katniss. Du weißt, wer als Erster vorgetreten ist.«

Natürlich weiß ich es.

Gale.

12

Heute könnte ich sie beide verlieren.

Ich versuche mir eine Welt vorzustellen, in der sowohl Gales als auch Peetas Stimme verstummt sind. Die Hände reglos. Die Augen starr. Ich stehe vor ihren Körpern, schaue sie ein letztes Mal an, verlasse den Raum, in dem sie liegen. Doch als ich die Tür öffne und in die Welt hinaustrete, ist da nur eine riesengroße Leere. Meine Zukunft ein blassgraues Nichts.

»Sollen sie dich betäuben, bis es vorbei ist?«, fragt Haymitch. Das ist kein Scherz. Er hat jahrelang an der Flasche gehangen und versucht, sich gegen die Verbrechen des Kapitols zu betäuben. Bestimmt hatte der sechzehnjährige Junge, der einst das zweite Jubel-Jubiläum gewonnen hat, Menschen, die er geliebt hat – Verwandte, Freunde, vielleicht eine Liebste – und zu denen er zurückwollte. Wo sind sie jetzt? Wie kommt es, dass es, bis er Peeta und mich am Bein hatte, niemanden in seinem Leben gab? Was hat Snow mit ihnen gemacht?

»Nein«, sage ich. »Ich will mit ins Kapitol. Ich will bei der Rettungsmission dabei sein.«

»Sie sind schon weg«, sagt Haymitch.

»Wann sind sie aufgebrochen? Ich könnte sie einholen. Ich könnte …« Was? Was könnte ich tun?

Haymitch schüttelt den Kopf. »Kommt nicht infrage. Du bist zu wertvoll und zu angreifbar. Es stand zur Debatte, dich in einen anderen Distrikt zu schicken, um das Kapitol während der Rettungsaktion abzulenken. Aber wir hatten alle das Gefühl, dass es dich überfordern würde.«

»Bitte, Haymitch!« Jetzt flehe ich ihn an. »Ich muss irgendwas machen. Ich kann nicht hier rumsitzen und abwarten, ob sie sterben. Es muss doch irgendwas geben, was ich tun kann!«

»Na gut. Ich rede mit Plutarch. Du rührst dich nicht vom Fleck.« Aber das ist unmöglich. Haymitchs Stimme hallt noch im Flur, als ich durch den Spalt im Vorhang zum Nachbarbett schlüpfe. Finnick liegt ausgestreckt auf dem Bauch, die Hände ins Kopfkissen vergraben. Obwohl es feige ist und auch grausam, ihn aus dem schemenhaften, gedämpften Land der Drogen in die harte Wirklichkeit zu holen, wecke ich ihn, weil ich es allein nicht ertragen kann.

Als ich ihm unsere Situation erkläre, legt sich seine anfängliche Aufregung seltsamerweise. »Verstehst du nicht, Katniss? Jetzt wird sich alles entscheiden. So oder so. Heute Abend sind sie entweder tot oder bei uns. Das ist … das ist mehr, als wir uns erhoffen konnten!«

Das ist wirklich eine entspannte Sicht auf die Lage. Und doch liegt etwas Beruhigendes in dem Gedanken, dass diese Qual bald ein Ende haben könnte.

Der Vorhang wird zur Seite gerissen. Haymitch. Wenn wir uns zusammenreißen, hat er eine Aufgabe für uns. Es wird immer noch Bildmaterial von Distrikt 13 nach der Bombardierung gebraucht. »Wenn wir das in den nächsten Stunden kriegen, kann Beetee es während der Rettungsaktion ausstrahlen und das Kapitol damit möglicherweise ablenken.«

»Ja, ein Ablenkungsmanöver«, sagt Finnick.

»Wir brauchen etwas, das die Leute so fesselt, dass selbst Präsident Snow sich nicht losreißen kann. Hättet ihr da was auf Lager?«, fragt Haymitch.

Jetzt, mit einer Aufgabe, die für die Rettungsaktion vielleicht wichtig ist, kann ich mich wieder konzentrieren. Während ich mein Frühstück herunterschlinge und zurechtgemacht werde, überlege ich, was ich sagen könnte. Präsident Snow fragt sich bestimmt, wie der blutbespritzte Fußboden und seine Rosen auf mich gewirkt haben. Wenn er mich kaputt haben will, muss ich eben heil sein. Aber es wird bestimmt nicht genügen, ein paar trotzige Phrasen in die Kamera zu brüllen. Außerdem würde die Rettungsmannschaft dadurch keine Zeit gewinnen. Ausbrüche sind schnell vorbei. Geschichten dagegen brauchen ihre Zeit.

Ich weiß nicht, ob es funktionieren wird, aber als das Fernsehteam oben versammelt ist, bitte ich Cressida, mich nach Peeta zu fragen. Ich setze mich auf die umgestürzte Marmorsäule, wo ich meinen Zusammenbruch hatte, und warte auf das rote Licht und Cressidas Frage.

»Wie hast du Peeta kennengelernt?«, fragt sie.

Und dann mache ich das, was Haymitch sich schon bei meinem ersten Interview gewünscht hat, ich öffne mich. »Als ich Peeta kennenlernte, war ich elf Jahre alt und halb tot.« Ich erzähle von dem schrecklichen Tag, als ich versuchte, im Regen Babysachen zu verkaufen, wie Peetas Mutter mich vom Eingang der Bäckerei verjagt hat und wie er Prügel dafür bezog, dass er mir die Brote besorgte, die meiner Familie und mir das Leben retteten. »Wir haben kein Wort miteinander gewechselt. Das erste Mal habe ich mit Peeta gesprochen, als wir zusammen im Zug zu den Spielen saßen.«

»Aber da war er schon in dich verliebt«, sagt Cressida.

»Kann gut sein.« Ich gestatte mir ein kleines Lächeln.

»Wie kommst du mit der Trennung zurecht?«, fragt sie.

»Nicht gut. Ich weiß, dass Snow ihn jeden Moment umbringen könnte. Vor allem, seit Peeta Distrikt 13 vor der Bombardierung gewarnt hat. Es ist entsetzlich, damit zu leben«, sage ich. »Aber weil sie ihm so etwas antun, gibt es für mich auch keinen Grund mehr, mich zurückzuhalten. Ich kann jetzt alles daransetzen, das Kapitol zu zerstören. Endlich bin ich frei.« Ich schaue nach oben und sehe einen Bussard am Himmel fliegen. »Präsident Snow hat mir einmal gestanden, das Kapitol sei wacklig. Damals wusste ich nicht, was er damit meinte. Ich konnte nicht klar denken, weil ich solche Angst hatte. Jetzt habe ich keine Angst mehr. Das Kapitol ist wacklig, weil es in jeder Hinsicht von den Distrikten abhängig ist. Lebensmittel, Energie, selbst die Friedenswächter, die uns in Schach halten. Wenn wir unsere Freiheit verkünden, bricht das Kapitol zusammen. Präsident Snow, Ihnen habe ich es zu verdanken, dass ich heute offiziell meine Freiheit verkünden kann.«

Ich war ganz gut, vielleicht sogar umwerfend. Die Geschichte mit dem Brot finden alle unheimlich toll. Und meine Botschaft an Präsident Snow hat in Plutarchs Kopf etwas in Gang gesetzt. Schnell ruft er Finnick und Haymitch zu sich, und sie haben ein kurzes, intensives Gespräch, mit dem Haymitch offenbar nicht glücklich ist. Plutarch scheint sich durchzusetzen – Finnick ist blass, doch schließlich nickt er.

Als Finnick sich anschickt, meinen Platz vor der Kamera einzunehmen, sagt Haymitch zu ihm: »Du musst nicht.«

»Doch. Wenn es ihr hilft.« Finnick knüllt das Seil in seiner Hand zusammen. »Ich bin so weit.«

Ich weiß nicht, was jetzt kommt. Eine Liebesgeschichte über

Annie? Ein Bericht über die Missstände in Distrikt 4? Doch Finnick Odair schlägt eine ganz andere Richtung ein.

»Präsident Snow hat mich … verkauft … genauer gesagt meinen Körper«, erzählt er ausdruckslos, distanziert. »Ich war nicht der Einzige. Wenn ein Sieger als begehrenswert gilt, benutzt der Präsident ihn als Belohnung oder bietet ihn für eine große Summe an. Weigert man sich, tötet er jemanden, den man liebt. Also macht man mit.«

Das ist die Erklärung. Finnicks Parade von Geliebten im Kapitol. Sie waren nie richtige Geliebte. Nur solche Menschen wie unser früherer Oberster Friedenswächter Cray, der sich verzweifelte Mädchen kaufte, um sie zu benutzen und wegzuwerfen, weil er es sich leisten konnte. Am liebsten würde ich den Dreh unterbrechen und Finnick um Verzeihung dafür bitten, dass ich ihn so falsch eingeschätzt habe. Aber wir müssen unseren Auftrag ausführen, und ich merke, dass Finnicks Beitrag weitaus wirkungsvoller sein wird als meiner.

»Ich war nicht der Einzige, aber ich war der Beliebteste«, sagt er. »Vielleicht auch der Hilfloseste, weil die Menschen, die ich liebte, so hilflos waren. Die, die das Bett mit mir teilten, beschenkten mich mit Geld oder Schmuck, um ihr schlechtes Gewissen zu beruhigen. Aber ich entdeckte eine viel wertvollere Form der Bezahlung.«

Geheimnisse, denke ich. Finnick hat mir erzählt, dass seine Geliebten ihn damit bezahlten, nur dass ich annahm, er hätte dieses Arrangement freiwillig gewählt.

»Geheimnisse«, sagt er, ein Echo meiner Gedanken. »Und hier bleiben Sie lieber dran, Präsident Snow, denn so viele dieser Geheimnisse handelten von Ihnen. Aber zunächst ein paar von den anderen.«

Finnick webt einen Teppich, der mit so vielen Details geschmückt ist, dass man nicht an seiner Echtheit zweifeln kann. Geschichten von ungewöhnlichen sexuellen Vorlieben, von Untreue, maßloser Gier und blutigen Machtspielchen. Geheimnisse, die des Nachts im Rausch auf feuchten Kopfkissen geflüstert wurden. Finnick wurde gekauft und verkauft. Ein Sklave aus einem Distrikt. Ein gut aussehender zwar, doch im Grunde harmlos. Wem hätte er schon etwas erzählen sollen? Und wer hätte ihm geglaubt? Aber manche Geheimnisse sind zu köstlich, um sie nicht weiterzuerzählen. Ich kenne die Leute nicht, die Finnick erwähnt – alle scheinen wohlbekannte Bewohner des Kapitols zu sein –, doch durch das Geplapper meines Vorbereitungsteams weiß ich, wie viel Aufmerksamkeit bereits der kleinste Fauxpas erregen kann. Wenn man sich schon über einen misslungenen Haarschnitt stundenlang das Maul zerreißen kann, was werden dann erst Vorwürfe von Inzest, Verrat, Erpressung und Brandstiftung auslösen? Und während Schock und Schuldzuweisungen das Kapitol bereits erschüttern, warten die Menschen dort, genau wie ich jetzt, gespannt darauf, was es über den Präsidenten zu erzählen gibt.

»Und jetzt zu unserem guten Präsidenten Coriolanus Snow«, sagt Finnick. »So ein junger Mann, als er an die Macht kam. Und so schlau, an der Macht zu bleiben. Gewiss fragen Sie sich, wie er das geschafft hat? Ein Wort. Mehr brauchen Sie nicht zu wissen. *Gift.*« Finnick ruft den Zuschauern Snows politischen Aufstieg in Erinnerung, von dem ich nichts weiß, wie er sich zum Präsidenten hochgearbeitet hat und wie seine politischen Gegner und, schlimmer noch, seine Verbündeten, sobald sie zur Bedrohung wurden, einer nach dem anderen auf mysteriöse Weise ums Leben kamen. Wie Menschen auf einem Fest plötzlich tot umfielen oder langsam und unerklärlich über Monate hinweg zum Schatten ihrer selbst wurden. Man schob es auf verdorbene Schalentiere, schwer nachweisbare Viren oder eine unentdeckte Schwäche der Hauptschlagader. Wie Snow selbst aus der vergifteten Tasse trank, um den Verdacht zu zerstreuen. Aber ein Gegengift wirkt nicht immer. Man sagt, dass er deshalb die parfümierten Rosen trägt. Sie sollen den Blutgeruch übertünchen, der von den offenen Wunden in seinem Mund herrührt. Man sagt, man sagt, man sagt … Snow habe eine Liste, und niemand weiß, wer als Nächstes dran ist.

Gift. Die perfekte Waffe für eine Schlange.

Ich habe eine so niedrige Meinung vom Kapitol und seinem feinen Präsidenten, dass mich Finnicks Anschuldigungen nicht sonderlich schockieren. Auf die vertriebenen Rebellen aus dem Kapitol, auf mein Team und Fulvia scheinen sie einen weitaus größeren Effekt zu haben – selbst Plutarch wirkt hin und wieder überrascht, vielleicht fragt er sich, wie ihm die eine oder andere Pikanterie entgehen konnte. Als Finnick fertig ist, lassen sie die Kameras einfach laufen, bis er schließlich selbst sagen muss: »Schnitt!«

Das Team verschwindet schnell, um das Material zu schneiden, und Plutarch nimmt Finnick für ein kleines Gespräch beiseite. Vermutlich will er herauskriegen, ob er noch mehr Geschichten auf Lager hat. Ich bleibe mit Haymitch in den Trümmern zurück und frage mich, ob ich eines Tages das gleiche Schicksal erlitten hätte wie Finnick. Warum nicht? Für das Mädchen, das in Flammen stand, hätte Snow einen guten Preis erzielen können.

»Hast du das auch durchmachen müssen?«, frage ich Haymitch.

»Nein. Meine Mutter und mein kleiner Bruder. Mein Mädchen. Zwei Wochen nachdem ich zum Sieger gekrönt wurde, waren sie alle tot. Wegen meiner waghalsigen Aktion mit dem Kraftfeld«, sagt er. »Es gab niemanden mehr, den Snow gegen mich hätte einsetzen können.«

»Erstaunlich, dass er dich nicht einfach umgebracht hat«, bemerke ich.

»Oh nein. Ich war das abschreckende Beispiel. Mich konnte man den jungen Finnicks und Johannas und Cashmeres vorhalten. Damit sie sahen, was mit einem Sieger passiert, der Probleme macht«, sagt Haymitch. »Aber er hatte nichts, womit er mich unter Druck setzen konnte.«

»Bis Peeta und ich ins Spiel kamen«, sage ich leise. Er zuckt noch nicht mal mit den Schultern.

Nachdem Finnick und ich unseren Auftrag erledigt haben, können wir nur noch warten. Wir versuchen uns die zähen Minuten in der Waffenabteilung zu vertreiben. Knoten unsere Seile. Schieben unser Mittagessen in den Schalen hin und her. Ballern auf dem Schießplatz alles weg. Von der Rettungsmannschaft gibt es wegen der Entdeckungsgefahr keinerlei Nachricht. Um 15 Uhr, zur festgelegten Zeit, stehen wir angespannt und stumm hinten in einem Raum voller Bildschirme und Computer und schauen zu, wie Beetee versucht, die Herrschaft über den Äther zu gewinnen. Seine zappelige Art ist einer Entschlossenheit gewichen, wie ich sie bei ihm noch nie erlebt habe. Der größte Teil meines Interviews kommt nicht rüber, aber jedenfalls sieht man, dass ich lebe und nach wie vor kämpferisch bin. Finnicks obszöner und blutrünstiger Bericht ist die Nachricht des Tages. Wird Beetee immer geschickter? Oder sind seine Gegenspieler im Kapitol so fasziniert, dass sie Finnick gar nicht abschalten wollen? Während der folgenden sechzig Minuten wechselt das Programm des Kapitols zwischen den üblichen Nachrichten am Nachmittag, Finnicks Insiderbericht und Versuchen, alles abzuschalten. Aber die Techniker der Rebellen wehren sogar das ab und schaffen es in einem regelrechten Coup, fast die gesamte Passage über Präsident Snow auszustrahlen.

»Schluss jetzt!«, sagt Beetee, hebt die Hände und überlässt das Programm wieder dem Kapitol. Er wischt sich das Gesicht mit einem Tuch ab. »Wenn sie jetzt nicht wieder draußen sind, sind sie alle tot.« Er dreht sich in seinem Stuhl herum, weil er sehen will, wie Finnick und ich auf seine Worte reagieren. »Aber der Plan ist richtig gut. Hat Plutarch ihn euch erläutert?«

Natürlich nicht. Beetee nimmt uns mit in einen anderen Raum und zeigt uns, wie die Mannschaft mit der Hilfe von Verbindungsleuten der Rebellen im Kapitol versuchen wird – versucht hat –, die Sieger aus einem unterirdischen Gefängnis zu befreien. Zu dem Plan gehören offenbar die Einleitung von Betäubungsgas durch die Lüftungsanlage, ein Stromausfall, das Zünden einer Bombe in einem Regierungsgebäude, mehrere Kilometer vom Gefängnis entfernt, und zu guter Letzt die Störung des Fernsehens. Beetee freut sich, dass wir den Plan nicht richtig nachvollziehen können: Dann wird es unseren Feinden genauso gehen.

»Wie deine Stromfalle in der Arena?«, frage ich.

»Genau. Und die hat ja super funktioniert, oder?«, sagt Beetee.

Ja … unheimlich, denke ich.

Finnick und ich wollen in die Kommandozentrale, wo die Nachrichten über die Rettungsaktion als Erstes eingehen werden, doch sie lassen uns nicht hinein, weil dort wichtige Kriegsangelegenheiten besprochen werden. Wir weigern uns, die Waffenabteilung zu verlassen, und warten schließlich im Kolibriraum auf Neuigkeiten.

Machen Knoten. Noch mehr Knoten. Kein Wort. Noch mehr Knoten. Tick, tack. Nur eine Uhr. Nicht an Gale denken. Nicht an Peeta denken. Knoten machen. Wir möchten kein Abendessen. Finger rau und blutig. Finnick gibt schließlich auf und kauert sich hin wie bei dem Angriff der Schnattertölpel in der Arena. Ich perfektioniere meine kleine Schlinge. Jetzt habe ich wieder den »Henkersbaum« im Kopf. Gale und Peeta, Peeta und Gale.

»Hast du dich in Annie sofort verliebt, Finnick?«, frage ich.

»Nein.« Er schweigt lange, bevor er hinzufügt: »Sie hat sich in mich eingeschlichen.«

Ich durchforste mein Herz, aber im Moment ist der Einzige, den ich heranschleichen fühle, Präsident Snow.

Es muss schon Mitternacht sein, es muss schon der nächste Tag sein, als Haymitch die Tür aufmacht. »Sie sind zurück. Wir werden auf der Krankenstation gebraucht.« Ich öffne den Mund zu einem Schwall von Fragen, doch er schneidet mir das Wort ab. »Mehr weiß ich nicht.«

Ich will losrennen, aber Finnick benimmt sich so merkwürdig, als könnte er sich auf einmal nicht mehr bewegen, also nehme ich seine Hand und führe ihn wie ein kleines Kind. Durch die Waffenabteilung, in den Aufzug, der hierhin und dorthin fährt, dann weiter zum Krankenhaustrakt. Dort herrscht Chaos, Ärzte rufen sich Anweisungen zu und Verwundete werden durch die Flure zu ihren Betten geschoben.

Eine Trage streift uns, auf der eine bewusstlose junge Frau liegt, ausgezehrt und mit rasiertem Kopf. Ihr Körper ist mit

Blutergüssen und eitrigen Wunden bedeckt. Johanna Mason. Sie kannte Geheimnisse über die Rebellen, jedenfalls das eine über mich. Und so hat sie dafür bezahlt.

Durch eine Tür erhasche ich einen Blick auf Gale, nackt bis zur Taille. Der Schweiß läuft ihm über das Gesicht, während ein Arzt ihm mit einer langen Pinzette etwas unter dem Schulterblatt entfernt. Er ist verwundet, aber er lebt. Ich rufe ihn, will zu ihm gehen, doch eine Krankenschwester schiebt mich zurück und macht mir die Tür vor der Nase zu.

»Finnick!« Ein Schrei zwischen Schreck und Freude. Eine reizende, wenn auch etwas schmutzige junge Frau – dunkles wirres Haar, meergrüne Augen – läuft, nur in ein Laken gewickelt, auf uns zu. »Finnick!« Und auf einmal scheint es nur noch diese beiden auf der Welt zu geben, die aufeinander zufliegen. Sie umarmen sich, verlieren das Gleichgewicht und krachen gegen die Wand. Dort bleiben sie, halten sich so fest, dass sie eins sind. Unzertrennlich.

Ich spüre einen Stich der Eifersucht. Nicht auf Finnick oder Annie, sondern auf ihre Gewissheit. Niemand, der sie sieht, könnte an ihrer Liebe zweifeln.

Boggs, der ziemlich fertig aussieht, aber unverletzt ist, entdeckt Haymitch und mich. »Wir haben alle rausgeholt. Außer Enobaria. Aber sie ist aus Distrikt 2, bestimmt wird sie nicht festgehalten. Peeta ist am Ende des Flurs. Die Wirkung von dem Gas lässt gerade nach. Am besten bist du bei ihm, wenn er aufwacht.«

Peeta.

Wohlbehalten – oder jedenfalls am Leben. Weg von Snow. Außer Gefahr. Hier. Bei mir. Gleich kann ich ihn anfassen. Sein Lächeln sehen. Sein Lachen hören.

Haymitch grinst mich an. »Komm schon«, sagt er.

Mir ist ganz schwindelig. Was soll ich sagen? Ach, ist doch egal, was ich sage. Peeta wird überglücklich sein, ganz gleich, was ich mache. Wahrscheinlich wird er mich sowieso küssen. Ich frage mich, ob seine Küsse sich so anfühlen werden wie die letzten Küsse am Strand in der Arena, über die ich bis jetzt nicht gewagt habe nachzudenken.

Peeta ist schon wach, er sitzt auf dem Bettrand und sieht verwirrt aus, während drei Ärzte ihn zu beruhigen versuchen, ihm in die Augen leuchten, seinen Puls fühlen. Ich bin enttäuscht, dass mein Gesicht nicht das erste war, das er nach dem Aufwachen gesehen hat, aber jetzt sieht er es. In seiner Miene lese ich Unglauben und eine stärkere Regung, die ich nicht richtig einordnen kann. Verlangen? Verzweiflung? Bestimmt beides, denn er stößt die Ärzte zur Seite, springt auf und kommt auf mich zu. Mit ausgebreiteten Armen laufe ich ihm entgegen. Auch er streckt die Hände nach mir aus, bestimmt, um mein Gesicht zu streicheln.

Meine Lippen formen gerade seinen Namen, da schließt er die Hände um meine Kehle.

13

Mit der kalten Halskrause, die an meinem Hals scheuert, kann ich das Zittern noch schlechter kontrollieren. Wenigstens stecke ich nicht mehr in der klaustrophobischen Röhre, umgeben von tickenden und surrenden Maschinen und einer körperlosen Stimme, die mir befiehlt stillzuhalten, während ich mich davon überzeuge, dass ich noch atmen kann. Selbst jetzt, mit der Gewissheit, dass ich keine bleibenden Schäden davontragen werde, lechze ich nach Luft.

Die größten Sorgen der Ärzte – Schädigung des Rückenmarks, der Luftwege, Adern und Arterien – konnten zerstreut werden. Blutergüsse, Heiserkeit, wunder Kehlkopf, dieses merkwürdige Hüsteln – das ist alles nicht dramatisch. Das geht vorüber. Der Spotttölpel wird seine Stimme nicht verlieren. Kann bitte mal ein Arzt feststellen, ob ich den Verstand verliere? Aber im Moment soll ich nicht sprechen. Ich kann noch nicht mal Boggs danken, als er mich besucht. Er schaut mich genau an und sagt, wenn die Soldaten Würgegriffe übten, komme es manchmal zu viel schlimmeren Verletzungen.

Es war Boggs, der Peeta mit einem einzigen Hieb bewusstlos geschlagen hat, bevor er größeren Schaden anrichten konnte. Haymitch hätte mich gerettet, das weiß ich, wäre er nicht völlig unvorbereitet gewesen. Es kommt nicht oft vor, dass jemand sowohl mich als auch Haymitch überrascht. Aber wir waren beide so darauf aus gewesen, Peeta zu retten, und hatten so sehr darunter gelitten, ihn in den Händen des Kapitols zu wissen, dass wir vor Erleichterung, ihn zurückzuhaben, blind waren. Hätte ich mich mit Peeta allein getroffen, hätte er mich umgebracht. Jetzt, da er geisteskrank ist.

Nein, nicht geisteskrank, erinnere ich mich. *Eingewebt.* Ich habe gehört, wie das Wort zwischen Plutarch und Haymitch hin- und herging, während ich im Flur an ihnen vorbeigeschoben wurde. *Eingewebt.* Ich weiß nicht, was das bedeuten soll.

Prim, die kurz nach Peetas Angriff aufgetaucht ist und mir seitdem nicht von der Seite weicht, legt noch eine Decke über mich. »Sie nehmen dir die Halskrause bestimmt bald ab, Katniss. Dann ist dir nicht mehr so kalt.« Meine Mutter, die bei einer komplizierten Operation assistiert hat, weiß immer noch nicht, was passiert ist. Prim nimmt meine Hand, die ich zur Faust geballt habe, und massiert sie, bis ich sie öffne und das Blut wieder durch meine Finger fließt. Sie macht sich an die andere Faust, dann kommen die Ärzte, nehmen die Halskrause ab und verpassen mir eine Spritze gegen die Schmerzen und die Schwellungen. Ich halte den Kopf still, wie verordnet, damit die Verletzungen am Hals nicht schlimmer werden.

Plutarch, Haymitch und Beetee haben im Flur gewartet, jetzt lassen die Ärzte sie zu mir. Ich weiß nicht, ob sie es Gale erzählt haben – vermutlich nicht, sonst wäre er sicher auch hier. Plutarch schickt die Ärzte hinaus und versucht, auch Prim loszuwerden, aber sie sagt: »Nein. Wenn Sie mich wegschicken, gehe ich sofort in die Chirurgie und erzähle alles meiner Mutter. Und ich warne Sie, von einem Spielmacher, der über Katniss' Leben bestimmt, hält sie garantiert nicht viel. Schon gar nicht, wenn er so schlecht auf sie aufpasst.«

Plutarch sieht beleidigt aus, aber Haymitch kichert. »Gib's lieber auf, Plutarch«, sagt er. Und Prim bleibt.

»Katniss, Peetas Zustand hat uns alle erschreckt«, fährt Plutarch fort. »Bereits in den letzten beiden Interviews deutete sich an, dass sein Zustand sich sehr verschlechtert hat. Es war offensichtlich, dass er misshandelt worden war, und wir haben seine psychische Verfassung darauf geschoben. Jetzt glauben wir, dass es nicht nur das war. Sondern dass das Kapitol ihn einer ungewöhnlichen Technik ausgesetzt hat, die als Einweben bekannt ist. Beetee?«

»Es tut mir leid, Katniss«, sagt Beetee, »aber ich kann es dir nicht in allen Details erklären. Die Einzelheiten über diese Art der Folter hält das Kapitol streng geheim, und ich glaube, die Ergebnisse sind mal so, mal so. Folgendes wissen wir: Es handelt sich um eine Art Angstkonditionierung. Das Wort *weben* führt uns zu der Wespe, die ›die Webende‹ genannt wurde. Wir vermuten, dass dieser Begriff gewählt wurde, weil das Gift der Jägerwespe eingesetzt wird. Du bist in deinen ersten Hungerspielen ja von einer gestochen worden, also hast du die Wirkung des Gifts am eigenen Leib erlebt.«

Panik. Halluzinationen. Albtraumhafte Visionen, meine Liebsten zu verlieren. Denn das Gift zielt auf die Region des Gehirns, in der die Angst beheimatet ist.

»Bestimmt weißt du noch, wie furchterregend das war. Hast du in der Folge auch unter geistiger Verwirrung gelitten?«, fragt Beetee. »Hattest du Schwierigkeiten, zwischen Wirklichkeit und Einbildung zu unterscheiden? Die meisten Menschen, die gestochen wurden und es überlebt haben, berichten von dergleichen.«

Ja. Die Begegnung mit Peeta. Selbst als ich wieder klar denken konnte, war ich mir nicht sicher, ob er es mit Cato aufgenommen hatte, um mir das Leben zu retten, oder ob ich mir das nur eingebildet hatte.

»Ereignisse können nur schwer wieder abgerufen werden, weil die Erinnerungen beeinflusst worden sind.« Beetee tippt sich an die Stirn. »Sie werden ins Bewusstsein geschoben, manipuliert und in der veränderten Form wieder gespeichert. Angenommen, du sollst dich an etwas erinnern – entweder fordere ich dich dazu auf, oder ich spiele dir eine Aufnahme des Ereignisses vor –, und während das Erlebnis aufgefrischt wird, verabreiche ich dir eine Dosis Jägerwespengift. Nicht genug, um dich drei Tage bewusstlos zu machen. Nur so viel, dass die Erinnerung von Angst und Zweifel durchdrungen wird. Und so wird sie dann in deinem Langzeitgedächtnis abgelegt.«

Allmählich wird mir schlecht. Prim stellt die Frage, die mir auf der Zunge liegt. »Haben sie das mit Peeta gemacht? Seine Erinnerungen an Katniss so verzerrt, dass sie beängstigend geworden sind?«

Beetee nickt. »So beängstigend, dass er Katniss als lebensbedrohlich betrachtet. Und versucht, sie umzubringen. Ja, das ist unsere aktuelle Theorie.«

Ich vergrabe das Gesicht in den Armen, weil das einfach nicht wahr sein darf. Es ist unmöglich. Peeta vergessen lassen, dass er mich liebt … das können sie nicht machen.

»Aber man kann es wieder rückgängig machen, oder?«, fragt Prim.

»Hm … darüber ist bisher wenig bekannt«, sagt Plutarch. »Genau genommen gar nichts. Falls schon einmal versucht wurde, jemanden wieder zu entweben, haben wir darüber keine Aufzeichnungen.«

»Aber ihr werdet es versuchen, oder?«, beharrt Prim. »Ihr werdet ihn nicht in eine Gummizelle sperren und ihn seinem Schicksal überlassen?«

»Natürlich werden wir es versuchen, Prim«, sagt Beetee. »Wir wissen nur nicht, in welchem Maß wir Erfolg haben. Wenn überhaupt. Ich vertrete die These, dass furchterregende Ereignisse am schwierigsten auszulöschen sind. An sie erinnern wir uns naturgemäß am besten.«

»Und wir wissen ja auch noch nicht, was sie noch manipuliert haben, von seinen Erinnerungen an Katniss einmal abgesehen«, sagt Plutarch. »Wir stellen ein Team aus Psychiatern und Militärspezialisten zusammen, damit sie eine Gegenstrategie erarbeiten. Ich persönlich bin optimistisch, dass er wieder ganz gesund wird.«

»Ach ja?«, sagt Prim bissig. »Und was glaubst *du*, Haymitch?«

Ich hebe den Arm etwas, damit ich durch die Lücke seinen Gesichtsausdruck sehen kann. Erschöpft und mutlos gesteht er: »Ich glaube, dass Peeta sich etwas erholen wird. Aber … ich glaube nicht, dass er wieder der Alte wird.« Ich schiebe die Arme wieder zusammen, schließe die Lücke, will keinen sehen.

»Wenigstens ist er am Leben«, sagt Plutarch, als ob er langsam die Geduld mit uns verliert. »Heute Nacht hat Snow Peetas Stylistin und sein Vorbereitungsteam vor laufender Kamera hinrichten lassen. Wir haben keine Ahnung, was mit Effie Trinket passiert ist. Peeta ist angeschlagen, aber er ist hier. Bei uns. Und das ist eine klare Verbesserung gegenüber der Situation vor zwölf Stunden. Daran wollen wir denken, okay?«

Plutarchs Versuch, mich aufzumuntern, gewürzt mit der Nachricht von vier, möglicherweise auch fünf weiteren Morden, geht nach hinten los. Portia. Peetas Vorbereitungsteam. Effie. Vor lauter Anstrengung, die Tränen zurückzuhalten, fängt es in meinem Hals an zu pochen, bis ich nach Luft ringe. Schließlich bleibt ihnen nichts anderes übrig, als mich wieder zu betäuben.

Als ich aufwache, frage ich mich, ob ich jetzt nur noch schlafen kann, wenn sie mir Drogen in den Arm jagen. Ich bin froh, dass ich die nächsten Tage nicht sprechen darf, denn ich will gar nichts sagen. Ich möchte auch nichts tun. Ich bin eine richtig vorbildliche Patientin, meine Lethargie wird als Zurückhaltung verstanden, als Gehorsam gegenüber den Anweisungen der Ärzte. Jetzt ist mir nicht mehr zum Weinen zumute. Ich klammere mich an einen einzigen Gedanken – an das Bild von Snows Gesicht, dazu ein Flüstern in meinem Kopf: *Ich werde dich töten.*

Meine Mutter und Prim pflegen mich abwechselnd und überreden mich dazu, etwas weiche Nahrung zu mir zu nehmen. Von Zeit zu Zeit besuchen mich Leute und halten mich über Peetas Zustand auf dem Laufenden. Die hohe Konzentration des Jägerwespengifts in seinem Körper lässt allmählich nach. Er wird ausschließlich von Fremden behandelt, Bewohnern von Distrikt 13. Niemand aus seiner Heimat oder aus dem Kapitol darf ihn sehen, damit keine gefährlichen Erinnerungen hochkommen. Ein Spezialistenteam arbeitet intensiv an einer Strategie für seine Heilung.

Gale kann mich nicht besuchen, weil er mit seiner verwundeten Schulter das Bett hüten muss. Aber am dritten Abend, nachdem ich meine Medikamente bekommen habe und das Licht gedimmt ist, schlüpft er in mein Zimmer. Er sagt nichts, streicht nur mit den Fingern über die Würgemale an meinem

Hals, eine Berührung, so zart wie Mottenflügel, drückt mir einen Kuss auf die Stirn und verschwindet wieder.

Am nächsten Morgen werde ich entlassen, mit der Auflage, mich vorsichtig zu bewegen und nicht mehr zu sprechen als nötig. Ich habe keinen Tagesplan auferlegt bekommen, also laufe ich ziellos herum, bis Prim von ihren Pflichten auf der Krankenstation entbunden wird, um mich zu unserer neuen Wohneinheit zu begleiten. Nummer 2212. Exakt genau so wie die andere, nur ohne Fenster.

Butterblume bekommt jetzt eine tägliche Ration Futter zugeteilt und im Bad steht für ihn eine Schale mit Sand unter dem Waschbecken. Als Prim mich ins Bett bringt, springt er auf mein Kopfkissen und buhlt um ihre Aufmerksamkeit. Sie nimmt ihn in den Arm, schaut jedoch mich an. »Katniss, ich weiß, dass die Geschichte mit Peeta entsetzlich für dich ist. Aber vergiss nicht, dass Snow ihn wochenlang bearbeitet hat, und wir haben ihn erst ein paar Tage hier. Es kann sein, dass der alte Peeta, der dich liebt, immer noch in ihm drin ist. Und zu dir zurückkommen will. Gib ihn nicht auf.«

Ich sehe meine kleine Schwester an und denke, dass sie die besten Eigenschaften in sich vereint, die unsere Familie zu bieten hat: die heilenden Hände meiner Mutter, den kühlen Kopf meines Vaters und meinen Kampfgeist. Und noch etwas ist da, etwas, das nur ihr gehört. Die Fähigkeit, das Durcheinander des Lebens zu betrachten und die Dinge so zu sehen, wie sie sind. Kann es sein, dass sie recht hat? Könnte Peeta zu mir zurückkommen?

»Ich muss jetzt wieder auf die Station«, sagt Prim und setzt Butterblume neben mich aufs Bett. »Ihr beide leistet einander Gesellschaft, ja?«

Butterblume springt vom Bett und läuft ihr nach bis zur Tür, und als sie ohne ihn weggeht, beschwert er sich lautstark. Einen Dreck leisten wir einander. Nach ungefähr dreißig Sekunden weiß ich, dass ich es in dieser unterirdischen Zelle nicht länger aushalte, und überlasse Butterblume sich selbst. Nachdem ich mich ein paarmal verlaufen habe, finde ich den Weg hinunter zur Waffenabteilung. Alle, an denen ich vorbeikomme, starren meine Würgemale an, und ich fühle mich so unwohl dabei, dass ich den Kragen bis zu den Ohren hochziehe.

Auch Gale ist offenbar heute Morgen entlassen worden, ich treffe ihn mit Beetee in einem der Forschungsräume. Die beiden sind ganz vertieft in eine Zeichnung, sie haben die Köpfe darübergebeugt und messen etwas ab. Mehrere Versionen der Zeichnung liegen auf Tisch und Fußboden verstreut. An den Pinnwänden und auf den Computerbildschirmen sind weitere Zeichnungen. Eine erkenne ich als Rohskizze von Gales Schwippgalgenfalle. »Was ist das denn?«, frage ich heiser, und sie schauen von dem Blatt auf.

»Ah, Katniss, jetzt bist du uns auf die Schliche gekommen«, sagt Beetee fröhlich.

»Wieso? Ist das ein Geheimnis?« Ich weiß, dass Gale hier oft mit Beetee arbeitet, aber ich dachte immer, sie wären mit Bogen und Pistolen zugange.

»Eigentlich nicht. Aber ich hatte schon ein schlechtes Gewissen. Weil ich dir Gale andauernd entführe«, sagt Beetee.

Da ich die meiste Zeit in Distrikt 13 entweder desorientiert, besorgt oder wütend war und mich hauptsächlich zurechtmachen oder in der Krankenstation behandeln lassen musste, kann ich nicht sagen, dass ich Gale sonderlich vermisst hätte. Unser Verhältnis war ja auch nicht gerade harmonisch. Aber ich lasse

Beetee in dem Glauben, er wäre mir etwas schuldig. »Ich hoffe, du hast seine Zeit gut genutzt.«

»Komm und sieh es dir an«, sagt er und winkt mich zu einem Computerbildschirm herüber.

Jetzt sehe ich, was sie machen. Sie nutzen die Ideen, die in Gales Fallen stecken, und bauen daraus Waffen, die man gegen Menschen einsetzen kann. Vor allem Bomben. Es geht weniger um die Mechanik der Fallen als um die Psychologie dahinter. Einen Sprengsatz an einem Ort zu verstecken, der für den Gegner etwas Lebenswichtiges bereithält. Wasser oder Nahrung. Die Opfer so zu erschrecken, dass sie fliehen und sich selbst ins Verderben stürzen. Sprösslinge in Gefahr zu bringen, um an das eigentliche Ziel des Angriffs, die Eltern, heranzukommen. Das Opfer in einen vermeintlich sicheren Hafen zu locken – wo der Tod wartet. Irgendwann haben Gale und Beetee sich von der Wildnis verabschiedet und sich auf menschliche Impulse konzentriert. Wie zum Beispiel Mitleid. Eine Bombe geht hoch. Man lässt den Menschen Zeit, den Verwundeten zu Hilfe zu eilen. Und dann werden sie von einer zweiten, noch stärkeren Bombe getötet.

»Dass ihr damit eine gewisse Grenze überschreitet, wisst ihr, oder?«, sage ich. »Dann ist jetzt also alles erlaubt?« Die beiden starren mich an – Beetee zweifelnd, Gale feindselig. »Offenbar gibt es keine Vorschriften dafür, was man einem anderen Menschen auf keinen Fall antun darf.«

»Natürlich gibt es die. Beetee und ich halten uns an dieselben Vorschriften wie Präsident Snow, als er Peeta eingewebt hat«, erklärt Gale.

So hart es ist, es stimmt. Ohne ein weiteres Wort mache ich auf dem Absatz kehrt. Ich muss sofort hier raus, sonst raste ich aus, aber ich bin immer noch in der Waffenabteilung, als Haymitch mich abfängt. »Komm mit«, sagt er. »Wir brauchen dich oben in der Krankenstation.«

»Wofür?«, frage ich.

»Sie wollen bei Peeta was ausprobieren«, sagt er. »Wollen ihm die harmloseste Person aus Distrikt 12 schicken, die sie auftreiben können. Jemanden, mit dem Peeta möglicherweise Kindheitserinnerungen teilt, der jedoch nicht zu eng mit dir in Verbindung steht. Sie gehen jetzt die einzelnen Leute durch.«

Das dürfte gar nicht so einfach sein, denn wer Peetas Kindheitserinnerungen teilt, kommt sehr wahrscheinlich aus der Stadt, und fast niemand dort hat die Flammen überlebt. Doch sie haben jemanden gefunden. Sie sitzt in dem Raum, der in ein Arbeitszimmer für Peetas Genesungsteam verwandelt wurde, und plaudert mit Plutarch. Delly Cartwright. Wie immer lächelt sie mich an, als wäre ich ihre allerbeste Freundin. So lächelt sie jeden an. »Katniss!«, ruft sie.

»Hi, Delly«, sage ich. Ich hatte schon gehört, dass sie und ihr jüngerer Bruder überlebt haben. Ihre Eltern, die das Schuhgeschäft in der Stadt besaßen, haben es nicht geschafft. Sie sieht älter aus, sie hat die eintönigen Klamotten aus Distrikt 13 an, die niemandem stehen, und die langen blonden Locken trägt sie nicht offen, sondern in einem praktischen Zopf. Sie ist etwas dünner, als ich sie in Erinnerung hatte. Sie war eine der wenigen in Distrikt 12, die ganz gut genährt waren. Das Essen hier, der Stress, die Trauer um ihre Eltern, all das hat seine Spuren hinterlassen. »Wie geht es dir?«, frage ich sie.

»Ach, das waren ein bisschen zu viele Veränderungen auf einmal.« Ihre Augen füllen sich mit Tränen. »Aber hier in 13 sind alle wirklich nett, findest du nicht auch?«

Delly meint es ernst. Sie ist ein richtiger Menschenfreund. Sie mag alle Menschen, nicht nur ein paar Auserwählte, für die man sich nach jahrelanger Überlegung entschieden hat.

»Sie geben sich Mühe, damit wir uns willkommen fühlen«, sage ich. Ich glaube, so kann man das ausdrücken, ohne sich zu weit aus dem Fenster zu lehnen. »Haben sie dich ausgesucht, damit du Peeta triffst?«

»Ich glaub schon. Armer Peeta. Und du Arme. Ich werde das Kapitol nie verstehen«, sagt sie.

»Vielleicht auch besser so«, sage ich.

»Delly kennt Peeta schon lange«, sagt Plutarch.

»Oh ja!« Dellys Gesicht leuchtet auf. »Wir haben von klein auf zusammen gespielt. Ich hab immer allen erzählt, er wäre mein Bruder.«

»Was meinst du?«, fragt Haymitch mich. »Gibt es da irgendwas, das Erinnerungen an dich wachrufen könnte?«

»Wir sind alle in dieselbe Klasse gegangen. Aber wir hatten nicht besonders viel miteinander zu tun«, erkläre ich.

»Katniss war immer so toll. Nicht im Traum dachte ich, dass sie mich bemerken würde«, sagt Delly. »Wie sie jagte und auf den Hob ging und so. Alle haben sie bewundert.«

Haymitch und ich schauen sie skeptisch an. Soll das ein Witz sein? Delly stellt es so dar, als hätte ich nur deshalb kaum Freunde gehabt, weil ich so außergewöhnlich war und die anderen damit eingeschüchtert habe. Stimmt aber nicht. Es lag daran, dass ich unfreundlich war. Aber soll Delly mich doch in den Himmel heben, wenn sie will.

»Delly denkt immer nur das Beste von den Menschen«, erkläre ich. »Ich glaube nicht, dass Peeta im Zusammenhang mit ihr irgendwelche negativen Erinnerungen haben kann.« Da fällt mir etwas ein. »Moment mal. Im Kapitol. Als ich geleugnet habe, das rothaarige Avox-Mädchen zu kennen. Da ist Peeta mir zur Seite gesprungen und hat gesagt, sie sähe Delly ähnlich.«

»Ja, ich erinnere mich«, sagt Haymitch. »Aber es stimmte ja nicht und Delly war nicht dabei. Ich glaube nicht, dass das gegen jahrelange Kindheitserinnerungen ankommt.«

»Schon gar nicht mit einer so netten Spielkameradin wie Delly«, fügt Plutarch hinzu. »Los, wir wagen mal einen Versuch.«

Plutarch, Haymitch und ich gehen in den Beobachtungsraum neben dem Zimmer, in dem Peeta eingesperrt ist. Darin sitzen schon zehn Mitglieder seines Genesungsteams, alle mit Klemmbrett und Stift bewaffnet. Durch den Einwegspiegel können wir Peeta unbemerkt beobachten, und ein Mikrofon überträgt alles, was gesprochen wird. Er liegt auf dem Bett, seine Arme sind angeschnallt. Zwar versucht er nicht, sich zu befreien, doch seine Hände sind die ganze Zeit in Bewegung. Sein Gesichtsausdruck ist nicht mehr so wirr wie in dem Moment, als er mich angegriffen hat, aber er ist immer noch fremd.

Als die Tür leise aufgeht, weiten sich seine Augen vor Schreck, dann sieht er verstört aus. Delly geht auf ihn zu, zögernd zunächst, doch als sie bei ihm ist, lächelt sie ganz selbstverständlich. »Peeta? Ich bin's, Delly, von zu Hause.«

»Delly?« Der Nebel scheint sich ein wenig zu lichten. »Delly. Du bist es.«

»Ja«, sagt sie, offensichtlich erleichtert. »Wie geht es dir?«

»Miserabel. Wo sind wir? Was ist passiert?«, fragt Peeta.

»Jetzt kommt's«, sagt Haymitch.

»Ich habe ihr gesagt, sie soll auf keinen Fall Katniss oder das

Kapitol erwähnen«, sagt Plutarch. »Wir wollen nur sehen, wie viele Erinnerungen an die Heimat sie wachrufen kann.«

»Tja … wir sind in Distrikt 13. Hier leben wir jetzt«, sagt Delly.

»Das haben die Leute auch gesagt. Aber ich verstehe das nicht. Wieso sind wir nicht zu Hause?«, fragt Peeta.

Delly beißt sich auf die Lippe. »Es gab … einen Unfall. Ich habe auch großes Heimweh. Gerade musste ich daran denken, wie wir immer mit Kreide auf die Steine gemalt haben. Du konntest so toll zeichnen. Weißt du noch, als du in jeden Pflasterstein ein anderes Tier gemalt hast?«

»Ja. Schweine und Katzen und so«, sagt Peeta. »Du hast was … von einem Unfall gesagt?«

Ich sehe Schweiß auf Dellys Stirn glänzen, sie versucht die Frage zu umgehen. »Das war schlimm. Keiner … konnte dableiben«, sagt sie stockend.

»Halte durch, Mädchen«, sagt Haymitch.

»Aber hier wird es dir bestimmt gefallen, Peeta. Alle sind so freundlich zu uns. Es gibt immer was zu essen und saubere Kleider und in der Schule ist es viel interessanter als zu Hause«, sagt Delly.

»Warum hat meine Familie mich noch nicht besucht?«, fragt Peeta.

»Das geht nicht.« Jetzt ist Delly wieder den Tränen nahe. »Viele haben es nicht geschafft, aus 12 rauszukommen. Wir müssen uns hier jetzt ein neues Leben aufbauen. Einen guten Bäcker können sie hier garantiert brauchen. Weißt du noch, als wir bei deinem Vater Mädchen und Jungen aus Teig machen durften?«

»Es hat gebrannt«, sagt Peeta unvermittelt.

»Ja«, flüstert sie.

»12 ist abgebrannt, oder? Und sie ist schuld«, sagt er wütend. »Katniss ist schuld!« Er reißt an seinen Fesseln.

»Oh nein, Peeta. Sie konnte nichts dafür«, sagt Delly.

»Hat sie dir das gesagt?«, zischt er sie an.

»Holt sie da raus«, sagt Plutarch. Sofort wird die Tür geöffnet und Delly geht langsam rückwärts.

»Das brauchte sie gar nicht. Ich hab …«, setzt Delly an.

»Weil sie lügt! Sie ist eine Lügnerin! Glaub ihr kein Wort! Sie ist eine Mutation, die das Kapitol erschaffen hat und jetzt gegen uns einsetzt!«, ruft Peeta.

»Nein, Peeta. Das ist sie nicht …«, versucht Delly es erneut.

»Trau ihr nicht über den Weg, Delly«, sagt Peeta außer sich. »Ich hab ihr vertraut, und sie hat versucht, mich umzubringen. Sie hat meine Freunde umgebracht. Meine Familie. Geh nicht in ihre Nähe! Sie ist eine Mutation!«

Eine Hand schiebt sich durch die Tür, Delly wird hinausgezogen, dann geht die Tür zu. Peeta schreit immer weiter. »Eine Mutation! Sie ist eine widerliche Mutation!«

Nicht nur, dass er mich hasst und umbringen will, er glaubt gar nicht mehr, dass ich ein Mensch bin. Das ist noch schmerzhafter, als gewürgt zu werden.

Die Mitglieder des Genesungsteams um mich herum kritzeln wie verrückt, sie halten jedes Wort fest. Haymitch und Plutarch fassen mich an den Armen und schieben mich aus dem Raum. Sie lehnen mich an eine Wand im Flur, wo nichts zu hören ist. Aber ich weiß, dass Peeta hinter der Tür und dem Glas immer noch schreit.

Prim hat sich geirrt. Peeta kann nicht geheilt werden. »Ich kann hier nicht mehr bleiben«, sage ich wie betäubt. »Wenn ihr wollt, dass ich der Spotttölpel bin, müsst ihr mich wegschicken.«

»Wo willst du hin?«, fragt Haymitch.

»Ins Kapitol.« Das ist der einzige Ort, an dem ich etwas ausrichten könnte.

»Ausgeschlossen«, sagt Plutarch. »Nicht, bevor alle Distrikte sicher sind. Die gute Nachricht ist, dass die Kämpfe fast überall vorüber sind, außer in Distrikt 2. Aber der ist eine harte Nuss.«

Genau. Erst die Distrikte. Dann das Kapitol. Und dann bringe ich Snow zur Strecke.

»Gut«, sage ich. »Dann schickt mich nach 2.«

14

Distrikt 2 ist erwartungsgemäß groß, er besteht aus mehreren verstreuten Bergdörfern. Ursprünglich gehörte jedes Dorf zu einem Bergwerk oder Steinbruch, doch in diesen Zeiten haben sich viele darauf verlegt, Friedenswächter zu beherbergen und auszubilden. Da die Rebellen Luftunterstützung aus Distrikt 13 haben, stellen die Dörfer kein Problem dar. Eine Herausforderung gibt es aber doch: Im Zentrum des Distrikts befindet sich ein nahezu undurchdringlicher Berg, in dem das militärische Herz des Kapitols schlägt.

Seit ich Plutarchs Spruch von der »harten Nuss«, die wir knacken müssen, an die müden und entmutigten Rebellenführer weitergegeben habe, nennen wir den Berg nur noch »die Nuss«. Er wurde gleich nach den Dunklen Tagen errichtet, als das Kapitol Distrikt 13 verloren hatte und dringend einen neuen unterirdischen Stützpunkt brauchte. Ein Teil der Streitkräfte war zwar in den Randgebieten des Kapitols stationiert – Atomraketen, Flugzeuge, Kampftruppen –, aber ein beachtlicher Teil befand sich jetzt in der Hand des Feindes. Distrikt 13 zu kopieren, stand nicht zur Debatte, denn der Aufbau war die Arbeit von Jahrhunderten gewesen. Da boten sich die alten Bergwerke des nahe gelegenen Distrikts 2 förmlich an. Aus der Luft sah die Nuss aus wie ein gewöhnlicher Berg mit mehreren Zugängen. Doch im Innern fanden sich riesige Höhlen, aus denen der Stein in Platten gebrochen, zutage gefördert und über schmale, rutschige Wege fortgeschafft worden war, um irgendwo weit entfernt Gebäude daraus zu erbauen. Es gab sogar eine unterirdische Bahnstrecke, auf der die Bergarbeiter von der Nuss bis in den Hauptort des Distrikts gebracht wurden. Sie führte direkt zu dem Platz mit dem Justizgebäude, auf dessen breiter Marmortreppe Peeta und ich damals während der Tour der Sieger gestanden und es vermieden hatten, allzu genau zu den trauernden Familien von Cato und Clove zu sehen, die versammelt vor uns standen.

Das Gelände war nicht gerade ideal, immer wieder wurde es von Erdrutschen, Überschwemmungen und Steinlawinen heimgesucht. Doch die Vorteile überwogen. Die Arbeiter hatten sich tief in die Berge hineingewühlt und große Pfeiler und Wände aus Stein hinterlassen, die die Schächte abstützten. Das Kapitol ließ sie verstärken und begann dort einen neuen Stützpunkt zu errichten. Es wurden Computer aufgestellt, Besprechungszimmer, Kasernen und Waffenlager errichtet. Die Zugänge wurden erweitert, damit die Hovercrafts aus der Flughalle herauskonnten, Raketenabschussvorrichtungen wurden installiert. Äußerlich wurde der Berg weitgehend so belassen, wie er war. Ein raues, felsiges Gewirr aus Bäumen und Wildnis. Eine natürliche Festung zum Schutz des Kapitols vor seinen Feinden.

Im Vergleich zu den anderen Distrikten wurden die hiesigen Einwohner regelrecht gepäppelt. Man brauchte die Rebellen von Distrikt 2 nur anzuschauen, um zu sehen, dass sie als Kinder gut ernährt und versorgt worden waren. Manche wurden Arbeiter in den Steinbrüchen und Bergwerken. Andere wurden für Tätigkeiten in der Nuss ausgebildet oder in den Rang eines Friedenswächters erhoben. Schon frühzeitig wurden sie hart für den Kampf trainiert. Die Hungerspiele boten die einzigartige Gelegenheit, zu Ruhm und Wohlstand zu gelangen. Die Leute in Distrikt 2 schluckten die Propaganda des Kapitols natürlich leichter als wir anderen und machten sich die Gebräuche des Kapitols zu eigen. Aber letztendlich waren sie doch Sklaven. Und wenn es auch jenen, die Friedenswächter wurden oder in der Nuss arbeiteten, nicht bewusst war, die Steinmetze begriffen es sehr wohl, und sie bildeten den Kern des Widerstands.

Ich bin jetzt zwei Wochen hier und die Lage ist unverändert. Die am Rande gelegenen Dörfer sind in der Hand der Rebellen, die Stadt ist geteilt und die Nuss ist unerreichbar wie eh und je. Die wenigen Eingänge sind stark befestigt, das Herzstück ist sicher in den Berg eingebettet. Während sich alle anderen Distrikte frei gekämpft haben, bleibt Distrikt 2 weiterhin zu einem Gutteil in der Gewalt des Kapitols.

Jeden Tag tue ich, was ich kann, um zu helfen. Ich besuche die Verwundeten. Nehme mit meinem Kamerateam kurze Propos auf. Richtig mitkämpfen darf ich nicht, aber ich darf beim Kriegsrat dabei sein, und das ist schon viel mehr als in Distrikt 13. Meine Situation hier ist viel besser. Ich habe mehr Freiheiten, keinen Tagesplan auf dem Arm, weniger Verpflichtungen. Ich wohne oberirdisch in den Dörfern der Rebellen oder in den Höhlen der Umgebung. Aus Sicherheitsgründen muss ich das Quartier häufig wechseln. Ich habe die Erlaubnis, tagsüber zu jagen, solange ich eine Leibwache mitnehme und mich nicht zu weit entferne. Aus der dünnen, kalten Bergluft strömt wieder ein wenig Energie in meinen Körper, der Nebel in meinen Gedanken lichtet sich. Allerdings begreife ich mit dieser Klarheit noch deutlicher, was sie Peeta angetan haben.

Snow hat ihn mir weggenommen, bis zur Unkenntlichkeit verbogen und mir dann zum Geschenk gemacht. Boggs, der mit mir nach Distrikt 2 gekommen ist, meint, dass unser Plan zwar gut war, dass es aber doch auch verdächtig einfach gewesen sei, Peeta zu befreien. Er glaubt, sie hätten ihn mir so oder so geliefert. Hätten ihn in einem Kriegsgebiet ausgesetzt oder vielleicht in Distrikt 13 selbst. Mit Schleifen verschnürt, ein Schild mit meinem Namen daran. Programmiert, mich zu töten.

Erst jetzt, da sie ihn zerstört haben, weiß ich den echten Peeta richtig zu schätzen. Mehr noch, als wenn er gestorben wäre. Seine Güte, seine Zuverlässigkeit, die Wärme, hinter der sich ein ungeahntes Feuer verbarg. Wie viele Menschen auf der Welt, abgesehen von Prim, meiner Mutter und Gale, könnten mich bedingungslos lieben? Jetzt wohl keiner mehr. Wenn ich allein bin, hole ich manchmal die Perle aus der Tasche und versuche mich an den Jungen mit dem Brot zu erinnern, an seine starken Arme, mit denen er mich im Zug vor den Albträumen beschützte, an die Küsse in der Arena. Damit ich einen Namen für das finde, was ich verloren habe. Aber wozu? Es ist weg. Er ist weg. Was immer da zwischen uns war, es ist verloren. Mir ist nur die Aussicht geblieben, Snow zu töten. Das sage ich mir zehn Mal am Tag.

In Distrikt 13 machen sie mit Peetas Behandlung weiter. Ohne dass ich nachfrage, hält Plutarch mich am Telefon auf dem Laufenden. »Gute Neuigkeiten, Katniss!«, sagt er zum Beispiel. »Ich glaube, wir haben ihn bald davon überzeugt, dass du keine Mutation bist!« Oder: »Heute durfte er schon selbst Pudding essen!«

Wenn ich danach mit Haymitch spreche, gibt er zu, dass es

Peeta kein bisschen besser geht. Der einzige vage Hoffnungsschimmer kommt von meiner Schwester. »Prim hatte die Idee, das Einweben rückgängig zu machen«, erzählt Haymitch. »Die verzerrten Erinnerungen an dich heraufzubeschwören und ihm dann eine hohe Dosis Beruhigungsmittel zu verabreichen, Morfix oder so was. Wir haben es erst an einer Erinnerung ausprobiert. Die Aufnahme von euch beiden in der Höhle, als du ihm erzählt hast, wie Prim die Ziege bekam.«

»Irgendeine Verbesserung?«, frage ich.

»Na ja, wenn extreme Verwirrung gegenüber extremer Panik eine Verbesserung darstellt, dann schon«, sagt Haymitch. »Aber ich bin mir nicht so sicher. Er konnte mehrere Stunden lang nicht mehr sprechen. Ist in eine Art Starre verfallen. Als sie sich legte, war das Einzige, wonach er fragte, die Ziege.«

»Aha«, sage ich.

»Wie läuft es bei dir?«, fragt er.

»Bis jetzt geht es nicht vorwärts«, sage ich.

»Wir schicken für den Berg eine Mannschaft zu Hilfe, Beetee und ein paar von den anderen«, sagt er. »Du weißt schon, die Experten.«

Es wundert mich nicht, dass Gale darunter ist. Ich dachte mir schon, dass Beetee ihn mitnehmen würde, nicht wegen seines technologischen Fachwissens, sondern in der Hoffnung, ihm würde etwas einfallen, wie man einem Berg eine Falle stellt. Gale hatte ursprünglich angeboten, mich nach Distrikt 2 zu begleiten, aber ich wollte ihn nicht aus seiner Arbeit mit Beetee herausreißen. Ich sagte ihm, er solle sich gedulden und dort bleiben, wo er am dringendsten gebraucht wurde. Was ich nicht sagte, war, dass es mir in seiner Gegenwart noch schwerer gefallen wäre, um Peeta zu trauern.

Wir treffen uns an einem Spätnachmittag direkt nach ihrer Ankunft. Am Rand des Dorfes, in dem ich gerade wohne, sitze ich auf einem Holzklotz und rupfe eine Gans. Zu meinen Füßen liegen ungefähr ein Dutzend weiterer Gänse. Große Schwärme sind seit meiner Ankunft hier durchgezogen und sie sind leicht zu erlegen. Wortlos lässt Gale sich neben mir nieder und nimmt sich auch eine Gans. Wir sind fast fertig, als er fragt: »Kriegen wir was davon ab?«

»Ja. Die meisten gehen in die Feldküche, aber ein paar muss ich den Leuten abgeben, bei denen ich heute übernachte«, sage ich. »Zum Dank.«

»Ist die Ehre nicht genug?«, fragt er.

»Sollte man meinen. Aber es hat sich herumgesprochen, dass Spotttölpel gesundheitsschädlich sein können.«

Eine Weile rupfen wir schweigend weiter. Dann sagt er: »Gestern hab ich Peeta gesehen. Durch die Glasscheibe.«

»Und?«, frage ich.

»Ich hatte einen egoistischen Gedanken«, sagt Gale.

»Dass du jetzt nicht mehr eifersüchtig auf ihn sein musst?« Ich mache eine heftige Handbewegung und die Federn fliegen in einer Wolke um uns herum.

»Nein. Genau das Gegenteil.« Gale pflückt eine Feder aus meinem Haar. »Ich dachte … dass ich dagegen niemals ankommen werde. Und wenn ich noch so leide.« Er dreht die Feder zwischen Daumen und Zeigefinger. »Wenn er nicht wieder gesund wird, habe ich keine Chance. Du wirst ihn nie loslassen können. Es würde dir immer verkehrt vorkommen, mit mir zusammen zu sein.«

»Genau so, wie es sich immer verkehrt angefühlt hat, ihn zu küssen, weil es dich gibt«, sage ich.

Gale schaut mir fest in die Augen. »Wenn das wahr wäre, könnte ich das andere fast ertragen.«

»Es ist wahr«, sage ich. »Aber ebenso wahr ist das, was du über Peeta gesagt hast.«

Gale stößt einen Laut der Verzweiflung aus. Doch als wir mit den Gänsen fertig sind und in den Wald gehen wollen, um Reisig für das Abendfeuer zu sammeln, finde ich mich in seiner Umarmung wieder. Seine Lippen streifen die verblassten Blutergüsse an meinem Hals, wandern hoch zu meinem Mund. Trotz meiner Gefühle für Peeta akzeptiere ich in diesem Moment tief im Innern, dass er nie zu mir zurückkommen wird. Und dass ich nie zu ihm zurückkehren werde. Ich bleibe hier, bis wir Distrikt 2 erobert haben, dann gehe ich ins Kapitol, töte Snow und das war es dann mit mir. Peeta wird geistig verwirrt und voller Hass auf mich sterben. Und so schließe ich im Zwielicht die Augen und küsse Gale, um alle Küsse wiedergutzumachen, die ich ihm vorenthalten habe, und weil es keine Rolle mehr spielt und weil ich so unerträglich einsam bin.

Gales Berührungen, sein Geschmack und seine Wärme erinnern mich daran, dass wenigstens mein Körper noch lebendig ist, und für den Augenblick ist das ein willkommenes Gefühl. Ich denke nichts mehr und lasse die Empfindung durch meinen Körper strömen, genieße es, mich ganz zu verlieren. Als Gale leicht zurückweicht, dränge ich mich an ihn, um die Lücke zu schließen, doch da spüre ich seine Hand unter meinem Kinn. »Katniss«, sagt er. In dem Moment, als ich die Augen öffne, scheint die Welt aus den Fugen geraten zu sein. Das hier sind nicht unsere Bäume, nicht unsere Berge, das ist nicht unser Weg. Automatisch berühre ich die Narbe an meiner linken Schläfe, die ich mit Verwirrung assoziiere. »Jetzt küss mich.«

Verunsichert, mit unverwandtem Blick stehe ich da, während er sich vorbeugt und seine Lippen kurz auf meine drückt. Er schaut mich prüfend an. »Was geht in dir vor?«

»Ich weiß nicht«, flüstere ich.

»Dann ist es, als würde ich eine Betrunkene küssen. Das gilt nicht«, sagt er mit einem schwachen Versuch zu lachen. Er hebt ein Bündel Reisig hoch und legt es mir in die Arme. Jetzt bin ich wieder bei mir.

»Woher weißt du das?«, frage ich, hauptsächlich, um meine Verlegenheit zu überspielen. »Hast du schon mal eine Betrunkene geküsst?« Ich glaube, damals in Distrikt 12 hätte Gale jede küssen können. Interessentinnen gab es jedenfalls genug. Bisher habe ich mir darüber keine großen Gedanken gemacht.

Er schüttelt nur den Kopf. »Nein. Aber es ist nicht schwer, sich das vorzustellen.«

»Dann hast du nie irgendwelche anderen Mädchen geküsst?«, frage ich.

»Das hab ich nicht behauptet. Du warst ja erst zwölf, als wir uns kennenlernten. Und außerdem eine echte Nervensäge. Du wirst es nicht glauben, aber ich hatte ein Leben außerhalb der Jagd mit dir«, sagt er, während er Brennholz aufsammelt.

Auf einmal bin ich richtig neugierig. »Wen hast du geküsst? Und wo?«

»Zu viele, um sie alle zu behalten. Hinter der Schule, auf der Bergehalde, weiß der Henker«, sagt er.

Ich verdrehe die Augen. »Und wann bin ich was Besonderes geworden? Als sie mich ins Kapitol gekarrt haben?«

»Nein. Ungefähr ein halbes Jahr vorher. Kurz nach Silvester. Wir waren auf dem Hob und haben bei Greasy Sae Suppe gegessen. Und Darius neckte dich damit, dass er ein Kaninchen gegen einen Kuss tauschen würde. Da hab ich gemerkt ... dass es mir was ausmacht«, sagt er.

Ich erinnere mich an den Tag. Bitterkalt und schon um vier Uhr nachmittags dunkel. Wir waren auf der Jagd gewesen, aber ein heftiger Schneesturm hatte uns zurück in die Stadt getrieben. Der Hob war voller Leute, die Zuflucht vor dem Wetter suchten. Greasy Saes Suppe, die aus dem Sud der Knochen eines wilden Hundes gekocht war, den wir eine Woche zuvor geschossen hatten, war nicht so gut wie sonst. Aber immerhin war sie heiß, und ich löffelte sie mit Heißhunger aus, während ich im Schneidersitz auf ihrem Tresen saß. Darius lehnte am Pfosten des Marktstands, kitzelte mir mit dem Ende meines Zopfs die Wange, und ich schlug seine Hand weg. Er erklärte mir, ein Kuss von ihm sei ein Kaninchen, vielleicht sogar zwei wert, da alle wüssten, dass rothaarige Männer besonders männlich seien. Und Greasy Sae und ich lachten, weil er so albern und aufdringlich war und uns eine Frau nach der anderen zeigte, die angeblich weit mehr als ein Kaninchen für die Wonne seiner Küsse bezahlt hätten. »Siehst du? Die da mit dem grünen Schal? Geh hin und frag sie. Wenn du unbedingt einen Beweis brauchst.«

Das ist eine Million Meilen von hier passiert, vor einer Milliarde Tagen. »Darius hat doch nur rumgeflachst«, sage ich.

»Kann sein. Aber wenn nicht, wärst du die Letzte, die es mitkriegen würde«, sagt Gale. »Guck Peeta an. Oder mich. Selbst Finnick. Ich hatte mir schon Sorgen gemacht, er hätte auch ein Auge auf dich geworfen, doch jetzt scheint er ja wieder auf Kurs zu sein.«

»Wenn du denkst, Finnick könnte mich lieben, kennst du ihn schlecht«, sage ich.

Gale zuckt die Achseln. »Ich weiß, dass er verzweifelt war.

Wenn die Leute verzweifelt sind, machen sie die verrücktesten Sachen.«

Ich bin mir fast sicher, dass das auf mich gemünzt ist.

Am nächsten Morgen versammeln sich die Experten in aller Frühe, um die Nuss zu knacken. Ich werde zu der Versammlung dazugebeten, obwohl ich nicht viel beitragen kann. Abseits vom Konferenztisch hocke ich auf dem breiten Fensterbrett, das einen guten Blick auf den fraglichen Berg bietet. Die Kommandantin von 2, eine Frau mittleren Alters namens Lyme, begibt sich mit uns auf eine virtuelle Rundreise durch die Nuss und ihre Befestigungen und berichtet von den gescheiterten Versuchen, sie einzunehmen. Lyme ist mir seit meiner Ankunft schon ein paarmal kurz begegnet, und jedes Mal hatte ich das Gefühl, sie von früher zu kennen. Jedenfalls ist sie ein Mensch, den man nicht so leicht vergisst, über einen Meter achtzig groß und sehr muskulös. Aber erst, als ich einen Filmausschnitt von ihr an der Front sehe, wie sie einen Angriff auf den Hauptzugang zur Nuss anführt, erkenne ich sie wieder. Lyme, Tribut aus Distrikt 2, vor über einer Generation Siegerin der Hungerspiele. Zur Vorbereitung auf das Jubel-Jubiläum hatte Effie uns, neben anderen, auch ihr Video geschickt. Wahrscheinlich habe ich sie irgendwann sogar mal bei den Spielen gesehen, aber sie hat sich wohl im Hintergrund gehalten. Nachdem ich erfahren habe, wie Haymitch und Finnick behandelt worden sind, frage ich mich automatisch: Was hat das Kapitol ihr nach dem Sieg angetan?

Als Lyme mit der Präsentation fertig ist, sind die Experten mit ihren Fragen dran. Viele Stunden lang, unterbrochen nur durch das Mittagessen, versuchen sie einen realistischen Plan auszutüfteln, wie man die Nuss erobern könnte. Beetee meint, er könne sich in die Computersysteme einhacken, und es wird darüber beratschlagt, ob man die Handvoll Spione einsetzen sollte, die zur Verfügung stehen, doch keiner hat eine zündende Idee. Irgendwann kehrt das Gespräch zurück zu einer Strategie, die schon des Öfteren ausprobiert wurde – die Eingänge zu stürmen. Lyme wirkt immer frustrierter, denn dieser Plan ist in so vielen Varianten bereits gescheitert und sie hat schon so viele Soldaten dabei verloren. Schließlich platzt sie heraus: »Der Nächste, der vorschlägt, die Eingänge zu stürmen, sollte besser auch eine geniale Idee liefern, wie, denn er darf die Mission dann selbst anführen!«

Gale, der zu unruhig ist, um stundenlang am Tisch zu sitzen, läuft entweder herum, oder er sitzt bei mir auf dem Fensterbrett. Er hat Lymes Behauptung, die Eingänge könnten nicht gestürmt werden, sofort akzeptiert und sich aus der Diskussion völlig ausgeklinkt. Seit einer Stunde sitzt er schweigend und mit gerunzelter Stirn da und starrt durchs Fenster zu der Nuss. In der Stille, die auf Lymes Drohung folgt, meldet er sich zu Wort. »Ist es eigentlich zwingend notwendig, dass wir die Nuss erobern? Oder würde es auch genügen, sie zu blockieren?«

»Das könnte ein Schritt in die richtige Richtung sein«, sagt Beetee. »Worauf willst du hinaus?«

»Stellen wir uns vor, das Ding wäre ein Bau mit wilden Hunden«, fährt Gale fort. »Dann würden wir ja nicht versuchen, dort einzudringen. Wir hätten zwei Möglichkeiten. Die Hunde dadrin einzusperren oder sie hinauszuscheuchen.«

»Wir haben versucht, die Eingänge zu bombardieren«, sagt Lyme. »Doch sie sind so tief in den Fels gehauen, dass sie kaum nachgeben.«

»Daran habe ich auch nicht gedacht«, sagt Gale. »Ich dachte daran, dass wir uns den Berg zunutze machen.« Beetee steht auf und geht zu Gale ans Fenster, angestrengt schaut er durch seine schlecht sitzende Brille. »Verstehst du? Die Wände zum Abrutschen bringen.«

»Lawinenzüge«, sagt Beetee leise. »Das wäre aber kompliziert. Wir müssten die Abfolge der Detonationen ganz genau planen. Wenn sie einmal in Gang gesetzt sind, können wir nicht mehr eingreifen.«

»Wir brauchen nicht einzugreifen, wenn wir uns von der Vorstellung verabschieden, wir müssten die Nuss besitzen«, sagt Gale. »Wir machen sie einfach dicht.«

»Du schlägst also vor, dass wir Steinlawinen auslösen und die Zugänge blockieren?«, fragt Lyme.

»Genau«, sagt Gale. »Den Feind einsperren und von der Versorgung abschneiden. Sodass sie ihr Hovercraft nicht aussenden können.«

Während alle über den Plan nachdenken, blättert Boggs stirnrunzelnd einen Stapel mit Skizzen von der Nuss durch. »Damit riskierst du aber, dass alle dadrin umkommen. Schau dir das Belüftungssystem an. Das ist bestenfalls in Ansätzen vorhanden. Nichts im Vergleich zu unserem in 13. Es ist vollständig davon abhängig, dass von den Bergwänden Luft hereingepumpt wird. Sind die Lüftungsschächte blockiert, ersticken alle, die in der Falle sitzen.«

»Sie könnten durch den Eisenbahntunnel zum Platz flüchten«, sagt Beetee.

»Nicht, wenn wir ihn sprengen«, sagt Gale schroff. Jetzt wird seine Absicht deutlich. Gale hat kein Interesse daran, dass diejenigen, die in der Nuss sind, überleben. Kein Interesse daran, die Beute für späteren Gebrauch gefangen zu nehmen.

Das ist eine seiner Todesfallen.

15

Nach und nach dämmert uns, was Gales Vorschlag bedeutet. In den Gesichtern spiegeln sich die unterschiedlichsten Reaktionen. Von Begeisterung bis Entsetzen, von Betroffenheit bis Genugtuung ist alles vertreten.

»Die meisten Arbeiter stammen aus Distrikt 2«, sagt Beetee.

»Na und?«, sagt Gale. »Denen können wir nie wieder trauen.«

»Sie sollten zumindest die Chance haben, sich zu ergeben«, sagt Lyme.

»Dieser Luxus war uns nicht vergönnt, als sie die Brandbomben auf 12 abgeworfen haben. Aber das Kapitol fassen wir doch lieber mit Samthandschuhen an«, sagt Gale. Lyme sieht so aus, als würde sie ihn am liebsten erschießen oder ihm zumindest eine reinhauen. Wahrscheinlich wäre sie mit ihrer Ausbildung sogar im Vorteil. Aber ihre Reaktion macht Gale nur wütend, er schreit: »Wir haben gesehen, wie Kinder verbrannt sind, und wir konnten nichts tun!«

Die Erinnerung durchfährt mich und ich muss die Augen einen Moment schließen. Der gewünschte Effekt bleibt nicht aus. Ich will alle im Berg tot sehen. Bin kurz davor, es auszusprechen. Aber … Ich bin nicht Präsident Snow, sondern ein Mädchen aus Distrikt 12. Ich kann nicht aus meiner Haut. Ich kann niemanden so sterben lassen, wie Gale es vorschlägt. »Gale«, sage ich möglichst ruhig und fasse ihn am Arm. »Die

Nuss ist ein altes Bergwerk. Das wäre so, als würdest du ein riesiges Minenunglück auslösen.« Diese Worte würden jeden aus Distrikt 12 nachdenklich stimmen.

»Nur nicht so plötzlich wie das Unglück, bei dem unsere Väter umgekommen sind«, kontert er. »Ist das etwa euer Problem? Dass unsere Feinde vielleicht noch ein paar Stunden Zeit haben, über ihren bevorstehenden Tod nachzudenken, anstatt einfach begraben zu werden?«

Als wir noch Kinder waren, die jenseits des Zauns von Distrikt 12 auf die Jagd gingen, hat Gale auch schon solche und schlimmere Sachen gesagt. Aber damals waren es nur Worte. Hier werden sie zu Taten, die nie wieder rückgängig gemacht werden können.

»Du weißt doch gar nicht, wie diese Leute aus Distrikt 2 in der Nuss gelandet sind«, sage ich. »Vielleicht hat man sie gezwungen. Vielleicht werden sie gegen ihren Willen dort festgehalten. Unsere eigenen Spione sind auch darunter. Willst du die auch umbringen?«

»Ich würde ein paar opfern, ja. Um die anderen zu erledigen«, antwortet er. »Und wenn ich ein Spion dadrin wäre, würde ich sagen: Los, setzt die Lawinen in Gang!«

Ich weiß, dass er die Wahrheit sagt. Dass er sein Leben für die Sache opfern würde – niemand zweifelt daran. Vielleicht würden wir das alle tun, wenn wir Spione wären und vor der Wahl stünden. Ich wahrscheinlich schon. Aber eine solche Entscheidung für andere und ihre Angehörigen zu treffen, ist hartherzig.

»Du hast gesagt, wir haben zwei Möglichkeiten«, sagt Boggs. »Sie einzusperren oder rauszutreiben. Ich schlage vor, wir lösen die Lawinen aus, tasten den Eisenbahntunnel jedoch nicht an.

Dann können die Menschen auf den Platz flüchten und da nehmen wir sie in Empfang.«

»Schwer bewaffnet, will ich doch hoffen«, sagt Gale. »Denn sie werden es sein, darauf kannst du wetten.«

»Schwer bewaffnet. Wir nehmen sie gefangen«, stimmt Boggs zu.

»Gut, dann weihen wir jetzt Distrikt 13 ein«, schlägt Beetee vor. »Präsidentin Coin soll sagen, was sie dazu meint.«

»Garantiert will sie den Tunnel blockieren«, sagt Gale zuversichtlich.

»Ja, wahrscheinlich. Aber in einem hatte Peeta recht mit dem, was er in seinen Propos gesagt hat. Über die Gefahr, dass wir uns womöglich selbst zerstören. Ich habe mal ein bisschen mit Zahlen herumgespielt. Wenn man die Verluste einbezieht und die Verwundeten und ... Ich finde, man sollte wenigstens darüber reden«, sagt Beetee.

Nur eine Handvoll Leute dürfen bei dieser Unterredung dabei sein. Gale und ich werden mit den anderen hinausgeschickt. Ich nehme ihn mit auf die Jagd, damit er ein bisschen Dampf ablassen kann, doch er redet nicht viel. Ist wohl zu sauer auf mich, weil ich ihm widersprochen habe.

Schließlich fällt die Entscheidung, und am Abend stehe ich bereit – in meinem Spotttölpelkostüm, den Bogen über der Schulter. Über ein Headset bin ich mit Haymitch in Distrikt 13 verbunden, für den Fall, dass sich die Gelegenheit für einen guten Propo ergibt. Wir warten auf dem Dach des Justizgebäudes. Von dort aus haben wir unser Ziel im Visier.

Anfangs werden unsere Hoverplanes von den Kommandanten in der Nuss ignoriert, denn in der Vergangenheit konnten sie kaum mehr ausrichten als Fliegen, die einen Honigtopf umschwirren. Doch nach den ersten beiden Angriffswellen gegen die höheren Lagen des Berges ist ihre Aufmerksamkeit geweckt. Und als die Flugabwehrkanonen des Kapitols in Aktion treten, ist es bereits zu spät.

Die Auswirkung der Lawinen übertrifft alle Erwartungen. Beetee hatte recht damit, dass sie, einmal in Gang gesetzt, nicht mehr aufzuhalten sein würden. Die Bergwände sind an sich schon instabil, doch jetzt, durch die Detonationen geschwächt, scheinen sie sich fast zu verflüssigen. Ganze Teile der Nuss brechen vor unseren Augen zusammen, alle Spuren, die darauf hinweisen, dass dieser Ort je von Menschen betreten wurde, sind ausgelöscht. Sprachlos stehen wir da, klein und unbedeutend, während das Gestein in Wellen den Berg hinunterdonnert. Unter Tonnen von Fels werden die Zugänge begraben. Eine Wolke aus Dreck und Geröll wirbelt auf und verdunkelt den Himmel. Die Nuss hat sich in ein Grab verwandelt.

Ich stelle mir das Inferno im Innern des Berges vor. Heulende Sirenen. Lichter, die erst flackern, dann verlöschen. Erstickender Staub in der Luft. Die Schreie der Eingeschlossenen, die panisch nach einem Ausgang suchen und feststellen, dass die Zugänge, die Abschussrampe, die Lüftungsschächte mit Erde und Steinen verstopft sind, die ins Innere drängen. Frei schwingende Stromleitungen, Feuer. Vertraute Wege werden durch Trümmer zum Labyrinth. Schubsende, drängelnde Menschen, die aufgescheucht umherkrabbeln wie Ameisen, wenn der Haufen einsinkt und ihren fragilen Panzer zu zerdrücken droht.

»Katniss?« Ich habe Haymitchs Stimme im Ohr. Ich versuche, ihm zu antworten, aber ich habe beide Hände fest auf den Mund gepresst. »Katniss!«

An dem Tag, als mein Vater starb, gingen die Sirenen während der Mittagspause in der Schule los. Niemand wartete die Erlaubnis ab zu gehen, und das wurde auch nicht erwartet. Nicht einmal das Kapitol konnte uns vorschreiben, wie wir uns bei einem Minenunglück zu verhalten hatten. Ich rannte zu Prims Klasse. Ich weiß noch, wie sie dasaß, sieben Jahre alt und winzig, ganz blass, die Hände brav auf dem Tisch gefaltet. So wartete sie darauf, dass ich sie abholte, wie ich es versprochen hatte, für den Fall, dass die Sirenen je losgehen sollten. Sie sprang auf, hielt sich am Ärmel meines Mantels fest, und dann zwängten wir uns durch die Menge der Leute, die auf die Straßen strömten und sich am Haupteingang des Bergwerks versammelten. Wir fanden unsere Mutter, die das Seil umklammerte, das schnell als Absperrung gespannt worden war. Im Nachhinein denke ich, dass ich schon in diesem Moment hätte wissen müssen, dass mit ihr etwas nicht stimmte, denn wieso sonst mussten wir sie suchen, wo es doch umgekehrt hätte sein sollen?

Die Förderkörbe quietschten, sausten die Kabel hoch und runter, als sie die verrußten Bergarbeiter ans Tageslicht beförderten. Bei jeder Gruppe gab es Schreie der Erleichterung, Angehörige tauchten unter der Absperrung hindurch, um ihre Ehemänner, Frauen, Kinder, Eltern, Geschwister in Empfang zu nehmen. Wir standen in der Kälte des Nachmittags, während sich der Himmel zuzog, staubfeiner Schnee bedeckte die Erde. Die Förderkörbe bewegten sich jetzt langsamer und spuckten nicht mehr so viele Leute aus. Ich kniete mich hin und grub die Hände in die Schlacke, wie gern hätte ich meinen Vater heraufgezogen. Hilfloser kann man sich wohl nicht fühlen, als wenn man jemanden erreichen will, der unter der Erde eingesperrt ist. Die Verletzten. Die Toten. Das Warten die ganze Nacht hindurch. Decken, die Fremde einem um die Schultern legen. Ein Becher mit einem heißen Getränk, das man nicht trinkt. Und dann schließlich, bei Tagesanbruch, der bekümmerte Ausdruck auf dem Gesicht des Bergwerkleiters, der nur eines bedeuten kann.

Was haben wir da gerade getan?

»Katniss! Bist du da?« Haymitch lässt mir jetzt in Gedanken wahrscheinlich schon eine Kopffessel anpassen.

Ich lasse die Hände sinken. »Ja.«

»Geh rein. Nur für den Fall, dass das Kapitol mit seiner verbliebenen Luftwaffe einen Gegenangriff startet.«

»Ja«, sage ich wieder. Bis auf die Soldaten, die an die Maschinengewehre gehen, begeben sich alle auf dem Dach nach drinnen. Auf dem Weg die Treppe hinunter lasse ich die Finger an der makellosen weißen Marmorwand entlanggleiten. So kalt und so schön. Selbst im Kapitol haben sie nichts, was es mit der Pracht dieses alten Gebäudes aufnehmen könnte. Doch die Oberfläche gibt nicht nach – meine Haut dagegen ist weich, kühlt ab. Stein siegt immer über Menschen.

Ich sitze am Fuß einer riesigen Säule in der großen Eingangshalle. Durch die Tür sehe ich den weißen Marmor der Treppe, die zum Platz führt. Ich weiß noch, wie schlecht es mir an dem Tag ging, als Peeta und ich hier die Gratulationen zum Sieg bei den Spielen entgegennahmen. Erschöpft von der Tour der Sieger, gescheitert bei dem Versuch, die Distrikte zu beschwichtigen, den Erinnerungen an Clove und Cato ausgesetzt, vor allem an Catos langsamen, grausamen Tod durch die Mutationen.

Boggs kauert sich neben mich, hier im Schatten sieht er blass aus. »Den Eisenbahntunnel haben wir nicht bombardiert. Einige werden wahrscheinlich herauskommen.«

»Und sobald sie sich blicken lassen, erschießen wir sie?«, frage ich.

»Nur wenn es sein muss«, antwortet er.

»Wir könnten Züge reinschicken. Die Verletzten evakuieren«, sage ich.

»Nein. Es wurde beschlossen, ihnen den Tunnel zu überlassen. Auf diese Weise können sie die Leute rausschaffen«, sagt Boggs. »Außerdem gewinnen wir dadurch Zeit, unsere übrigen Soldaten auf dem Platz zu versammeln.«

Noch vor wenigen Stunden war der Platz Niemandsland, hier verlief die Front zwischen den Rebellen und den Friedenswächtern. Als Coin ihre Zustimmung zu Gales Plan gab, griffen die Rebellen erbittert an und trieben die Truppen des Kapitols einige Straßenzüge zurück, damit wir während des Untergangs der Nuss den Bahnhof kontrollieren konnten. Und jetzt ist sie untergegangen. Langsam haben es alle begriffen. Die Überlebenden werden auf den Platz flüchten. Ich höre wieder das Flakfeuer, sicher versuchen die Friedenswächter, sich hineinzukämpfen, um ihre Kameraden zu retten. Und unsere Soldaten sollen das verhindern.

»Du frierst«, sagt Boggs. »Ich schau mal, ob ich eine Decke finde.« Bevor ich widersprechen kann, ist er schon weg. Ich will keine Decke, obwohl der Marmor mir die Wärme aus dem Körper saugt.

»Katniss«, höre ich Haymitch in meinem Ohr.

»Bin immer noch da«, sage ich.

»Interessante Wendung mit Peeta heute. Dachte mir, das willst du bestimmt wissen«, sagt er. *Interessant* ist nicht gut. Nicht besser. Aber mir bleibt nichts anderes übrig, als zuzuhören. »Wir haben ihm das Band gezeigt, auf dem du das Lied vom Henkersbaum singst. Das wurde nie ausgestrahlt, deshalb konnte das Kapitol es nicht benutzen, als er eingewebt wurde. Er hat gesagt, er kennt das Lied.«

Mein Herz macht einen Hüpfer. Doch dann wird mir klar, dass das bestimmt wieder nur auf die Verwirrung durch das Jägerwespengift zurückzuführen ist. »Unmöglich, Haymitch. Er hat nie gehört, wie ich das Lied gesungen habe.«

»Nicht du. Dein Vater. Peeta hat es ihn einmal singen hören, als er in die Bäckerei kam, um etwas zu tauschen. Da war Peeta noch klein, vielleicht sechs oder sieben, aber er weiß es noch, weil er genau gelauscht hat, um zu hören, ob die Vögel aufhörten zu singen«, sagt Haymitch. »Wahrscheinlich haben sie aufgehört.«

Sechs oder sieben. Das muss gewesen sein, bevor meine Mutter das Lied verboten hat. Vielleicht sogar zu der Zeit, als ich es gerade lernte. »War ich auch dabei?«

»Ich glaube nicht. Jedenfalls hat er dich nicht erwähnt. Aber es ist die erste Verbindung zu dir, die keinen Zusammenbruch ausgelöst hat«, sagt Haymitch. »Besser als nichts, Katniss.«

Mein Vater. Er scheint heute überall zu sein. Wie er im Bergwerk gestorben ist. Wie er sich in Peetas wirres Bewusstsein gesungen hat. Und jetzt erkenne ich ihn in Boggs' Blick, als der mir fürsorglich die Decke um die Schultern legt. Ich vermisse ihn so sehr, dass es wehtut.

Das Artilleriefeuer draußen wird lauter. Gale läuft mit einer Gruppe von Rebellen vorbei, die es nicht abwarten können zu kämpfen. Ich frage nicht, ob ich dabei sein darf. Sie würden es sowieso nicht erlauben, vor allem aber ist mir nicht danach, ich brenne nicht dafür. Ich sehne Peeta herbei, den alten Peeta, denn er könnte in Worte fassen, weshalb es verkehrt ist, aufeinander zu schießen, während Menschen, egal welche, sich aus dem Berg zu kämpfen versuchen. Oder bin ich überempfindlich wegen meiner eigenen Geschichte? Sind wir nicht im Krieg? Ist das nicht nur eine von vielen Methoden, unsere Feinde zu töten?

Die Nacht kommt schnell. Riesige Scheinwerfer werden eingeschaltet und tauchen den Platz in grelles Licht. Bestimmt brennen auch im Bahnhof alle Lichter mit voller Kraft. Obwohl ich mich auf der anderen Seite des Platzes befinde, kann ich ihn durch die Scheibe des langen, flachen Gebäudes gut einsehen. Die Ankunft eines Zuges, selbst einer einzelnen Person wäre unübersehbar. Doch Stunden vergehen und niemand kommt. Mit jeder Minute wird es unwahrscheinlicher, dass jemand den Angriff auf die Nuss überlebt hat.

Es ist schon nach Mitternacht, als Cressida auftaucht und mir ein Mikrofon an mein Kostüm klemmt. »Wozu soll das gut sein?«, frage ich.

Haymitch meldet sich, um es zu erklären. »Ich weiß, es wird dir nicht gefallen, aber du musst eine Rede halten.«

»Eine Rede?«, sage ich, und sofort wird mir mulmig.

»Ich flüstere es dir ein, Satz für Satz«, versichert er. »Du musst mir nur nachsprechen. Aus dem Berg kommt kein Lebenszeichen. Wir haben gewonnen, doch der Kampf geht weiter. Deshalb dachten wir uns, wenn du dich auf die Treppe des Justizgebäudes stellst und es verkündest – allen sagst, dass die Nuss besiegt ist und dass das Kapitol in Distrikt 2 keine Macht mehr hat –, dann kannst du vielleicht ihre restlichen Truppen dazu bringen, sich zu ergeben.«

Ich schaue angestrengt in die Dunkelheit hinter dem Platz. »Ich kann ihre Truppen nicht mal sehen.«

»Dafür hast du ja das Mikro«, sagt er. »Deine Stimme wird durch ihre Notfunkanlage übertragen und dein Bild wird auf allen Bildschirmen zu sehen sein.«

Ich weiß, dass es auf dem Platz ein paar riesige Bildschirme gibt. Während der Tour der Sieger habe ich sie gesehen. Es könnte funktionieren, wenn ich in so etwas gut wäre. Aber das bin ich nicht. Bei den ersten Versuchen mit den Propos haben sie mir meinen Text auch vorgesagt und es war ein Reinfall.

»Du könntest damit viele Leben retten, Katniss«, sagt Haymitch.

»Na gut. Ich versuche es«, sage ich.

Es ist merkwürdig, so im Scheinwerferlicht auf der Treppe zu stehen, ohne sichtbares Publikum, an das ich meine Rede richten könnte. Als würde ich eine Vorstellung für den Mond geben.

»Bringen wir es schnell hinter uns«, sagt Haymitch. »Du hast keine Deckung.«

Mein Fernsehteam, das mit Spezialkameras auf dem Platz steht, gibt mir ein Zeichen, dass es losgehen kann. Ich sage Haymitch, er soll anfangen, dann schalte ich das Mikrofon ein und höre genau zu, während er mir den ersten Satz meiner Rede vorsagt. Ich erscheine in Großaufnahme auf einem der Bildschirme auf dem Platz. »An alle Menschen in Distrikt 2, hier spricht Katniss Everdeen. Ich spreche zu euch von der Treppe eures Justizgebäudes aus, wo …«

In diesem Moment fahren zwei Züge gleichzeitig in den Bahnhof ein. Als die Türen aufgehen, stolpern die Menschen in einer Rauchwolke heraus, die sie aus der Nuss mitgebracht haben. Sie müssen zumindest eine Ahnung haben, was sie hier erwarten würde, denn sie suchen sofort Deckung. Die meisten legen sich flach auf den Boden und ein Kugelhagel im Bahnhof lässt alle Lichter erlöschen. Wie Gale prophezeit hat, sind sie bewaffnet, aber sie sind auch verwundet. In der Stille der Nacht ist ihr Stöhnen zu hören.

Irgendjemand schießt das Licht auf der Treppe aus, sodass die Dunkelheit mir Schutz bietet. Im Bahnhof lodert eine Flamme auf – einer der Züge scheint zu brennen –, und dichter schwarzer Rauch quillt gegen die Glaswand. Jetzt bleibt den Leuten nichts anderes übrig, als auf den Platz hinauszudrängen, sie husten, schwenken jedoch herausfordernd die Gewehre. Schnell schaue ich zu den Dächern der Häuser, die den Platz umgeben. Auf jedem befindet sich ein MG-Nest der Rebellen. Das Mondlicht spiegelt sich in den polierten Gewehrläufen.

Ein junger Mann kommt taumelnd aus dem Bahnhof, mit einer Hand hält er sich ein blutiges Tuch an die Wange, mit der anderen schleppt er ein Gewehr. Als er stolpert und auf das Gesicht fällt, sehe ich die Brandstellen an der Rückseite seines Hemdes und das rote Fleisch darunter. Und plötzlich ist er nur noch ein Brandopfer bei einem Minenunglück.

Ich fliege die Treppe hinunter und renne zu dem Mann hin. »Halt!«, rufe ich den Rebellen zu. »Nicht schießen!« Die Worte hallen über den Platz und darüber hinaus, das Mikrofon verstärkt meine Stimme. »Halt!« Ich bücke mich, um dem Mann zu helfen, als er sich plötzlich auf die Knie stützt und mit dem Gewehr auf meinen Kopf zielt.

Instinktiv gehe ich ein paar Schritte zurück und halte den Bogen in die Höhe, um zu zeigen, dass ich in friedlicher Absicht gekommen bin. Jetzt, da er beide Hände am Gewehr hat, sehe ich das klaffende Loch in seiner Wange, wo etwas – ein herabgefallener Stein vielleicht – das Fleisch durchdrungen hat. Er riecht nach verbrannten Haaren und verbranntem Fleisch. Sein Blick ist irre vor Schmerz und Angst.

»Nicht bewegen«, flüstert Haymitchs Stimme in meinem Ohr. Ich befolge seine Anweisung, und mir wird schlagartig klar, dass uns der gesamte Distrikt 2 zuschaut, vielleicht sogar ganz Panem. Der Spotttölpel in der Gewalt eines Mannes, der nichts zu verlieren hat.

Ich kann ihn kaum verstehen. »Gib mir einen Grund, weshalb ich dich nicht erschießen sollte.«

Der Rest der Welt rückt in den Hintergrund. Nur ich bin noch da, wie ich in das unglückliche Gesicht des Mannes schaue, der mich nach einem Grund fragt. Mir sollten tausend Gründe einfallen. Doch ich sage: »Das kann ich nicht.«

Logischerweise müsste der Mann jetzt auf den Abzug drücken. Aber er ist verwirrt, versucht meine Worte zu begreifen. Als mir klar wird, wie wahr das ist, was ich gerade gesagt habe, bin ich selbst durcheinander, und Verzweiflung tritt an die Stelle des noblen Impulses, der mich auf den Platz getrieben hat. »Ich kann es nicht. Das ist das Problem, nicht wahr?« Ich lasse den Bogen sinken. »Wir haben euer Bergwerk in die Luft gesprengt. Ihr habt meinen Distrikt abgebrannt. Wir haben allen Grund, einander zu töten. Also tu es. Mach das Kapitol glücklich. Ich habe genug davon, ihre Sklaven für sie zu töten.« Ich lasse den Bogen fallen und trete ihn mit dem Stiefel weg. Er schlittert über den Steinboden und bleibt vor den Knien des Mannes liegen.

»Ich bin nicht ihr Sklave«, murmelt er.

»Ich schon«, sage ich. »Deshalb habe ich Cato getötet … und deshalb hat er Thresh getötet … und der wiederum Clove … die versucht hat, mich zu töten. So geht es immer weiter und wer gewinnt? Nicht wir. Nicht die Distrikte. Immer das Kapitol. Aber ich habe es satt, eine Figur in ihren Spielen zu sein.«

Peeta. Auf dem Dach in der Nacht vor unseren ersten Hungerspielen. Ihm war das alles schon klar, ehe wir auch nur einen Fuß in die Arena gesetzt hatten. Ich hoffe, dass er jetzt zuschaut und sich an jene Nacht erinnert und mir vielleicht vergibt, wenn ich sterbe.

»Sprich weiter. Erzähl ihnen davon, wie es war, zuzuschauen, als der Berg eingestürzt ist«, sagt Haymitch.

»Als ich heute Abend den Berg einstürzen sah, da dachte ich … dass sie es schon wieder geschafft haben. Schon wieder haben sie mich dazu gebracht, euch zu töten – die Menschen in den Distrikten. Aber warum habe ich es getan? Distrikt 12 und Distrikt 2 haben keinen Streit miteinander – außer dem, den das Kapitol uns aufgezwungen hat.« Der junge Mann blinzelt mich verständnislos an. Ich lasse mich vor ihm auf die Knie sinken und spreche leise und eindringlich. »Und warum kämpft ihr gegen die Rebellen auf den Dächern? Gegen Lyme, die euer Sieger war? Gegen Leute, die eure Nachbarn, vielleicht sogar Verwandte waren?«

»Ich weiß nicht«, sagt der Mann. Aber das Gewehr hält er noch immer auf mich gerichtet.

Ich stehe auf und drehe mich langsam herum, wende mich zu den Maschinengewehren. »Und ihr da oben? Ich komme aus einer Bergarbeiterstadt. Seit wann verurteilen Bergarbeiter andere Bergarbeiter zu einem solchen Tod und halten sich dann bereit, diejenigen zu töten, die sich aus den Trümmern befreien können?«

»Wer ist der Feind?«, flüstert Haymitch.

»Diese Leute«, ich zeige auf die Verwundeten auf dem Platz,

»sind nicht euer Feind!« Schnell drehe ich mich zurück zum Bahnhof. »Die Rebellen sind nicht euer Feind! Wir alle haben nur einen Feind, und das ist das Kapitol! Jetzt haben wir die einmalige Chance, seiner Macht ein Ende zu bereiten, aber dafür brauchen wir jeden Einzelnen in den Distrikten!«

Die Kameras sind fest auf mich gerichtet, als ich die Hände zu dem Mann ausstrecke, zu dem Verwundeten, zu den zögernden Rebellen in ganz Panem. »Bitte! Schließt euch uns an!«

Meine Worte bleiben in der Luft hängen. Ich schaue zum Bildschirm und hoffe, mit anzusehen, wie eine Welle der Versöhnung durch die Menge geht.

Stattdessen sehe ich live im Fernsehen, wie ich erschossen werde.

16

»Immer.«

Peeta flüstert das Wort im Dämmerzustand des Morfix und ich begebe mich auf die Suche nach ihm. Es ist eine verschwommene Welt in Violetttönen, ohne scharfe Konturen und mit vielen möglichen Verstecken. Ich bahne mir einen Weg durch Wolkenwände, folge den schwachen Fährten, schnappe einen Hauch Zimt auf, dann Dill. Einmal spüre ich seine Hand an meiner Wange und versuche sie festzuhalten, doch sie gleitet mir wie Nebel durch die Finger.

Als ich langsam in einem sterilen Krankenzimmer in 13 wieder auftauche, kommt die Erinnerung. Ich stand unter dem Einfluss von Schlafsirup. Ich war auf einen Ast geklettert und über den Elektrozaun zurück in Distrikt 12 gesprungen und dabei hatte ich mir die Ferse verletzt. Peeta brachte mich ins Bett, und als ich wegdämmerte, bat ich ihn, bei mir zu bleiben. Er flüsterte etwas, das ich nicht richtig verstand. Aber irgendein Teil meines Gehirns hatte dieses eine Wort, seine Antwort auf eine Frage von mir, festgehalten und ließ es jetzt durch meine Träume geistern und mich verspotten. *»Immer.«*

Morfix nimmt allen Gefühlen die Spitze, deshalb spüre ich jetzt keinen stechenden Schmerz, sondern nur Leere. Eine Mulde mit welkem Gestrüpp, wo zuvor Blumen geblüht haben. Leider habe ich nicht mehr genug von der Droge im Blut, um den Schmerz auf der linken Seite meines Körpers zu ignorieren.

Dort hat die Kugel mich getroffen. Meine Hände betasten den dicken Verband um meine Rippen, und ich frage mich, was ich hier überhaupt noch mache.

Er war es nicht, der Mann, der vor mir auf dem Platz kniete, der Verbrannte aus dem Berg. Er hat nicht auf den Abzug gedrückt. Es war jemand weiter hinten in der Menge. Das Eindringen der Kugel habe ich kaum gespürt, nur einen Schlag wie mit dem Vorschlaghammer. Alles nach diesem Moment ist wirr, von Schüssen durchlöchert. Ich versuche mich aufzusetzen, bringe jedoch nur ein Stöhnen zustande.

Der weiße Vorhang, der mein Bett vom Nachbarbett trennt, wird zur Seite gezogen, und Johanna Mason starrt mich an. Im ersten Moment fühle ich mich bedroht, weil sie mich in der Arena angegriffen hat. Ich muss mir erst sagen, dass sie mir damit das Leben gerettet hat. Es gehörte zum Komplott der Rebellen. Aber das heißt noch lange nicht, dass sie mich nicht verachtet. Vielleicht war ihr Verhalten mir gegenüber ja nur Theater für das Kapitol?

»Ich lebe«, sage ich mit rauer Stimme.

»Was du nicht sagst, du Dummchen.« Johanna kommt zu mir und lässt sich so heftig auf mein Bett plumpsen, dass es schmerzhaft in meiner Brust sticht. Sie grinst nur, und da weiß ich, dass wir hier kein freudiges Wiedersehen feiern. »Immer noch ein bisschen empfindlich?« Mit einer geschickten Bewegung zieht sie die Morfix-Infusion aus meinem Arm und steckt sie in den Venenkatheter in ihrer Armbeuge. »Seit ein paar Tagen fahren sie meine Dosis runter. Damit ich nicht so werde wie diese beiden Irren aus 6 seinerzeit. Da dachte ich mir, sobald die Luft rein ist, schnorre ich mal bei dir. Hast ja hoffentlich nichts dagegen.«

Ob ich etwas dagegen habe? Wie sollte ich, wo sie doch nach dem Jubel-Jubiläum von Snow fast zu Tode gefoltert wurde? Ich habe kein Recht, mich zu beschweren, und das weiß sie auch.

Johanna seufzt, als das Morfix in ihren Blutkreislauf strömt. »Vielleicht war das gar nicht so verkehrt, was die aus 6 gemacht haben. Sich komplett zudröhnen und dann den Körper mit Blumen bemalen. Gar kein so schlechtes Leben. Jedenfalls machten die zwei einen glücklicheren Eindruck als alle anderen.«

In den Wochen, seit ich Distrikt 13 verlassen habe, hat sie etwas zugenommen. Auf ihrem kahl rasierten Kopf ist zarter Flaum nachgewachsen, der die Narben ein wenig verdeckt. Doch wenn sie etwas von meinem Morfix abzwackt, hat sie offenbar immer noch zu kämpfen.

»Jeden Tag kommt so ein Psychodoktor vorbei, der mir helfen soll. Als ob ein Typ, der sein Leben in diesem Labyrinth zugebracht hat, mich heilen könnte. So ein Vollidiot! Mindestens zwanzig Mal pro Sitzung erinnert er mich daran, dass ich außer Gefahr bin.« Ich ringe mir ein Lächeln ab. Wirklich idiotisch, so etwas zu sagen, vor allem zu einem Sieger. Als ob es einen solchen Zustand überhaupt geben könnte. »Und du, Spotttölpelchen? Hast du das Gefühl, dass du außer Gefahr bist?«

»Ja, klar. Jedenfalls, bis auf mich geschossen wurde«, sage ich.

»Ich bitte dich. Die Kugel hat dich nicht mal berührt. Dafür hat Cinna gesorgt«, sagt sie.

Ich denke an die schusssicheren Schichten in meinem Spotttölpelkostüm. Aber irgendwoher muss der Schmerz ja gekommen sein. »Hab ich Rippen gebrochen?«

»Nicht mal das. Nur ziemlich geprellt. Durch die Wucht der Kugel ist deine Milz gerissen. Die konnten sie nicht zusammenflicken.« Sie winkt ab. »Keine Sorge, die braucht man nicht. Und selbst wenn, für dich würden sie schon eine finden, was? Sind ja alle darum bemüht, dein Leben zu retten.«

»Hasst du mich deshalb?«, frage ich.

»Zum Teil«, gibt sie zu. »Sicher spielt auch Eifersucht hinein. Ich finde dich einfach schwer zu ertragen. Mit deiner kitschigen Liebesgeschichte und deiner Show als Schutzpatronin der Hilflosen. Nur dass es gar keine Show ist, was dich noch unerträglicher macht. Das darfst du jetzt gern persönlich nehmen.«

»Du müsstest der Spotttölpel sein. Dir bräuchte keiner den Text einzuflüstern«, sage ich.

»Stimmt. Aber mich kann niemand leiden«, sagt sie.

»Aber sie haben dir vertraut. Um mich rauszuholen«, erinnere ich sie. »Und sie haben Angst vor dir.«

»Hier vielleicht. Im Kapitol bist du es, die sie fürchten.« Gale erscheint in der Tür und schnell macht Johanna sich los und schließt mich wieder an den Morfix-Tropf an. »Dein Cousin hat keine Angst vor mir«, raunt sie mir zu. Sie steht hastig auf und geht zur Tür. Im Vorbeigehen stößt sie Gale mit der Hüfte ans Bein. »Wie geht's, Hübscher?« Wir hören ihr Lachen noch, als sie schon im Flur ist.

Ich schaue ihn mit hochgezogenen Augenbrauen an und er nimmt meine Hand. »Oh, jetzt habe ich aber Angst!«, sagt er fast unhörbar. Ich lache, aber dann zucke ich vor Schmerzen zusammen. »Langsam.« Er streichelt mein Gesicht, während der Schmerz nachlässt. »Du musst mal damit aufhören, dich immer in Gefahr zu bringen.«

»Ich weiß. Nur, da hatte jemand einen Berg in die Luft gejagt«, sage ich.

Anstatt zurückzuweichen, beugt er sich näher zu mir und schaut mich prüfend an. »Du hältst mich für herzlos.«

»Ich weiß, dass du das nicht bist. Aber in Ordnung finde ich es trotzdem nicht.«

Jetzt weicht er zurück, fast ungeduldig. »Katniss, ist es nicht das Gleiche, ob wir unsere Feinde in einem Bergwerk vernichten oder ob wir sie mit einem von Beetees Pfeilen vom Himmel schießen? Im Ergebnis läuft es auf dasselbe hinaus.«

»Ich weiß nicht. Erstens wurden wir in Distrikt 8 angegriffen. Das Lazarett wurde angegriffen«, sage ich.

»Ja, und die Hoverplanes kamen aus Distrikt 2«, sagt er. »Indem wir sie ausgeschaltet haben, haben wir weitere Angriffe verhindert.«

»Aber mit dieser Logik könntest du es immer rechtfertigen, jemanden zu töten. Dann könntest du es auch rechtfertigen, junge Leute in die Hungerspiele zu schicken, um zu verhindern, dass die Distrikte aus dem Ruder laufen«, sage ich.

»Das glaube ich einfach nicht«, sagt er.

»Ich schon«, sage ich. »Muss wohl an den Ausflügen in die Arena liegen.«

»Also schön. Im Streiten sind wir wirklich große Klasse«, sagt er. »Das waren wir schon immer. Vielleicht ist das gut so. Ganz im Vertrauen, Distrikt 2 gehört jetzt uns.«

»Wirklich?« Ganz kurz verspüre ich Triumph. Dann denke ich an die Menschen auf dem Platz. »Gab es noch Widerstand, nachdem ich angeschossen wurde?«

»Kaum. Die Arbeiter aus der Nuss sind auf die Soldaten des

Kapitols losgegangen. Die Rebellen haben nur dagesessen und zugeschaut«, sagt er. »Im Grunde hat das ganze Land nur dagesessen und zugeschaut.«

»Ja, das können sie richtig gut«, sage ich.

Man sollte meinen, dass man sich nach dem Verlust eines wichtigen Organs erst mal ein paar Wochen ausruhen dürfte, aber aus irgendeinem Grund wollen die Ärzte, dass ich so schnell wie möglich aufstehe und mich bewege. Selbst unter Morfix sind die inneren Schmerzen an den ersten Tagen heftig, aber dann lassen sie deutlich nach. Die geprellten Rippen dagegen tun noch länger weh. Allmählich bereue ich es, dass ich Johanna von meinem Morfix abgebe, trotzdem lasse ich es weiterhin zu, dass sie sich bedient.

Gerüchte über meinen Tod haben die Runde gemacht, deshalb schickt man ein Kamerateam an mein Krankenbett. Ich prahle mit meinen genähten Wunden und den beeindruckenden Prellungen und gratuliere den Distrikten zu ihrem erfolgreichen Kampf für die Einheit. Dann kündige ich dem Kapitol an, dass sie bald mit uns rechnen können.

Zu meiner Rehabilitation gehören kleine Spaziergänge an der frischen Luft. Eines Nachmittags gesellt sich Plutarch dazu und klärt mich über die aktuelle Lage auf. Jetzt, da Distrikt 2 sich mit uns verbündet hat, gönnen sich die Rebellen eine Verschnaufpause vom Krieg, um sich neu zu formieren. Sie sichern die Nachschublinien, pflegen die Verwundeten, ordnen ihre Truppen neu. Wie Distrikt 13 während der Dunklen Tage ist jetzt das Kapitol von fremder Hilfe völlig abgeschnitten und droht den Feinden mit einem Nuklearangriff. Im Gegensatz zu 13 damals ist das Kapitol nicht in der Position, sich neu zu erfinden und autark zu werden.

»Ach, die Stadt wird sich schon eine Weile durchschlagen«, sagt Plutarch. »Bestimmt haben sie Vorräte für den Notfall gebunkert. Der entscheidende Unterschied zwischen 13 und dem Kapitol liegt in den Erwartungen der Bevölkerung. Distrikt 13 war an Entbehrungen schon lange gewöhnt, während sie im Kapitol nur *Panem et Circenses* kennen.«

»Was heißt das?« Ich habe nur *Panem* verstanden.

»Das ist ein Spruch, der schon Tausende Jahre alt ist, verfasst in einer Sprache namens Latein über eine Stadt namens Rom«, erklärt er. »*Panem et Circenses* kann man übersetzen als ›Brot und Spiele‹. Der Verfasser wollte damit ausdrücken, dass das Volk im Tausch gegen einen vollen Bauch und Unterhaltung seine politische Verantwortung und damit seine Macht hergegeben habe.«

Ich denke an das Kapitol. Den Überfluss. Und die ultimative Unterhaltung. Die Hungerspiele. »Dafür sind die Distrikte also da. Um Brot und Spiele zu liefern.«

»Ja. Und solange das hereinkam, konnte das Kapitol sein kleines Reich beherrschen. Jetzt aber wird keins von beiden mehr geliefert, jedenfalls nicht in dem Maß, wie die Leute es gewohnt sind«, sagt Plutarch. »Wir dagegen haben zu essen, und ich werde einen Unterhaltungspropo inszenieren, der bestimmt gut ankommt. Eine Hochzeit gefällt schließlich jedem.«

Ich erstarre. Bei dem Gedanken daran, was er da vorschlägt – eine perverse Hochzeit zwischen Peeta und mir zu veranstalten –, wird mir ganz elend. Seit ich zurück bin, habe ich es noch nicht über mich gebracht, vor den Einwegspiegel zu treten, und ich habe darum gebeten, dass nur Haymitch mich über Peetas Zustand auf dem Laufenden hält. Er erzählt mir sehr wenig. Sie probieren verschiedene Methoden aus. Sie werden Peeta niemals ganz heilen können. Und jetzt wollen sie, dass ich ihn für einen Propo heirate?

Plutarch beeilt sich, mich zu beruhigen. »Aber Katniss! Doch nicht deine Hochzeit. Die von Finnick und Annie. Du brauchst nur zu kommen und so zu tun, als würdest du dich für die beiden freuen.«

»Da brauche ich ausnahmsweise gar nicht so zu tun, als ob«, sage ich.

Die nächsten Tage stehen ganz unter dem Zeichen des bevorstehenden Ereignisses und sind dementsprechend hektisch. Durch das Ereignis werden die Unterschiede zwischen dem Kapitol und Distrikt 13 erst richtig deutlich. Wenn Coin »Hochzeit« sagt, meint sie damit, dass zwei Menschen ein Formular unterschreiben und eine neue Wohneinheit zugewiesen bekommen. Plutarch dagegen schwebt vor, dass Hunderte von Menschen in schönen Kleidern ein dreitägiges Fest feiern. Es ist lustig, wie sie über die Einzelheiten zanken. Plutarch muss um jeden Gast, jedes Musikstück feilschen. Nachdem Coin Abendessen, Unterhaltung und Alkohol abgelehnt hat, brüllt Plutarch: »Wozu sollen wir einen Propo machen, wenn sich niemand amüsiert!«

Es ist schwierig, einen Spielmacher zum Sparen anzuhalten. Doch selbst eine stille Feier sorgt für Aufruhr in Distrikt 13, wo es überhaupt keine Feiertage zu geben scheint. Als es heißt, es würden Kinder gesucht, die das Hochzeitslied von Distrikt 4 singen sollen, melden sich fast alle. Auch beim Basteln der Dekoration mangelt es nicht an Freiwilligen. Im Speisesaal gibt es kein anderes Gesprächsthema als die bevorstehende Hochzeit.

Vielleicht geht es nicht nur um das Fest. Vielleicht sehnen wir uns einfach alle bloß danach, dass etwas Schönes passiert, und wollen daran teilhaben. Das würde erklären, weshalb ich – als Plutarch beim Thema Brautkleid ausflippt – mich bereit erkläre, Annie mit zu meinem Haus in Distrikt 12 zu nehmen, wo in einem großen Wandschrank im Erdgeschoss mehrere von Cinnas Abendkleidern hängen. Die vielen Hochzeitskleider, die er für mich entworfen hat, sind wieder im Kapitol gelandet, doch von den Kleidern, die ich auf der Tour der Sieger getragen habe, sind noch ein paar da. Ich bin in Annies Gegenwart etwas auf der Hut, denn ich weiß über sie eigentlich nur, dass Finnick sie liebt und alle sie für verrückt halten. Während des Flugs komme ich jedoch zu dem Schluss, dass sie eher labil ist als verrückt. Sie lacht an unpassenden Stellen und bricht das Gespräch zerstreut ab. Mit ihren grünen Augen starrt sie so intensiv auf einen Punkt, dass man sich fragt, was sie dort in der Luft sieht. Manchmal hält sie sich ohne Grund die Ohren zu, als wollte sie ein schmerzhaftes Geräusch ausblenden. Merkwürdig ist sie tatsächlich, aber wenn Finnick sie liebt, reicht mir das.

Ich durfte mein Vorbereitungsteam mitnehmen, muss also in Modefragen keine Entscheidungen treffen. Als ich den Wandschrank öffne, verschlägt es uns allen die Sprache. Cinnas Gegenwart ist in den fließenden Stoffen deutlich zu spüren. Octavia sinkt auf die Knie, streicht sich mit dem Saum eines Rocks über die Wange und bricht in Tränen aus. »Es ist so lange her«, stößt sie hervor, »dass ich etwas Schönes gesehen habe.«

Obwohl Coin die Hochzeit zu extravagant findet und Plutarch zu glanzlos, wird sie ein Riesenerfolg. Die dreihundert handverlesenen Gäste aus Distrikt 13 und die vielen Flüchtlinge tragen ihre Alltagskleider, die Dekoration ist aus Herbstblättern gebastelt, und die Musik wird von einem Kinderchor besorgt, begleitet von einem einsamen Geigenspieler, der mit seinem

Instrument aus Distrikt 12 fliehen konnte. Nach den Maßstäben des Kapitols ist es eine schlichte, bescheidene Feier. Aber das spielt keine Rolle, denn die Schönheit des Paars ist unvergleichlich. Nicht wegen ihres Aufzugs – Annie trägt das grüne Seidenkleid, das ich in Distrikt 5 anhatte, Finnick einen von Peetas Anzügen, der geändert worden ist. Doch wer könnte an den strahlenden Gesichtern zweier Menschen vorbeisehen, denen dieser Tag einmal unerreichbar schien? Die Zeremonie wird von Dalton, dem Viehzüchter aus Distrikt 10, geleitet, da die Bräuche von 4 und seinem Distrikt ähnlich sind. Aber manches ist auch ganz einmalig in 4. Ein aus langen Grashalmen gewebtes Netz, das die beiden während des Heiratsversprechens bedeckt, das Berühren der Lippen des anderen mit Salzwasser und das alte Hochzeitslied, in dem die Ehe mit einer Schiffsreise verglichen wird.

Nein, ich brauche nicht nur so zu tun, als würde ich mich für sie freuen.

Nach dem Kuss, der den Bund besiegelt, den Hochrufen und dem Umtrunk mit Apfelwein spielt der Geiger eine Melodie, die alle Köpfe aus 12 herumfahren lässt. Wir waren zwar der kleinste und ärmste Distrikt von Panem, aber tanzen können wir. Offiziell ist an dieser Stelle nichts geplant, doch Plutarch, der von der Regie einen Propo haben will, drückt bestimmt die Daumen. Tatsächlich nimmt Greasy Sae Gale bei der Hand, zieht ihn in die Mitte und stellt sich ihm gegenüber. Andere Paare strömen auf die Tanzfläche, machen es den beiden nach und bilden zwei lange Reihen. Und dann beginnt der Tanz.

Ich stehe am Rand und klatsche den Rhythmus mit, als mich eine knochige Hand über dem Ellbogen anstößt. Johanna sieht mich böse an. »Willst du dir die Gelegenheit entgehen lassen, dass Snow dich tanzen sieht?« Sie hat recht. Was könnte den Sieg lauter verkünden als ein Spotttölpel, der fröhlich zu der Musik herumwirbelt? In der Menge entdecke ich Prim. An den Winterabenden hatten wir immer viel Zeit zum Üben, deshalb tanzen wir ganz gut zusammen. Ich wische ihre Bedenken wegen meiner Rippen beiseite und wir stellen uns in der Reihe auf. Das Tanzen tut zwar weh, aber im Vergleich zu der Genugtuung, dass Snow mich mit meiner kleinen Schwester tanzen sieht, erscheint alles andere nichtig.

Der Tanz verwandelt uns. Wir bringen den Gästen aus Distrikt 13 die Schritte bei. Bestehen auf einem bestimmten Stück für Braut und Bräutigam. Fassen uns an den Händen und bilden einen großen wirbelnden Kreis, in dem wir zeigen, was wir können. So lange hat es nichts vergleichbar Albernes, Lustiges, Vergnügtes gegeben. Es könnte die ganze Nacht so weitergehen, wäre da nicht noch etwas in Plutarchs Propo vorgesehen. Ich habe nichts davon mitbekommen, aber es sollte ja auch eine Überraschung sein.

Aus einem Nebenraum schieben vier Leute eine riesige Hochzeitstorte herein. Die meisten Gäste weichen zur Seite, sie machen Platz für dieses Wunder, diese umwerfende Kreation mit blaugrünen, schaumgekrönten Zuckergusswellen, in denen sich Fische und Segelboote, Robben und Seeanemonen tummeln. Ich zwänge mich durch die Menge, um die Bestätigung für das zu bekommen, was ich auf den ersten Blick erkannt habe. So sicher, wie die Stickerei auf Annies Kleid von Cinna gefertigt wurde, so sicher stammen die Zuckergussverzierungen von Peeta.

Das mag eine Kleinigkeit sein, aber es spricht Bände. Haymitch hat mir eine ganze Menge verheimlicht. Der Peeta, den ich vor Wochen zuletzt gesehen habe, der sich die Seele aus dem Leib schrie und seine Fesseln zu sprengen versuchte, hätte das nie zustande gebracht. Hätte sich niemals so konzentrieren, die Hände so ruhig halten und etwas so Vollkommenes für Finnick und Annie entwerfen können. Als hätte er meine Reaktion schon vorausgesehen, ist Haymitch an meiner Seite.

»Wir zwei müssen uns mal unterhalten«, sagt er.

Draußen im Flur, abseits der Kameras, frage ich: »Was ist los mit ihm?«

Haymitch schüttelt den Kopf. »Ich weiß nicht. Wir wissen es alle nicht. Manchmal ist er fast vernünftig und dann rastet er ohne jeden Grund wieder aus. Das mit der Torte war eine Art Therapie. Er hat tagelang daran gearbeitet. Wenn man ihm dabei zusah, konnte man meinen, er wäre fast wieder der Alte.«

»Dann darf er sich jetzt frei bewegen?«, frage ich. Die Vorstellung macht mich in mehr als einer Hinsicht nervös.

»Oh nein. Während er den Zuckerguss gemacht hat, wurde er streng bewacht. Er ist immer noch hinter Schloss und Riegel. Aber ich habe mit ihm gesprochen«, sagt Haymitch.

»Persönlich?«, frage ich. »Und er ist nicht durchgedreht?«

»Nein. War ziemlich sauer auf mich, allerdings zu Recht. Weil ich ihm nichts von dem Komplott der Rebellen gesagt hatte und was weiß ich noch alles.« Haymitch hält kurz inne, als wäre er unschlüssig. »Er sagt, er würde dich gern sehen.«

Ich stehe auf einem Segelboot aus Zuckerguss, schwankend in blaugrünen Wellen, und das Deck kippt unter meinen Füßen. Ich presse die Hände gegen die Wand, um sicheren Halt zu haben. So hatten wir nicht gewettet. In Distrikt 2 hatte ich Peeta abgeschrieben. Als Nächstes wollte ich ins Kapitol, Snow töten und mich selbst umbringen lassen. Dass ich angeschossen wurde, war nur ein kurzzeitiger Rückschlag. Die Worte *Er sagt, er würde dich gern sehen* kamen in meinem Plan nicht vor. Aber jetzt, da ich sie gehört habe, kann ich nicht Nein sagen.

Um Mitternacht stehe ich vor der Tür zu seiner Zelle. Seinem Krankenzimmer. Wir mussten noch auf Plutarch warten, der seine Hochzeitsaufnahmen haben wollte. Obwohl, wie er sagt, der Glamour fehlt, ist er sehr zufrieden. »Ein Gutes hat es ja, dass das Kapitol Distrikt 12 all die Jahre praktisch ignoriert hat – ihr habt euch eine gewisse Spontaneität bewahrt. Damit packt man das Publikum. So wie damals, als Peeta verkündet hat, dass er in dich verliebt ist, oder als ihr den Trick mit den Beeren gebracht habt. So macht man gutes Fernsehen.«

Ich würde mich mit Peeta gern allein treffen. Doch die zuschauenden Ärzte haben sich schon mit ihren Klemmbrettern und gezückten Stiften hinter dem Einwegspiegel versammelt. Als Haymitch mir über das Headset das Signal gibt, öffne ich langsam die Tür.

Sofort schaut er mich mit diesen blauen Augen an. An jedem Arm ist er an drei Stellen fixiert, und durch einen Schlauch kann ihm, falls er ausrastet, jederzeit ein starkes Narkotikum verabreicht werden. Er versucht aber gar nicht, sich zu befreien, beobachtet mich nur mit dem wachsamen Blick eines Menschen, der immer noch nicht recht weiß, ob er sich in der Gegenwart einer Mutation befindet. Ich gehe auf ihn zu, bis ich etwa einen Meter neben seinem Bett stehe. Ich weiß nicht, wohin mit meinen Händen, deshalb verschränke ich die Arme vor der Brust, bevor ich etwas sage. »Hallo.«

»Hallo«, sagt er. Das klingt wie seine Stimme, fast seine Stimme, nur dass etwas Neues darin liegt. Eine Spur von Misstrauen und Vorwurf.

»Haymitch hat gesagt, du willst mit mir sprechen«, sage ich.

»Erst mal anschauen, für den Anfang.« Als wartete er darauf, dass ich mich vor seinen Augen in ein geiferndes Zwischending aus Wolf und Mensch verwandele. Er starrt mich so lange an, bis ich verstohlen zu dem Einwegspiegel schaue und auf irgendeine Anweisung von Haymitch hoffe, doch mein Headset bleibt stumm. »Du bist nicht sehr kräftig, was? Und auch nicht besonders hübsch.«

Ich weiß, dass er durch die Hölle gegangen ist, aber diese Bemerkung geht mir gegen den Strich. »Tja, du hast auch schon mal besser ausgesehen.«

Haymitchs Rat zurückzuweichen wird von Peetas Lachen übertönt. »Und freundlich bist du schon gar nicht. So was zu sagen, nach allem, was ich durchgemacht habe.«

»Wir haben alle eine Menge durchgemacht. Und du warst ja immer schon der Nette von uns beiden.« Ich mache alles falsch. Ich weiß nicht, warum ich so bockig bin. Er ist gefoltert worden! Er ist eingewebt worden! Was ist mit mir los? Auf einmal habe ich das Gefühl, dass ich ihn anschreien könnte, und ich weiß noch nicht mal, weshalb. Ich beschließe, den Raum zu verlassen. »Hör mal, mir geht es nicht so gut. Vielleicht komme ich morgen noch mal vorbei.«

Ich bin gerade an der Tür, als seine Stimme mich zurückhält. »Katniss. Ich erinnere mich an die Sache mit dem Brot.«

Das Brot. Die einzige richtige Verbindung, die es vor den Hungerspielen zwischen uns gab.

»Dann haben sie dir die Aufnahme gezeigt, in der ich davon erzähle«, sage ich.

»Nein. Gibt es eine Aufnahme, in der du davon erzählst? Wieso hat das Kapitol die nicht gegen mich verwendet?«, fragt er.

»Ach ja, die wurde erst an dem Tag gemacht, als du gerettet wurdest«, sage ich. Wie ein Schraubstock windet sich der Schmerz in meiner Brust um meine Rippen. Ich hätte nicht tanzen sollen. »Woran erinnerst du dich da?«

»An dich. Im Regen«, sagt er leise. »Du hast unsere Abfalleimer durchsucht. Ich hab das Brot anbrennen lassen. Meine Mutter hat mich geschlagen. Ich hab das Brot raus zu dem Schwein gebracht, aber dann hab ich es dir gegeben.«

»Ja, das stimmt. So ist es gewesen«, sage ich. »Am nächsten Tag nach der Schule wollte ich dir danken. Aber ich wusste nicht, wie.«

»Nach Schulschluss haben wir uns draußen gesehen. Ich suchte deinen Blick. Du hast weggeschaut. Und dann … hast du aus irgendeinem Grund eine Löwenzahnblüte gepflückt.« Ich nicke. Er weiß es noch. Ich habe noch nie über diesen Augenblick gesprochen. »Ich muss dich sehr geliebt haben.«

»Ja.« Meine Stimme stockt, und ich tue so, als müsste ich husten.

»Und hast du mich geliebt?«, fragt er.

Ich schaue immer noch auf die Bodenfliesen. »Das sagen alle. Alle sagen, deshalb hätte Snow dich gefoltert. Um mich zu brechen.«

»Das ist keine Antwort«, sagt er. »Bei einigen Filmaufnahmen weiß ich nicht, was ich davon halten soll. In der ersten Arena hat es so ausgesehen, als ob du mich mit den Jägerwespen umbringen wolltest.«

»Ich wollte euch alle umbringen«, sage ich. »Ihr hattet mich auf den Baum gejagt.«

»Später dann all die Küsse. Von deiner Seite aus wirken die nicht besonders echt. Hast du mich gern geküsst?«, fragt er.

»Manchmal«, gebe ich zu. »Weißt du, dass wir in diesem Moment beobachtet werden?«

»Ich weiß. Was ist mit Gale?«, fragt er weiter.

Jetzt werde ich wieder ärgerlich. Peetas Genesung hin oder her – das geht die Leute hinter der Scheibe nichts an. »Der küsst auch nicht schlecht«, sage ich kurz angebunden.

»Und das war für ihn und mich in Ordnung? Dass du noch einen anderen geküsst hast?«, fragt er.

»Nein. Das war für keinen von euch in Ordnung. Aber ich hab euch nicht um Erlaubnis gefragt«, sage ich.

Wieder lacht Peeta, kalt und abschätzig. »Du bist ein richtiges Biest, was?«

Haymitch erhebt keinen Einspruch, als ich hinauslaufe. Den Flur entlang. Durch das Gewirr von Wohneinheiten. In einem Wäscheraum verstecke ich mich hinter einer warmen Rohrleitung. Es dauert lange, bis ich dahinterkomme, weshalb ich so aufgebracht bin. Als ich es begreife, schäme ich mich fast zu sehr, um es mir einzugestehen. Die Zeit, in der ich es für selbstverständlich nehmen konnte, dass Peeta mich anhimmelt, ist vorbei. Endlich sieht er mich so, wie ich wirklich bin. Brutal. Misstrauisch. Eigennützig. Lebensgefährlich.

Und das nehme ich ihm richtig übel.

17

Völlig überrumpelt. So komme ich mir vor, als Haymitch es mir in der Krankenstation sagt. Ich sause die Treppe zur Kommandozentrale hinunter, meine Gedanken überschlagen sich und ich platze mitten in eine Kriegsbesprechung hinein.

»Was soll das heißen, ich soll nicht ins Kapitol? Ich muss dahin! Ich bin der Spotttölpel!«, sage ich.

Coin blickt kaum von ihrem Bildschirm auf. »Und als Spotttölpel hast du dein vorrangiges Ziel, die Distrikte gegen das Kapitol zu vereinen, erfüllt. Keine Sorge – wenn alles gut läuft, fliegen wir dich zur Kapitulation ein.«

Zur Kapitulation?

»Das ist zu spät! Dann verpasse ich ja den ganzen Kampf. Ihr braucht mich – ich bin der beste Schütze, den ihr habt!«, rufe ich. Normalerweise prahle ich damit nicht, aber jetzt kann es nicht schaden. »Gale geht doch auch.«

»Gale ist jeden Tag zum Training erschienen, wenn er keine anderweitigen Verpflichtungen hatte. Wir sind zuversichtlich, dass er sich in der Schlacht bewährt«, sagt Coin. »Was schätzt du, wie viele Trainingsstunden du mitgemacht hast?«

Null. Nicht eine einzige. »Aber ich hab doch ab und zu gejagt. Und … ich hab mit Beetee bei den Geheimwaffen geübt.«

»Das ist nicht dasselbe, Katniss«, sagt Boggs. »Wir alle wissen, dass du geschickt und mutig und ein guter Schütze bist. Aber in der Schlacht brauchen wir Soldaten. Du hast überhaupt keine Ahnung davon, wie man einen Auftrag ausführt, und körperlich bist du auch nicht gerade auf der Höhe.«

»Als ich in Distrikt 8 war, hat Sie das auch nicht weiter gestört. Und in 2 auch nicht«, sage ich.

»In beiden Schlachten warst du eigentlich nicht befugt zu kämpfen.« Plutarch bedeutet mir mit einem Blick, bloß nicht zu viel preiszugeben.

Nein, der Kampf gegen die Bomber in 8 und meine Intervention in 2 waren spontan, unüberlegt und eindeutig unbefugt.

»Und beide Male wurdest du verwundet«, sagt Boggs. Auf einmal sehe ich mich mit seinen Augen. Ein kleines siebzehnjähriges Mädchen, das nicht richtig durchatmen kann, weil seine Rippen noch nicht ganz verheilt sind. Ungepflegt. Undiszipliniert. Angeschlagen. Kein Soldat, sondern jemand, um den man sich kümmern muss.

»Aber ich muss ins Kapitol«, sage ich.

»Warum?«, fragt Coin.

Ich kann kaum sagen, dass es mir um meine persönliche Rache an Snow geht. Oder dass es unerträglich wäre, hier in 13 zu bleiben, wenn Peeta so ist, wie er jetzt ist, und Gale in den Kampf zieht. Aber ich habe noch mehr Argumente. »Wegen Distrikt 12. Weil sie meinen Distrikt zerstört haben.«

Darüber denkt Coin einen Augenblick nach. Schaut mich prüfend an. »Na gut, ich gebe dir drei Wochen. Das ist nicht lange, aber du kannst mit dem Training anfangen. Wenn die Einsatzkommission dich für tauglich erklärt, werden wir deinen Fall noch einmal überdenken.«

Das war's. Mehr kann ich nicht erhoffen. Das habe ich mir

wohl selbst zuzuschreiben. Ich habe meinen Tagesplan nie eingehalten, außer wenn es mir gerade in den Kram passte. Es erschien mir nicht besonders reizvoll, mit einem Gewehr über den Platz zu laufen, wenn es so viel anderes gab. Und jetzt muss ich für meine Unzuverlässigkeit büßen.

Als ich wieder in die Krankenstation komme, treffe ich Johanna, die sich in derselben Lage befindet wie ich. Sie ist stocksauer. Ich berichte ihr von meinem Gespräch mit Coin. »Vielleicht kannst du ja auch trainieren.«

»Gut. Ich werde trainieren. Aber ich gehe in das verdammte Kapitol, und wenn ich eine Besatzung umbringen und das Hovercraft selbst hinfliegen muss«, sagt Johanna.

»Vielleicht erwähnst du das beim Training lieber nicht«, sage ich. »Jedenfalls gut zu wissen, dass ich eine Mitfluggelegenheit habe.«

Johanna grinst, und ich merke, dass sich in unserem Verhältnis etwas verändert hat, ein klein wenig nur und doch bedeutsam. Ich weiß nicht, ob wir richtige Freundinnen sind, aber das Wort *Verbündete* trifft es möglicherweise. Das ist gut. Ich werde eine Verbündete brauchen.

Als wir am nächsten Morgen um 7.30 Uhr zum Training antreten, schlägt mir die Realität ins Gesicht. Wir sind einer Gruppe von Anfängern zugeteilt worden, Vierzehn- bis Fünfzehnjährige, was schon etwas beleidigend ist, bis sich zeigt, dass ihre Kondition weit besser ist als unsere. Gale und die anderen, die für das Kapitol ausgewählt wurden, sind in einer weit fortgeschritteneren Trainingsphase. Nach den schmerzhaften Dehnübungen machen wir mehrere Stunden lang Krafttraining, ebenfalls schmerzhaft, und dann einen Fünf-Kilometer-Lauf, der mich fast umbringt. Obwohl Johanna mich mit gezielten

Beschimpfungen antreibt, muss ich nach einem Kilometer aufgeben.

»Es ist wegen meiner Rippen«, erkläre ich der Trainerin, einer nüchternen Frau mittleren Alters, die wir Soldat York nennen sollen. »Die sind noch geprellt.«

»Tja, Soldat Everdeen, bei so was dauert der Heilungsprozess mindestens einen Monat, kann ich dir sagen.«

Ich schüttele den Kopf. »Einen Monat kann ich nicht warten.«

Sie mustert mich genau. »Haben die Ärzte dir keine Behandlung angeboten?«

»Gibt es denn eine?«, frage ich. »Mir haben sie gesagt, das muss von selbst heilen.«

»Das sagen sie immer. Aber wenn ich es empfehle, können sie den Prozess beschleunigen. Doch ich warne dich, das ist kein Spaß«, sagt sie.

»Bitte. Ich muss ins Kapitol«, flehe ich.

Soldat York sagt nichts dazu. Sie kritzelt etwas auf einen Notizblock und schickt mich direkt in die Krankenstation. Ich zögere. Ich will nicht schon wieder das Training verpassen. »Zum Nachmittagsunterricht bin ich wieder da«, verspreche ich. Sie presst nur die Lippen aufeinander.

Vierundzwanzig Nadelstiche in den Brustkorb später liege ich in meinem Krankenbett und beiße die Zähne zusammen, damit ich nicht um eine Morfix-Infusion bettele. Sie liegt neben meinem Bett bereit, damit ich mir bei Bedarf eine Dosis nehmen kann. Ich habe sie nicht benutzt, aber ich bewahre sie für Johanna auf. Heute haben sie mein Blut untersucht, um sicherzugehen, dass es keine Spuren des Schmerzmittels mehr enthält. Die beiden Medikamente zusammen – Morfix und das

Zeug, das mir die Rippen verbrennt – hätten eine gefährliche Wirkung haben können. Sie haben keinen Hehl daraus gemacht, dass ich ein paar harte Tage vor mir habe. Aber ich habe gesagt, sie sollen loslegen.

Es ist eine schlimme Nacht in unserem Zimmer. An Schlaf ist nicht zu denken. Ich bilde mir ein, regelrecht riechen zu können, wie das Fleisch auf meiner Brust brennt, und Johanna hat mit Entzugserscheinungen zu kämpfen. Als ich mich dafür entschuldige, dass ich ihr keine neue Morfix-Ration besorgt habe, winkt sie erst noch ab und sagt, dass es ja sowieso irgendwann sein musste. Aber um drei Uhr morgens wirft sie mir alle Schimpfwörter an den Kopf, die Distrikt 7 zu bieten hat. Im Morgengrauen zerrt sie mich aus dem Bett, entschlossen, zum Training zu gehen.

»Ich glaube nicht, dass ich das packe«, gestehe ich.

»Doch, du packst das. Wir packen es beide. Wir sind Sieger, schon vergessen? Wir überleben alles, womit sie uns malträtieren«, sagt sie barsch. Sie ist grün im Gesicht und zittert wie Espenlaub. Ich ziehe mich an.

Wir müssen wirklich Sieger sein, um diesen Morgen zu überstehen. Als wir sehen, dass es draußen in Strömen gießt, denke ich schon, dass Johanna nicht mehr kann. Sie wird aschfahl und scheint nicht mehr zu atmen.

»Das ist nur Wasser, das bringt uns nicht um«, sage ich. Sie beißt die Zähne zusammen und stapft hinaus in den Matsch. Wir werden triefnass, als wir uns in Bewegung setzen und uns über die Laufstrecke quälen. Nach einem Kilometer muss ich wieder aufgeben, und am liebsten würde ich mein Hemd ausziehen, damit das kalte Wasser meine Haut löscht. Zur Mittagspause zwinge ich mir meine Ration pappigen Fisch und Rote-Bete-

Eintopf rein. Johanna isst ihre Schüssel halb leer, dann kommt alles wieder hoch. Am Nachmittag lernen wir, unsere Gewehre auseinanderzunehmen und wieder zusammenzubauen. Mir gelingt es, aber Johanna kann ihre Hände nicht richtig ruhig halten. Als York uns den Rücken zudreht, helfe ich ihr, die Teile zusammenzusetzen. Obwohl der Regen nicht nachlässt, läuft es am Nachmittag besser, denn da sind wir auf dem Schießplatz. Endlich etwas, das ich kann. Ich muss mich erst mal vom Bogen auf das Gewehr umstellen, aber am Ende des Tages bin ich die Beste in der Gruppe.

Wir sind kaum durch die Tür der Krankenstation, als Johanna verkündet: »Das muss aufhören. Dieses Leben in der Krankenstation. Alle betrachten uns als Patienten.«

Für mich ist es kein Problem, ich kann in unsere Familieneinheit einziehen. Doch Johanna ist keine zugeteilt worden. Als sie um ihre Entlassung bittet, wollen sie nicht erlauben, dass sie allein wohnt, selbst wenn sie einen täglichen Termin mit dem Psychiater vereinbart. Sie denken sich wohl ihren Teil, was das Morfix angeht, und glauben nicht daran, dass sie stabil ist. »Sie wird nicht allein sein«, sage ich. »Sie kann mit mir zusammenwohnen.« Es gibt noch einige Einwände, aber Haymitch stärkt uns den Rücken, und am Abend haben wir eine Einheit gegenüber von Prim und meiner Mutter, die sich bereit erklärt, auf uns aufzupassen.

Nachdem ich geduscht habe und Johanna sich mit einem feuchten Lappen gewaschen hat, nimmt sie den Raum in Augenschein. Als sie die Schublade mit meinen wenigen Besitztümern öffnet, macht sie sie schnell wieder zu. »Entschuldige.«

Ich denke daran, dass Johanna in ihrer Schublade nichts hat als die Kleider, die ihr vom Distrikt zugeteilt wurden. Dass sie überhaupt nichts auf der Welt hat, was sie ihr Eigen nennen kann. »Schon gut, du kannst dir meine Sachen ruhig angucken, wenn du magst.«

Johanna klappt mein Medaillon auf und betrachtet die Fotos von Gale, Prim und meiner Mutter. Sie öffnet den silbernen Fallschirm, zieht den Zapfhahn heraus und streift ihn auf den kleinen Finger. »Ich krieg schon Durst, wenn ich den nur sehe.« Dann stößt sie auf die Perle, die Peeta mir geschenkt hat. »Ist die …?«

»Ja«, sage ich. »Die hat irgendwie überlebt.« Ich möchte nicht über Peeta sprechen. Das Beste am Training ist, dass ich dabei nicht an ihn denken muss.

»Haymitch meint, dass es ihm immer besser geht«, sagt sie.

»Kann schon sein. Aber er hat sich verändert«, sage ich.

»Du doch auch. Und ich. Und Finnick und Haymitch und Beetee. Von Annie Cresta ganz zu schweigen. Die Arena hat uns alle ganz schön fertiggemacht, nicht? Oder bist du immer noch dieselbe, die damals für ihre Schwester eingesprungen ist?«, fragt sie.

»Nein«, antworte ich.

»Das ist das Einzige, womit der Psychodoktor vielleicht recht hat. Es gibt kein Zurück. Also können wir ebenso gut weiterleben.« Sie packt meine Andenken ordentlich zurück in die Schublade und legt sich in das Bett neben meinem. Im selben Moment gehen die Lichter aus. »Hast du keine Angst, dass ich dich heute Nacht umbringe?«

»Als ob ich es nicht mit dir aufnehmen könnte«, antworte ich. Dann lachen wir, weil wir beide so fertig sind, dass es ein Wunder wäre, wenn wir am nächsten Tag aufstehen könnten. Aber wir schaffen es. Und das jeden Morgen. Und am Ende der

Woche fühlen sich meine Rippen fast an wie neu und Johanna kann ihr Gewehr ohne Hilfe zusammenbauen.

Als wir Feierabend machen, wirft Soldat York uns beiden einen anerkennenden Blick zu. »Gut gemacht, Soldaten.«

Kaum sind wir außer Hörweite, murmelt Johanna: »Die Spiele zu gewinnen, war einfacher.« Aber ihre Miene verrät, dass sie sich freut.

Als wir in den Speisesaal kommen, wo Gale auf mich wartet, haben wir beinahe gute Laune. Und eine Riesenportion Rindereintopf ist auch nicht zu verachten.

»Ist heute Morgen eingetroffen«, sagt Greasy Sae. »Echtes Rind aus Distrikt 10. Keiner von euren wilden Hunden.«

»Kann mich nicht erinnern, dass du die je verschmäht hättest«, gibt Gale zurück.

Wir setzen uns zu einer Gruppe mit Delly, Annie und Finnick. Finnick ist seit seiner Heirat völlig verwandelt. Aus dem dekadenten Schwarm im Kapitol, den ich beim Jubel-Jubiläum kennengelernt habe, dem mysteriösen Verbündeten in der Arena und dem gebrochenen jungen Mann, der mir geholfen hat durchzuhalten, ist jemand geworden, der nur so sprüht vor Leben. Zum ersten Mal sehe ich, wie anziehend er ist mit seinem leisen Humor und der lässigen Art. Er lässt Annies Hand keinen Augenblick los. Nicht, wenn sie gehen, nicht mal, wenn sie essen. Ich glaube auch nicht, dass er das je wieder tun will. Sie scheint auf einer Wolke des Glücks dahinzuschweben. Es gibt immer noch Momente, in denen man ihr ansieht, dass sich irgendetwas in ihre Gedanken schiebt und sie in eine andere Welt abtaucht. Doch ein paar Worte von Finnick reißen sie wieder heraus.

Delly, die ich schon seit meiner Kindheit kenne, aber nie weiter beachtet habe, ist in meiner Achtung gestiegen. Sie hat mit angehört, was Peeta an dem Abend nach der Hochzeit zu mir gesagt hat, aber sie hat es nicht herumerzählt. Haymitch sagt, wenn Peeta sich über mich auslässt, ist sie meine beste Verteidigerin. Sie ergreift immer für mich Partei und schiebt seine negative Wahrnehmung auf die Foltermethoden des Kapitols. Sie hat größeren Einfluss auf ihn als alle anderen, denn er kennt sie wirklich. Auch wenn sie mich besser darstellt, als ich bin – ich weiß das zu schätzen. Ein bisschen Schönreden kann ich, ehrlich gesagt, gut brauchen.

Ich habe einen Bärenhunger, und der Eintopf ist so köstlich – Rind, Kartoffeln, Rüben und Zwiebeln in einer dicken Suppe –, dass ich mich zwingen muss, langsam zu essen. Überall im Speisesaal kann man beobachten, wie wohltuend eine gute Mahlzeit wirken kann. Die Menschen werden freundlicher, lustiger, optimistischer, und sie erinnern sich wieder daran, dass es nicht so verkehrt ist weiterzuleben. Besser als jede Medizin. Also versuche ich, die Sache auszudehnen, und beteilige mich an der Unterhaltung. Tunke Brot in den Eintopf und knabbere daran, während ich Finnick zuhöre, der eine alberne Geschichte von einer Wasserschildkröte erzählt, die mit seinem Hut weggeschwommen ist. Lache und merke gar nicht, dass er da steht. Direkt mir gegenüber, hinter dem freien Platz neben Johanna. Und mich beobachtet. Das Brot mit dem Eintopf bleibt mir im Hals stecken.

»Peeta!«, sagt Delly. »Wie schön, dich zu sehen … und nicht mehr im Bett.«

Zwei große Wärter stehen hinter ihm. Unbeholfen balanciert er sein Tablett auf den Fingerspitzen, weil seine Handgelenke aneinandergekettet sind.

»Was sind das denn für schicke Armbänder?«, fragt Johanna.

»Man kann mir noch nicht richtig trauen«, erklärt Peeta. »Ich darf noch nicht mal ohne eure Erlaubnis hier sitzen.« Er macht eine Kopfbewegung zu seinen Wärtern.

»Klar kann er hier sitzen. Wir sind doch alte Freunde«, sagt Johanna und klopft auf den freien Platz neben ihr. Die Wärter nicken und Peeta setzt sich. »Im Kapitol hatte Peeta die Zelle neben meiner. Er kennt meine Schreie und ich kenne seine.«

Annie, die zu Johannas anderer Seite sitzt, hält sich die Ohren zu und steigt aus der Wirklichkeit aus. Finnick legt einen Arm um sie und schaut Johanna böse an.

»Was ist? Mein Psychodoktor sagt, ich soll meinen Gedanken freien Lauf lassen. Das ist Teil der Therapie«, sagt Johanna.

Jetzt ist unsere kleine Gesellschaft nicht mehr so lustig. Finnick redet Annie leise beruhigend zu, bis sie die Hände langsam von den Ohren nimmt. Dann bleibt es lange still, während alle so tun, als ob sie essen.

»Annie«, sagt Delly fröhlich, »wusstest du, dass Peeta eure Hochzeitstorte dekoriert hat? In seiner Heimat hatten seine Eltern eine Bäckerei und er war für die Glasuren zuständig.«

Annie schaut vorsichtig an Johanna vorbei. »Danke, Peeta. Die Torte war wunderschön.«

»War mir ein Vergnügen, Annie«, sagt Peeta, und seine Stimme hat den vertrauten liebenswürdigen Klang, den ich für immer verloren glaubte. Zwar gilt er nicht mir. Aber immerhin.

»Wenn wir noch einen Spaziergang machen wollen, müssen wir jetzt los«, sagt Finnick zu Annie. Er stapelt ihr Tablett und seins so, dass er beide mit einer Hand tragen kann, während er mit der anderen Annie ganz fest hält. »War schön, dich zu sehen, Peeta.«

»Sei nett zu ihr, Finnick. Sonst könnte ich noch auf die Idee kommen, sie dir auszuspannen.« Das könnte witzig gemeint sein, wenn er es nicht so kalt gesagt hätte. Alles daran ist daneben. Das offene Misstrauen gegenüber Finnick, die Andeutung, dass Peeta ein Auge auf Annie geworfen hat, dass Annie Finnick verlassen könnte und dass es mich überhaupt nicht gibt.

»Pass bloß auf, Peeta«, sagt Finnick leichthin. »Sonst tut es mir noch leid, dass ich dich wiederbelebt habe.« Er schaut mich besorgt an und führt Annie davon.

Als sie weg sind, sagt Delly vorwurfsvoll: »Er hat dir das Leben gerettet, Peeta. Mehr als einmal.«

»Um ihretwillen«, sagt er mit einer Kopfbewegung zu mir. »Für die Rebellion. Nicht meinetwegen. Ich bin ihm nichts schuldig.«

Ich dürfte nicht darauf anspringen, aber ich kann es nicht lassen. »Vielleicht nicht. Aber Mags ist tot und du bist noch hier. Das sollte doch etwas wert sein.«

»Ja, es gibt vieles, was etwas wert sein sollte, auch wenn es nicht den Anschein hat, Katniss. Ich habe ein paar Erinnerungen, die ich nicht einordnen kann, und ich glaube nicht, dass das Kapitol sie angetastet hat. Viele Nächte im Zug zum Beispiel«, sagt er.

Schon wieder so eine Andeutung. Dass im Zug mehr passiert sei. Das, was wirklich passiert ist – in diesen Nächten, in denen ich nur deshalb nicht durchgedreht bin, weil er mich in den Armen hielt –, zählt nicht mehr. Alles ist Lüge, als hätte ich ihn nur ausgenutzt.

Peeta macht eine kleine Geste mit dem Löffel zu Gale und mir. »Seid ihr beide jetzt offiziell ein Paar oder reiten sie immer noch auf der Geschichte von dem tragischen Liebespaar herum?«

»Letzteres«, sagt Johanna.

Peetas Hände zucken so, dass er sie zu Fäusten ballen und dann auf groteske Weise spreizen muss. Würde er mir jetzt am liebsten an die Gurgel gehen? Ich spüre, wie Gale neben mir die Muskeln anspannt, und fürchte eine Auseinandersetzung. Doch Gale sagt: »Ich würde es nicht glauben, hätte ich es nicht mit eigenen Augen gesehen.«

»Was?«, fragt Peeta.

»Dich«, sagt Gale.

»Das musst du genauer erklären«, sagt Peeta. »Was ist mit mir?«

»Dass sie dich gegen eine böse Mutation deiner selbst ausgetauscht haben«, sagt Johanna.

Gale trinkt seine Milch aus. »Bist du fertig?«, fragt er mich. Ich stehe auf und wir bringen unsere Tabletts weg. An der Tür hält mich ein alter Mann auf, weil ich das Brot immer noch fest in der Hand halte. Irgendetwas an meinem Gesichtsausdruck, vielleicht auch die Tatsache, dass ich keine Anstalten mache, es zu verbergen, lässt ihn nachsichtig sein. Ich darf mir das Brot in den Mund stopfen und weitergehen. Erst als wir schon fast bei unserer Wohneinheit angekommen sind, sagt Gale wieder etwas. »Damit hatte ich nicht gerechnet.«

»Ich hab dir doch gesagt, dass er mich hasst«, sage ich.

»Aber die Art, wie er dich hasst. Die ist mir so vertraut. So ging es mir auch immer«, gesteht er. »Wenn ich auf dem Bildschirm gesehen hab, wie du ihn küsst. Allerdings war mir immer bewusst, dass ich ein bisschen ungerecht war. Das sieht er nicht.«

Jetzt sind wir an meiner Tür. »Vielleicht sieht er mich einfach so, wie ich wirklich bin. Ich muss jetzt schlafen.«

Bevor ich verschwinden kann, hält Gale mich am Arm fest. »Das denkst du also?« Ich zucke die Schultern. »Katniss, glaub mir als deinem ältesten Freund: Er sieht dich nicht so, wie du wirklich bist.« Er gibt mir einen Kuss auf die Wange und geht.

Ich setze mich aufs Bett und versuche, mir Stoff aus dem Buch über Kriegstaktiken reinzupauken, doch immer wieder durchkreuzen Erinnerungen an die Nächte mit Peeta im Zug meine Gedanken. Nach etwa zwanzig Minuten kommt Johanna herein und wirft sich auf das Fußende meines Betts. »Du hast das Beste verpasst. Delly ist ausgeflippt, weil Peeta dich so mies behandelt hat. Ihre Stimme wurde ganz piepsig. Es war, als würde jemand eine Maus immer wieder mit der Gabel piksen. Der ganze Speisesaal war hin und weg.«

»Und Peeta?«, frage ich.

»Der hat mit sich selbst geredet, als wäre er zwei Personen. Die Wärter mussten ihn wegbringen. Das Gute daran war, dass keiner mitgekriegt hat, wie ich seinen Eintopf aufgegessen hab.« Johanna reibt sich den vollen Bauch. Ich schaue auf ihre schwarzen Fingernägel und frage mich, ob sich die Leute in Distrikt 7 je richtig waschen.

Wir verbringen einige Stunden damit, uns gegenseitig militärische Fachausdrücke abzuhören. Dann gehe ich für eine Weile zu meiner Mutter und Prim hinüber. Als ich wieder in meiner Einheit bin, geduscht habe und in die Dunkelheit starre, frage ich schließlich: »Johanna, hast du wirklich gehört, wie er geschrien hat?«

»Das gehörte dazu«, sagt sie. »Wie die Schnattertölpel in der Arena. Nur dass es echt war. Und es hat nicht nach einer Stunde aufgehört. Tick, tack.«

»Tick, tack«, flüstere ich zurück.

Rosen. Wolfsmutationen. Tribute. Zuckergussdelfine. Freunde. Spotttölpel. Stylisten. Ich.

Heute Nacht schreit alles in meinen Träumen.

18

Mit aller Macht stürze ich mich ins Training. Ich sauge alles auf – Konditionstraining, Exerzieren, Waffenübungen, Vorträge über Taktik. Ich werde mit einer Handvoll Leute in eine eigene Gruppe eingeteilt, und das gibt mir Hoffnung, dass ich eine Kandidatin für den Kampfeinsatz bin. Die Soldaten nennen diese Gruppe den Block, aber in meinen Arm sind die Buchstaben *S. N.* tätowiert, das steht für »Simulierter Nahkampf«. Mitten in Distrikt 13 wurde ein künstlicher Häuserblock des Kapitols nachgebaut. Der Ausbilder teilt uns in Gruppen zu acht Personen ein, und wir versuchen Aufträge auszuführen – eine Stellung erobern, ein Zielobjekt zerstören, einen Unterschlupf suchen –, als müssten wir uns wirklich durchs Kapitol kämpfen. Das Ganze ist so aufgebaut, dass alles schiefgeht, was nur schiefgehen kann. Ein falscher Schritt löst eine Landmine aus, ein Scharfschütze taucht auf einem Dach auf, das Gewehr klemmt, das Weinen eines Kindes lockt uns in einen Hinterhalt, der Staffelführer – bei dieser Übung nur eine Stimme – wird von einem Minenwerfer getroffen, und wir müssen uns überlegen, was wir ohne Befehle machen. Wir wissen natürlich, dass wir nur so tun, als ob, und dass wir nicht wirklich getötet werden können. Wenn man eine Landmine auslöst, hört man die Explosion und dann muss man umfallen und sich tot stellen. Aber es fühlt sich doch ziemlich echt an – die feindlichen Soldaten in der Uniform der Friedenswächter, das Durcheinander nach einer Rauchbombe. Selbst mit Giftgas greifen sie uns an. Johanna und ich schaffen es als Einzige, rechtzeitig die Masken aufzusetzen. Der Rest unserer Gruppe ist zehn Minuten lang ohnmächtig. Und das angeblich harmlose Gas, von dem ich ein paar Züge eingeatmet habe, beschert mir für den Rest des Tages hartnäckige Kopfschmerzen.

Cressida und ihr Team filmen Johanna und mich auf dem Schießplatz. Auch Gale und Finnick werden gefilmt. Das gehört zu einer neuen Serie von Propos, in der gezeigt wird, wie die Rebellen sich auf den Einmarsch ins Kapitol vorbereiten. Im Großen und Ganzen läuft alles recht gut.

Da taucht Peeta plötzlich bei unserem morgendlichen Training auf. Die Handschellen sind ab, aber noch immer wird er auf Schritt und Tritt von zwei Wärtern begleitet. Nach dem Mittagessen sehe ich ihn weiter hinten auf dem Platz, wie er mit einer Gruppe von Anfängern exerziert. Ich weiß nicht, was die sich denken. Wenn ein Streit mit Delly schon dazu führt, dass er mit sich selbst redet – wieso bringen die ihm dann bei, wie man ein Gewehr zusammensetzt?

Als ich Plutarch darauf anspreche, versichert er mir, das sei nur für die Kamera. Sie haben Bildmaterial von Annies Hochzeit und von Johanna, wie sie mit dem Gewehr auf Ziele schießt, aber ganz Panem fragt sich, was mit Peeta ist. Sie sollen sehen, dass er für die Rebellen kämpft, nicht für Snow. Und wenn sie vielleicht ein paar Aufnahmen von uns beiden bekommen könnten … Wir müssen uns ja nicht unbedingt küssen, aber man sollte uns ansehen, dass wir froh sind, gemeinsam wieder da zu sein …

In diesem Moment breche ich das Gespräch ab. Dazu wird es nicht kommen.

Wenn ich einmal Leerlauf habe, was selten vorkommt, beobachte ich gespannt die Vorbereitungen für den Einmarsch. Ausrüstungen und Proviant werden vorbereitet und Divisionen zusammengestellt. Alle, die für einen Auftrag eingeteilt werden, bekommen einen ganz kurzen Haarschnitt verpasst, das Zeichen, dass man in die Schlacht zieht. Es wird viel über die Eröffnungsoffensive gesprochen, die darauf abzielt, die Eisenbahntunnel hinauf ins Kapitol zu sichern.

Nur wenige Tage bevor die ersten Truppen ausrücken sollen, teilt York Johanna und mir überraschend mit, dass sie uns für die Prüfung empfohlen hat und dass wir uns sofort melden sollen. Die Prüfung besteht aus vier Teilen: einem Hindernisparcours zum Feststellen der Kondition, einem schriftlichen Test über Taktik, einem Test in Waffenbeherrschung und einer simulierten Kampfsituation im Block. Bei Teil eins bis drei habe ich nicht mal Zeit, nervös zu werden, und bestehe alles gut. Im Block gibt es dann so etwas wie einen Rückstau, weil erst ein technischer Defekt behoben werden muss. Wir tauschen Informationen aus. Es scheint so zu sein, dass man allein hindurchmuss. Keiner weiß, was uns erwartet. Ein Junge sagt leise, er habe gehört, die Prüfung ziele auf die persönlichen Schwächen jedes Einzelnen ab.

Meine Schwächen? Das ist eine Tür, an der ich nicht rütteln möchte. Ich suche mir ein ruhiges Plätzchen und liste meine Schwächen auf. Die Liste ist deprimierend lang. Zu wenig Körperkraft. Kaum Training. Und meine herausragende Stellung als Spotttölpel ist auch nicht gerade von Vorteil in einer Situation, in der sie versuchen, ein eingeschworenes Team aus uns zu machen. Sie könnten mich mit allem Möglichen schikanieren.

Johanna wird drei vor mir aufgerufen und ich nicke ihr ermutigend zu. Ich hätte lieber ganz oben auf der Liste gestanden, denn jetzt habe ich noch mehr Zeit, um alles zu überdenken. Als ich an der Reihe bin, weiß ich nicht, was für eine Strategie ich wählen soll. Zum Glück macht sich, sobald ich im Block bin, das Training doch bemerkbar. Ich habe es mit einem Hinterhalt zu tun. Fast sofort tauchen die Friedenswächter auf, und ich muss mich zu einem Treffpunkt begeben, wo ich mich mit meiner versprengten Truppe versammeln soll. Langsam schleiche ich durch die Straße und strecke unterwegs Friedenswächter nieder. Zwei vom Dach zu meiner Linken, einen im Eingang vor mir. Es ist anspruchsvoll, aber nicht so schwer wie erwartet. Mich beschleicht das nagende Gefühl, dass es zu einfach ist, dass da noch etwas kommt. Ich bin nur noch wenige Häuser von meinem Ziel entfernt, als sich die Lage zuspitzt. Ein halbes Dutzend Friedenswächter kommt angriffsbereit um die Ecke. Sie sind mir waffenmäßig überlegen, aber da bemerke ich etwas. Ein Fass Benzin, das nachlässig im Graben liegt. Das ist es. Meine Prüfung. Ich soll kapieren, dass ich meinen Auftrag nur erfüllen kann, wenn ich das Fass in die Luft sprenge. Gerade als ich loslegen will, höre ich die leise Stimme meines Staffelführers, der bis jetzt nicht viel zustande gebracht hat. Er befiehlt mir, mich auf den Boden zu werfen. Alles in mir schreit danach, die Stimme zu ignorieren, auf den Abzug zu drücken und die Friedenswächter in die Luft zu jagen. Und auf einmal wird mir klar, was nach Ansicht der Armee meine größte Schwäche ist. Vom ersten Augenblick in den Spielen an, als ich auf den orangefarbenen Rucksack zugestürmt bin, über das Feuergefecht in Distrikt 8 bis zu meinem unbesonnenen Spurt über den Platz in Distrikt 2. Ich kann keine Befehle befolgen.

Ich werfe mich so schnell und heftig auf den Boden, dass ich mir noch eine Woche lang Steinchen aus dem Kinn pulen werde. Ein anderer sprengt das Benzinfass. Die Friedenswächter sterben. Ich erreiche den Treffpunkt. Als ich den Block auf der anderen Seite verlasse, beglückwünscht mich ein Soldat, stempelt mir die Gruppennummer 451 auf die Hand und sagt, ich solle mich in der Kommandozentrale melden. Berauscht von meinem Erfolg, renne ich durch die Flure, schlittere um die Ecken und hüpfe die Treppe hinunter, weil mir der Aufzug zu langsam ist. Ich platze in den Raum, als mir bewusst wird, wie komisch die Situation ist. Ich dürfte gar nicht in der Kommandozentrale sein, ich müsste jetzt eigentlich die Haare geschoren bekommen. Die Leute hier sind keine frischgebackenen Soldaten, sondern die, die das Sagen haben.

Boggs lächelt und schüttelt den Kopf, als er mich sieht. »Zeig mal.« Plötzlich unsicher, zeige ich ihm meine Hand mit der Nummer. »Du bist mir zugeteilt. Scharfschützen-Spezialeinheit. Geh zu deiner Gruppe.« Er macht eine Kopfbewegung zu den Leuten, die sich in einer Reihe an der Wand aufgestellt haben. Gale. Finnick. Fünf andere, die ich nicht kenne. Meine Gruppe. Ich bin nicht nur dabei, ich darf sogar unter Boggs arbeiten. Mit meinen Freunden. Am liebsten würde ich vor Freude hüpfen, doch ich zwinge mich, mit ruhigen, soldatischen Schritten zu den anderen zu gehen.

Wir scheinen wichtig zu sein, denn wir sind in der Kommandozentrale, und das nicht, weil ein gewisser Spotttölpel dabei ist. Plutarch beugt sich über den Tisch, auf dem eine breite Tafel liegt. Er erzählt etwas über die Probleme, auf die wir im Kapitol stoßen werden. Gerade denke ich, was für ein miserabler Vortrag das ist, weil ich selbst auf Zehenspitzen nicht erkennen kann, was auf der Tafel steht, als er einen Knopf drückt. Das Hologramm eines Straßenabschnitts im Kapitol ersteht vor uns.

»Hier sehen wir beispielsweise die Umgebung einer Baracke der Friedenswächter. Nicht uninteressant, allerdings sicher kein zentrales Ziel. Doch seht einmal hier.«

Auf einer Tastatur gibt Plutarch eine Art Code ein und Lichter fangen an zu blinken. Sie blinken unterschiedlich schnell und in verschiedenen Farben. »Jedes dieser Lichter bezeichnet eine Kapsel. Die Kapseln stehen für unterschiedliche Hindernisse, von einer Bombe bis zu einer Meute Mutationen ist alles denkbar. Ihr dürft keinen Fehler machen, sonst geht ihr in die Falle oder werdet getötet. Einige Kapseln existieren schon seit den Dunklen Tagen, andere wurden im Laufe der Jahre entwickelt. Offen gestanden, habe ich selbst eine beträchtliche Anzahl geschaffen. Dieses Programm, das sich einer von uns unter den Nagel gerissen hat, als wir das Kapitol verließen, ist unsere aktuellste Information. Sie wissen nicht, dass wir es haben. Es ist aber wahrscheinlich, dass in den letzten Monaten neue Kapseln aktiviert worden sind. Damit müsst ihr rechnen.«

Ich merke gar nicht, wie ich mich auf den Tisch zubewege, bis ich nur noch wenige Zentimeter von dem Hologramm entfernt bin. Ich strecke die Hand aus und lege sie auf ein schnell blinkendes grünes Licht.

Jemand kommt zu mir, er steht unter Hochspannung. Finnick natürlich. Denn nur ein Sieger kann sehen, was ich sofort erfasst habe. Die Arena. Übersät mit Kapseln, die von den Spielmachern gesteuert werden. Finnick liebkost mit den Fingern ein rotes Lämpchen über einem Eingang. »Meine Damen und Herren …«

Seine Stimme ist leise, doch meine schallt durch den Raum: »… mögen die sechsundsiebzigsten Hungerspiele beginnen!«

Ich lache. Schnell. Bevor jemand Zeit hat zu begreifen, was hinter diesen Worten steckt. Bevor Augenbrauen hochgezogen werden, Widerspruch geäußert, eins und eins zusammengezählt wird und alle zu dem Schluss kommen, dass man mich möglichst nicht in die Nähe des Kapitols lassen sollte. Denn ein wütender, eigenständig denkender Sieger mit einer so harten, undurchdringlichen Schale ist wohl das Letzte, was man in seiner Gruppe haben will.

»Die Mühe, Finnick und mich zu trainieren, hätten Sie sich sparen können, Plutarch«, sage ich.

»Wir sind doch schon die beiden bestausgerüsteten Soldaten, die ihr habt«, fügt Finnick großspurig hinzu.

»Als ob mir das entgangen wäre«, sagt Plutarch mit einer ungeduldigen Handbewegung. »Jetzt marsch, zurück ins Glied, Soldaten Odair und Everdeen! Ich möchte meinen Vortrag beenden.«

Wir begeben uns wieder auf unsere Plätze und achten nicht auf die fragenden Blicke der anderen. Ich gebe mich sehr konzentriert, als Plutarch weiterspricht, lege den Kopf schräg, ändere die Haltung, um besser sehen zu können, und sage mir die ganze Zeit, dass ich durchhalten muss, bis ich in den Wald laufen und schreien kann. Oder fluchen. Oder heulen. Vielleicht auch alles zugleich.

Falls das ein Test war, haben Finnick und ich ihn beide bestanden. Als Plutarch fertig ist und die Versammlung für geschlossen erklärt, erfahre ich zu meinem Schrecken, dass ein Sonderbefehl auf mich wartet. Doch es geht nur darum, dass ich von dem Militärhaarschnitt ausgenommen bin. Der Spotttölpel soll bei der Kapitulation des Kapitols möglichst so aussehen wie das Mädchen in der Arena. Für die Kameras natürlich. Ich zucke die Achseln, zum Zeichen, dass nichts mir gleichgültiger ist als die Länge meiner Haare. Ohne weiteren Kommentar werde ich entlassen.

Im Flur laufe ich Finnick in die Arme. »Was soll ich bloß Annie erzählen?«, sagt er leise.

»Nichts«, antworte ich. »Dasselbe, was meine Mutter und meine Schwester von mir erfahren werden.« Schlimm genug zu wissen, dass wir wieder in eine richtige Arena zurückmüssen. Es ist sinnlos, unsere Liebsten damit zu belasten.

»Wenn sie das Hologramm sieht …«, setzt er an.

»Wird sie aber nicht. Ist doch Geheimsache. Muss es sein«, sage ich. »Außerdem ist es ja nicht genau das Gleiche wie die Spiele. Es können mehrere überleben. Wir reagieren nur deshalb so heftig, weil … na ja, du weißt schon, warum. Du gehst aber trotzdem, oder?«

»Klar. Ich will Snow genauso fertigmachen wie du.«

»Es wird nicht so sein wie bei den anderen Spielen«, sage ich entschieden, denn ich will mich selbst überzeugen. Dann dämmert mir der eigentliche Reiz der Situation. »Diesmal spielt auch Snow mit.«

Bevor wir noch etwas sagen können, taucht Haymitch auf. Er war nicht auf der Versammlung, er hat andere Sorgen. »Johanna ist wieder auf der Station.«

Ich hatte gedacht, Johanna hätte wie ich ihre Prüfung bestanden und wäre nur nicht den Scharfschützen zugeteilt worden. Ihre Stärke ist das Axtschleudern, mit dem Gewehr dagegen ist sie nur durchschnittlich. »Wieso, was ist los? Hat sie sich verletzt?«

»Es ist im Block passiert. Ihr wisst ja, dort versuchen sie, die Schwächen eines Soldaten herauszukitzeln. Bei ihr haben sie die Straße geflutet«, sagt Haymitch.

Das verstehe ich nicht. Johanna kann doch schwimmen. Jedenfalls meine ich mich daran zu erinnern, dass sie beim Jubel-Jubiläum ein bisschen geschwommen ist. Natürlich nicht wie Finnick, aber mit ihm kann sich keiner von uns messen. »Na und?«

»So wurde sie im Kapitol gefoltert. Sie haben sie nass gemacht und dann mit Elektroschocks gequält«, sagt Haymitch. »Und im Block hatte sie dann eine Art Déjà-vu. Vor lauter Panik wusste sie nicht mehr, wo sie war. Sie bekommt jetzt wieder Beruhigungsmittel.« Finnick und ich stehen nur da, es hat uns die Sprache verschlagen. Jetzt fällt mir ein, dass Johanna nie duscht. Und wie sie sich einmal bei den Übungen zwingen musste, hinaus in den Regen zu gehen, als käme nicht Wasser, sondern Säure vom Himmel. Und ich hatte das auf den Morfix-Entzug geschoben.

»Es wäre gut, wenn ihr beide sie besuchen würdet«, sagt Haymitch. »Wenn sie überhaupt so etwas wie Freunde hat, dann euch zwei.«

Was für eine schreckliche Vorstellung. Ich weiß ja nicht, was für ein Verhältnis Finnick zu Johanna hat. Ich jedenfalls kenne sie kaum. Keine Verwandten. Keine Freunde. Nicht mal ein Andenken aus 7, das sie zu der Einheitskleidung in ihre anonyme Schublade legen könnte. Nichts.

»Ich geh mal lieber gleich zu Plutarch und erzähle es ihm«, sagt Haymitch. »Das wird ihm gar nicht gefallen. Er möchte für die Kameras möglichst viele Sieger im Kapitol haben. Das macht sich im Fernsehen besser, meint er.«

»Kommst du auch mit, und Beetee?«, frage ich.

»Möglichst viele junge, attraktive Sieger«, verbessert sich Haymitch. »Soll heißen: Nein, wir bleiben hier.«

Finnick marschiert sofort hinunter zu Johanna, während ich noch ein paar Minuten draußen herumstehe und auf Boggs warte. Ich unterstehe jetzt seinem Kommando, also muss ich mich wohl an ihn wenden, wenn ich irgendwelche Extrawünsche habe. Als ich ihm erzähle, was ich vorhabe, stellt er mir eine Ausgangserlaubnis aus, mit der ich während der Besinnungsstunde in den Wald darf, vorausgesetzt, dass ich in Sichtweite der Wachen bleibe. Schnell laufe ich in meine Wohneinheit, überlege, ob ich den Fallschirm mitnehmen soll, aber es hängen zu viele schreckliche Erinnerungen daran. Stattdessen gehe ich über den Flur und nehme eine der großen weißen Kompressen, die ich aus 12 mitgebracht habe. Quadratisch, reißfest, genau das, was ich brauche.

Im Wald suche ich eine Kiefer und streife mehrere Handvoll Nadeln von den Zweigen. Nachdem ich einen ordentlichen Haufen auf der Kompresse gesammelt habe, hebe ich sie an den Seiten hoch, verdrehe die Ecken miteinander und binde sie mit einer Ranke zusammen, sodass ich ein apfelgroßes Bündel habe.

An der Tür des Krankenzimmers bleibe ich einen Augenblick in der Tür stehen und betrachte Johanna. Mir wird bewusst, dass sie hauptsächlich durch ihre schroffe Art so aggressiv wirkt. Dahinter verbirgt sich eine zerbrechliche junge Frau, die mit weit aufgerissenen Augen gegen die betäubende Wirkung der Medikamente kämpft. Voller Angst davor, was der Schlaf bringen könnte. Ich gehe zu ihr und reiche ihr das Bündel.

»Was ist das?«, fragt sie heiser. Ihre Haare sind feucht und stehen über der Stirn wie Stacheln ab.

»Das hab ich für dich gemacht. Etwas, das du in deine Schublade legen kannst.« Ich lege es ihr in die Hände. »Riech mal.«

Sie hält das Bündel an die Nase und schnuppert vorsichtig. »Riecht nach zu Hause.« Tränen steigen ihr in die Augen.

»Das hatte ich gehofft. Wo du doch aus 7 stammst«, sage ich. »Weißt du noch, als wir uns zum ersten Mal gesehen haben? Da warst du ein Baum. Jedenfalls für kurze Zeit.«

Plötzlich packt sie mit eisernem Griff mein Handgelenk. »Katniss, du musst ihn töten.«

»Keine Sorge.« Ich widerstehe dem Impuls, mich zu befreien.

»Schwör es. Bei etwas, das dir wichtig ist«, sagt sie.

»Ich schwöre es. Bei meinem Leben.« Doch sie lässt meinen Arm nicht los.

»Beim Leben deiner Familie«, verlangt sie.

»Beim Leben meiner Familie«, sage ich. Von meinem Überlebenswillen ist sie wohl nicht richtig überzeugt. Jetzt lässt sie mich los und ich reibe mir das Handgelenk. »Was glaubst du denn, weshalb ich da unbedingt hinwill, du Dummchen?«

Da lächelt sie sogar ein bisschen. »Ich musste es einfach hören.« Sie drückt sich das Bündel mit Kiefernnadeln an die Nase und schließt die Augen.

Die restlichen Tage vergehen wie im Flug. Nach einem kurzen morgendlichen Aufwärmprogramm verbringe ich den ganzen Tag mit meiner Gruppe auf dem Schießplatz. Meistens übe ich mit dem Gewehr, doch eine Stunde am Tag ist für das Training mit den Spezialwaffen vorgesehen. Das heißt, ich kann mit meinem Spotttölpelbogen üben und Gale mit seinem schweren, für militärische Zwecke umfunktionierten Bogen. Der Dreizack, den Beetee für Finnick entwickelt hat, besitzt zahlreiche Sonderfunktionen, aber das Beste ist, dass Finnick ihn werfen und wieder zurückholen kann, indem er auf einen Knopf an einer Metallmanschette drückt, die er am Handgelenk trägt.

Manchmal schießen wir auf Friedenswächter-Puppen, um uns mit den Schwächen ihrer Schutzausrüstung vertraut zu machen. Mit den wunden Punkten sozusagen. Trifft man ungeschützte Haut, spritzt das unechte Blut nur so. Unsere Puppen sind rot getränkt.

Es ist beruhigend zu sehen, wie treffsicher alle aus unserer Gruppe sind. Außer Finnick und Gale gehören noch fünf Soldaten aus 13 dazu. Jackson, eine Frau mittleren Alters und Boggs' Stellvertreterin, wirkt etwas schwerfällig, trifft jedoch Ziele, die wir anderen ohne Zielfernrohr nicht einmal sehen. Sie ist weitsichtig, wie sie sagt. Dann sind da die Schwestern Leeg, beide in den Zwanzigern, die wir Leeg 1 und Leeg 2 nennen. In Uniform sehen sie sich so ähnlich, dass ich sie nicht auseinanderhalten kann, bis mir auffällt, dass Leeg 1 eigenartige gelbe Flecken in den Augen hat. Zwei ältere Männer, Mitchell und Homes, reden nicht viel, können einem jedoch aus fünfzig Metern Entfernung den Staub von den Schuhen schießen. Ich sehe andere Gruppen, die auch ziemlich gut sind, und verstehe nicht ganz, warum wir einen Sonderstatus haben. Bis zu dem Morgen, an dem Plutarch zu uns kommt.

»Gruppe vier-fünf-eins, ihr seid für einen Sonderauftrag ausgewählt worden«, sagt er. Ich beiße mir auf die Lippe, in der verrückten Hoffnung, dass es der Auftrag ist, Snow zu töten. »Wir haben jede Menge Scharfschützen, Kamerateams dagegen sind recht knapp. Deshalb haben wir euch acht dazu auserkoren, unser Star-Trupp zu sein. Ihr werdet die Gesichter auf dem Bildschirm sein, die den Einmarsch begleiten.«

Enttäuschung, Schock und schließlich Wut machen sich in der Gruppe breit. »Soll das heißen, dass wir am eigentlichen Kampf gar nicht beteiligt sind?«, fragt Gale schroff.

»Ihr werdet kämpfen, aber vielleicht nicht immer an vorderster Front. Falls man bei einem solchen Krieg überhaupt eine Front ausmachen kann«, sagt Plutarch.

»Das will keiner von uns.« Auf Finnicks Bemerkung folgt zustimmendes Gemurmel, nur ich bleibe still. »Wir werden kämpfen.«

»Ihr werdet der Sache auf bestmögliche Weise dienen«, sagt Plutarch. »Und es ist entschieden worden, dass ihr uns im Fernsehen am meisten nützt. Denkt daran, was für eine Wirkung Katniss hatte, als sie in ihrem Spotttölpelkostüm herumlief. Das hat der Rebellion überhaupt erst den richtigen Dreh gegeben. Merkt ihr, dass sie die Einzige ist, die sich nicht beschwert? Weil sie nämlich die Macht der Bildschirme begreift.«

In Wirklichkeit beschwert Katniss sich nicht, weil sie nicht vorhat, beim »Star-Trupp« zu bleiben, jedoch erkannt hat, dass sie erst mal ins Kapitol muss, bevor sie irgendeinen anderen Plan verfolgen kann. Doch wenn ich jetzt zu nachgiebig bin, könnte das auch verdächtig sein.

»Aber wir tun nicht nur so, als ob, oder?«, frage ich. »Das wär echte Talentverschwendung.«

»Keine Sorge«, sagt Plutarch. »Es wird genügend echte Ziele geben, auf die ihr schießen könnt. Aber lasst euch nicht in die Luft jagen. Ich habe genug um die Ohren, auch ohne euch ersetzen zu müssen. Jetzt ab ins Kapitol, und zeigt, was ihr könnt!«

An dem Morgen, als wir ausrücken, verabschiede ich mich von meiner Familie. Zwar erzähle ich nicht, wie sehr die Abwehr des Kapitols an die Waffen in der Arena erinnert, aber allein dass ich in den Krieg ziehe, ist schrecklich genug. Meine Mutter hält mich lange Zeit ganz fest. Ich spüre die Tränen auf ihrer Wange; als ich damals in die Spiele ziehen musste, hat sie sie zurückgehalten. »Mach dir keine Sorgen. Mir kann gar nichts passieren. Ich bin ja noch nicht mal ein richtiger Soldat. Nur eine von Plutarchs Fernsehmarionetten«, beruhige ich sie.

Prim bringt mich bis zur Tür der Krankenstation. »Wie geht es dir?«

»Besser, jetzt, wo du hier bist und Snow dir nichts anhaben kann«, sage ich.

»Wenn wir uns das nächste Mal sehen, sind wir von ihm befreit«, sagt Prim entschlossen. Dann schlingt sie mir die Arme um den Hals. »Pass auf dich auf.«

Ich überlege, ob ich mich noch von Peeta verabschieden soll, komme aber zu dem Schluss, dass es uns beiden nicht guttun würde. Dafür stecke ich die Perle in die Tasche meiner Uniform. Ein Andenken an den Jungen mit dem Brot.

Ein Hovercraft bringt uns ausgerechnet nach Distrikt 12, wo ein provisorischer Verladebahnhof außerhalb des Kampfgebiets errichtet wurde. Diesmal keine Luxuszüge, sondern ein Güterwaggon, rappelvoll mit dunkelgrau uniformierten Soldaten, die mit dem Kopf auf ihren Rucksäcken schlafen. Nach mehreren Reisetagen steigen wir in einem der Tunnel aus, die durch die Berge zum Kapitol führen, und marschieren dann noch sechs Stunden zu Fuß, wobei wir darauf achten, immer auf der grünen Leuchtlinie entlangzugehen, die den sicheren Weg nach oben kennzeichnet.

Wir kommen am Feldlager der Rebellen heraus, das sich über zehn Straßenabschnitte vor dem Bahnhof erstreckt, an dem Peeta und ich auch früher schon angekommen sind. Dort wimmelt es schon von Soldaten. Unserer Gruppe wird eine Stelle zugewiesen, wo wir unsere Zelte aufschlagen können. Schon seit über einer Woche halten die Rebellen dieses Areal. Sie haben die Friedenswächter vertrieben, was Hunderte Menschenleben gekostet hat. Die Truppen des Kapitols haben sich zurückgezogen und weiter im Zentrum der Stadt neu formiert. Zwischen uns liegen, leer und einladend, die Straßen mit den versteckten Sprengladungen. Bevor wir weiter vorrücken können, werden wir erst mal alle Kapseln vernichten müssen.

Mitchell fragt nach Hoverplane-Bombardements, denn wir fühlen uns ziemlich nackt hier auf offenem Feld, aber Boggs sagt, damit sei nicht zu rechnen. Die Luftflotte des Kapitols hier und in Distrikt 2 wurde bei dem Einmarsch größtenteils zerstört. Wenn sie überhaupt noch Hoverplanes haben, werden sie nicht riskieren, dass sie abgeschossen werden. Sie brauchen sie, damit Snow und seine Vertrauten notfalls im letzten Moment in einen Präsidentenbunker flüchten können. Unsere eigenen Hoverplanes wurden nicht mehr eingesetzt, nachdem die Luftabwehr des Kapitols die ersten Angriffswellen stark dezimiert hatte. Dieser Krieg wird auf der Straße geführt werden, er wird hoffentlich nur oberflächlichen Schaden an Verkehrswegen und Gebäuden anrichten und nicht allzu viele Menschenleben fordern. Die Rebellen wollen das Kapitol, so wie das Kapitol seinerzeit Distrikt 13 wollte.

Nach drei Tagen laufen wir in Gruppe 451 Gefahr, vor Langeweile zu desertieren. Cressida und ihr Team filmen uns beim Schießen. Wir gehörten zum Desinformationsteam, erzählen sie uns. Würden die Rebellen Plutarchs Kapseln gezielt abschießen, würde das Kapitol schon nach zwei Minuten merken, dass wir das Hologramm haben. Wir verbringen also viel Zeit damit, Unwichtiges zu zerstören, um sie abzulenken. Hauptsächlich schießen wir Regenbogenglas von den bonbonfarbenen Gebäudefassaden herab. Ich habe den Verdacht, dass sie diese Bilder mit der Zerstörung bedeutender Ziele im Kapitol zusammenschneiden. Ab und zu ist dann doch mal ein richtiger Scharfschütze gefragt. Acht Hände fahren hoch, aber nie fällt die Wahl auf Gale, Finnick oder mich.

»Selber schuld, warum hast du auch so ein Kameragesicht«, sage ich zu Gale. Wenn Blicke töten könnten.

Ich glaube, die wissen nicht so recht, was sie mit uns dreien anfangen sollen, speziell mit mir. Ich habe mein Spotttölpelkostüm dabei, aber bisher haben sie mich nur in Uniform gefilmt. Manchmal schieße ich mit dem Gewehr, manchmal bitten sie mich, Pfeil und Bogen zu benutzen. Es kommt mir so vor, als wollten sie ihren Spotttölpel nicht ganz verlieren, meine Rolle jedoch auf die eines Infanteristen reduzieren. Da es mir egal ist, finde ich es eher amüsant, mir die Diskussionen vorzustellen, die in Distrikt 13 darüber geführt werden.

Während ich mich lauthals beklage, weil wir keine richtigen Einsätze haben, bin ich insgeheim mit meinen eigenen Plänen beschäftigt. Jeder von uns hat einen Stadtplan vom Kapitol bekommen. Die Stadt bildet ein fast vollkommenes Quadrat. Der Plan ist durch Linien in ein Gitternetz aus kleineren Quadraten unterteilt, mit Buchstaben am oberen Rand und Zahlen am linken Seitenrand. Ich schaue es mir ganz genau an, präge mir jede Kreuzung und jede Seitenstraße ein, aber das ist läppisch im Vergleich zu dem, was die Kommandanten machen. Sie arbeiten Plutarchs Hologramm ab. Jeder von ihnen hat einen Handapparat, Holo genannt, der Bilder produziert, wie wir sie in der Kommandozentrale gesehen haben. Sie können jede Stelle in dem Netz heranzoomen und sehen, was für Kapseln dort auf sie warten. Das Holo ist ein rechnerunabhängiges Gerät, eigentlich nur ein besserer Stadtplan, denn es kann weder Signale senden noch empfangen. Aber meiner Papierversion ist es doch haushoch überlegen.

Das Holo wird eingeschaltet, indem ein bestimmter Kommandant seinen Namen nennt. Einmal in Betrieb genommen, reagiert es auch auf die anderen Stimmen in der Truppe. Wenn Boggs also zum Beispiel getötet oder außer Gefecht gesetzt würde, könnte jemand sein Holo übernehmen. Sagt einer aus der Gruppe dreimal hintereinander das Wort *Nachtriegel*, explodiert das Holo und jagt alles im Umkreis von fünf Metern in die Luft. Das ist eine Sicherheitsmaßnahme für den Fall, dass wir besiegt werden. Es versteht sich von selbst, dass wir sie alle ohne Zögern anwenden würden.

Ich brauche also nur Boggs' Holo zu klauen, wenn es eingeschaltet ist, und damit zu verschwinden, ehe er es merkt. Aber wahrscheinlich wäre es einfacher, ihm die Zähne zu klauen.

Am vierten Morgen trifft Soldat Leeg 2 eine falsch markierte Kapsel. Sie setzt keinen Schwarm mutierter Mücken frei, worauf die Rebellen vorbereitet sind, sondern lässt einen Pfeilregen niedergehen. Einer der Pfeile trifft Leeg 2 in den Kopf. Noch ehe die Ärzte bei ihr sind, ist sie tot. Plutarch verspricht schnellen Ersatz.

Am nächsten Abend trifft das neue Mitglied unserer Gruppe ein. Ohne Handfesseln und ohne Wärter. Kommt aus dem Bahnhof geschlendert, sein Gewehr schlenkert an dem Gurt, den er über der Schulter trägt. Wir reagieren mit einer Mischung aus Schock, Verwirrung, Abwehr, aber auf Peetas Handrücken prangt ein frischer Stempelaufdruck mit der Nummer 451. Boggs nimmt ihm die Waffe ab und geht telefonieren.

»Das wird nichts ändern«, sagt Peeta zu uns. »Coin selbst hat mich euch zugeteilt. Sie findet, die Propos müssten ein bisschen aufgepeppt werden.«

Das mag schon sein. Doch wenn Coin Peeta hergeschickt hat, dann findet sie auch noch etwas anderes. Dass ich ihr tot mehr nütze als lebendig.

Teil 3
Das Attentat

19

Ich habe Boggs noch nie wütend gesehen. Nicht, als ich seine Befehle missachtet, nicht, als ich ihn vollgekotzt habe. Nicht einmal, als Gale ihm die Nase gebrochen hat. Aber als er von dem Telefongespräch mit Coin zurückkommt, ist er wütend. Als Erstes weist er seine Stellvertreterin Jackson an, zwei Leute abzustellen, die rund um die Uhr auf Peeta aufpassen. Dann nimmt er mich mit auf einen Spaziergang. Wir gehen im Zickzack um die Zelte unseres Lagers herum, bis wir weit genug von der Gruppe entfernt sind.

»Er wird so oder so versuchen, mich zu töten«, sage ich. »Gerade hier. Wo es so viele schlimme Erinnerungen gibt, die etwas in ihm auslösen können.«

»Ich werde ihn in Schach halten, Katniss«, sagt Boggs.

»Wieso will Coin auf einmal meinen Tod?«, frage ich.

»Sie bestreitet das«, sagt er.

»Aber wir beide wissen, dass es so ist«, sage ich. »Zumindest eine Theorie haben Sie doch, oder?«

Boggs sieht mich lange und fest an, ehe er antwortet. »Ich sag dir, was ich weiß. Coin kann dich nicht leiden. Von Anfang an nicht. Sie wollte, dass Peeta aus der Arena gerettet wird, aber niemand war ihrer Meinung. Als du sie gezwungen hast, den anderen Siegern die Straffreiheit zuzusichern, hat das alles nur noch schlimmer gemacht. Aber selbst das wäre angesichts deiner tollen Auftritte zu vernachlässigen.«

»Was ist es dann?«, frage ich.

»Irgendwann in naher Zukunft wird der Krieg zu Ende sein. Und dann wählen wir ein neues Oberhaupt«, sagt Boggs.

Ich verdrehe die Augen. »Boggs, es glaubt ja wohl niemand, dass ich das sein werde.«

»Stimmt«, sagt er. »Aber du wirst einen Kandidaten unterstützen. Wäre das Präsidentin Coin? Oder jemand anders?«

»Ich weiß nicht. Darüber hab ich mir noch keine Gedanken gemacht«, sage ich.

»Wenn du nicht spontan *Coin* sagen kannst, bist du eine Bedrohung. Du bist das Gesicht der Rebellion. Möglicherweise hast du mehr Einfluss als jeder andere«, sagt Boggs. »Nach außen hin hast du Coin bisher allenfalls toleriert, mehr nicht.«

»Also will sie mich umbringen, um mich mundtot zu machen.« Kaum habe ich es ausgesprochen, weiß ich auch schon, dass es sich genau so verhält.

»Sie braucht dich jetzt nicht mehr als zentrale Figur der Bewegung. Deine vorrangige Aufgabe, die Distrikte zu einen, ist erfüllt, das hat sie ja gesagt«, erinnert Boggs mich. »Die Propos, die zurzeit gedreht werden, würden auch ohne dich über die Bühne gehen. Du kannst nur noch eins tun, um die Rebellion neu anzufachen.«

»Sterben«, sage ich ruhig.

»Ja. Uns einen Märtyrer geben, für den wir kämpfen können«, sagt Boggs. »Aber solange ich etwas zu sagen habe, wird das nicht passieren, Soldat Everdeen. Ich habe ein langes Leben für dich geplant.«

Wer so denkt, handelt sich nur Schwierigkeiten ein. »Warum? Sie sind mir doch nichts schuldig.«

»Du hast es verdient«, sagt er. »Und jetzt geh wieder zu deiner Gruppe.«

Ich müsste es zu schätzen wissen, dass Boggs den Kopf für mich hinhält, aber ich bin nur frustriert. Wie soll ich ihm jetzt das Holo klauen und desertieren? Auch ohne seine persönliche Unterstützung fand ich es schwer genug, ihn zu hintergehen. Ich bin ihm ja schon zu Dank verpflichtet, weil er mir das Leben gerettet hat.

Als ich sehe, wie der, dem ich den ganzen Schlamassel zu verdanken habe, in aller Seelenruhe sein Zelt aufschlägt, werde ich wütend. »Um wie viel Uhr hab ich Wache?«, frage ich Jackson.

Sie schaut mich zweifelnd an, oder vielleicht kneift sie die Augen auch nur zusammen, um mich besser sehen zu können. »Ich hab dich nicht eingeteilt.«

»Wieso nicht?«, frage ich.

»Ich bin mir nicht sicher, ob du Peeta wirklich erschießen könntest, wenn es nötig wäre«, sagt sie.

Ich spreche laut und deutlich, damit alle mich hören können. »Ich würde ja nicht Peeta erschießen. Den gibt es nicht mehr. Johanna hat recht. Ich würde nur eine Mutation des Kapitols erschießen.« Nach all den Demütigungen, die ich seit seiner Rückkehr erfahren habe, ist es ein gutes Gefühl, in aller Öffentlichkeit etwas Schreckliches über ihn zu sagen.

»Also, mit der Aussage empfiehlst du dich auch nicht gerade«, sagt Jackson.

»Teil sie für die Wache ein«, sagt Boggs hinter mir.

Jackson schüttelt den Kopf und notiert etwas. »Von Mitternacht bis vier. Mit mir zusammen.«

Der Pfiff zum Abendessen ertönt und Gale und ich stellen

uns an der Feldküche auf. »Soll ich ihn umbringen?«, fragt er geradeheraus.

»Dann würden sie uns beide auf jeden Fall zurückschicken«, sage ich. Obwohl ich stinkwütend auf Peeta bin, erschreckt mich Gales Grausamkeit. »Ich werd schon mit ihm fertig.«

»So lange, bis du dich absetzt, meinst du? Mit deinem Stadtplan und einem Holo, falls du eins zu fassen kriegst?« Es ist Gale also nicht entgangen, was ich im Schilde führe. Hoffentlich ist es für die anderen nicht auch so offensichtlich. Aber niemand kennt meine Gedanken so wie er. »Du hast ja wohl nicht vor, ohne mich abzuhauen, oder?«, fragt er.

Bis jetzt hatte ich das vor. Doch es scheint mir nicht verkehrt, meinen Jagdgefährten als Deckung dabeizuhaben. »Als deine Kampfgefährtin muss ich dir dringend raten, bei deiner Gruppe zu bleiben. Aber zwingen kann ich dich nicht, oder?«

Er grinst. »Nein. Es sei denn, du willst, dass ich die ganze Armee alarmiere.«

Gruppe 451 und das Fernsehteam besorgen sich aus der Feldküche etwas zu essen und versammeln sich zum Abendbrot in einem engen Kreis. Erst denke ich, Peeta ist der Grund für das allgemeine Unbehagen, aber am Ende der Mahlzeit bemerke ich unfreundliche Blicke in meine Richtung. So schnell kann die Stimmung kippen. Als Peeta aufgetaucht ist, hat sich die ganze Mannschaft noch Sorgen gemacht, er könnte für uns alle eine Gefahr bedeuten, insbesondere für mich. Erst als ich einen Anruf von Haymitch bekomme, begreife ich.

»Was soll das? Willst du ihn dazu treiben, dass er angreift?«, fragt er.

»Quatsch. Ich will nur, dass er mich in Ruhe lässt«, sage ich.

»Das kann er aber nicht. Nicht nach dem, was das Kapitol ihm angetan hat«, sagt Haymitch. »Vielleicht hat Coin ihn wirklich in der Hoffnung hergeschickt, dass er dich umbringt. Aber Peeta weiß das nicht. Er begreift nicht, was ihm zugestoßen ist. Du kannst ihm nicht die Schuld in die Schuhe schieben …«

»Tu ich ja gar nicht!«, sage ich.

»Doch! Du bestrafst ihn immer wieder für etwas, das außerhalb seiner Macht liegt. Das heißt nicht, dass du nicht rund um die Uhr eine geladene Waffe griffbereit haben solltest. Aber stell dir die Situation einfach mal umgekehrt vor. Wenn du vom Kapitol festgehalten und eingewebt worden wärst und dann versucht hättest, Peeta umzubringen – würde er dich so behandeln wie du ihn jetzt?«, fragt Haymitch.

Darauf sage ich nichts. Auf keinen Fall würde er mich so behandeln. Er würde mit aller Macht versuchen, mich zurückzubekommen. Würde mich nicht ausschließen und im Stich lassen und mir nicht bei jeder Gelegenheit feindselig begegnen.

»Du und ich, wir hatten abgemacht, ihn zu retten. Weißt du noch?«, sagt Haymitch. Als ich nicht antworte, sagt er schroff: »Vergiss das nicht«, und unterbricht die Verbindung.

Der Herbsttag ist jetzt nicht mehr frisch, sondern kalt. Die meisten aus der Gruppe verkriechen sich in ihrem Schlafsack. Manche schlafen unter freiem Himmel, nah an dem Heizofen in der Mitte des Lagers, andere begeben sich in ihr Zelt. Leeg 1 ist über dem Tod ihrer Schwester schließlich zusammengebrochen, ihr gedämpftes Schluchzen dringt durch die Zeltwand. Ich kuschele mich in mein Zelt und denke über Haymitchs Worte nach. Begreife voller Scham, dass ich über der fixen Idee, Snow umzubringen, eine viel schwierigere Aufgabe übersehen habe: Peeta aus der Schattenwelt zu befreien, in die er eingewebt wurde. Ich weiß nicht, wie ich ihn dort finden, geschweige denn herausholen soll. Ich habe nicht die leiseste Ahnung, wie man das anstellen könnte. Dagegen ist die Aufgabe, eine präparierte Arena zu durchqueren, Snow aufzuspüren und ihm eine Kugel in den Kopf zu jagen, das reinste Kinderspiel.

Um Mitternacht krieche ich aus dem Zelt und setze mich in der Nähe des Heizofens auf einen Feldstuhl, um mit Jackson Wache zu halten. Boggs hat Peeta befohlen, so zu schlafen, dass wir ihn alle im Blick haben. Doch er schläft nicht. Stattdessen sitzt er da, den Schlafsack bis zur Brust hochgezogen, und versucht ungeschickt, Knoten in ein kurzes Seil zu machen. Das Seil kenne ich nur zu gut, Finnick hat es mir in jener Nacht im Bunker geliehen. Es jetzt in Peetas Händen zu sehen, ist so, als würde Finnick dasselbe sagen wie Haymitch vorhin: dass ich Peeta im Stich lasse. Vielleicht ist jetzt der richtige Moment, um es wiedergutzumachen. Wenn ich nur wüsste, was ich sagen soll. Aber mir fällt nichts ein. Also sage ich nichts. Ich lausche nur dem Atem der Soldaten in der Nacht.

Nach etwa einer Stunde fängt Peeta an zu reden. »Die letzten beiden Jahre waren bestimmt anstrengend für dich. Immer wieder zu überlegen, ob du mich umbringen sollst oder nicht. Hin und her, hin und her.«

Das finde ich völlig ungerecht, und ich bin drauf und dran, eine bissige Antwort zu geben. Aber dann denke ich wieder an das Gespräch mit Haymitch und mache einen ersten vorsichtigen Schritt auf Peeta zu. »Ich wollte dich noch nie umbringen. Außer, als ich dachte, du willst den Karrieros dabei helfen, mich zu töten. Danach hab ich dich immer als … als Verbündeten betrachtet.« Das Wort ist schön ungefährlich. Es impliziert keine gefühlsmäßige Bindung, aber auch keine Bedrohung.

»Verbündete«, sagt Peeta langsam, als wollte er das Wort ausprobieren. »Freundin. Geliebte. Siegerin. Feindin. Verlobte. Zielscheibe. Mutation. Nachbarin. Jägerin. Tribut. *Verbündete.* Das kommt auf meine Liste von Wörtern, mit denen ich versuche, dich einzuordnen.« Immer wieder lässt er das Seil durch die Finger gleiten. »Das Problem ist, dass ich nicht mehr weiß, was wahr ist und was erfunden.«

Das Atmen um uns ist nicht mehr gleichmäßig, und das heißt, dass die Leute entweder aufgewacht sind oder gar nicht richtig geschlafen haben. Ich vermute Letzteres.

Aus einem Knäuel in der Dunkelheit ist Finnicks Stimme zu hören. »Dann solltest du fragen, Peeta. So macht Annie es auch.«

»Wen denn?«, sagt Peeta. »Wem kann ich trauen?«

»Na, uns zum Beispiel. Wir sind deine Truppe«, sagt Jackson.

»Ihr seid meine Bewacher«, sagt er.

»Das auch«, sagt sie. »Aber du hast in Distrikt 13 vielen das Leben gerettet. So etwas vergessen wir nicht.«

In dem Schweigen, das folgt, versuche ich mir vorzustellen, ich könnte Realität und Einbildung nicht auseinanderhalten. Wie es wäre, wenn ich nicht wüsste, ob Prim und meine Mutter mich lieben. Ob Snow mein Feind ist. Ob der Mensch am Heizofen mich gerettet oder geopfert hat. Im Nu verwandelt sich mein Leben in einen Albtraum. Auf einmal möchte ich Peeta in allen Einzelheiten erzählen, wer er ist und wer ich bin und wie wir hierhergekommen sind. Aber ich weiß nicht, wo ich anfangen soll. Nutzlos. Ich bin nutzlos.

Um kurz vor vier wendet Peeta sich wieder an mich. »Deine Lieblingsfarbe … ist das Grün?«

»Ja.« Dann überlege ich, was ich noch sagen könnte. »Und deine ist Orange.«

»Orange?« Er wirkt nicht überzeugt.

»Kein knalliges Orange. Ein gedecktes Orange. So wie der Sonnenuntergang«, sage ich. »Das hast du mir jedenfalls mal erzählt.«

»Ach so.« Er schließt kurz die Augen, vielleicht versucht er einen Sonnenuntergang heraufzubeschwören, dann nickt er. »Danke.«

Dann purzeln noch mehr Wörter aus meinem Mund. »Du bist ein Maler. Du bist ein Bäcker. Du schläfst gern bei geöffnetem Fenster. Du trinkst deinen Tee ohne Zucker. Und du machst immer einen Doppelknoten in deine Schnürsenkel.«

Dann verschwinde ich in meinem Zelt, bevor ich womöglich noch anfange zu heulen oder so was Dummes.

Am Morgen ziehen Gale, Finnick und ich los, ein bisschen Glas von den Gebäuden schießen für die Kameras. Als wir zurück zu unserem Lager kommen, sitzt Peeta im Kreis mit den Soldaten aus 13, die zwar bewaffnet sind, aber offen mit ihm sprechen. Jackson hat ein Spiel erfunden, um Peeta zu helfen – »Wahr oder nicht wahr«. Er erwähnt etwas, wovon er glaubt, dass es seiner Meinung nach passiert ist, und sie sagen ihm, ob es wahr ist oder nur eingebildet, gefolgt von einer kurzen Erklärung.

»Die meisten Menschen aus Distrikt 12 sind in den Flammen umgekommen.«

»Wahr. Keine neunhundert konnten sich nach Distrikt 13 retten.«

»Ich war schuld an dem Feuer.«

»Nicht wahr. Präsident Snow hat Distrikt 12 zerstört, so wie er damals 13 zerstört hat, als Botschaft an die Rebellen.«

Ich finde die Idee gut, bis mir klar wird, dass ich diejenige bin, die das meiste bestätigen oder verneinen kann, was ihm auf der Seele liegt. Jackson teilt uns in Wachen ein. Sie ordnet Finnick, Gale und mich jeweils einem Soldaten aus 13 zu. So kann Peeta sich immer an jemanden wenden, der ihn besser kennt. Es wird nicht die ganze Zeit geredet. Peeta braucht lange, um selbst kleinste Informationen zu verarbeiten, zum Beispiel, wo die Leute zu Hause Seife gekauft haben. Gale erzählt ihm eine Menge über Distrikt 12, Finnick ist Experte, was die beiden Spiele angeht, bei denen Peeta dabei war, denn im ersten war er Mentor und im zweiten Tribut. Aber da sich Peetas größte Verwirrung um mich dreht – und nicht alles so einfach erklärt werden kann –, sind unsere Gespräche schmerzlich und belastet, obwohl wir nur oberflächliche Details berühren. Welche Farbe mein Kleid in Distrikt 7 hatte. Dass ich so gern Käsebrötchen esse. Wie unser Mathelehrer in der Schule hieß. Es ist quälend, seine Erinnerung an mich zu rekonstruieren. Vielleicht geht es ja auch gar nicht, nach allem, was Snow ihm angetan hat. Aber es fühlt sich richtig an, ihm bei dem Versuch zu helfen.

Am Nachmittag des darauffolgenden Tages erfahren wir, dass die ganze Gruppe für einen etwas vertrackteren Propo gebraucht wird. In einem Punkt hat Peeta recht: Coin und Plutarch sind unzufrieden mit der Qualität des Bildmaterials, das sie vom Star-Trupp bekommen. Sie finden es öde und wenig originell. Als Folge müssen wir andauernd mit unseren Gewehren rummachen. Aber es geht ja nicht darum, dass wir uns verteidigen sollen, sondern dass wir ein brauchbares Produkt liefern. Heute ist ein ganzer Straßenzug für Filmaufnahmen abgesperrt worden. In dem Gebiet gibt es sogar zwei aktive Kapseln. Die eine löst ein Artilleriefeuer aus. Die andere fängt den Angreifer in einem Netz und hält ihn fest, entweder zum Verhör oder zur Hinrichtung, je nachdem, wie der Fänger es gern hätte. Aber es ist nur ein unwichtiges Wohnviertel, strategisch unbedeutend.

Das Fernsehteam will mit Rauchbomben und Schussgeräuschen die Spannung steigern. Wir alle, selbst die Fernsehleute, ziehen schwere Schutzausrüstung an und begeben uns mitten hinein ins Kampfgebiet. Wer Spezialwaffen besitzt, darf sie zusätzlich zum Gewehr mitnehmen. Boggs gibt auch Peeta sein Gewehr zurück, macht ihn aber für alle vernehmlich darauf aufmerksam, dass es nur mit Platzpatronen geladen ist.

Peeta zuckt bloß die Achseln. »Ich bin sowieso kein guter Schütze.« Er ist ganz damit beschäftigt, Pollux zu beobachten, so sehr, dass es ein wenig beunruhigend wird. Schließlich fällt ihm etwas ein, und er sagt ganz aufgeregt: »Du bist ein Avox, stimmt's? Das sehe ich daran, wie du schluckst. Mit mir waren zwei Avoxe im Gefängnis, Darius und Lavinia. Die Wärter nannten sie meist nur die Rotschöpfe. Im Trainingscenter waren sie unsere Diener, deshalb wurden sie auch verhaftet. Ich habe mit angesehen, wie sie zu Tode gefoltert wurden. Das Mädchen hatte Glück. Die hatten zu viel Volt eingestellt, ihr Herz hat sofort versagt. Aber bei ihm hat es Tage gedauert, bis er tot war. Sie haben ihn geschlagen, ihm Körperteile abgeschnitten. Haben ihm immer wieder Fragen gestellt, aber er konnte ja nicht antworten, er hat nur diese schrecklichen animalischen Laute ausgestoßen. Sie wollten gar nicht wirklich was von ihm wissen, versteht ihr? Sie wollten nur, dass ich es sehe.«

Peeta schaut erwartungsvoll in unsere geschockten Gesichter. Als keine Antwort kommt, fragt er: »Wahr oder nicht wahr?«

Niemand sagt etwas und da wird er aufgebracht. »Wahr oder nicht wahr?«, will er wissen.

»Wahr«, sagt Boggs. »Jedenfalls, soweit ich weiß … wahr.«

»Das dachte ich mir. Die Erinnerung hatte nichts … Leuchtendes.« Peeta entfernt sich von der Gruppe und murmelt dabei irgendwas von Fingern und Zehen.

Ich gehe zu Gale und lege die Stirn an seine Brust, nur dass da jetzt die Rüstung ist. Er nimmt mich fest in die Arme. Jetzt wissen wir, wie das Mädchen hieß, das damals vom Kapitol aus den Wäldern von Distrikt 12 verschleppt wurde, jetzt kennen wir das Schicksal des befreundeten Friedenswächters, der Gale das Leben retten wollte. Das ist nicht der richtige Moment, um in schönen Erinnerungen zu schwelgen. Ich setze die beiden auf meine persönliche Liste von Opfern, angefangen mit der ersten Arena, Tausende sind es inzwischen. Als ich aufschaue, sehe ich, dass Gale es anders aufgenommen hat. Seine Miene sagt, dass es gar nicht genug Berge zum Zerstören gibt, nicht genug Städte zum Zerbomben. In seinem Blick steht Rache.

Mit Peetas grausigem Bericht im Kopf und knirschenden Scherben unter unseren Füßen gehen wir zu dem Straßenzug, den wir erobern sollen. Wir scharen uns um Boggs und schauen uns die Projektion der Straße auf dem Holo an. Jetzt haben wir wenigstens eine echte, wenn auch kleine Aufgabe. Die Kapsel mit dem Artilleriefeuer befindet sich im ersten Drittel der Straße, knapp über der Markise einer Wohnung. Es dürfte uns gelingen, sie mit Kugeln zu aktivieren. Die Kapsel mit dem Netz ist weiter hinten, fast schon an der nächsten Straßenecke. Dafür brauchen wir jemanden, der den Bewegungsmelder auslöst. Alle erklären sich bereit, bis auf Peeta, der anscheinend nicht so richtig weiß, worum es geht. Ich werde nicht genommen. Sie schicken mich zu Messalla, der mich für eventuelle Großeinstellungen schminkt.

Die Gruppe stellt sich nach Boggs' Anweisungen auf, und dann müssen wir darauf warten, dass Cressida den Kameramännern sagt, wo sie stehen sollen. Sie sind beide links von uns, Castor weit vorn und Pollux ganz hinten, damit sie sich nicht gegenseitig filmen. Messalla zündet für die Atmosphäre ein paar Rauchgranaten. Da es sich hier sowohl um einen Einsatz als auch um einen Dreh handelt, will ich schon fragen, wer das Kommando hat, der Kommandant oder die Regisseurin, aber da ruft Cressida: »Action!«

Langsam gehen wir durch die diesige Straße, genau wie bei einer Übung im Block. Jeder muss mindestens eine Reihe Fensterscheiben wegpusten, aber das eigentliche Ziel ist Gale zugeteilt worden. Er schießt die Kapsel ab, und wir gehen in Deckung – ducken uns in Eingänge, legen uns flach auf die hübschen Pflastersteine in Hellorange und Rosa –, während ein Kugelhagel über unsere Köpfe fliegt. Nach einer Weile befiehlt uns Boggs weiterzugehen.

Cressida hält uns zurück, weil sie ein paar Großaufnahmen braucht. Abwechselnd spielen wir unsere Reaktion noch einmal nach. Wir lassen uns fallen, verziehen das Gesicht, springen in eine Nische. Wir wissen, dass es eine ernste Angelegenheit ist, aber es kommt uns ein bisschen albern vor. Vor allem, als sich herausstellt, dass ich gar nicht die schlechteste Schauspielerin in unserer Gruppe bin. Bei Weitem nicht. Wir lachen so sehr über Mitchells Versuch, den Verzweifelten zu mimen, inklusive Zähneknirschen und geblähten Nüstern, dass Boggs uns zurechtweisen muss.

»Vier-fünf-eins, zusammenreißen!«, sagt er streng. Aber er

muss ein Grinsen unterdrücken, während er die nächste Kapsel noch einmal gegencheckt. Das Holo so hält, dass er in der rauchgeschwängerten Luft etwas erkennen kann. Den Blick immer noch uns zuwendet, während er den linken Fuß auf den orangefarbenen Pflasterstein setzt. Und die Mine auslöst, die ihm die Beine wegsprengt.

20 Es ist, als würde in einem einzigen Augenblick ein bemaltes Fenster zersplittern und den Blick auf die hässliche Welt dahinter freigeben. Lachen wird zu Schreien, Blut befleckt die pastellfarbenen Steine, echter Rauch verdunkelt den künstlichen.

Eine zweite Explosion scheint die Luft zu zerreißen, mir klingeln die Ohren. Aber ich weiß nicht, aus welcher Richtung sie gekommen ist.

Ich bin als Erste bei Boggs, versuche aus dem zerfetzten Fleisch, den fehlenden Gliedmaßen schlau zu werden, suche nach etwas, womit ich das Blut stoppen kann, das aus seinem Körper schießt. Homes schiebt mich beiseite und öffnet hektisch ein Erste-Hilfe-Set. Boggs umklammert mein Handgelenk. Sein Gesicht, grau vom Sterben und von der Asche, scheint zu verschwimmen. Doch die Worte, die er sagt, sind ein Befehl. »Das Holo.«

Das Holo. Ich taste um mich herum, wühle in zerborstenen, blutbefleckten Pflastersteinen, schaudere, als ich warme Fleischfetzen berühre. Dann habe ich es, zusammen mit Boggs' Stiefeln hat es sich in einem Treppenschacht verklemmt. Ich nehme es an mich, wische es mit bloßen Händen trocken und reiche es meinem Kommandeur.

Homes hat den Stumpf von Boggs' linkem Oberschenkel mit einer Staubinde umschlossen, aber sie ist schon völlig durchweicht. Jetzt versucht er, eine weitere Staubinde über dem rechten Knie anzulegen. Der Rest der Gruppe hat sich in einer schützenden Formation um uns und das Team herum aufgestellt. Finnick versucht, Messalla wiederzubeleben, der durch die Explosion gegen eine Wand geschleudert worden ist. Jackson blafft in ein Funksprechgerät und versucht, das Lager zu erreichen, damit sie Sanitäter schicken, doch ich sehe, dass es zu spät ist. Als Kind habe ich meiner Mutter oft bei der Arbeit zugeschaut, und ich weiß: Wenn eine bestimmte Menge Blut geflossen ist, gibt es keine Rettung mehr.

Ich knie mich neben Boggs und bin darauf eingestellt, dieselbe Rolle zu spielen wie bei Rue und der Morfixerin aus Distrikt 6, ich will ihm Halt geben, während er aus dem Leben geht. Aber Boggs macht sich mit beiden Händen an dem Holo zu schaffen. Er tippt einen Befehl ein, presst den Daumen auf den Bildschirm, um sich zu identifizieren, spricht eine Folge von Buchstaben und Zahlen als Antwort auf eine Eingabeaufforderung. Ein grüner Lichtstrahl kommt aus dem Holo und beleuchtet sein Gesicht. Er sagt: »Befehlsuntauglich. Übertrage die Oberste Sicherheitsprüfung an Gruppe vier-fünf-eins, Soldat Katniss Everdeen.« Mit letzter Kraft hält er mir das Holo vors Gesicht. »Sag deinen Namen.«

»Katniss Everdeen«, sage ich in den grünen Strahl. Plötzlich bin ich in dem Licht gefangen. Ich kann mich nicht bewegen, nicht mal blinzeln, während blitzschnell Bilder vor meinen Augen flackern. Werde ich gescannt? Aufgenommen? Geblendet? Das Licht verschwindet, und ich schüttele den Kopf, um die Gedanken zu verscheuchen. »Was haben Sie da gemacht?«

»Bereit machen zum Rückzug!«, brüllt Jackson.

Finnick schreit irgendwas zurück und zeigt zum anderen Ende des Straßenabschnitts, wo wir hergekommen sind. Schwarzes öliges Zeug spritzt wie aus einem Geysir aus der Straße, quillt zwischen den Gebäuden empor und bildet eine undurchdringliche dunkle Wand. Es scheint sich weder um eine Flüssigkeit noch um ein Gas zu handeln, weder um etwas Künstliches noch um etwas Natürliches. Mit Sicherheit ist es tödlich. Dorthin, woher wir gekommen sind, können wir nicht zurück.

Ohrenbetäubende Schüsse, als Gale und Leeg 1 das andere Ende des Straßenabschnitts ins Visier nehmen. Erst weiß ich nicht, was sie vorhaben, bis zehn Meter entfernt eine weitere Bombe hochgeht und ein Loch in die Straße reißt. Da begreife ich, dass es ein verzweifelter Versuch ist, die Straße von Minen zu räumen. Homes und ich packen Boggs und schleifen ihn hinter Gale her. Im Todeskampf fängt er an zu schreien, und ich will stehen bleiben, um nach einer anderen Möglichkeit zu suchen, aber die schwarze Masse erhebt sich über die Häuser, wölbt sich und rollt wie eine Welle auf uns zu.

Da werde ich nach hinten gerissen, muss Boggs loslassen, knalle auf die Steine. Vor mir steht Peeta. Er schaut auf mich herab, mit irrem Blick, zurückgeschleudert in das Land der Eingewebten. Er hat das Gewehr erhoben, jetzt stößt er es hinab, um mir den Schädel zu zertrümmern. Ich rolle mich weg, höre, wie der Kolben auf die Straße kracht, sehe aus dem Augenwinkel zwei kämpfende Körper, als Mitchell Peeta packt und ihn am Boden festhält. Doch Peeta, der immer schon stark war und jetzt befeuert ist durch den Wahn des Wespengifts, bekommt die Füße unter Mitchells Bauch und stößt ihn ein Stück die Straße hinunter.

Mit einem lauten Geräusch schnappt die Falle zu. Vier Drahtseile, die an Schienen an den Gebäudewänden befestigt sind, durchbrechen die Steine und ziehen das Netz hoch, das Mitchell einhüllt. Im nächsten Augenblick ist er blutüberströmt, und erst als wir die Widerhaken an dem Draht erkennen, in dem er gefangen ist, verstehe ich, warum. Und ich verstehe auch, was das für ein Draht ist: der Stacheldraht, der auf dem Zaun von Distrikt 12 war. Ich rufe Mitchell zu, er solle sich nicht bewegen, und da muss ich würgen von dem Geruch des schwarzen Zeugs, dick und teerartig. Die Welle hat ihren Scheitelpunkt erreicht und senkt sich langsam.

Gale und Leeg 1 schießen das Schloss der Eingangstür des Eckgebäudes kaputt und zielen dann auf die Drahtseile, an denen das Netz mit Mitchell hängt. Andere halten jetzt Peeta in Schach. Ich stürze zurück zu Boggs, und Homes und ich ziehen ihn in die Wohnung, durch ein Wohnzimmer in rosa und weißem Samt, auf den Marmorboden einer Küche. Dort brechen wir zusammen. Castor und Pollux schleppen einen sich windenden Peeta herein. Irgendwie schafft Jackson es, ihm Handschellen anzulegen, aber das macht ihn nur noch wilder, und es bleibt ihnen nicht anderes übrig, als ihn in einen Wandschrank zu sperren.

Draußen wird eine Tür zugeschlagen, laute Rufe sind zu hören. Dann stapfen Schritte durch den Flur, während die schwarze Welle an dem Haus vorbeirauscht. Von der Küche aus hören wir die Fenster ächzen und klirren. Der giftige Teer schwängert die Luft. Finnick trägt Messalla herein. Leeg 1 und Cressida kommen taumelnd und hustend hinter ihnen her.

»Gale!«, schreie ich.

Da ist er, knallt die Küchentür hinter sich zu und stößt mit Mühe ein einziges Wort aus: »Dämpfe!« Castor und Pollux schnappen sich Handtücher und Schürzen und stopfen sie in die Ritzen, während Gale sich in ein knallgelbes Waschbecken übergibt.

»Mitchell?«, fragt Homes. Leeg 1 schüttelt nur den Kopf.

Boggs drückt mir das Holo mit Gewalt in die Hand. Er bewegt die Lippen, aber ich kann nicht erkennen, was er sagt. Ich halte das Ohr an seinen Mund, um sein raues Flüstern zu verstehen. »Trau ihnen nicht. Kehr nicht zurück. Töte Peeta. Tu das, wofür du hergekommen bist.«

Ich beuge mich zurück, sodass ich sein Gesicht sehen kann. »Was meinen Sie? Boggs? Boggs?« Seine Augen sind offen, aber ohne Leben. In meiner Hand, mit seinem Blut verklebt, halte ich das Holo.

Das Trampeln von Peetas Füßen gegen die Schranktür durchbricht unser Keuchen. Während wir lauschen, scheint seine Kraft nachzulassen. Das Trampeln wird zu einem unregelmäßigen Trommeln. Dann nichts mehr. Ich frage mich, ob er jetzt auch gestorben ist.

»Ist er tot?«, fragt Finnick mit einem Blick auf Boggs. Ich nicke. »Wir müssen hier raus. Sofort. Wir haben gerade sämtliche Kapseln in der Straße ausgelöst. Garantiert haben sie uns mit der Überwachungskamera erfasst.«

»Davon kannst du ausgehen«, sagt Castor. »Die Straßen sind voller Überwachungskameras. Ich wette, dass sie die schwarze Welle von Hand ausgelöst haben, als sie sahen, dass wir den Propo aufnehmen.«

»Unsere Funkgeräte haben den Geist aufgegeben. Vermutlich durch einen elektromagnetischen Impuls. Aber ich bringe uns zurück zum Lager. Gib mal das Holo her.« Jackson streckt die Hand danach aus, doch ich drücke es an die Brust.

»Nein. Boggs hat es mir gegeben«, sage ich.

»Mach dich nicht lächerlich«, sagt sie barsch. Sie denkt natürlich, dass es ihr zusteht. Sie ist Boggs' Stellvertreterin.

»Es stimmt«, sagt Homes. »Er hat die Oberste Sicherheitsprüfung auf sie übertragen, als er im Sterben lag. Ich war dabei.«

»Weshalb hätte er das tun sollen?«, fragt Jackson.

Ja, weshalb? Mir schwirrt der Kopf von den entsetzlichen Ereignissen der letzten fünf Minuten – Boggs verstümmelt, sterbend, tot, Peetas brutale Raserei, Mitchell blutüberströmt, im Netz gefangen und von der widerlichen schwarzen Welle verschluckt. Ich drehe mich zu Boggs um, gerade jetzt bräuchte ich ihn so dringend. Auf einmal bin ich überzeugt, dass er, und vielleicht nur er, voll und ganz auf meiner Seite war. Ich denke an seine letzten Befehle …

»Trau ihnen nicht. Kehr nicht zurück. Töte Peeta. Tu das, wofür du hergekommen bist.«

Was hat er gemeint? Wem soll ich nicht trauen? Den Rebellen? Coin? Den Leuten, die mich jetzt anschauen? Zurückkehren werde ich nicht, aber er muss wissen, dass ich Peeta nicht einfach eine Kugel in den Kopf jagen kann. Oder doch? Sollte ich das tun? Hat Boggs geahnt, dass ich eigentlich hergekommen bin, um zu desertieren und Snow im Alleingang umzubringen?

Ich komme hier einfach nicht weiter, also beschließe ich, erst mal Befehl Nummer eins und zwei auszuführen: niemandem zu trauen und weiter ins Kapitol vorzudringen. Aber wie soll ich das den anderen erklären? Wie bringe ich sie dazu, dass ich das Holo behalten kann?

»Weil ich im Sonderauftrag von Präsidentin Coin unterwegs

bin. Ich glaube, Boggs war der Einzige, der darüber Bescheid wusste.«

Das kann Jackson nicht überzeugen. »Und was für ein Sonderauftrag soll das sein?«

Warum nicht einfach die Wahrheit sagen? Sie ist nicht unglaubwürdiger als alles, was ich mir ausdenken könnte. Aber es muss nach einem echten Auftrag aussehen, nicht nach einer Racheaktion. »Präsident Snow zu töten, bevor die Verluste durch diesen Krieg nicht wiedergutzumachen sind.«

»Das nehme ich dir nicht ab«, sagt Jackson. »Als dein derzeitiger Kommandant befehle ich dir, die Oberste Sicherheitsprüfung auf mich zu übertragen.«

»Nein«, sage ich. »Damit würde ich gegen den Befehl von Präsidentin Coin verstoßen.«

Die Gewehre sind im Anschlag, die eine Hälfte ist auf Jackson gerichtet, die andere Hälfte auf mich. Es sieht so aus, als müsste eine von uns sterben, aber da meldet sich Cressida zu Wort. »Es stimmt. Deshalb sind wir hier. Plutarch will es aufzeichnen. Er denkt sich, wenn wir filmen können, wie der Spotttölpel Snow tötet, wird der Krieg zu Ende sein.«

Das lässt sogar Jackson zögern. Dann zeigt sie mit ihrem Gewehr zum Wandschrank. »Und warum ist er dann hier?«

Eins zu null für sie. Mir fällt kein vernünftiger Grund ein, weshalb Coin einen so labilen Jungen, der darauf programmiert ist, mich zu töten, herschicken sollte, wenn es um einen derart entscheidenden Auftrag geht. Wieder springt Cressida mir bei. »Die beiden Interviews mit Caesar Flickerman nach den letzten Spielen wurden doch in Präsident Snows Privatquartier aufgenommen. Deshalb meint Plutarch, Peeta könnte uns als Führer nützlich sein. Wir kennen uns dort ja nicht aus.«

Ich würde Cressida gern fragen, weshalb sie für mich lügt, weshalb sie dafür kämpft, dass wir mit meinem angeblichen Auftrag weitermachen können. Aber dafür ist jetzt nicht der richtige Moment.

»Wir müssen los!«, sagt Gale. »Ich folge Katniss. Wenn ihr nicht wollt, geht zurück zum Lager. Aber bewegt euch!«

Homes schließt den Wandschrank auf und schwingt sich den bewusstlosen Peeta über die Schulter. »Ich bin bereit.«

»Was ist mit Boggs?«, fragt Leeg 1.

»Wir können ihn nicht mitnehmen. Er würde das verstehen«, sagt Finnick. Er macht Boggs' Gewehr los und hängt es sich um die Schulter. »Geh voran, Soldat Everdeen!«

Ich weiß nicht, wie man vorangeht. Ich schaue auf das Holo, damit es mir die Richtung weist. Es ist immer noch eingeschaltet, aber ich kann so wenig damit anfangen, dass es genauso gut ausgeschaltet sein könnte. Ich habe jetzt keine Zeit, auf die Knöpfe zu drücken und herumzuprobieren, wie es funktioniert. »Ich weiß nicht, wie man damit umgeht. Boggs hat gesagt, Sie würden mir helfen«, sage ich zu Jackson. »Er hat gesagt, ich könne auf Sie zählen.«

Jackson guckt finster, reißt mir das Holo aus der Hand und tippt ein Kommando ein. Eine Kreuzung erscheint. »Wenn wir hinten zur Küchentür hinausgehen, kommen wir auf einen kleinen Hof, dann zur Rückseite eines weiteren Eckgebäudes. Wir haben hier eine Übersicht über die vier Straßen, die sich an der Kreuzung treffen.« Ich versuche, mich zu orientieren, während ich auf die Abbildung der Kreuzung schaue, wo an allen Ecken Kapseln blinken. Und das sind nur die Kapseln, von denen Plutarch weiß. Das Holo hat nicht angezeigt, dass die Stelle, die wir gerade verlassen haben, vermint war, dass es einen schwarzen Geysir gab und dass das Netz aus Stacheldraht bestand. Außerdem könnten uns Friedenswächter in die Quere kommen, jetzt, da sie unseren Standort kennen. Ich beiße mir auf die Lippe, aller Augen sind auf mich gerichtet. »Setzt die Masken auf. Wir gehen raus, wie wir reingekommen sind.«

Heftiger Widerspruch. Ich versuche die anderen zu übertönen. »Wenn die Welle so stark war, hat sie vielleicht die anderen Kapseln auf unserem Weg ausgelöst und geschluckt.«

Die anderen denken nach. Pollux macht seinem Bruder Zeichen. »Vielleicht hat sie auch die Kameras unbrauchbar gemacht«, übersetzt Castor. »Die Linsen verschmutzt.«

Gale stellt einen Stiefel auf die Anrichte und untersucht den schwarzen Spritzer auf der Spitze. »Ätzend ist das Zeug nicht. Ich glaube, sie wollten uns entweder ersticken oder vergiften.«

»Wahrscheinlich unsere größte Chance«, sagt Leeg 1.

Die Masken werden aufgesetzt. Finnick setzt Peeta die Maske auf das reglose Gesicht. Cressida und Leeg 1 stützen den benebelten Messalla.

Ich warte darauf, dass sich jemand an die Spitze stellt, bis mir klar wird, dass das jetzt meine Aufgabe ist. Ich drücke gegen die Küchentür, die mühelos aufgeht. Eine zentimeterhohe Schicht des schwarzen Zeugs hat sich vom Wohnzimmer aus über zwei Drittel des Wegs bis zum Flur ausgebreitet. Als ich es vorsichtig mit der Stiefelspitze teste, stelle ich fest, dass es eine gelartige Konsistenz hat. Ich hebe den Fuß, da zieht es sich leicht und nimmt dann wieder die alte Form an. Ich mache drei Schritte in dem Gel und schaue mich um. Keine Fußspuren. Das ist das erste Gute, was heute passiert. Während ich das Wohnzimmer durchquere, wird das Gel etwas dicker. Vorsichtig mache ich die Haustür auf und erwarte, dass das Zeug literweise hereinströmt, aber auch draußen ist es fest.

Der zuvor orange-rosafarbene Straßenabschnitt sieht so aus, als hätte man ihn in schwarzen Lack getaucht und dann zum Trocknen ausgebreitet. Pflastersteine, Häuser, selbst die Dächer sind mit dem Gel bedeckt. Eine große Träne hängt über der Straße. Zwei Gebilde ragen aus der Träne heraus. Ein Gewehrlauf und eine menschliche Hand. Mitchell. Ich bleibe auf dem Gehweg stehen und starre hinauf, bis die ganze Gruppe bei mir ist.

»Wenn jemand zurückgehen will, aus welchem Grund auch immer, dann ist jetzt der richtige Moment«, sage ich. »Es wird keine Fragen geben und keine Vorwürfe.« Niemand scheint den Rückzug antreten zu wollen. Also marschiere ich weiter in das Kapitol hinein, wir haben nicht viel Zeit. Hier ist das Gel höher, über zehn Zentimeter. Jedes Mal, wenn man den Fuß hebt, macht es ein saugendes Geräusch, aber wir hinterlassen immer noch keine Spuren.

Die Welle muss gewaltig gewesen sein, mehrere Straßenabschnitte vor uns sind betroffen. Ich trete ganz vorsichtig auf, aber ich glaube, dass ich recht hatte; es wurden weitere Kapseln ausgelöst. An einer Stelle ist die Straße mit toten goldenen Jägerwespen gesprenkelt. Bestimmt sind sie sofort in den Dämpfen umgekommen. Ein Stück weiter ist ein ganzer Wohnblock eingestürzt, ein großer Schutthaufen, bedeckt von Gel. An den Kreuzungen hebe ich die Hand, zum Zeichen für die anderen, dass sie warten sollen, dann renne ich los und prüfe die Lage. Doch offenbar hat die Welle die Kapseln besser entschärft, als jede Rebellentruppe es vermocht hätte.

Von der fünften Querstraße an lassen die Auswirkungen der

Welle allmählich nach. Hier ist das Gel nur noch zwei Zentimeter hoch und an der nächsten Kreuzung sehe ich schon die babyblauen Dächer hindurchschimmern. Das Licht des Nachmittags schwindet langsam, wir müssen unbedingt einen Unterschlupf finden und das weitere Vorgehen planen. Ich entscheide mich für einen Wohnblock etwas weiter unten in der Straße. Homes bricht das Schloss auf und ich befehle den anderen hineinzugehen. Ich bleibe noch einen Moment vor der Tür stehen, schaue zu, wie die letzten Fußspuren verschwinden, dann gehe auch ich hinein und schließe die Tür.

In unsere Gewehre sind Taschenlampen eingebaut, die jetzt ein großes Wohnzimmer erleuchten. Die verspiegelten Wände reflektieren bei jeder Bewegung unsere Gesichter. Gale überprüft die Fenster, sie sind unbeschädigt, und er nimmt die Maske ab. »Hier geht es. Man kann es riechen, aber nicht so stark.«

Die Wohnung ist genauso geschnitten wie die erste, in die wir uns geflüchtet hatten. Wegen des Gels kommt von vorn kein Tageslicht herein, doch die Rollläden in der Küche lassen etwas hindurch. Vom Flur gehen zwei Schlafzimmer mit Bad ab. Eine gewundene Treppe führt vom Wohnzimmer hinauf in den ersten Stock, der aus einem offenen Raum besteht. Oben gibt es keine Fenster, doch das Licht brennt noch, vermutlich mussten die Leute die Wohnung überstürzt verlassen. Ein riesiger Fernseher, der schwach leuchtet, nimmt eine ganze Wand ein. Plüschsessel und -sofas sind locker im Raum verteilt. Dort versammeln wir uns, lassen uns in die Polster sinken, versuchen zu Atem zu kommen.

Jackson hält das Gewehr auf Peeta gerichtet, obwohl er immer noch bewusstlos und in Handschellen ist. Homes hat ihn auf einem tiefblauen Sofa abgelegt. Was soll ich bloß mit ihm machen? Und mit dem Team? Mit allen, wenn ich ehrlich sein soll, außer Gale und Finnick? Denn die beiden hätte ich schon gern dabei, wenn ich Snow ausfindig mache. Aber selbst wenn ich mit dem Holo umgehen könnte, würde es mich überfordern, zehn Leute auf angeblicher Geheimmission durchs Kapitol zu führen. Hätte ich sie zurückschicken sollen, als es noch möglich war? Oder wäre das zu gefährlich gewesen? Für sie wie auch für mein Vorhaben? Vielleicht hätte ich nicht auf Boggs hören sollen, möglicherweise war er schon nicht mehr ganz bei sich. Vielleicht wäre es das Beste, wenn ich jetzt einfach die Wahrheit sage, aber dann würde Jackson das Kommando übernehmen und wir würden zurück zum Lager gehen. Und dort müsste ich Coin Rede und Antwort stehen.

Das Chaos, in das ich die anderen mit hineingezogen habe, wird meinem Kopf gerade zu viel, da lässt eine Reihe von Explosionen in der Ferne den Raum vibrieren.

»Das war ziemlich weit weg«, meint Jackson. »Bestimmt vier oder fünf Querstraßen weiter.«

»Wo wir Boggs zurückgelassen haben«, sagt Leeg 1.

Obwohl niemand den Fernseher berührt hat, flackert er plötzlich auf. Ein hoher Pfeifton erklingt und einige springen auf.

»Keine Panik!«, ruft Cressida. »Das ist nur eine Sondersendung. Alle Fernseher im Kapitol schalten sich automatisch ein.«

Die Kameras zeigen uns, kurz nachdem Boggs von der Mine erwischt wurde. Ein Kommentator erzählt aus dem Off, was zu sehen ist, während wir versuchen, uns neu zu formieren und auf das schwarze Gel zu reagieren, und alles aus dem Ruder läuft. Wir schauen uns das Durcheinander an, das folgt, bis die Welle alles verdunkelt. Als Letztes sehen wir, wie Gale, allein auf der Straße, die Drahtseile zu durchschießen versucht, die Mitchell halten.

Der Kommentator nennt Gale, Finnick, Boggs, Peeta, Cressida und mich beim Namen.

»Keine Luftaufnahmen. Boggs hatte anscheinend recht, was ihre Hovercrafts angeht«, sagt Castor. Mir wäre das gar nicht aufgefallen, aber ein Kameramann merkt so etwas wahrscheinlich sofort.

Der Bericht wird fortgesetzt aus dem Hof hinter der Wohnung, in der wir Unterschlupf gefunden hatten. Friedenswächter säumen das Dach des gegenüberliegenden Hauses. Granaten werden auf die Häuserreihen abgefeuert, es sind die Explosionen, die wir gehört haben, und das Gebäude zerfällt zu Schutt und Asche.

Jetzt schalten sie live zu dem Geschehen. Eine Reporterin steht zusammen mit den Friedenswächtern auf dem Dach. Hinter ihr das brennende Wohnhaus. Feuerwehrleute versuchen die Flammen mit Wasserschläuchen unter Kontrolle zu bringen. Wir werden für tot erklärt.

»Endlich haben wir mal Glück«, sagt Homes.

Er hat recht. Das ist auf jeden Fall besser, als wenn das Kapitol hinter uns her wäre. Aber ich stelle mir vor, wie die Sendung in Distrikt 13 läuft. Wo meine Mutter und Prim, Hazelle und ihre Kinder, Annie, Haymitch und viele andere glauben, dass sie uns soeben haben sterben sehen.

»Mein Vater. Gerade hat er meine Schwester verloren, und jetzt …«, sagt Leeg 1.

Sie zeigen die Bilder immer wieder. Schwelgen in ihrem Sieg, vor allem über mich. Die aktuelle Berichterstattung wird unterbrochen und ein Zusammenschnitt über den Aufstieg des Spotttölpels als Rebellenführerin eingespielt – das haben sie sicher schon lange vorbereitet, es wirkt ziemlich perfekt. Danach gibt es wieder eine Liveschaltung und einige Reporter äußern sich zu meinem wohlverdienten Ende. Später, so versprechen sie, wird Snow eine offizielle Stellungnahme abgeben. Der Bildschirm schaltet sich ab und leuchtet nur noch schwach, wie zuvor.

Die Rebellen haben keinen Versuch unternommen, die Sendung zu unterbrechen, also glauben sie wohl, dass der Bericht der Wahrheit entspricht. Wenn es so ist, sind wir wirklich auf uns allein gestellt.

»Und was machen wir als Nächstes, jetzt, wo wir tot sind?«, fragt Gale.

»Das liegt doch auf der Hand.« Niemand hatte bemerkt, dass Peeta wieder zu sich gekommen ist. Ich weiß nicht, wie lange er zugeschaut hat, doch nach seinem Gesichtsausdruck zu urteilen, hat er mitbekommen, was auf der Straße passiert ist. Dass er ausgerastet ist, mir den Kopf einschlagen wollte und Mitchell in die Kapsel gestoßen hat. Unter Schmerzen richtet er sich auf und sagt zu Gale:

»Als Nächstes … töten wir mich.«

21

Das ist das zweite Mal innerhalb einer Stunde, dass jemand Peetas Tod fordert.

»Sei nicht albern«, sagt Jackson.

»Aber ich habe doch gerade einen von uns ermordet!«, ruft Peeta.

»Du hast ihn von dir fortgestoßen. Du konntest ja nicht wissen, dass das Netz ausgerechnet an dieser Stelle ausgelöst wird«, versucht Finnick ihn zu beruhigen.

»Na und? Er ist tot, oder?« Tränen laufen Peeta übers Gesicht. »Ich habe das nicht geahnt. Ich habe mich so noch nie erlebt. Katniss hat recht. Ich bin das Monster. Ich bin die Mutation. Snow hat mich in eine Waffe verwandelt!«

»Du kannst nichts dafür, Peeta«, sagt Finnick.

»Ihr könnt mich nicht mitnehmen. Es ist nur eine Frage der Zeit, bis ich den Nächsten umbringe.« Peeta schaut in unsere unschlüssigen Gesichter. »Ihr findet es vielleicht menschlicher, mich einfach zurückzulassen. Damit ich mich irgendwie durchschlage. Aber dann könnt ihr mich gleich dem Kapitol ausliefern. Denkt ihr, ihr tätet mir einen Gefallen, wenn ihr mich zu Snow zurückschickt?«

Peeta. Wieder in Snows Hand. Gefoltert und gequält, bis sein früheres Ich endgültig zerstört ist.

Aus irgendeinem Grund kommt mir die letzte Strophe vom »Henkersbaum« in den Sinn. Wo der Mann seine Geliebte lieber tot wissen will, als dass sie das Böse in der Welt mit ansehen muss.

> Kommst du, kommst du,
> Kommst du zu dem Baum,
> Ein Seil als Kette, Seite an Seite mit mir?
> Seltsames trug sich hier zu.
> Nicht seltsamer wäre es,
> Träfen wir uns bei Nacht im Henkersbaum.

»Bevor das passiert, töte ich dich«, sagt Gale. »Versprochen.«

Peeta zögert, als wollte er abwägen, ob er darauf vertrauen kann, dann schüttelt er den Kopf. »Das bringt nichts. Was, wenn du gerade nicht da bist? Ich möchte eine Giftpille, so eine, wie ihr alle habt.«

Nachtriegel. Eine ist noch im Lager, in der Geheimtasche meines Spotttölpelkostüms. Eine weitere trage ich in der Brusttasche meiner Uniform. Interessant, dass sie Peeta keine gegeben haben. Vielleicht befürchtet Coin, er könnte sie nehmen, bevor er die Gelegenheit bekommt, mich zu töten. Es ist nicht klar, was Peeta damit vorhat: Will er sich jetzt gleich umbringen, damit wir ihn nicht töten müssen, oder möchte er sie nur sicherheitshalber, für den Fall, dass das Kapitol ihn erneut gefangen nimmt? Was angesichts seines Zustands früher oder später garantiert passieren würde. Und was es für uns andere natürlich leichter machen würde. Dann müssten wir ihn nicht erschießen. Das Problem, wie wir mit seinen gemeingefährlichen Anfällen umgehen, wäre dadurch jedenfalls gelöst.

Ob es an den Sprengkapseln liegt, an der Angst oder daran, dass ich Boggs habe sterben sehen – jedenfalls komme ich mir wieder vor wie in der Arena. Als hätte ich sie nie verlassen. Und wieder kämpfe ich nicht nur um mein eigenes Überleben, sondern auch um Peetas. Wie befriedigend, wie amüsant es für Snow wäre, wenn er mich dazu bringen könnte, Peeta zu töten. Sodass ich ihn für den kleinen Rest meines Lebens auf dem Gewissen hätte.

»Es geht nicht um dich«, sage ich. »Wir haben einen Auftrag. Und dafür brauchen wir dich.« Ich schaue zu den anderen. »Meint ihr, wir finden hier was zu essen?«

Abgesehen von dem Erste-Hilfe-Set und den Kameras besitzen wir nur unsere Uniformen und unsere Waffen.

Die eine Hälfte bleibt da, um Peeta zu bewachen und den Fernseher wegen weiterer Auftritte Snows im Auge zu behalten, während die anderen auf die Jagd nach Essbarem gehen. Messalla erweist sich als besonders nützlich, denn er hat in einem ganz ähnlichen Apartment gelebt und weiß, wo die Leute ihre Nahrungsmittel versteckt haben könnten. Zum Beispiel in dem Stauraum hinter dem Schlafzimmerspiegel oder hinter dem leicht zu öffnenden Gitter vor dem Belüftungsschacht im Flur. Die Küchenregale sind zwar leer, aber dank Messalla finden wir gut dreißig Konserven und mehrere Schachteln Kekse.

Die Soldaten aus 13 sind empört. »Ist es nicht illegal, Lebensmittel zu horten?«, fragt Leeg 1.

»Im Gegenteil, im Kapitol gilt man als Dummkopf, wenn man es nicht tut«, erwidert Messalla. »Selbst vor dem Jubel-Jubiläum haben die Leute Vorräte von knappen Gütern angelegt.«

»Während andere nichts abbekamen«, sagt Leeg 1.

»Richtig«, antwortet Messalla. »So läuft das hier.«

»Gott sei Dank, sonst hätten wir jetzt kein Abendessen«, wirft Gale ein. »Nehmt euch jeder eine Dose.«

Ein paar unserer Begleiter zögern, aber eigentlich spricht nichts dagegen. Ich habe jetzt wirklich keine Lust, alles in elf gleiche Portionen aufzuteilen, gemäß Alter, Gewicht und körperlicher Belastung. Ich greife in den Dosenhaufen und will mir schon eine Dose Kabeljausuppe nehmen, da hält Peeta mir eine andere hin: »Hier, für dich.«

Ich nehme sie, obwohl ich nicht weiß, was es ist. Dann schaue ich auf das Etikett. LAMMEINTOPF.

Sofort kommen die Erinnerungen hoch an den Regen, der durch das Gestein tropft, an meine unbeholfenen Flirtversuche und an den Duft meiner Leibspeise aus dem Kapitol in der kalten Luft, und ich presse die Lippen zusammen. Ein bisschen davon muss also noch in Peetas Gehirn übrig sein. Wie glücklich wir waren, wie hungrig und einander so nah, als dieser Picknickkorb vor unserer Höhle heruntergesegelt kam. »Danke.« Ich öffne den Deckel. »Sogar mit Trockenpflaumen.« Ich biege den Deckel zu einem provisorischen Löffel zurecht und schaufele mir einen Happen in den Mund. Jetzt schmeckt dieser Ort sogar wie die Arena.

Während wir eine Schachtel Kekse mit Cremefüllung herumreichen, fängt es wieder an zu piepen. Das Wappen von Panem erstrahlt auf dem Bildschirm und bleibt dort für die Dauer der Hymne. Dann zeigen sie die Bilder der Toten, wie damals in der Arena die der gefallenen Tribute. Zuerst die vier Gesichter unseres Fernsehteams, gefolgt von Boggs, Gale, Finnick, Peeta und mir. Bis auf Boggs interessieren sie sich nicht für die Soldaten aus Distrikt 13, entweder weil sie keine Ahnung haben, wer sie sind, oder weil sie denken, dass sie den Zuschauern sowieso nichts sagen. Dann erscheint er höchstpersönlich, am Schreibtisch sitzend, hinter sich die Flagge, die frische weiße Rose am Revers. Offenbar hat er eine weitere Schönheitsoperation hinter sich, denn seine Lippen sind noch aufgedunsener als sonst. Und sein Vorbereitungsteam sollte wirklich etwas sparsamer mit dem Rouge umgehen.

Snow beglückwünscht die Friedenswächter zu ihrer Großtat, er ehrt sie, weil sie das Land von der Bedrohung durch den Spotttölpel befreit haben. Mein Tod wird die Wende in diesem Krieg sein, prophezeit er, denn die demoralisierten Rebellen haben nun niemanden mehr, dem sie folgen können. Und wer war ich auch schon? Ein armes, labiles Mädchen, das ein bisschen mit Pfeil und Bogen umgehen konnte. Kein großer Denker, nicht der Stratege der Rebellion, nur ein Gesicht, das herausgepickt wurde, weil ich mit meinen Eskapaden während der Spiele die Aufmerksamkeit der Nation auf mich gelenkt hatte. Aber absolut notwendig, weil die Rebellen keinen richtigen Führer haben.

Irgendwo in Distrikt 13 legt Beetee einen Schalter um, denn plötzlich ist es nicht mehr Präsident Snow, der zu uns spricht, sondern Präsidentin Coin. Sie stellt sich den Zuschauern von Panem vor, gibt sich als Kopf der Rebellion zu erkennen und hebt zu einer Lobrede auf mich an. Lobt das Mädchen, das den Saum und die Hungerspiele überlebt und ein Land der Sklaven in eine Armee von Freiheitskämpfern verwandelt hat. »Tot oder lebendig, Katniss Everdeen wird das Gesicht der Rebellion bleiben. Solltet ihr je in eurer Entschlossenheit schwanken, denkt an den Spotttölpel, denn in ihm werdet ihr die Stärke finden, die ihr braucht, um Panem von seinen Unterdrückern zu befreien.«

»Wusste gar nicht, dass ich ihr so viel bedeute«, sage ich und ernte damit Gelächter von Gale und fragende Blicke von den anderen.

Ein stark bearbeitetes Foto von mir wird eingeblendet: eine wilde Schönheit vor einem Hintergrund aus lodernden Flammen. Kein Text. Kein Slogan. Im Moment brauchen sie nur mein Gesicht.

Beetee überlässt das Ruder wieder Snow, der sehr gefasst wirkt. Aber ich spüre, dass der Präsident den Notkanal für unangreifbar gehalten hat, und deshalb wird heute Abend jemand sterben müssen. »Morgen früh, wenn wir Katniss Everdeens Körper aus den Trümmern ziehen, werden wir genau sehen, wer der Spotttölpel ist. Ein totes Mädchen, das niemanden retten konnte, nicht mal sich selbst.« Wappen, Hymne, aus.

»Nur dass ihr sie nicht finden werdet«, sagt Finnick zu dem leeren Bildschirm und spricht aus, was wir wohl alle denken. Die Galgenfrist wird kurz sein. Sobald sie sich durch die Trümmer gegraben haben und dahinterkommen, dass elf Körper fehlen, werden sie wissen, dass wir entkommen sind.

»Immerhin haben wir einen Vorsprung«, sage ich. Plötzlich bin ich unheimlich müde. Ich möchte mich nur noch auf das grüne Plüschsofa da drüben legen und einschlafen. Mich in eine Decke aus Kaninchenfell und Gänsedaunen einwickeln. Stattdessen ziehe ich das Holo hervor und bestehe darauf, dass Jackson mir eine Einführung gibt, wie man die Koordinaten des nächsten Kartennetzschnittpunkts eingibt, damit ich halbwegs mit dem Apparat umgehen kann. Als das Holo unsere Umgebung zeigt, rutscht mir das Herz in die Hose. Wir müssen ganz in der Nähe von zentralen Zielen sein, denn die Zahl der Kapseln hat beträchtlich zugenommen. Wie sollen wir je in diesen Strauß aus blinkenden Lichtern vordringen, ohne entdeckt zu werden? Es geht nicht. Und wenn es nicht geht, sind wir gefangen wie Vögel in einem Netz. Ich werde vor diesen Leuten lieber nicht die Überlegene spielen. Zumal mein Blick immer wieder zu dem grünen Sofa wandert. Also sage ich: »Hat einer eine Idee?«

»Lasst uns erst mal sammeln, was alles nicht geht«, meint Finnick. »Die Straße scheidet aus.«

»Dasselbe gilt für die Dächer«, sagt Leeg 1.

»Vielleicht können wir uns zurückziehen und den Weg nehmen, den wir gekommen sind«, sagt Homes. »Aber damit wäre unser Auftrag gescheitert.«

Sofort habe ich ein schlechtes Gewissen, schließlich habe ich besagten Auftrag frei erfunden. »Es war nie geplant, dass so viele weitergehen sollten. Ihr hattet nur das Pech, bei mir zu sein.«

»Ach, das ist doch eine müßige Diskussion. Jetzt sind wir eben bei dir und basta«, erwidert Jackson. »Hier können wir jedenfalls nicht bleiben. Nach oben können wir nicht. Zur Seite können wir nicht. Damit haben wir nur noch eine Option, denke ich.«

»Den Untergrund«, sagt Gale.

Den Untergrund. Den ich hasse. So wie Minen und Tunnel und Distrikt 13. Ich fürchte mich davor, im Untergrund zu sterben, was natürlich töricht ist, denn selbst wenn ich über der Erde sterbe, komme ich anschließend unter die Erde.

Das Holo zeigt sowohl die oberirdischen als auch die unterirdischen Kapseln an. Unter der Erde sind die sauberen, verlässlichen Linien des Straßenplans mit einem Gewirr aus Tunneln verschlungen. Dafür gibt es dort dem Anschein nach weniger Kapseln.

Laut Holo befindet sich zwei Türen weiter ein senkrechter Schacht, der unsere Apartmentreihe mit den Tunneln verbindet. Um in das Apartment mit dem Schacht zu gelangen, werden wir uns durch einen Versorgungsschacht quetschen müssen, der über die gesamte Länge des Gebäudes verläuft. In diesen Schacht gelangen wir durch die Rückwand eines Einbauschranks im Obergeschoss.

»Also dann. Erst mal alle Spuren beseitigen«, sage ich. Wir machen uns ans Werk. Die leeren Dosen werfen wir in einen Müllschlucker, die vollen stecken wir für später ein, blutverschmierte Sofakissen werden umgedreht, Schmierspuren von den Fliesen gewischt. Das Türschloss lässt sich nicht reparieren, doch wir legen einen zweiten Riegel vor, sodass die Tür wenigstens nicht gleich bei der kleinsten Berührung aufschwingt.

Bleibt nur noch Peeta, mit dem wir fertigwerden müssen. Er sitzt auf dem blauen Sofa und rührt sich nicht vom Fleck. »Ich komme nicht mit. Entweder würde ich eure Position verraten oder jemanden verletzen.«

»Hier werden Snows Leute dich finden«, sagt Finnick.

»Dann lasst mir eine Pille da. Ich werde sie nur nehmen, wenn es sein muss«, sagt Peeta.

»Schlag dir das aus dem Kopf. Komm jetzt«, sagt Jackson.

»Und wenn nicht? Erschießt ihr mich dann?«, fragt Peeta.

»Wir werden dich bewusstlos schlagen und mitschleppen«, sagt Homes. »Und das wird uns langsamer machen und zusätzlich gefährden.«

»Spart euch den Edelmut! Es ist mir egal, wenn ich sterbe!« Flehentlich wendet er sich an mich. »Katniss, bitte. Siehst du nicht, dass ich von euch wegwill?«

Ich sehe es durchaus, das ist ja das Problem. Warum kann

ich ihn nicht einfach gewähren lassen? Ihm eine Pille geben, auf den Abzug drücken? Vielleicht, weil er mir einfach zu viel bedeutet? Oder weil ich Snow den Sieg nicht gönne? Ist Peeta zu einer Figur in meinen privaten Spielen geworden? Das wäre abscheulich, aber ich kann es nicht ausschließen. Falls es sich so verhält, wäre es gütiger, Peeta hier und jetzt zu töten. Doch Güte ist nicht das, was mich antreibt. »Wir verlieren hier nur Zeit. Kommst du jetzt freiwillig mit oder müssen wir dich bewusstlos schlagen?«

Peeta vergräbt kurz das Gesicht in den Händen, dann steht er auf.

»Sollen wir ihm die Handschellen abnehmen?«, fragt Leeg 1.

»Nein!«, knurrt Peeta sie an und presst die gefesselten Hände an seinen Körper.

»Nein!«, sage auch ich. »Aber ich möchte den Schlüssel.« Jackson reicht ihn mir wortlos. Ich stecke ihn in die Hosentasche, wo er gegen die Perle klickert.

Als Homes die kleine Eisentür zum Versorgungsschacht öffnet, stehen wir vor einem neuen Problem. Er ist zu eng für die Insektenpanzer. Castor und Pollux setzen sie ab und lösen die Ersatzkameras für den Notfall. Sie haben die Größe eines Schuhkartons und erfüllen ihren Zweck wahrscheinlich genauso. Messalla weiß nicht, wo wir die sperrigen Gehäuse verschwinden lassen könnten, deshalb verstecken wir sie einfach im Wandschrank. Es ärgert mich, dass wir eine so leicht auffindbare Spur hinterlassen, aber was bleibt uns anderes übrig?

Im Gänsemarsch gehen wir hintereinanderher, Gepäck und Ausrüstung tragen wir vor uns her. Trotzdem ist es sehr beengt. Wir lassen das erste Apartment links liegen und kommen im zweiten wieder zum Vorschein. In einem der Schlafzimmer entdecken wir eine Tür mit der Aufschrift VERSORGUNG. Dahinter befindet sich der Raum mit dem Einstieg in den Schacht zum Tunnelsystem.

Während Messalla stirnrunzelnd auf die große runde Abdeckung blickt, kehrt er einen Augenblick lang in seine alte Pingelwelt zurück. »Deshalb will keiner die Mitteleinheit haben. Ständig kommen Arbeiter und ein zweites Bad gibt es auch nicht. Dafür ist die Miete aber beträchtlich niedriger.« Er bemerkt Finnicks amüsierten Gesichtsausdruck und fügt hinzu: »Ach, egal.«

Die Abdeckung lässt sich leicht entriegeln. Eine breite Leiter mit Gummiprofilen auf den Sprossen ermöglicht einen problemlosen Abstieg ins Innere der Stadt. Am Fuß der Leiter sammeln wir uns und warten, bis sich unsere Augen an die matten Lichtstreifen gewöhnt haben. Die Luft hier unten ist eine Mischung aus Chemikalien, Schimmel und Abwässern.

Pollux ist ganz blass, er schwitzt und muss sich an Castors Handgelenk festhalten. Als würde er gleich umkippen.

»Mein Bruder hat hier unten gearbeitet, nachdem er zum Avox wurde«, sagt Castor. Natürlich. Wer sonst würde ihnen diese nasskalten, übel riechenden Passagen instand halten, die auch noch mit Kapseln vermint sind? »Es hat fünf Jahre gedauert, bis wir ihn freikaufen konnten. In dieser Zeit hat er nicht ein Mal die Sonne gesehen.«

Unter günstigeren Umständen, an einem Tag mit weniger Schrecken und mehr Ruhe, wüsste sicher gleich einer die angemessenen Worte darauf. So aber stehen wir alle eine gute Weile da und suchen nach einer Antwort.

Schließlich wendet sich Peeta an Pollux. »Na, dann bist du

soeben zu unserem wertvollsten Mitstreiter geworden.« Castor lacht und auch Pollux bringt ein Lächeln zustande.

Erst als wir die Hälfte des ersten Tunnels hinter uns haben, wird mir bewusst, was an dieser Antwort so bemerkenswert war. Peeta klang wie sein altes Ich, das stets die richtigen Worte fand, wenn es sonst niemand konnte. Ironisch, aufmunternd, ein bisschen lustig, aber nie auf Kosten anderer. Ich schaue mich rasch nach ihm um, wie er zwischen seinen Bewachern Gale und Jackson voranstapft, den Blick starr nach unten gerichtet, die Schultern vorgebeugt. Unheimlich mutlos. Doch einen Augenblick lang ist er wirklich hier gewesen.

Peeta hat recht. Pollux ist besser als zehn Holos. Es gibt hier ein einfaches Grundnetz aus breiten Tunneln, die den wichtigsten Haupt- und Querstraßen folgen und praktisch eine exakte Kopie des Straßenverlaufs über der Erde darstellen. Dieses Netz heißt Transfer, es kann von Kleinlastern befahren werden, die in der ganzen Stadt Waren anliefern. Tagsüber sind die vielen Kapseln deaktiviert, aber nachts ist es das reinste Minenfeld. Daneben gibt es Hunderte von weiteren Verbindungen, Versorgungsschächten, Gleisanlagen und Abwasserrohren, die das Ganze zu einem Labyrinth auf mehreren Ebenen machen. Pollux kennt sich hervorragend aus und warnt uns vor Gefahren, die für Ortsfremde katastrophal wären. Er sagt uns, in welchem Seitengang man Gasmasken braucht oder wo man auf Stromleitungen und die bibergroßen Ratten trifft. Er warnt uns vor dem in regelmäßigen Abständen hervorschießenden Wasser in den Kanälen, berechnet, wann die Avoxe Schichtwechsel haben, führt uns in feuchte, dunkle Rohre, um den fast lautlos vorbeifahrenden Frachtzügen auszuweichen. Vor allem aber weiß er, wo die Kameras sind. Außer im Transfer gibt es zwar nicht allzu viele an diesem finsteren, dunstigen Ort. Trotzdem gehen wir ihnen wohlweislich aus dem Weg.

Unter Pollux' Führung kommen wir schnell voran, verglichen mit unserer Reise über der Erde sogar bemerkenswert schnell. Nach etwa sechs Stunden übermannt uns die Müdigkeit. Es ist drei Uhr morgens, ich gehe davon aus, dass es noch ein paar Stunden dauert, bevor das Fehlen unserer Leichen bemerkt wird. Schließlich müssen sie die Trümmer des ganzen Straßenzugs durchsuchen, bis sie Gewissheit haben, dass wir durch die Schächte entkommen sind, dann beginnt die Jagd.

Ich schlage eine Rast vor und keiner erhebt Einwände. Pollux findet einen kleinen, warmen Raum, in dem mit Hebeln und Messuhren bestückte Maschinen summen. Er hält die Finger hoch, um anzuzeigen, dass wir in vier Stunden wieder verschwunden sein müssen. Jackson teilt die Wachen ein, und da ich nicht zur ersten Schicht gehöre, quetsche ich mich zwischen Gale und Leeg 1 und bin sofort eingeschlafen.

Als Jackson mich wach rüttelt und sagt, dass ich jetzt mit der Wache dran bin, kommt es mir vor, als wären erst wenige Minuten vergangen. Es ist sechs Uhr, in einer Stunde müssen wir weiter. Jackson sagt, ich soll mir eine Dose nehmen und Pollux im Auge behalten, der darauf bestanden hat, die ganze Nacht auf Wache zu sein. »Er kann hier unten sowieso nicht schlafen.« Ich hieve mich in einen Zustand relativer Aufmerksamkeit, esse eine Dose Kartoffel-Bohnen-Eintopf, setze mich an die Wand und schaue zur Tür. Pollux wirkt hellwach. Wahrscheinlich hat er die ganze Nacht lang noch einmal diese fünf Jahre des Eingesperrtseins durchlebt. Ich hole das Holo hervor, gebe unsere Netzkoordinaten ein und scanne die Tunnel. Wie erwartet, sind die Kapseln zum Zentrum hin immer dichter gestreut. Eine

Weile klicken Pollux und ich auf dem Holo herum und schauen uns an, wo sich welche Fallen verbergen. Als mir langsam der Kopf schwirrt, reiche ich ihm das Gerät und lehne mich wieder gegen die Wand. Ich schaue auf die schlafenden Soldaten, Fernsehleute und Freunde und frage mich, wie viele von uns je die Sonne wiedersehen werden.

Plötzlich merke ich, dass Peeta, dessen Kopf gleich bei meinen Füßen liegt, wach ist. Ich wünschte, ich könnte seine Gedanken lesen, mich in sein Hirn einschleichen und das Gestrüpp aus Lügen entwirren. Aber ich begnüge mich mit etwas, das ich kann.

»Hast du schon gegessen?«, frage ich. Er schüttelt unmerklich den Kopf. Ich öffne eine Dose Hühnersuppe mit Reis und reiche sie ihm, behalte aber den Deckel, falls er sich womöglich die Pulsadern aufschneiden will. Er setzt sich auf, führt die Dose zum Mund und schüttet sich den Inhalt in den Hals, fast ohne zu kauen. Am Dosenboden spiegeln sich die Lämpchen der Maschinen, und da fällt mir etwas ein, das mir seit gestern im Unterbewusstsein herumschwirrt. »Peeta, als du gefragt hast, was mit Darius und Lavinia passiert ist, und Boggs antwortete, dass deine Erinnerung stimmt, da hast du doch gesagt, das hättest du dir schon gedacht. Weil da nichts Leuchtendes dran gewesen sei. Was hast du damit gemeint?«

»Ach, ich weiß nicht, wie ich das erklären soll«, sagt er. »Anfangs war alles ein völliges Durcheinander. Mittlerweile kann ich manches wieder ordnen. Ich erkenne ein Muster. Die Erinnerungen, die durch das Jägerwespengift manipuliert wurden, sind irgendwie komisch. Als wären sie zu intensiv oder die Bilder wacklig. Weißt du noch, wie es sich anfühlte, als wir gestochen wurden, damals in der Arena?«

»Ja. Die Bäume erbebten. Ein bunter Riesenschmetterling tauchte auf. Und ich bin in eine Grube mit orangefarbenen Blasen gefallen. Leuchtende orangefarbene Blasen.«

»Genau. Aber im Zusammenhang mit Darius und Lavinia gab es nichts dergleichen. Deshalb glaube ich nicht, dass sie mir da schon das Gift injiziert hatten«, sagt er.

»Das ist doch ein gutes Zeichen, oder?«, sage ich. »Wenn du das auseinanderhalten kannst, dann kannst du doch feststellen, was wahr ist und was nicht.«

»Ja, und wenn ich Flügel hätte, könnte ich fliegen. Aber den Menschen wachsen keine Flügel«, sagt er. »Wahr oder nicht wahr?«

»Wahr«, erwidere ich. »Aber Menschen können auch ohne Flügel überleben.«

»Spotttölpel vielleicht.« Er isst die Suppe zu Ende und gibt mir die Dose zurück.

In dem fluoreszierenden Licht sehen die Ringe unter seinen Augen aus wie Blutergüsse. »Es ist noch Zeit. Du solltest ein wenig schlafen.« Gehorsam legt er sich wieder hin und starrt auf die hin und her zuckende Nadel einer Messuhr. Langsam, wie bei einem verletzten Tier, strecke ich die Hand aus und streiche ihm eine Haarlocke aus der Stirn. Bei meiner Berührung erstarrt er, zuckt aber nicht zurück. Also streiche ich weiter sanft über sein Haar. Es ist das erste Mal seit der letzten Arena, dass ich ihn freiwillig anfasse.

»Du versuchst immer noch, mich zu beschützen. Wahr oder nicht wahr?«, flüstert er.

»Wahr«, antworte ich. Irgendwie verlangt das nach weiteren Erklärungen. »Das tun wir beide, du und ich. Einander beschützen.« Eine Minute später ist er eingeschlafen.

Kurz vor sieben wecken Pollux und ich die anderen. Alle gähnen und seufzen. Aber zwischen all den Aufwachgeräuschen schnappen meine Ohren noch ein anderes Geräusch auf. Eine Art Zischen. Vielleicht Dampf, der aus einem Rohr entweicht, oder das ferne Rauschen eines Zugs …

Ich gebiete den anderen zu schweigen, damit ich genauer hinhören kann. Da ist es, ein anhaltendes Zischen, ja, aber es ist nicht nur ein einzelner gedehnter Laut. Eher so, als ob viele Münder ausatmen und dabei Wörter bilden würden. Ein einziges Wort. Das durch die Tunnel hallt. Ein Wort. Ein Name. Immer und immer wieder.

»Katniss.«

22

Die Galgenfrist ist zu Ende. Offenbar hat Snow die ganze Nacht hindurch graben lassen. Sobald das Feuer gelöscht war. Sie haben Boggs' verstümmelte Leiche gefunden und sich kurz in Sicherheit gewiegt, doch als die Stunden vergingen und sie keine weiteren Trophäen fanden, wurden sie langsam misstrauisch. Es dämmerte ihnen, dass sie hinters Licht geführt worden sind. Präsident Snow kann aber nicht zulassen, dass es so aussieht, als hätte man ihn zum Narren gehalten. Ob sie erst unsere Flucht ins zweite Apartment verfolgt oder gleich vermutet haben, dass wir in den Untergrund gegangen sind, spielt keine Rolle. Sie wissen jetzt, dass wir hier unten sind, und sie haben etwas von der Leine gelassen. Vermutlich eine Meute Mutationen, die darauf abgerichtet sind, mich zu finden.

»Katniss.« Die Stimme ist so nah, dass ich auffahre und hektisch nach der Quelle suche, mit gespanntem Bogen, auf der Suche nach einem Ziel. *»Katniss.«* Peetas Lippen bewegen sich kaum, aber kein Zweifel, der Laut kam von dort. Gerade als ich dachte, dass es ihm ein bisschen besser geht, als ich dachte, er könnte Stück für Stück wieder zu mir zurückkehren, da bekomme ich den Beweis geliefert, wie tief Snows Gift eingedrungen ist. *»Katniss.«* Peeta ist darauf programmiert, mit dem zischenden Refrain mitzugehen, sich an der Jagd zu beteiligen. Jetzt bewegt er sich. Ich habe keine Wahl. Ich richte meinen

Pfeil auf seinen Kopf, um sein Hirn zu durchbohren. Er wird kaum etwas spüren. Plötzlich setzt er sich auf, mit schreckgeweiteten Augen, ganz außer Atem. »Katniss!« Er macht eine ruckartige Bewegung auf mich zu, scheint aber meinen Bogen und den abschussbereiten Pfeil nicht zu bemerken. »Katniss! Verschwinde von hier!«

Ich zögere. Seine Stimme klingt alarmiert, aber nicht wahnsinnig. »Warum? Woher kommt dieses Geräusch?«

»Ich weiß es nicht. Ich weiß nur, dass es dich töten soll«, sagt Peeta. »Lauf weg! Verschwinde! Mach schon!«

Nachdem ich den kurzen Moment der Verwirrung überwunden habe, komme ich zu dem Schluss, dass ich Peeta nicht töten muss. Ich entspanne die Bogensehne. Schaue in die besorgten Gesichter rings um mich. »Was immer es ist, es ist hinter mir her. Vielleicht sollten wir uns jetzt wirklich trennen.«

»Aber wir sind deine Leibwache«, sagt Jackson.

»Und dein Kamerateam«, fügt Cressida hinzu.

»Ich lasse dich nicht allein«, sagt Gale.

Ich betrachte das Team, das nur mit Kameras und Klemmbrettern bewaffnet ist, Finnick mit seinen zwei Gewehren und dem Dreizack. Ich schlage vor, dass er ein Gewehr Castor gibt, das leere Magazin in Peetas Gewehr durch ein geladenes ersetzt und damit Pollux bewaffnet. Gale und ich haben die Bogen, deshalb geben wir unsere Gewehre an Messalla und Cressida weiter. Wir können ihnen nur schnell zeigen, wie man zielt und den Abzug betätigt, aber im Nahkampf mag das genügen. Besser, als wehrlos zu sein. Jetzt ist Peeta der Einzige, der unbewaffnet ist. Aber einer, der zusammen mit einer Meute Mutationen meinen Namen flüstert, braucht sowieso keine Waffe.

Wir brechen auf und lassen nur unseren Geruch im Raum zurück. Im Moment gibt es keine Möglichkeit, ihn auszulöschen. Ich nehme an, gerade dadurch finden die zischenden Viecher unsere Fährte, sichtbare Spuren haben wir nämlich kaum hinterlassen. Wahrscheinlich ist der Geruchssinn der Mutationen äußerst fein, und vielleicht lassen sie sich von der Tatsache, dass wir durch ein Abwasserrohr gerobbt sind, ja ein bisschen aus dem Konzept bringen.

Ohne das Summen des Raums wird das Zischen deutlicher. So kann man auch besser einschätzen, wo die Mutationen sich befinden. Sie sind hinter uns, ein gutes Stück entfernt. Wahrscheinlich hat Snow angeordnet, sie in der Nähe der Stelle loszulassen, wo Boggs' Leiche gefunden wurde. Theoretisch müssten wir einen ordentlichen Vorsprung haben, auch wenn sie mit Sicherheit viel schneller sind als wir. Ich muss an die wolfsähnlichen Kreaturen in der ersten Arena zurückdenken, an die Affen beim Jubel-Jubiläum und an all die Ungeheuer, die ich über die Jahre im Fernsehen miterlebt habe, und ich frage mich, welche Gestalt diese Mutationen haben mögen, aber ich kenne die Antwort schon: jene, von der Snow denkt, dass sie mir am meisten Angst einjagt.

Pollux und ich haben eine Route für die nächste Etappe unserer Reise ausgearbeitet, und da sie von dem Zischen wegführt, sehe ich keinen Grund, sie zu ändern. Wenn wir schnell genug sind, erreichen wir Snows Amtssitz vielleicht, bevor die Mutationen uns einholen. Aber vor lauter Eile werden wir auch nachlässig: ein Stiefel, der so unachtsam aufgesetzt wird, dass es platscht, das unbeabsichtigte Scheppern eines Gewehrs gegen ein Rohr, meine zu lauten Kommandos.

Durch ein Überlaufrohr und eine verwahrloste Gleisstrecke

legen wir weitere drei Straßenzüge zurück. Da hören wir die Schreie. Heiser und kehlig hallen sie von den Tunnelwänden wider.

»Avoxe«, sagt Peeta sofort. »Genau so hat Darius geschrien, als er gefoltert wurde.«

»Die Mutationen müssen sie gefunden haben«, meint Cressida.

»Dann sind sie also nicht nur hinter Katniss her«, sagt Leeg 1.

»Vermutlich töten sie jeden. Und sie werden nicht aufhören, ehe sie Katniss erwischen«, sagt Gale. Nach dem, was er bei Beetee gelernt hat, hat er vermutlich recht.

Das alte Lied. Menschen müssen meinetwegen sterben. Freunde, Verbündete, Fremde, die mich nie gekannt haben – alle müssen für den Spotttölpel ihr Leben lassen. »Ich gehe allein weiter. Ich führe sie in die Irre. Das Holo gebe ich Jackson. Führt ihr den Auftrag zu Ende.«

»Da macht doch keiner mit!«, ruft Jackson empört.

»Wir vergeuden nur Zeit!«, sagt Finnick.

»Hört mal«, flüstert Peeta.

Die Schreie sind verstummt, und nun hallt erneut mein Name durch die Tunnel, alarmierend nahe. Unter uns und hinter uns jetzt. *»Katniss.«*

Ich stupse Pollux gegen die Schulter und wir rennen los. Eigentlich wollten wir auf eine tiefere Ebene, aber das können wir uns jetzt abschminken. Als wir zu den Stufen gelangen, die hinabführen, suchen Pollux und ich im Holo nach einer Alternative. Plötzlich muss ich würgen.

»Masken aufsetzen!«, befiehlt Jackson.

Aber wir brauchen keine Masken. Denn auch wenn alle die

gleiche Luft einatmen, bin ich die Einzige, die sich übergeben muss, weil nur ich auf diesen Geruch reagiere. Er steigt aus dem Treppenhaus auf. Überlagert sogar den Abwassergestank. Rosen. Ich fange an zu zittern.

Um dem Geruch zu entkommen, trete ich zur Seite und taumele plötzlich hinaus auf den Transfer. Glatte, pastellfarben geflieste Straßen, genau wie die oben, nur von weißen Ziegelmauern begrenzt anstatt von Häusern. Eine Fahrbahn, auf der bequem Lieferfahrzeuge fahren können, ohne die Straßen im Kapitol zu verstopfen. Jetzt ist sie verlassen, bis auf uns. Ich reiße den Bogen hoch und sprenge mit einem Pfeil die erste Kapsel mitsamt dem darin befindlichen Nest fleischfressender Ratten in die Luft. Dann renne ich zur nächsten Kreuzung, obwohl ich weiß, dass ein falscher Schritt genügt, damit der Boden unter unseren Füßen nachgibt und wir einem Ding zum Opfer fallen, das mit FLEISCHWOLF beschriftet ist. Ich rufe den anderen zu, dass sie unbedingt bei mir bleiben sollen. Mein Plan ist, um die nächste Ecke zu biegen und dann den Fleischwolf auszulösen, doch da ist noch eine Kapsel – eine, die nicht verzeichnet ist.

Es geht ganz still vonstatten. So still, dass ich es gar nicht bemerkt hätte, wenn Finnick mich nicht zurückreißen würde. »Katniss!«

Ich fahre herum, mit schussbereitem Pfeil, aber was kann ich tun? Zwei von Gales Pfeilen liegen bereits, ohne dass sie etwas ausrichten konnten, neben dem breiten goldenen Lichtstrahl, der von der Decke bis zum Boden reicht. Reglos wie eine Statue steht Messalla darin, auf einem Fußballen balancierend, den Kopf nach hinten gekippt, vom Strahl gebannt. Ich weiß nicht, ob er schreit, aber sein Mund ist weit aufgerissen. Völlig hilflos schauen wir zu, während das Fleisch von seinem Körper tropft wie Kerzenwachs.

»Ihr könnt ihm nicht helfen!«, ruft Peeta und stößt uns weiter. »Seht das doch ein!« Eigenartigerweise hat er sich als Einziger noch so weit unter Kontrolle, dass er uns antreibt. Warum er das tut, weiß ich nicht, eigentlich müsste er doch ausrasten und mir den Kopf einschlagen. Obwohl – das kann jeden Augenblick passieren. Als ich den Druck seiner Hand auf meiner Schulter spüre, wende ich mich von dem grausigen Etwas ab, das einmal Messalla gewesen ist; ich befehle meinen Füßen weiterzulaufen, schnell, so schnell, dass ich vor der nächsten Kreuzung gerade noch rechtzeitig stehen bleibe.

Plötzlich lässt eine MG-Salve einen Schauer aus Putz niederregnen. Ruckartig schaue ich hin und her, suche nach einer Kapsel, bis ich endlich den Trupp Friedenswächter bemerke, der über den Transfer auf uns zugestampft kommt. Da uns der Fleischwolf den Rückweg abschneidet, bleibt uns nur, das Feuer zu erwidern. Sie sind doppelt so viele wie wir, aber wir haben immer noch sechs Originalmitglieder des Star-Trupps, und die versuchen nicht, gleichzeitig zu rennen und zu schießen.

Leichte Beute, denke ich, da bekommen ihre weißen Uniformen plötzlich rote Flecken. Im Nu liegen drei Viertel tot am Boden, und aus einem einmündenden Tunnel kommen noch mehr hervor – genau aus dem Tunnel, durch den ich vorhin diesem Geruch entflohen bin, dem Geruch nach …

Das da sind keine Friedenswächter.

Sie sind zwar weiß, haben vier Gliedmaßen und etwa die Größe eines Erwachsenen, aber damit hört die Ähnlichkeit auch schon auf. Nackt, mit langen Reptilienschwänzen, gekrümmten Rücken und nach vorn ragenden Köpfen. Sie fallen über die

Friedenswächter her, die lebenden und die toten, verbeißen sich in ihre Nacken und reißen die behelmten Köpfe ab. Offenbar nützt einem die Herkunft aus dem Kapitol hier genauso wenig wie in Distrikt 13. Innerhalb weniger Sekunden sind die Friedenswächter enthauptet. Die Mutationen lassen sich auf alle viere fallen und jagen auf uns zu.

»Hier entlang!«, rufe ich den anderen zu. Ich bleibe dicht an der Mauer und biege dann scharf rechts ab, um der Kapsel auszuweichen. Als alle wieder bei mir sind, schieße ich in die Kreuzung, und der Fleischwolf tritt in Aktion. Riesige mechanische Zähne brechen durch die Straße und zermalmen die Fliesen zu Staub. Eigentlich dürfte es den Mutationen damit unmöglich sein, uns zu folgen, aber wer weiß? Die Wolfs- und Affenmutationen seinerzeit konnten unglaublich weit springen.

Das Zischen brennt sich in meine Ohren und von dem Rosengestank wird mir ganz schwindelig.

Ich packe Pollux am Arm. »Vergiss den Auftrag. Wie kommen wir am schnellsten an die Oberfläche?«

Wir haben keine Zeit, auf das Holo zu schauen. Wir folgen Pollux etwa zehn Meter über den Transfer, dann geht es durch eine Tür. Ich registriere, dass die Fliesen von Beton abgelöst werden, dass wir durch ein enges, stinkendes Rohr kriechen, bis es an einem etwa dreißig Zentimeter breiten Vorsprung endet. Einen Meter unter uns fließt der Hauptabwasserkanal, eine giftige, brodelnde Brühe aus menschlichen Exkrementen, Müll und chemischen Abwässern. An manchen Stellen brennt die Wasseroberfläche, an anderen steigen unheilvoll aussehende Dampfwolken auf. Wer da hineinfällt, kommt nie wieder heraus, das sieht man auf den ersten Blick. So schnell es irgend geht, laufen wir über den glitschigen Vorsprung bis zu einer schmalen Brücke und überqueren sie. Pollux klatscht mit der Hand auf eine Leiter, die in einer Nische steht, und zeigt nach oben. Das ist er. Unser Weg nach draußen.

Ein rascher Blick auf unsere Schar zeigt mir, dass jemand fehlt. »Wartet! Wo sind Jackson und Leeg 1?«

»Beim Fleischwolf, die Mutationen aufhalten«, sagt Homes.

»Was?« Niemanden würde ich diesen Monstern überlassen. Ich stürze zurück zur Brücke, aber Homes reißt mich zurück.

»Lass sie nicht vergeblich gestorben sein, Katniss. Für die beiden ist es sowieso zu spät. Schau!« Homes nickt zum Rohr hin, wo die ersten Mutationen über den Vorsprung schlittern.

»Aus dem Weg!«, ruft Gale. Er schießt seine Sprengpfeile ab und reißt das hintere Ende der Brücke aus der Verankerung. Genau in dem Moment, als die Mutationen die Brücke erreichen, versinkt sie vollständig in der brodelnden Kloake.

Zum ersten Mal kann ich die Viecher genauer betrachten. Eine Mischung aus Mensch und Echse und wer weiß was noch. Weiße, straffe Reptilienhaut, verschmiert mit geronnenem Blut, klauenbewehrte Hände und Füße, groteske Gesichter. Sie zischen meinen Namen, kreischen ihn jetzt fast, während ihre Körper sich vor Wut winden. Sie schlagen mit Klauen und Schwänzen um sich, reißen sich im wahnsinnigen Verlangen, mich zu zerstören, gegenseitig oder selbst mit aufgerissenen, schäumenden Mäulern riesige Stücke aus dem Leib. Mein Geruch muss für sie so unerträglich sein wie ihrer für mich. Sogar noch schlimmer, denn plötzlich springen die Mutationen eine nach der anderen in den fauligen Abwasserkanal – ungeachtet des Gifts.

Vom anderen Ufer aus eröffnen wir das Feuer. Wahllos schieße ich meine Pfeile in die Körper der Mutationen, die gewöhnlichen und die mit Feuer- und Sprengspitzen. Sie sind tödlich, aber es ist knapp. Kein natürliches Wesen könnte sich mit zwei Dutzend Kugeln im Leib auf den Beinen halten. Irgendwie schaffen wir es, sie zu töten, doch es sind so unglaublich viele, die immer weiter aus dem Rohr strömen und sich ohne Zögern ins giftige Wasser stürzen.

Aber nicht ihre schiere Masse lässt meine Hände so stark zittern.

Es gibt keine guten Mutationen. Sie sind alle dazu da, Schaden anzurichten. Manche trachten einem nach dem Leben, wie die Affen. Andere sollen den Verstand ausschalten, wie die Jägerwespen. Doch am grausamsten und furchterregendsten sind die, die mit einem perversen psychologischen Trick ausgestattet sind. Die Wolfsmutationen mit den Augen der toten Tribute. Die Schnattertölpel, die Prims gefolterte Stimme nachahmten. Der Geruch von Snows Rosen, vermischt mit dem Blut der Opfer. Dieser Geruch weht jetzt über den Abwasserkanal herüber. Verbreitet sich trotz des Fäulnisgestanks. Lässt mein Herz rasen, meine Haut zu Eis erstarren, hindert meine Lunge daran, Luft aufzunehmen. Als würde Snow mir direkt ins Gesicht atmen, weil es Zeit ist zu sterben.

Die anderen rufen, doch ich kann nicht antworten. Und während ich einer Mutation den Kopf wegpuste, die nach meinem Knöchel greifen wollte, werde ich plötzlich von starken Armen gepackt und gegen die Leiter gestoßen. Jemand legt meine Hände auf die Sprossen. Befiehlt mir zu klettern. Meine hölzernen Puppenarme gehorchen. Durch die Bewegung komme ich langsam zur Besinnung. Über mir erkenne ich Pollux. Peeta und Cressida folgen mir. Wir erreichen eine Plattform. Erklimmen eine zweite Leiter. Der allgegenwärtige Schimmel und unser Schweiß machen die Sprossen glitschig. Als wir die nächste Plattform erreichen, ist mein Kopf wieder klar, und schlagartig wird mir bewusst, was geschehen ist. Hektisch ziehe ich die Leute herauf, die nach mir kommen. Peeta. Cressida. Das sind alle.

Was habe ich getan? In welcher Lage habe ich die anderen zurückgelassen? Ich will wieder nach unten klettern, doch da trete ich mit dem Stiefel auf eine Hand.

»Hochklettern!«, brüllt Gale. Im Nu bin ich wieder oben und hieve ihn hoch. Ich starre in die Finsternis, ob noch mehr kommen. »Nein.« Gale zieht mein Gesicht zu sich und schüttelt den Kopf. Seine Uniform ist zerfetzt. Seitlich am Hals hat er eine klaffende Wunde.

Von unten hört man einen Menschen schreien. »Da lebt noch jemand«, flehe ich.

»Nein, Katniss. Von denen kommt keiner mehr nach«, sagt Gale. »Nur die Mutationen.«

Ich weigere mich, das zu akzeptieren, und leuchte mit dem Licht an Cressidas Gewehr in den Schacht. Ganz unten erkenne ich Finnick, der sich verzweifelt gegen drei Mutationen wehrt, die an ihm zerren. Als eine seinen Kopf nach hinten reißt, um den tödlichen Biss zu setzen, geschieht etwas Seltsames. Es ist, als wäre ich Finnick und ließe Bilder aus seinem Leben an mir vorüberziehen. Der Mast eines Boots, ein silberner Fallschirm, die lachende Mags, ein rosa Himmel, Beetees Dreizack, Annie im Hochzeitskleid, Wellen, die sich an den Felsen brechen. Dann ist es vorbei.

Ich löse das Holo von meinem Gürtel und sage mit letzter Kraft »Nachtriegel, Nachtriegel, Nachtriegel«. Lasse es in den Schacht fallen. Ducke mich mit den anderen gegen die Wand, während die Explosion die Plattform erschüttert und Fleischfetzen von Mutationen und Menschen durch das Rohr geschossen kommen und auf uns herabregnen.

Pollux lässt den Deckel auf das Rohr krachen und verschließt ihn. Pollux, Gale, Cressida, Peeta und ich. Mehr sind nicht übrig. Die menschlichen Regungen werden später kommen. Jetzt verspüre ich nur das animalische Bedürfnis, die verbleibenden Mitglieder unserer Schar zu retten. »Hier können wir nicht bleiben.«

Jemand reicht einen Verband. Wir wickeln ihn um Gales Hals. Helfen ihm auf. Nur einer kauert noch immer an der Wand. »Peeta«, sage ich. Keine Antwort. Ist er nicht bei Sinnen? Ich hocke mich vor ihn und ziehe seine gefesselten Hände vom Gesicht weg. »Peeta?« Seine Augen sind wie schwarze Teiche, die Pupillen so geweitet, dass die blaue Iris beinahe nicht mehr zu sehen ist. Die Muskeln seiner Handgelenke sind steinhart.

»Lass mich«, flüstert er. »Ich kann nicht mehr.«

»Doch. Du kannst!«, sage ich.

Peeta schüttelt den Kopf. »Ich drehe durch. Ich werde wahnsinnig. Wie sie.«

Wie die Mutationen. Wie eine tollwütige Bestie, die mir um jeden Preis die Kehle herausreißen will. Und hier, an diesem Ort, unter diesen Umständen, werde ich ihn nun wirklich töten müssen. Und Snow wird gewinnen. Heißer, bitterer Hass durchströmt mich. Snow hat heute schon zu oft gewonnen.

Es ist ein großes Risiko, vielleicht ist es Selbstmord, trotzdem tue ich das Einzige, was mir einfällt. Ich beuge mich vor und küsse Peeta auf den Mund. Sein ganzer Körper erbebt, aber ich presse meine Lippen auf seine, bis ich wieder Luft holen muss.

Umfasse seine Hände. »Du darfst nicht zulassen, dass er dich mir wegnimmt.«

Peeta keucht schwer, während er gegen die Albträume in seinem Kopf ankämpft. »Nein, ich möchte nicht …«

Ich umklammere seine Hände so fest, dass es wehtut. »Bleib bei mir.«

Seine Pupillen verengen sich zu kleinen Punkten, weiten sich schnell wieder und nehmen dann so etwas wie Normalgröße an. »Immer«, flüstert er.

Ich helfe Peeta hoch und wende mich an Pollux. »Wie weit ist es bis zur Straße?« Er deutet an, dass sie gleich über uns ist. Ich klettere die letzte Leiter hoch, stoße den Deckel auf und blicke in den Haushaltsraum eines Hauses. Während ich mich aufrichte, öffnet eine Frau die Tür. Sie trägt einen leuchtend türkisfarbenen Morgenrock aus Seide, der mit exotischen Vögeln bestickt ist. Ihr magentafarbenes Haar ist aufgeplustert wie eine Wolke und mit vergoldeten Schmetterlingen verziert. Ihr Lippenstift ist verschmiert von dem Fett der halb gegessenen Wurst, die sie in der Hand hält. Ich sehe ihr an, dass sie mich wiedererkennt. Sie öffnet den Mund, um nach Hilfe zu rufen.

Ohne Zögern schieße ich ihr ins Herz.

23

Wen die Frau rufen wollte, bleibt ein Geheimnis, denn als wir das Apartment durchsuchen, stellen wir fest, dass sie allein war. Vielleicht wollte sie einen Nachbarn alarmieren, vielleicht hat sie nur aus Angst geschrien. Jedenfalls ist niemand hier, der sie hätte hören können.

Dieses Apartment wäre das perfekte Versteck für uns, aber diesen Luxus können wir uns nicht leisten. »Was meint ihr, wie lange es dauert, bis sie darauf kommen, dass ein paar von uns überlebt haben?«, frage ich.

»Sie können jeden Moment hier sein«, antwortet Gale. »Sie wussten, dass wir auf dem Weg nach oben waren. Wahrscheinlich wird die Explosion sie kurz aus dem Konzept bringen, aber dann werden sie sofort versuchen herauszufinden, wo wir durchgeschlüpft sind.«

Ich spähe durch die Jalousien eines Fensters, das auf die Straße hinausgeht, und kann zwar keine Friedenswächter entdecken, dafür aber eine Menge Leute, die ihren Geschäften nachgehen. Auf unserer Reise durch den Untergrund haben wir die evakuierten Gebiete weit hinter uns gelassen und sind in einem belebten Teil des Kapitols wieder aufgetaucht. Die Menschenmenge ist unsere einzige Chance zu entkommen. Ich habe zwar kein Holo mehr, dafür habe ich Cressida. Sie tritt zu mir ans Fenster und bestätigt, dass sie weiß, wo wir sind, nicht sehr weit vom Präsidentenpalast entfernt. Das höre ich gern.

Ein kurzer Blick auf meine Gefährten sagt mir allerdings, dass ein Überraschungsangriff auf Snow zurzeit nicht infrage kommt. Gale verliert nach wie vor Blut aus der Wunde an seinem Hals, die wir nicht einmal säubern konnten. Peeta sitzt auf einem mit Samt bezogenen Sofa und hat die Zähne in ein Kissen geschlagen, entweder um den Wahnsinn abzuwehren oder um einen Schrei zurückzuhalten. Pollux lehnt mit dem Rücken zu uns an einem Deko-Kamin und weint. Cressida steht entschlossen neben mir, aber sie ist leichenblass, selbst aus ihren Lippen ist das Blut gewichen. Mich treibt nur der Hass an. Sollte der abebben, bin ich zu nichts mehr zu gebrauchen.

»Lasst uns die Schränke durchsuchen«, sage ich.

In einem der Schlafzimmer finden wir Hunderte Frauenkleider, Mäntel, Schuhe und Perücken in allen Farben sowie genug Make-up, um ein Haus damit anzumalen. In dem Schlafzimmer auf der anderen Seite des Flurs gibt es die gleiche Ausstattung für Herren. Vielleicht gehört sie ihrem Ehemann, vielleicht einem Liebhaber, der das Glück hat, heute Morgen aushäusig zu sein.

Ich rufe die anderen herbei, damit sie sich verkleiden. Beim Anblick von Peetas blutigen Handgelenken krame ich in den Taschen nach dem Schlüssel für die Handschellen, aber er wendet sich schnell ab.

»Nein«, sagt er. »Tu das nicht. Die sorgen dafür, dass ich nicht völlig durchdrehe.«

»Vielleicht wirst du deine Hände brauchen«, wirft Gale ein.

»Wenn ich merke, dass ich abdrifte, grabe ich meine Hände in das Metall. Der Schmerz hilft mir, mich zu konzentrieren«, sagt Peeta. Ich lasse die Handschellen, wo sie sind.

Zum Glück ist es draußen kalt, sodass wir unsere Uniformen

und Waffen großenteils unter wallenden Mänteln und Capes verbergen können. Die Stiefel hängen wir uns an den Senkeln um den Hals, tarnen sie und ziehen stattdessen affige Schühchen an. Die größte Herausforderung sind natürlich die Gesichter. Cressida und Pollux könnten Bekannten in die Arme laufen, Gale könnte man aus Propos und Nachrichten wiedererkennen, und Peeta und mich kennt in Panem sowieso jeder. Hastig helfen wir einander, eine dicke Schicht Make-up aufzutragen, und setzen Perücken und Sonnenbrillen auf. Cressida wickelt Peeta und mir noch Schals über Mund und Nase.

Ich spüre, dass uns nicht viel Zeit bleibt, und stopfe mir nur noch schnell die Taschen mit Lebensmitteln und Erste-Hilfe-Sets voll. »Zusammenbleiben«, schärfe ich den anderen ein, bevor wir die Wohnung verlassen. Dann gehen wir hinaus auf die Straße. Schneeflocken rieseln herab. Aufgeregte Leute schwirren um uns herum, unterhalten sich im affektierten Akzent des Kapitols über Rebellen und Hunger und mich. Wir überqueren die Straße, passieren weitere Wohnungstüren. Als wir um die Ecke biegen, laufen drei Dutzend Friedenswächter vorbei. Wir springen zur Seite, wie die richtigen Bürger, und warten, bis die Menge weiterwogt. »Cressida«, flüstere ich. »Hast du eine Idee, wohin?«

»Ich überlege fieberhaft«, antwortet sie.

Als wir die nächste Querstraße hinter uns haben, beginnen die Sirenen zu heulen. Durch ein Wohnungsfenster sehe ich einen Sonderbericht und Bilder unserer Gesichter. Sie haben noch nicht festgestellt, wer aus unserer Gruppe bereits tot ist, denn auch Castors und Finnicks Gesicht sind dabei. Bald wird jeder Passant für uns so gefährlich sein wie ein Friedenswächter. »Und, Cressida?«

»Es gibt einen Ort. Er ist nicht ideal. Aber wir können es versuchen«, sagt sie. Wir folgen ihr ein paar Querstraßen weiter und biegen durch ein Tor in ein offenbar privates Anwesen. Es ist aber nur eine Art Abkürzung, denn nachdem wir den gepflegten Garten durchquert haben, gelangen wir durch ein zweites Tor in eine kleine Gasse, die zwei Hauptstraßen miteinander verbindet. Ein paar winzige Läden sind zu sehen – einer kauft Gebrauchtwaren auf, ein anderer bietet falschen Schmuck an. Die wenigen Leute, die sich hier aufhalten, beachten uns nicht. Cressida plappert plötzlich in schrillem Ton über Fellunterwäsche, wie unverzichtbar sie in diesen kalten Monaten doch sei. »Und erst die Preise! Glaubt mir, hier zahlt ihr höchstens halb so viel wie in den Läden an der Hauptstraße!«

Vor einem schmuddeligen Schaufenster mit Puppen in Fellunterwäsche halten wir an. Es sieht eigentlich nicht so aus, als hätte der Laden geöffnet, doch Cressida stürmt unverdrossen durch die Eingangstür, wobei sie eine verstimmte Melodie auslöst. In dem engen, dunklen, von Warenregalen gesäumten Geschäft steigt mir der Geruch von Pelzen in die Nase. Der Laden scheint nicht besonders zu laufen, denn wir sind die einzigen Kunden. Cressida geht schnurstracks auf eine gebeugte Gestalt zu, die im hinteren Teil des Ladens sitzt. Während ich ihr folge, fahre ich mit den Fingern über die weichen Kleidungsstücke.

Hinter dem Tresen hockt die seltsamste Person, die ich je gesehen habe. Sie ist ein extremes Beispiel für misslungene Schönheitsoperationen, ein solches Gesicht findet man wohl nicht mal im Kapitol schön. Die Haut wurde straff nach hinten gezogen und mit schwarzen und goldenen Streifen tätowiert. Die Nase ist so flach, dass sie kaum noch vorhanden ist. Ich habe schon Schnurrhaare in Kapitolgesichtern gesehen, aber so lange noch nie. Das Ergebnis ist eine groteske, halb katzenartige Maske, die uns jetzt argwöhnisch mustert.

Cressida zieht ihre Perücke ab und zeigt ihre Rankentattoos. »Tigris«, sagt sie. »Wir brauchen Hilfe.«

Tigris. Tief in meinem Hirn klingelt es. Sie – beziehungsweise eine jüngere, weniger verstörende Version ihrer selbst – gehörte zum festen Repertoire der ersten Hungerspiele, an die ich mich erinnern kann. Eine Stylistin, wenn ich mich recht entsinne. Für welchen Distrikt, weiß ich nicht mehr. 12 war es jedenfalls nicht. Dann hat sie wohl eine Operation zu viel machen lassen und danach sah sie so abstoßend aus.

Das ist also die Endstation für Stylisten, die nicht mehr gebraucht werden. Trostlose Spezialunterwäsche-Läden, in denen sie auf den Tod warten. Von der Öffentlichkeit vergessen.

Ich starre ihr ins Gesicht und frage mich, ob ihre Eltern sie Tigris genannt und ihr diese Entstellung damit schon in die Wiege gelegt haben oder ob sie erst das Outfit entworfen und sich dann entsprechend umbenannt hat.

»Plutarch meinte, wir könnten dir vertrauen«, fügt Cressida hinzu.

Großartig, sie gehört zu Plutarchs Leuten. Das bedeutet, dass sie uns entweder gleich dem Kapitol ausliefert oder aber Plutarch, und damit auch Coin, über unseren Aufenthaltsort informiert. Nein, Tigris' Laden ist bestimmt nicht ideal. Aber im Augenblick haben wir nichts anderes. Vorausgesetzt, sie hilft uns. Ihr Blick pendelt zwischen einem alten Fernseher auf dem Tresen und uns hin und her, als wollte sie uns einordnen. Damit sie es leichter hat, ziehe ich den Schal herunter, nehme die Perücke ab und trete näher, sodass das Bildschirmlicht auf mein Gesicht fällt.

Tigris knurrt leise, in etwa so, wie Butterblume mich begrüßen würde. Sie gleitet von ihrem Stuhl und verschwindet hinter einem Regal mit pelzgefütterten Leggings. Wir hören ein schleifendes Geräusch, dann taucht ihre Hand auf und winkt uns heran. Cressida sieht mich an, als wollte sie fragen: *Meinst du wirklich*? Aber was bleibt uns anderes übrig? Unter diesen Umständen zurück auf die Straße zu gehen, würde mit Sicherheit Gefangennahme oder Tod bedeuten. Ich schiebe die Pelze beiseite. Tigris hat ein Brett am Fuß der Wand entfernt. Dahinter kommt eine steile Steintreppe zum Vorschein. Sie bedeutet mir hinabzusteigen.

Alles an dieser Situation schreit: *Falle!* Panik steigt in mir hoch, ich schaue Tigris in die gelbbraunen Augen. Warum tut sie das? Sie ist kein Cinna, kein Mensch, der bereit ist, sich für andere zu opfern. Diese Frau hat all die Seichtigkeit des Kapitols verkörpert. Sie war einer der Stars der Hungerspiele, bis … bis sie es nicht mehr war. Ist es das? Verbitterung? Hass? Rachsucht? Irgendwie beruhigt mich die Vorstellung. Der Wunsch nach Rache kann lang und heiß brennen. Besonders, wenn jeder Blick in den Spiegel ihn neu nährt.

»Hat Snow dich von den Spielen verbannt?«, frage ich. Sie starrt nur zurück. Irgendwo zuckt ihr Tigerschwanz missmutig. »Ich werde ihn nämlich töten, musst du wissen.« Ihr Mund verzieht sich zu etwas, das ich als Lächeln deute. Beruhigt, dass das hier jetzt nicht der völlige Wahnsinn ist, krieche ich in das Loch.

Auf halber Höhe der Treppe stoße ich mit dem Gesicht gegen eine herunterhängende Kette. Als ich daran ziehe, wird das Versteck von einer flackernden Leuchtstofflampe erhellt. Es ist ein kleiner Keller ohne Türen oder Fenster. Niedrig und lang gestreckt. Vermutlich nur ein Streifen zwischen zwei richtigen Kellerräumen. Leuten, die kein gutes Auge für Abmessungen haben, könnte er glatt verborgen bleiben. Der Raum ist kalt und feucht und die Pelzstapel darin haben wahrscheinlich seit Jahren kein Tageslicht gesehen. Solange Tigris uns nicht verrät, wird uns hier bestimmt niemand finden. Als der letzte meiner Gefährten auf der Treppe ist, wird das Brett zurückgeschoben. Ich höre, wie der Unterwäscheständer auf quietschenden Rollen an seinen Platz gerückt wird und Tigris sich wieder auf ihren Stuhl setzt. Ihr Laden hat uns verschluckt.

Das wurde auch höchste Zeit, denn Gale sieht aus, als würde er gleich zusammenklappen. Aus Pelzen machen wir ihm ein Bett, nehmen ihm Waffen und Panzer ab und helfen ihm, sich auf den Rücken zu legen. Am Ende des Kellerraums befindet sich ein Wasserhahn mit Abfluss. Ich drehe am Hahn und nach langem Spucken und jeder Menge Rost kommt klares Wasser herausgeflossen. Während wir Gales Halsverletzung säubern, wird mir klar, dass es mit Verbinden nicht getan sein wird. Die Wunde muss genäht werden. In den Erste-Hilfe-Sets finden sich eine sterile Nadel und Faden, aber was uns fehlt, ist ein Heiler. Ich überlege, Tigris damit zu beauftragen. Als Stylistin müsste sie wissen, wie man mit einer Nadel umgeht. Aber dann wäre niemand im Laden und wir haben sie sowieso schon genug beansprucht. Vermutlich bin ich diejenige, die am besten für den Job qualifiziert ist. Also beiße ich die Zähne zusammen und mache ein paar gezackte Nähte. Nicht hübsch, aber sie erfüllen ihren Zweck. Anschließend schmiere ich Salbe drauf, verbinde das Ganze und gebe ihm Schmerzmittel. »Jetzt ruh dich aus. Hier sind wir sicher«, sage ich. Gale ist sofort weg.

Während Cressida und Pollux für jeden ein Lager aus Fellen

bereiten, kümmere ich mich um Peetas Handgelenke. Behutsam spüle ich das Blut ab, gebe ein Antiseptikum darauf und lege unter den Handschellen einen Verband an. »Du musst achtgeben, dass kein Schmutz darankommt, sonst könnten sie sich entzünden, und …«

»Ich weiß, was eine Blutvergiftung ist, Katniss«, sagt Peeta. »Obwohl meine Mutter keine Heilerin ist.«

Schlagartig bin ich in eine andere Zeit versetzt, bei einer anderen Wunde, anderem Verbandszeug. »Dasselbe hast du bei den ersten Hungerspielen zu mir gesagt. Wahr oder nicht wahr?«

»Wahr«, sagt er. »Und du hast dein Leben riskiert, um die rettende Arznei zu kriegen, stimmt's?«

»Stimmt«, sage ich schulterzuckend. »Aber dir hatte ich zu verdanken, dass ich am Leben und überhaupt dazu in der Lage war.«

»Ach ja?« Der Kommentar verwirrt ihn. Offenbar kämpft eine leuchtende Erinnerung um seine Aufmerksamkeit, denn sein Körper verkrampft sich, und die frisch verbundenen Gelenke reißen an den Handschellen. Plötzlich weicht alle Energie aus seinem Körper. »Ich bin so müde, Katniss.«

»Leg dich schlafen«, sage ich. Aber er tut es erst, nachdem ich die Handschellen zurechtgerückt und ihn an eine der Treppenstützen gefesselt habe. Es kann nicht sehr bequem sein, so dazuliegen, mit den Armen über dem Kopf. Trotzdem ist auch er nach ein paar Minuten eingeschlafen.

Cressida und Pollux haben Betten für uns gemacht und unsere Essens- und Medikamentenvorräte ausgebreitet. Jetzt fragen sie mich, ob wir eine Wache aufstellen sollen. Ich schaue in Gales leichenblasses Gesicht und auf Peetas Fesseln. Pollux hat seit Tagen kein Auge zugemacht und Cressida und ich hatten höchstens ein paar Stunden Schlaf. Falls ein Trupp Friedenswächter durch diese Tür kommen sollte, säßen wir wie die Ratten in der Falle. Wir sind vollkommen einer altersschwachen Tigerfrau ausgeliefert, die einen hoffentlich alles verzehrenden Wunsch hat: Snow tot zu sehen.

»Ehrlich gesagt, glaube ich nicht, dass eine Wache etwas bringen würde. Lasst uns lieber versuchen zu schlafen«, sage ich. Sie nicken benommen und wir alle vergraben uns in unseren Pelzen. Das Feuer in mir ist erloschen und mit ihm meine Kraft. Ich ergebe mich den weichen, muffigen Fellen und dem Vergessen.

Ich kann mich nur an einen Traum erinnern. Einen langen, ermüdenden Traum, in dem ich versuche, nach Distrikt 12 zu gelangen. Das Zuhause, das ich suche, ist unzerstört, die Leute leben noch. Effie Trinket, deutlich erkennbar an ihrer pinkfarbenen Perücke und dem Designerkostüm, begleitet mich. Ich versuche, ihr zu entwischen, aber unerklärlicherweise taucht sie immer wieder an meiner Seite auf und beharrt darauf, sie als meine Betreuerin sei dafür verantwortlich, dass wir den Zeitplan einhalten. Nur dass der Zeitplan ständig wechselt, weil es zu Verzögerungen kommt durch den fehlenden Stempel eines Beamten oder einen abgebrochenen Absatz Effies. Tagelang kampieren wir auf einer Bank im grauen Bahnhof von Distrikt 7, wo wir auf einen Zug warten, der nie kommt. Als ich aufwache, fühle ich mich noch erschöpfter als nach meinen gewohnten nächtlichen Ausflügen in Blut und Schrecken.

Cressida, die als Einzige wach ist, sagt, dass es später Nachmittag ist. Ich esse eine Dose Rindereintopf und spüle ihn mit viel Wasser hinunter. Dann lehne ich mich an die Kellerwand und gehe die Ereignisse des vergangenen Tages noch einmal durch. Bewege mich von Tod zu Tod. Zähle sie an den Fingern ab. Eins, zwei – Mitchell und Boggs, verloren auf der Straße. Drei – Messalla, in einer Kapsel geschmolzen. Vier, fünf – Leeg 1 und Jackson, die sich im Fleischwolf opfern. Sechs, sieben, acht – Castor, Homes und Finnick, die von den nach Rosen stinkenden Echsenmutationen enthauptet wurden. Acht Tote in vierundzwanzig Stunden. Ich weiß, dass es passiert ist, und doch fühlt es sich unwirklich an. Bestimmt schläft Castor dort unter dem Pelzstapel, kommt Finnick gleich die Treppe heruntergepoltert, wird Boggs mir seinen Fluchtplan unterbreiten.

An ihren Tod zu glauben, bedeutet zu akzeptieren, dass ich sie getötet habe. Na gut, Mitchell und Boggs vielleicht nicht – sie sind in Ausübung ihrer Pflichten gestorben. Aber die anderen haben ihr Leben verloren, als sie mich in Ausführung eines Auftrags beschützten, den ich mir nur ausgedacht habe. Mein Plan, Snow zu töten, kommt mir jetzt nur noch dumm vor. Unglaublich dumm, während ich hier fröstelnd in diesem Keller sitze, unsere Verluste nachrechne und an den Troddeln der kniehohen Silberstiefel nestele, die ich aus dem Haus der Frau gestohlen habe. Oh, das habe ich ganz vergessen. Sie habe ich auch getötet. Jetzt bringe ich schon unbewaffnete Zivilisten um.

Es ist an der Zeit, dass ich den anderen reinen Wein einschenke.

Als schließlich alle wach sind, gestehe ich. Wie ich mir den Auftrag ausgedacht habe, wie ich mit meinem Rachedurst alle gefährdet habe. Als ich fertig bin, folgt langes Schweigen. Dann sagt Gale: »Katniss, wir alle wussten, dass die Sache mit Coins Auftrag, Snow umzubringen, gelogen war.«

»Ihr vielleicht. Aber die Soldaten aus Distrikt 13 bestimmt nicht«, sage ich.

»Glaubst du wirklich, Jackson hat dir abgenommen, du hättest einen Befehl von Coin?«, fragt Cressida. »Natürlich nicht. Aber sie hat Boggs vertraut, und er wollte ganz klar, dass du weitermachst.«

»Aber mit Boggs habe ich doch nie über meine Pläne gesprochen«, sage ich.

»Du hast es jedem im Kommando erzählt!«, sagt Gale. »Es war eine deiner Bedingungen, damit du den Spotttölpel gibst: *›Ich töte Snow.‹*«

Das eine hat doch nichts mit dem anderen zu tun: mit Coin über das Privileg zu feilschen, wer nach Kriegsende Snow hinrichten darf, und diese nicht genehmigte Flucht durchs Kapitol. »Auf jeden Fall nicht so«, sage ich. »Es ist die reinste Katastrophe geworden.«

»Ich würde es im Gegenteil als höchst erfolgreiche Mission bezeichnen«, sagt Gale. »Wir sind ins feindliche Zentrum eingedrungen und haben damit gezeigt, dass die Verteidigungsanlagen des Kapitols nicht unverletzlich sind. Wir haben es geschafft, unsere Aufnahmen in die Nachrichtensendungen des Kapitols einzuschmuggeln. Die Suche nach uns hat die ganze Stadt ins Chaos gestürzt.«

»Plutarch ist begeistert, das kannst du mir glauben«, fügt Cressida hinzu.

»Weil es Plutarch egal ist, ob einer stirbt«, sage ich. »Solange nur seine Spiele zum Erfolg werden.«

Cressida und Gale reden immer weiter auf mich ein. Pollux nickt bekräftigend. Nur Peeta sagt nichts dazu.

»Wie denkst du darüber, Peeta?«, frage ich schließlich.

»Du … du machst dir immer noch keine Vorstellung. Von deiner Wirkung auf andere.« Er schiebt die Handschellen an der Treppenstütze hoch und setzt sich auf. »Die Leute, die wir verloren haben, waren keine Idioten. Sie wussten, was sie taten. Sie sind dir gefolgt, weil sie dir zugetraut haben, Snow zu töten.«

Ich weiß nicht, warum seine Stimme mich erreicht, während alle anderen an mir abprallen. Aber wenn er recht hat, und das glaube ich, dann schulde ich den anderen etwas, das ich nur auf eine Weise zurückzahlen kann. Mit neuer Entschlossenheit hole ich den Stadtplan aus der Uniformtasche und breite ihn auf dem Boden aus. »Wo sind wir, Cressida?«

Tigris' Laden liegt fünf Querstraßen vom Großen Platz und dem Präsidentenpalast entfernt. Ein leichter Fußmarsch durch ein Gelände, in dem die Kapseln zur Sicherheit der Bürger deaktiviert sind. Mithilfe unserer Verkleidung, ergänzt um ein paar Accessoires aus Tigris' Fellbeständen, könnten wir unbemerkt dorthin gelangen. Aber was dann? Snows Amtssitz wird garantiert schwer bewacht und rund um die Uhr von Kameras observiert und ist mit Kapseln gespickt, die jederzeit auf Knopfdruck aktiviert werden können.

»Wir müssen ihn dazu bringen, sich draußen zu zeigen«, meint Gale. »Dann könnte einer von uns ihn erledigen.«

»Tritt er überhaupt noch in der Öffentlichkeit auf?«, fragt Peeta.

»Glaube ich kaum«, antwortet Cressida. »Jedenfalls hat er sämtliche Reden, die ich in letzter Zeit gesehen habe, vom Palast aus gehalten. Schon bevor die Rebellen kamen. Und seit Finnick seine Verbrechen öffentlich gemacht hat, ist er garantiert noch mehr auf der Hut.«

Stimmt. Denn jetzt hassen ihn nicht nur Leute wie Tigris,

sondern alle, die nun wissen, was er ihren Freunden und Familien angetan hat. Es würde an ein Wunder grenzen, wenn wir ihn aus dem Palast herauslocken könnten. Da bräuchten wir schon …

»Für mich käme er hundertprozentig heraus«, sage ich. »Wenn ich gefangen genommen würde. Das hätte er bestimmt gern so öffentlich wie möglich. Er würde mich auf den Stufen zu seinem Palast hinrichten lassen.« Ich lasse meine Worte wirken. »Dann könnte Gale ihn aus dem Publikum heraus erschießen.«

»Nein«, entgegnet Peeta kopfschüttelnd. »Der Plan könnte auch ganz anders ausgehen. Zum Beispiel könnte Snow dich erst foltern, um an Informationen zu kommen. Oder er lässt dich hinrichten, ohne selbst in Erscheinung zu treten. Oder er tötet dich im Palast und stellt draußen nur noch deinen toten Körper zur Schau.«

»Gale?«, frage ich.

»Ich finde den Vorschlag zu extrem, um sich gleich dafür zu entscheiden«, sagt er. »Wenn alles andere schiefgeht, vielleicht. Lasst uns weiter nachdenken.«

In der nun folgenden Stille hören wir Tigris' leise Schritte über uns. Feierabend. Sie schließt den Laden, legt wohl auch die Riegel vor. Kurz darauf wird das Brett oben an der Treppe beiseitegeschoben.

»Kommt rauf«, sagt sie schnurrend. »Ich habe euch etwas zu essen gemacht.« Es sind die ersten Worte, die sie zu uns sagt. Ob von Natur aus oder aufgrund jahrelanger Übung, weiß ich nicht, jedenfalls hat ihre Stimme etwas Katzenhaftes.

Während wir die Treppe hochsteigen, fragt Cressida: »Hast du Kontakt zu Plutarch aufgenommen, Tigris?«

»Unmöglich«, erwidert Tigris achselzuckend. »Er wird sich schon denken, dass ihr irgendwo untergekommen seid. Keine Sorge.«

Keine Sorge? Mir fällt ein Riesenstein vom Herzen, als ich erfahre, dass ich keine direkten Befehle aus 13 bekomme – und missachten muss. Keine Ausreden zu erfinden brauche für all die Entscheidungen, die ich in den letzten Tagen getroffen habe.

Auf dem Ladentisch liegen ein paar alte Kanten Brot, eine Ecke verschimmelter Käse und eine halbe Flasche Senf. Nicht jeder im Kapitol hat dieser Tage einen vollen Bauch. Ich fühle mich verpflichtet, Tigris von unseren Essensvorräten zu erzählen, aber sie wischt meine Einwände mit einer Handbewegung beiseite. »Ich esse so gut wie gar nichts«, sagt sie. »Und wenn, dann nur rohes Fleisch.« Ich finde, jetzt übertreibt sie ihre Rolle etwas, aber ich enthalte mich jeden Kommentars. Ich kratze den Schimmel vom Käse und teile das Essen unter uns auf.

Während wir kauen, schauen wir die neuesten Nachrichten des Kapitols. Die Regierung hat uns fünf als überlebende Rebellen identifiziert. Für Hinweise, die zu unserer Ergreifung führen, sind riesige Belohnungen ausgesetzt. Es wird betont, dass wir gefährlich sind. Man sieht, wie wir uns eine Schießerei mit Friedenswächtern liefern, aber nicht, wie die Mutationen ihnen die Köpfe abreißen. In rührseliger Weise wird über die Frau berichtet, die noch immer so daliegt, wie wir sie zurückgelassen haben, mit meinem Pfeil in ihrem Herzen. Für die Kameras wurde allerdings ihr Make-up aufgefrischt.

Die Übertragung läuft ungestört. »Haben die Rebellen heute eine Erklärung verlesen?«, frage ich Tigris. Sie schüttelt den Kopf. »Coin weiß wohl nicht, was sie mit mir anfangen soll, jetzt, da ich noch am Leben bin.«

Tigris gibt ein kehliges Gekicher von sich. »Keiner weiß, was er mit dir anfangen soll, Mädel.« Dann drängt sie mir ein Paar von ihren Pelzleggings auf, obwohl ich sie nicht bezahlen kann. Das ist so ein Geschenk, das man einfach annehmen muss. Außerdem ist es in dem Keller auch ziemlich kalt.

Nach dem Abendessen steigen wir wieder hinunter und zerbrechen uns den Kopf darüber, wie es weitergehen soll. Keiner hat eine zündende Idee, aber wir sind uns einig, dass wir nicht länger als Fünfergruppe hinausgehen können und dass wir erst einmal versuchen sollten, auf andere Weise in den Präsidentenpalast zu gelangen, ehe ich mich als Köder anbiete. Um Streit zu vermeiden, stimme ich zu. Falls ich beschließe, mich zu opfern, treffe ich diese Entscheidung sowieso allein, ohne die Erlaubnis oder Hilfe anderer.

Wir wechseln die Verbände, fesseln Peeta wieder an seine Treppenstütze und legen uns schlafen. Ein paar Stunden später wache ich auf und werde Zeuge einer leisen Unterhaltung. Peeta und Gale. Es ist unmöglich, nicht zu lauschen.

»Danke für das Wasser«, sagt Peeta.

»Nicht der Rede wert«, antwortet Gale. »Ich wache sowieso jede Nacht zehnmal auf.«

»Um sicherzugehen, dass Katniss noch da ist?«, fragt Peeta.

»So was in der Art«, gibt Gale zu.

Es folgt eine lange Pause, dann spricht Peeta weiter. »Das war lustig, was Tigris gesagt hat. Dass keiner weiß, was er mit ihr anfangen soll.«

»Tja, *wir* jedenfalls nicht«, sagt Gale.

Sie lachen. Es ist wirklich komisch, sie so reden zu hören.

Fast, als wären sie Freunde. Sie sind aber keine. Waren nie welche. Wobei, richtige Feinde sind sie auch nicht.

»Sie liebt dich, weißt du?«, sagt Peeta. »Das hat sie mir mehr oder weniger deutlich gesagt, als du ausgepeitscht wurdest.«

»Glaub ich nicht«, entgegnet Gale. »So, wie sie dich beim Jubel-Jubiläum geküsst hat … also, mich hat sie nie so geküsst.«

»Das gehörte doch zur Show«, sagt Peeta, obwohl ein Hauch von Zweifel in seiner Stimme liegt.

»Nein, du hast sie rumgekriegt. Du hast alles für sie aufgegeben. Vielleicht ist das der einzige Weg, sie zu überzeugen, dass du sie liebst.« Wieder eine lange Pause. »Ich hätte bei den ersten Spielen freiwillig an deiner Stelle gehen sollen. Dann hätte ich sie beschützt.«

»Konntest du aber nicht«, wendet Peeta ein. »Das hätte sie dir nie verziehen. Du musstest für ihre Familie sorgen. Ihre Familie bedeutet ihr mehr als ihr Leben.«

»Was soll's, das Problem löst sich ja bald von selbst. Ich halte es für unwahrscheinlich, dass wir alle drei das Ende dieses Kriegs erleben werden. Und selbst wenn, ist es eher Katniss' Problem. Wen sie erwählt.« Gale gähnt. »Wir sollten noch ein bisschen schlafen.«

»Ja.« Peetas Handschellen rutschen an der Stütze herunter, er hat sich wieder hingelegt. »Ich frage mich, wie sie ihre Entscheidung treffen wird.«

»Das ist nicht so schwer«, höre ich Gale noch durch eine Schicht Pelze murmeln. »Katniss wird den nehmen, von dem sie denkt, dass sie ohne ihn nicht überleben kann.«

24

Mich schaudert. Bin ich wirklich so kalt und berechnend? Gale hat nicht gesagt: »Katniss wird den nehmen, bei dem es ihr das Herz bricht, wenn sie ihn aufgeben muss«, oder gar »ohne den sie nicht leben kann«. Das hätte immerhin vorausgesetzt, dass ich irgendwie von Leidenschaft geleitet wäre. Doch mein bester Freund prophezeit, dass ich den nehmen werde, von dem ich denke, dass ich »ohne ihn nicht überleben kann«. Er hält es für ausgeschlossen, dass ich von Liebe oder Verlangen oder auch nur der Frage, wer am besten zu mir passt, getrieben sein könnte. Gales Meinung nach werde ich kühl kalkulieren, welcher meiner potenziellen Gefährten mir mehr zu bieten hat. Als ginge es nur um die Frage, ob mir ein Bäcker oder ein Jäger ein längeres Leben verspricht. Es ist schrecklich, dass Gale so etwas sagt. Und dass Peeta nicht widerspricht. Wo mir doch all meine Gefühle vom Kapitol oder von den Rebellen genommen und ausgeschlachtet wurden. In diesem Augenblick fiele mir die Wahl leicht. Ich kann prima ohne die beiden überleben.

Am nächsten Morgen habe ich weder Kraft noch Zeit, mich um verletzte Gefühle zu kümmern. Zum Frühstück, das aus Leberpastete und Feigenkeksen besteht und das wir noch vor dem Morgengrauen einnehmen, versammeln wir uns vor Tigris' Fernseher und warten darauf, dass Beetee sich einschaltet. Es gibt neue Entwicklungen im Kriegsverlauf. Offenbar inspiriert von der schwarzen Welle, ist den Rebellenkommandeuren die Idee gekommen, die zurückgelassenen Automobile der Leute zu konfiszieren und sie als unbemannte Vorhut durch die Straßen zu schicken. Jede Kapsel lösen die Autos zwar nicht aus, aber die meisten natürlich schon. Mithilfe dieser Taktik haben die Rebellen seit dem frühen Morgen damit begonnen, drei getrennte Schneisen ins Zentrum des Kapitols zu schlagen – schlicht als Linie A, B und C bezeichnet. So können sie ohne nennenswerte Verluste einen Straßenzug nach dem anderen erobern.

»Das kann nicht so weitergehen«, sagt Gale. »Es wundert mich, dass es überhaupt so lange funktioniert hat. Das Kapitol wird sich darauf einstellen und manche Kapseln deaktivieren und erst dann manuell auslösen, wenn die eigentlichen Ziele in Reichweite sind.« Schon wenige Minuten später können wir genau das auf dem Bildschirm mitverfolgen. Eine Rebelleneinheit schickt ein leeres Auto über die Straße und löst dadurch vier Kapseln aus. Der Weg scheint frei. Drei Aufklärer folgen dem Wagen und gelangen heil ans Ende der Straße. Doch als eine Gruppe von zwanzig Rebellensoldaten ihnen folgt, wird sie auf der Höhe eines Blumenladens, vor dem mehrere mit Rosen bepflanzte Töpfe explodieren, in Stücke gerissen.

»Bestimmt leidet Plutarch wie ein Hund, dass er jetzt nicht an den Knöpfen sitzt«, sagt Peeta.

Beetee schaltet wieder um auf das Kapitolprogramm, wo eine Sprecherin mit grimmigem Gesicht verkündet, welche Straßenabschnitte von den Bewohnern zu evakuieren sind. Anhand dieser Angaben und der Bilder zuvor kann ich die aktuellen Stellungen der gegnerischen Armeen auf meinem Stadtplan einzeichnen.

Draußen sind Schritte zu hören. Ich laufe zum Fenster und spähe durch einen Spalt im Rollladen. Im Dämmerlicht werde ich Zeuge eines seltsamen Schauspiels. Flüchtlinge aus den eroberten Straßenzügen strömen vorbei, dem Zentrum zu. Die Panischen noch in Schlafanzug und Pantoffeln, die anderen, die besser vorbereitet waren, mit mehreren Schichten Kleidung übereinander. Sie schleppen alles Mögliche mit, vom Schoßhündchen bis zu Schmuckkästchen und Topfpflanzen. Ein Mann im Bademantel hat nur eine überreife Banane dabei. Schlaftrunkene Kinder stolpern hinter ihren Eltern her, die meisten zu erstaunt oder verwirrt, um zu weinen. In Ausschnitten ziehen sie an meinem Sichtstreifen vorbei. Schreckgeweitete braune Augen. Ein Arm, der die Lieblingspuppe umfasst. Nackte, blau gefrorene Füße, die über das unebene Pflaster tappen. Der Anblick erinnert mich an die Kinder aus Distrikt 12, die auf der Flucht vor den Brandbomben gestorben sind. Ich trete vom Fenster zurück.

Tigris bietet an, sich tagsüber ein wenig umzusehen. Ein guter Vorschlag, denn sie ist die Einzige, auf deren Kopf keine Belohnung ausgesetzt ist. Nachdem wir wieder im Versteck sind, geht sie hinaus, um die Lage zu peilen.

Ich renne ununterbrochen auf und ab und mache die anderen im Keller ganz verrückt. Etwas sagt mir, dass es ein Fehler wäre, den Flüchtlingsstrom nicht auszunutzen. Können wir uns eine bessere Deckung wünschen? Andererseits bedeutet jeder obdachlose Flüchtling, der auf den Straßen umherirrt, ein weiteres Augenpaar, das nach den fünf flüchtigen Rebellen sucht. Aber noch mal: Was bringt es uns hierzubleiben? In den vergangenen Stunden haben wir doch nur unsere kleinen Essensvorräte verbraucht und darauf gewartet … ja, worauf? Darauf, dass die Rebellen das Kapitol einnehmen? Das könnte noch Wochen dauern, und ich bin mir nicht sicher, was ich dann tun würde. Bestimmt nicht ins Freie rennen und ihnen zujubeln. Bevor ich dreimal »Nachtriegel« sagen könnte, hätte Coin mich zurück nach Distrikt 13 geschickt. Ich bin nicht den ganzen Weg gegangen, habe nicht so viele Leute verloren, um mich dieser Frau auszuliefern. *Ich töte Snow.* Abgesehen davon, ist in den letzten Tagen verdammt vieles passiert, was ich nicht so einfach erklären könnte. Einiges würde die Abmachung über die Straffreiheit der Siegertribute vermutlich hinfällig machen. Dabei habe ich das Gefühl, dass ein paar von ihnen diese Immunität dringend brauchen werden. Peeta zum Beispiel. Der, egal wie man es dreht, dabei gefilmt wurde, wie er Mitchell in die Netzkapsel stößt. Ich kann mir lebhaft vorstellen, welche Schlüsse Coins Kriegstribunal daraus ziehen würde.

Am späten Nachmittag werden wir langsam unruhig, weil Tigris so lange fortbleibt. Wir wägen die Chancen ab, dass sie verhaftet und eingesperrt worden ist, uns freiwillig angezeigt hat oder schlicht in der Flüchtlingswelle verletzt worden ist. Gegen sechs Uhr kommt sie dann doch zurück. Erst hören wir eine Zeit lang oben Schritte, dann löst sie endlich das Brett. Wunderbarer Bratenduft erfüllt die Luft. Tigris hat uns eine Pfanne mit Schinkenwürfeln und Kartoffeln zubereitet. Es ist die erste warme Mahlzeit seit Tagen, und während ich warte, dass ich an der Reihe bin, läuft mir fast der Speichel aus dem Mund.

Beim Kauen versuche ich, Tigris zuzuhören, die erzählt, wie sie an das Essen gekommen ist, aber ich bekomme nur mit, dass Fellunterwäsche zurzeit eine begehrte Tauschware ist. Besonders bei Leuten, die ihre Wohnung spärlich bekleidet verlassen haben. Viele halten sich noch immer unter freiem Himmel auf und suchen nach einem Unterschlupf für die Nacht. Die Bewohner der Luxuswohnungen in der Innenstadt haben nicht etwa bereitwillig ihre Türen geöffnet, um die Obdachlosen aufzunehmen. Im Gegenteil, die meisten haben die Türen verrammelt und die Rollläden heruntergelassen und tun so, als wären sie nicht da. Deshalb ist der Große Platz im Zentrum voller Flüchtlinge, und die Friedenswächter gehen von Tür zu Tür und weisen Gäste zu – wenn es sein muss, mit Gewalt.

Im Fernsehen sehen wir den Obersten Friedenswächter, der mit knappen Worten eine neue Regelung verkündet, wie viele Menschen jeder Wohnungsbesitzer entsprechend der Größe des Apartments bei sich aufnehmen muss. Heute Nacht, ruft er den Bewohnern des Kapitols in Erinnerung, würden die Temperaturen unter den Gefrierpunkt sinken; in diesen Krisenzeiten erwarte der Präsident von allen, nicht nur willige, sondern begeisterte Gastgeber zu sein. Dann werden ziemlich gestellt wirkende Szenen eingeblendet, die besorgte Bürger bei der Aufnahme dankbarer Flüchtlinge in ihrer Wohnung zeigen. Der Präsident persönlich, fährt der Oberste Friedenswächter fort, habe befohlen, dass ein Teil seines Palastes hergerichtet wird, um ab morgen ebenfalls Flüchtlinge aufzunehmen. Und schließlich sollten auch Geschäftsleute sich darauf einstellen, auf Anordnung ihre Räumlichkeiten zur Verfügung zu stellen.

»Das könnte dich betreffen, Tigris«, sagt Peeta. Gut möglich. Falls die Zahl der Flüchtlinge weiter zunimmt, könnte selbst dieser enge Schlauch von Laden beschlagnahmt werden. Und dann säßen wir hier im Keller buchstäblich in der Falle, in ständiger Gefahr, entdeckt zu werden. Wie viele Tage haben wir noch? Einen? Vielleicht zwei?

Jetzt ist wieder der Oberste Friedenswächter zu sehen. Er

gibt der Bevölkerung weitere Instruktionen. Offenbar ist es diesen Abend zu einem bedauerlichen Zwischenfall gekommen, in dessen Verlauf die Menge einen jungen Mann totgeprügelt hat, der Peeta ähnlich sah. Von nun an muss es, wenn jemand einen Rebellen sichtet, unverzüglich den Behörden gemeldet werden, die die Identifizierung und Verhaftung des Verdächtigen vornehmen. Ein Foto des Opfers wird eingeblendet. Abgesehen von den offensichtlich gebleichten Locken, sieht er Peeta nicht ähnlicher als ich.

»Die Leute drehen allmählich durch«, murmelt Cressida.

Aus der kurzen Einblendung der Rebellen im Anschluss erfahren wir, dass heute weitere Straßenabschnitte eingenommen worden sind. Ich zeichne die Kreuzungen in meine Karte ein. »Linie C ist nur vier Querstraßen entfernt«, verkünde ich. Irgendwie erfüllt mich diese Erkenntnis mit größerer Sorge als die Vorstellung von Friedenswächtern, die nach Unterkünften suchen. Auf einmal werde ich ganz hilfsbereit. »Heute spüle ich mal das Geschirr.«

»Ich helfe dir«, sagt Gale sofort und sammelt die Teller ein.

Ich spüre Peetas Blick auf uns, als wir den Raum verlassen. In der engen Küche im hinteren Teil von Tigris' Laden fülle ich das Spülbecken mit heißem Wasser und schütte Spülmittel hinein. »Glaubst du das?«, frage ich. »Dass Snow Flüchtlinge in seinen Palast lässt?«

»Ich denke, ihm bleibt keine andere Wahl, zumindest für die Kameras«, antwortet Gale.

»Dann mache ich mich morgen früh auf den Weg«, sage ich.

»Ich komme mit«, sagt Gale. »Was machen wir mit den anderen?«

»Pollux und Cressida könnten nützlich sein. Sie sind gute Führer«, sage ich. Doch Pollux und Cressida sind nicht das eigentliche Problem. »Aber Peeta ist zu …«

»… unberechenbar«, beendet Gale den Satz. »Glaubst du, er würde immer noch zustimmen, dass wir ihn zurücklassen?«

»Zur Begründung könnten wir sagen, dass er uns gefährdet«, sage ich. »Wenn wir überzeugend wirken, bleibt er vielleicht hier.«

Peeta reagiert einigermaßen vernünftig auf unseren Vorschlag. Stimmt uns zu, dass seine Anwesenheit uns gefährden könnte. Wenn's nach mir ginge, kann er den Krieg einfach hier in Tigris' Keller aussitzen, überlege ich. Doch da verkündet er plötzlich, dass er auf eigene Faust rausgehen will.

»Wozu?«, fragt Cressida.

»Das weiß ich noch nicht genau. Ich könnte vielleicht ein Ablenkungsmanöver veranstalten. Ihr habt doch gesehen, was mit dem Mann passiert ist, der so aussah wie ich«, sagt er.

»Und was, wenn du … die Beherrschung verlierst?«, frage ich.

»Wenn ich zur Mutation werde, meinst du? Tja, wenn ich das merke, werde ich versuchen, hierher zurückzukommen«, versichert er.

»Und wenn Snow dich wieder schnappt?«, fragt Gale. »Du hast nicht mal ein Gewehr.«

»Ich muss einfach auf mein Glück vertrauen«, sagt Peeta. »So wie ihr.« Die beiden wechseln einen langen Blick, dann fasst Gale in seine Brusttasche. Er drückt Peeta seine Nachtriegel-Pille in die Hand. Peeta lässt sie in der offenen Hand liegen, unschlüssig, ob er sie annehmen oder ablehnen soll. »Und was ist mit dir?«

»Keine Sorge«, sagt Gale. »Beetee hat mir gezeigt, wie ich meine Sprengpfeile per Hand zum Explodieren bringe. Falls das nicht klappt, habe ich noch mein Messer. Und Katniss.« Er lächelt. »Sie wird ihnen nicht die Genugtuung gönnen, mich lebend zu schnappen.«

Bei dem Gedanken, wie die Friedenswächter Gale mit sich schleppen, höre ich wieder das Lied …

Kommst du, kommst du,
Kommst du zu dem Baum …

»Nimm sie, Peeta«, sage ich gepresst. Ich strecke die Hand aus und schließe seine Finger über der Pille. »Es wird keiner da sein, der dir hilft.«

Die Nacht verläuft unruhig, einer weckt den anderen mit seinen Albträumen, in den Köpfen schwirren die morgigen Pläne herum. Ich bin erleichtert, als es fünf Uhr wird und wir endlich den Tag angehen können, was immer er für uns bereithält. Zum Frühstück brauchen wir die restlichen Essensvorräte – Dosenpfirsiche, Cracker und Schnecken – auf und lassen nur eine Dose mit Lachs für Tigris übrig, ein dürftiges Dankeschön für alles, was sie getan hat. Die Geste scheint sie zu berühren. Ihr Gesicht nimmt einen eigenartigen Ausdruck an und sie wird auf einmal ganz geschäftig. Eine Stunde braucht sie, um uns alle fünf auszustaffieren. Sie kleidet uns so ein, dass unsere Uniformen gänzlich von gewöhnlichen Kleidungsstücken verdeckt werden, noch bevor wir Mäntel und Umhänge übergezogen haben. Sie bedeckt unsere Soldatenstiefel mit einer Art Fellslipper. Befestigt die Perücken mit Nadeln. Wischt die grellen Farbreste ab, die wir uns vor ein paar Tagen hastig ins Gesicht geschmiert haben, und schminkt uns neu. Drapiert unsere Mäntel so, dass die Waffen verborgen sind. Dann gibt sie uns Handtaschen und irgendwelchen Tand, den wir bei uns tragen sollen. Schließlich sehen wir genauso aus wie die Flüchtlinge auf den Straßen.

»Man soll nie die Macht eines erstklassigen Stylisten unterschätzen«, sagt Peeta. Ich glaube, unter ihren Streifen errötet Tigris sogar ein bisschen.

Das Fernsehen bringt keine hilfreichen Neuigkeiten, doch die Straße ist noch immer voller Flüchtlinge, so wie gestern Morgen. Unser Plan sieht vor, dass wir uns in drei Gruppen in den Menschenstrom einreihen. Erst Cressida und Pollux, die vorangehen und uns führen. Danach wollen Gale und ich versuchen, uns unter die Flüchtlinge zu mischen, die heute im Präsidentenpalast untergebracht werden sollen. Zuletzt Peeta, der uns folgen wird, jederzeit bereit, bei Bedarf einen Tumult zu verursachen.

Tigris späht durch den Rollladen und wartet auf den richtigen Moment, dann entriegelt sie die Tür und nickt Cressida und Pollux zu. »Pass auf dich auf«, sagt Cressida, dann sind sie fort.

Wir sollen eine Minute später folgen. Ich ziehe den Schlüssel hervor, schließe die Handschellen auf und stecke sie in die Tasche. Peeta reibt sich die Handgelenke. Dehnt sie. Ein Gefühl der Verzweiflung steigt in mir auf. Es ist wie damals beim Jubel-Jubiläum, als Beetee Johanna und mir die Drahtrolle reichte.

»Hör zu«, sage ich. »Keine Dummheiten, ja?«

»Nein. Nur wenn sich's nicht vermeiden lässt. Absolut«, sagt er.

Ich schlinge die Arme um seinen Hals, merke, wie er zögert und mich dann doch in die Arme schließt. Nicht so fest wie früher, aber immer noch warm und stark. Tausend Momente durchströmen mich. All die Male, als diese Arme meine letzte Zuflucht auf der Welt waren. Damals habe ich diese Momente vielleicht nicht richtig zu schätzen gewusst, aber in meiner Erinnerung sind sie so süß – und jetzt für immer vergangen. »Also dann.« Ich lasse ihn los.

»Es wird Zeit«, sagt Tigris. Ich küsse sie auf die Wange, zurre mein rotes Kapuzencape fest, ziehe den Schal über die Nase und folge Gale hinaus in die kalte Luft.

Eisige Schneeflocken stechen in meine ungeschützte Haut. Die aufgehende Sonne versucht die Finsternis zu durchdringen, aber ohne großen Erfolg. Das Licht reicht gerade aus, um die eingemummelten Gestalten in unmittelbarer Nähe zu erkennen, viel mehr nicht. Wirklich optimale Bedingungen, nur dass ich Cressida und Pollux leider auch nicht ausmachen kann. Gale und ich lassen die Köpfe sinken und schlurfen mit den Flüchtlingen davon. Was ich gestern durch Rollläden und Fenster nicht hören konnte, bekomme ich nun mit. Weinen, Klagen, schwerfälliges Atmen. Und, nicht allzu weit entfernt, Schüsse.

»Wohin gehen wir, Onkel?«, fragt ein schlotternder Junge einen Mann, der unter der Last eines kleinen Safes ächzt.

»Zum Präsidentenpalast. Dort wird man uns eine neue Wohnung zuweisen«, schnauft der Mann.

Wir biegen in eine der Hauptstraßen ein. »Rechts gehen!«, befiehlt eine Stimme. Überall in der Menge sind Friedenswächter zu sehen, die den Menschenstrom regeln. Verängstigte Gesichter starren durch die Schaufensterscheiben der Geschäfte, in denen sich schon die Flüchtlinge drängen. Wenn das so weitergeht, wird Tigris spätestens um die Mittagszeit neue Gäste bekommen. Gut für alle Beteiligten, dass wir uns zum Aufbruch entschlossen haben.

Es ist jetzt heller, trotz des andauernden Schneefalls. Dreißig Meter vor uns entdecke ich Cressida und Pollux, die mit der Menge trotten. Ich recke den Hals auf der Suche nach Peeta, sehe ihn aber nicht. Dafür errege ich die Aufmerksamkeit eines misstrauisch dreinschauenden kleinen Mädchens in einem zitronengelben Mantel. Ich stupse Gale an und verringere meine Geschwindigkeit unmerklich, sodass sich zwischen uns eine Mauer aus Menschen bildet.

»Vielleicht müssen wir uns trennen«, flüstere ich ihm zu. »Das kleine Mädchen da …«

Plötzlich peitschen Schüsse in die Menge, in unmittelbarer Nähe sinken die Leute zu Boden, man hört Schreie. Eine zweite Salve mäht noch mehr Menschen hinter uns nieder. Gale und ich lassen uns zu Boden fallen und kriechen die zehn Meter zu einem Schuhgeschäft hinüber, wo wir hinter einem Verkaufstisch mit Pumps Deckung suchen.

Gale kann nichts sehen, weil eine Reihe mit Federn dekorierter Schuhe ihm die Sicht versperrt. »Von wo kommt das? Kannst du was sehen?«, fragt er. Durch eine Reihe abwechselnd lavendel- und minzefarbener Stiefel hindurch sehe ich nur die mit Leichen übersäte Straße. Das kleine Mädchen, das mich eben noch angestarrt hat, kniet kreischend neben einer reglos daliegenden Frau und versucht, sie wach zu rütteln. Die dritte Salve erwischt das Mädchen auf Brusthöhe und färbt seinen gelben Mantel rot. Es kippt nach hinten weg. Ich starre auf die kleine zusammengesunkene Gestalt und bin einen Moment lang unfähig, etwas zu sagen. Gale stößt mich mit dem Ellbogen an. »Katniss?«

»Die Schüsse kommen vom Dach über uns«, sage ich. Ich sehe noch mehr weiße Uniformen, die auf die verschneiten Straßen strömen. »Sie zielen auf die Friedenswächter, aber sie sind nicht besonders treffsicher. Es müssen die Rebellen sein.« Ich empfinde keinen Triumph, obwohl meine Verbündeten offenbar den Durchbruch geschafft haben. Ich bin ganz gebannt von dem zitronengelben Mantel.

»Wenn wir jetzt schießen, war's das«, sagt Gale. »Dann weiß alle Welt, dass wir es sind.«

Das ist wahr. Wir haben nur unsere berühmten Bogen. Ein Pfeil würde beiden Seiten signalisieren, dass wir hier sind.

»Nein«, sage ich energisch. »Wir müssen Snow kriegen.«

»Dann machen wir uns lieber aus dem Staub, bevor die ganze Straße in die Luft fliegt«, sagt Gale. Wir halten uns dicht an der Häuserwand. Nur dass die Wand hauptsächlich aus Schaufenstern besteht, an die sich schwitzende Handflächen und gaffende Gesichter drücken. Ich ziehe mir den Schal über die Wangenknochen. Hinter einem Verkaufstisch mit gerahmten Porträts von Snow stoßen wir auf einen verwundeten Friedenswächter, der an einer Ziegelmauer lehnt. Er bittet uns um Hilfe. Gale rammt ihm das Knie gegen die Schläfe und nimmt sein Gewehr an sich. An der Kreuzung erschießt er einen zweiten Friedenswächter, jetzt haben wir beide Feuerwaffen.

»Und wen sollen wir jetzt darstellen?«, frage ich.

»Verzweifelte Bürger des Kapitols«, sagt Gale. »Die Friedenswächter werden denken, dass wir auf ihrer Seite stehen, und die Rebellen haben hoffentlich interessantere Ziele.«

Ob das so schlau ist, frage ich mich, während wir über die Kreuzung sprinten. Doch als wir die andere Seite erreichen, spielt es keine Rolle mehr, wer wir sind. Wer überhaupt jemand ist. Denn auf Gesichter achtet hier niemand. Die Rebellen sind schon da. Sie strömen auf die Straße, suchen Deckung in Hauseingängen und hinter Fahrzeugen, Gewehrfeuer blitzt auf, heisere Stimmen rufen Kommandos, sie bereiten sich darauf vor, eine Armee aus Friedenswächtern anzugreifen, die auf uns zumarschiert. Mittendrin sitzen die Flüchtlinge in der Falle, unbewaffnet, orientierungslos, viele verletzt.

Vor uns geht eine Kapsel los und setzt einen Dampfstrahl frei, der jeden, der davon getroffen wird, augenblicklich verbrüht. Die Opfer sind im Nu rosa wie Eingeweide und mausetot. Danach ist das letzte bisschen Ordnung dahin. Die Dampfkringel werden eins mit den Schneeflocken und meine Sicht reicht kaum noch bis zum Ende meines Gewehrlaufs. Friedenswächter, Rebell, Bürger – wer weiß? Alles, was sich bewegt, gibt ein Ziel ab. Die Leute schießen reflexhaft und ich bilde keine Ausnahme. Mit klopfendem Herzen und voller Adrenalin sehe ich in jedem einen Feind. Nur nicht in Gale. Mein Jagdgefährte, der Einzige, dem ich vertraue. Uns bleibt nichts anderes übrig, als vorzurücken und jeden zu töten, der unseren Weg kreuzt. Schreiende Menschen, blutende Menschen, tote Menschen überall. Als wir die nächste Ecke erreichen, erstrahlt der ganze Straßenzug vor uns in einem leuchtend violetten Glanz. Wir ziehen uns zurück, verschanzen uns in einem Treppenaufgang und blinzeln in den Lichtschein. Mit denen, die von dem Licht erfasst werden, geschieht etwas. Sie werden angegriffen, aber wovon? Von einem Geräusch? Einer Welle? Einem Laser? Sie lassen die Waffen fallen, schlagen die Hände vors Gesicht, während aus allen sichtbaren Körperöffnungen – Augen, Nase, Mund, Ohren – Blut spritzt. In weniger als einer Minute sind alle tot und der Glanz erlischt. Ich beiße die Zähne zusammen und renne los, springe über die Leichen, rutsche in den Blutlachen aus. Der Wind treibt die Schneeflocken in Wirbeln zusammen, die mir die Sicht nehmen, doch er übertönt nicht das Getrampel einer neuen Welle von Stiefeln, die uns entgegenkommen.

»Runter!«, zische ich Gale zu. Wir lassen uns sofort fallen. Mein Gesicht landet in einer noch warmen Blutlache, aber ich tue so, als wäre ich tot, rühre mich nicht, während die Stiefel über uns hinwegpoltern. Manche versuchen, nicht auf die Leichen zu treten. Andere trampeln auf meiner Hand, meinem Rücken herum, streifen im Vorbeigehen meinen Kopf. Als die Stiefel vorüber sind, öffne ich die Augen und nicke Gale zu.

Hinter der nächsten Querstraße stoßen wir auf noch mehr verschreckte Flüchtlinge, dafür sind kaum Soldaten zu sehen. Gerade als es so aussieht, als könnten wir ein wenig verschnaufen, ist ein Knacken zu hören, wie von einem Ei, das am Schüsselrand aufgeschlagen wird, nur tausendmal lauter. Wir bleiben stehen und suchen nach der Kapsel. Es ist keine da. Plötzlich spüre ich, wie sich die Spitzen meiner Stiefel ganz leicht neigen. »Lauf!«, schreie ich Gale zu. Es bleibt keine Zeit für Erklärungen, binnen Sekunden wird die Natur dieser Kapsel sowieso für jeden offensichtlich. Auf halber Höhe des Straßenabschnitts hat sich ein Riss aufgetan. Die gepflasterte Straße klappt nach unten auf, und langsam kippen die Leute in … was immer dort unten sein mag.

Ich kann mich nicht entscheiden, ob ich auf kürzestem Weg zur nächsten Kreuzung rennen oder mein Glück lieber bei einem der Tore, die sich auf die Straße öffnen, versuchen und durch ein Gebäude entkommen soll. Die Folge ist, dass ich nicht den kürzesten Weg nehme, sondern mich wie auf einer Diagonale bewege. Je weiter sich die Klappen öffnen, desto schwieriger wird es, auf den glitschigen Steinen nicht abzurutschen. Es ist, als liefe ich quer über einen vereisten Hang, der mit jedem Schritt steiler wird. Als meine beiden Ziele – die Kreuzung und das Gebäude – schon fast zum Greifen nah sind, geben die Klappen abrupt nach. Jetzt kann ich mich nur noch zum Rand retten. Während ich mich an einer Kante festkralle, kippen die Klappen nach unten weg. Meine Füße baumeln in der Luft, finden nirgendwo Halt. Aus der Tiefe, fünfzehn Meter unter mir, steigt ein widerlicher Gestank auf, wie verwesende Körper in der Sommerhitze. Schwarze Gestalten kriechen im Halbschatten umher und bringen alle zum Schweigen, die den Sturz überlebt haben.

Ich stoße einen erstickten Schrei aus. Niemand kommt mir zu Hilfe. Lange werde ich mich nicht mehr an der eisigen Kante festhalten können, doch da erkenne ich, dass die Ecke mit der Kapsel nur zwei Meter entfernt ist. Zentimeter für Zentimeter hangele ich mich dorthin vor und versuche dabei, die schrecklichen Geräusche von unten auszublenden. Als ich die Ecke erreiche, schwinge ich den rechten Fuß über eine Seite hinauf. Ich finde Halt und ziehe mich vorsichtig auf die Straße. Keuchend und zitternd krieche ich weiter zu einem Laternenpfahl und umschlinge ihn mit den Armen wie einen Anker, obwohl der Boden hier vollkommen eben ist.

»Gale?«, rufe ich in den Abgrund. Es ist mir egal, ob ich entdeckt werde. »Gale?«

»Ich bin hier!« Verwundert schaue ich nach links. Die Klappe hat sich direkt entlang der Häuserwand geöffnet. Etwa ein Dutzend Leute haben es bis dorthin geschafft und halten sich nun an allem fest, was Halt gibt. Klinken, Türklopfer, Briefschlitze. Drei Türen weiter klammert Gale sich an die schmiedeeiserne Verzierung einer Wohnungstür. Wäre sie offen, könnte er problemlos eintreten. Doch niemand kommt ihm zu Hilfe, ungeachtet seiner verzweifelten Tritte gegen die Tür.

»Geh in Deckung!«, rufe ich und lege das Gewehr an. Er wendet sich ab, und ich schieße mehrmals auf das Schloss, bis die Tür nach innen auffliegt. Gale schwingt sich hinein und landet der Länge nach auf dem Boden. Einen Augenblick lang schwelge ich im Hochgefühl seiner Rettung. Dann wird er von weiß behandschuhten Händen gepackt.

Unsere Blicke treffen sich, er formt Worte mit den Lippen, aber ich verstehe nicht. Weiß nicht, was ich tun soll. Zurücklassen kann ich ihn nicht, zu ihm aber auch nicht. Wieder bewegt er die Lippen. Ich schüttele den Kopf, um ihm meine Verwirrung zu zeigen. Jeden Augenblick wird ihnen aufgehen, wen sie da gefangen genommen haben. Jetzt zerren ihn die Friedenswächter nach drinnen. »Lauf!«, höre ich ihn schreien.

Ich drehe mich um und renne los, weg von der Kapsel. Ganz allein jetzt. Gale ist gefangen. Cressida und Pollux könnten schon zehnmal tot sein. Und Peeta? Ich habe ihn nicht mehr gesehen, seit wir Tigris' Laden verlassen haben. Ich klammere mich an die Vorstellung, dass er vielleicht dorthin zurückgegangen ist. Dass er einen Anfall nahen fühlte und sich in den Keller zurückgezogen hat, solange er sich noch im Griff hatte. Dass er gemerkt hat, dass kein Tumult notwendig war, nachdem das Kapitol selbst für so viel Tumult gesorgt hat. Kein Grund, den Lockvogel zu spielen und die Nachtriegel-Pille einzunehmen – die Nachtriegel-Pille! Gale hat keine mehr. Da kann er lange davon reden, den Sprengpfeil manuell auszulösen, er wird keine

Gelegenheit bekommen. Die Waffen werden ihm die Friedenswächter bestimmt als Erstes abnehmen.

Ich lasse mich in einen Durchgang fallen, Tränen schießen mir in die Augen. *Erschieß mich,* wollte er sagen. Ich hätte ihn erschießen sollen! Das wäre meine Aufgabe gewesen. Das war das stumme Versprechen, das wir uns gegeben haben, einer dem anderen. Aber ich hab's nicht getan und jetzt wird das Kapitol ihn töten oder foltern oder ihn einweben … In meinem Innern öffnet sich eine Naht, droht mich zu zerreißen. Ich habe nur eine Hoffnung. Dass das Kapitol fällt, seine Waffen niederlegt und seine Gefangenen freilässt, bevor sie Gale etwas antun. Aber solange Snow am Leben ist, ist das nicht sehr wahrscheinlich.

Zwei Friedenswächter rennen vorbei und achten kaum auf das Mädchen aus dem Kapitol, das da an der Tür kauert und vor sich hin wimmert. Ich schlucke die Tränen hinunter, wische die, die schon heruntergekullert sind, vom Gesicht, bevor sie dort festfrieren, und reiße mich wieder zusammen. Letzten Endes bin ich immer noch ein anonymer Flüchtling. Oder haben die Friedenswächter, die Gale gefangen genommen haben, mich gesehen, als ich davonlief? Ich ziehe den Mantel auf links, sodass statt der roten Außenseite das schwarze Futter zu sehen ist. Die Kapuze drapiere ich so, dass sie mein Gesicht verbirgt. Das Gewehr fest gegen die Brust gedrückt, begutachte ich den Häuserblock. Nur ein paar verstört wirkende Nachzügler sind zu sehen. Ich hänge mich an zwei alte Männer, die keine Notiz von mir nehmen. Niemand wird mich bei alten Leuten vermuten. An der nächsten Kreuzung halten sie plötzlich an, sodass ich fast in sie hineinlaufe. Wir stehen vor dem Großen Platz. Jenseits der weiten kreisförmigen Fläche, die von mächtigen Gebäuden umstanden ist, liegt der Präsidentenpalast.

Der Platz ist voller Leute, die umherlaufen, weinen oder einfach nur dasitzen und sich einschneien lassen. Genau die richtige Umgebung. Ich schlängele mich durch die Menge in Richtung Präsidentenpalast, stolpere über zurückgelassene Besitztümer und erfrorene Gliedmaßen. Auf halber Strecke sehe ich den Wall aus Betonbrocken. Er ist gut einen Meter hoch und bildet ein großes Rechteck vor dem Palast. Man könnte meinen, darin sei niemand, doch das abgesperrte Gelände ist voller Flüchtlinge. Vielleicht ist das die Gruppe, die auserwählt wurde, im Palast Zuflucht zu finden? Doch als ich näher komme, fällt mir noch etwas auf. Hinter dem Wall sind nur Kinder. Vom Säugling bis zum Teenager. Verängstigt und verfroren. In Gruppen zusammengedrängt oder benommen auf dem Boden sitzend. Man lässt sie nicht in den Palast. Sie sind dort eingepfercht und werden auf allen Seiten von Friedenswächtern bewacht. Mir ist sofort klar, dass das nicht zu ihrem Schutz geschieht. Wenn das Kapitol sie in Sicherheit hätte bringen wollen, dann wären sie irgendwo in einem Bunker. Aber sie sollen Snow beschützen. Die Kinder bilden einen menschlichen Schutzschild für ihn.

Unruhe kommt auf und die Menge wogt nach links. Kräftigere Leute überholen mich, drängen mich zur Seite, bringen mich vom Kurs ab. Von allen Seiten ertönen Rufe: »Die Rebellen! Die Rebellen!« Offenbar haben sie den Durchbruch geschafft. Ich werde gegen einen Fahnenmast gedrückt und halte mich daran fest. Mithilfe des herunterhängenden Seils ziehe ich mich aus dem Gedränge. Jetzt kann ich die Rebellenarmee sehen, die auf den Großen Platz strömt und die Flüchtlinge zurück in die Hauptstraßen drängt. Ich suche die Gegend nach

Kapseln ab, die bestimmt gleich hochgehen werden. Aber nichts dergleichen geschieht. Es geschieht etwas anderes.

Über den eingeschlossenen Kindern erscheint ein Hovercraft mit dem Wappen des Kapitols. Zahllose silberne Fallschirme regnen auf sie herab. Selbst in diesem Chaos wissen die Kinder, was die Fallschirme enthalten. Essen. Medikamente. Geschenke. Eifrig sammeln sie sie auf, die erfrorenen Finger kämpfen mit den Schnüren. Das Hovercraft verschwindet, fünf Sekunden vergehen, dann explodieren etwa zwanzig der Fallschirme gleichzeitig.

Ich höre Schreie aus der Menge. Der Schnee ist rot, überall liegen kleine Körperteile herum. Viele Kinder sind auf der Stelle tot, andere liegen sterbend auf dem Boden. Manche taumeln stumm umher, starren auf die noch heilen Fallschirme in ihren Händen, als enthielten sie immer noch etwas Wertvolles. An der Art, wie die Friedenswächter die Barrikaden wegreißen und den Kindern einen Weg öffnen, erkenne ich, dass sie nicht wussten, was kommen würde. Noch eine Schar weißer Uniformen rennt durch die entstandene Öffnung. Keine Friedenswächter diesmal. Es sind Sanitäter. Sanitäter der Rebellen. Diese Uniformen würde ich überall erkennen. Mit Verbandsets ausgestattet, verteilen sie sich in der Kinderschar.

Zuerst erkenne ich den blonden Zopf, der über ihren Rücken fällt. Als sie den Mantel auszieht, um ein wimmerndes Kind zuzudecken, bemerke ich den Entenschwanz, den ihr herausgerutschtes Hemd bildet. Ich reagiere genauso wie an dem Tag, als Effie Trinket bei der Ernte ihren Namen verlas. Alle Kraft muss aus mir gewichen sein, denn plötzlich kauere ich am Fuß des Fahnenmasts und weiß nicht, was in den vergangenen Sekunden geschehen ist. Dann rappele ich mich auf und dränge mich durch die Menge, wie vorher. Versuche ihren Namen zu rufen, den Lärm zu übertönen. Als ich fast da bin, fast an der Betonmauer, meine ich, dass sie mich hört. Denn einen kurzen Augenblick lang erblickt sie mich, ihre Lippen formen meinen Namen.

In diesem Moment gehen die restlichen Fallschirme hoch.

25

Wahr oder nicht wahr? Ich stehe in Flammen. Feuerbälle sind aus den Fallschirmen durch die schneegesättigte Luft geschossen, sie haben den Betonwall überwunden und sind über der Menge niedergegangen. Ich wollte mich gerade abwenden, da wurde ich getroffen, eine brennende Zunge lief über meinen Rücken und hat mich in etwas Neues verwandelt. Ein Geschöpf, so unauslöschlich wie die Sonne.

Eine Feuermutation kennt nur eine Empfindung: Todesqual. Nichts sehen, nichts hören, nichts spüren außer dem erbarmungslosen Brennen von Fleisch. Unterbrochen von Phasen der Bewusstlosigkeit, aber was spielt das für eine Rolle, wenn ich darin keine Zuflucht finde? Ich bin Cinnas Vogel, brennend, panisch umherflatternd, auf der Flucht vor etwas, dem man nicht entfliehen kann. Flammenfedern wachsen aus meinem Körper. Das Flügelschlagen facht die Glut nur noch mehr an. Ich verbrenne, es nimmt kein Ende.

Endlich gerät das Flattern ins Stocken, ich verliere an Höhe, und die Schwerkraft zieht mich in ein schäumendes Meer, das die Farbe von Finnicks Augen hat. Ich treibe auf dem Rücken, der auch unter Wasser noch brennt, aber die Todesqual verwandelt sich nach und nach in Schmerz. Während ich hilflos auf den Wellen treibe, kommen sie. Die Toten.

Die ich liebte, fliegen über mir wie Vögel am Himmel. Sie

schießen hinauf, vollführen Kapriolen, rufen mich, ich solle mich zu ihnen gesellen. Wie gern würde ich ihnen folgen, doch das Meerwasser hat meine Flügel schwer gemacht, ich kann sie nicht heben. Die ich hasste, sind ins Wasser gegangen, schreckliche geschuppte Wesen, die mit nadelspitzen Zähnen mein salziges Fleisch herausreißen. Immer und immer wieder beißen sie hinein. Ziehen mich nach unten.

Der kleine weiß-rosa Vogel taucht hinab und schlägt die Krallen in meine Brust, versucht mich oben zu halten. *»Nein, Katniss! Nein! Du darfst nicht gehen!«*

Doch die ich hasste, behalten die Oberhand, und wenn sie sich weiter an mich klammert, wird auch sie verloren sein. *»Lass los, Prim!«* Und endlich tut sie es.

Tief unten im Wasser bin ich von allen verlassen. Nur das Geräusch meines Atems, die enorme Anstrengung, das Wasser einzuatmen und aus der Lunge zu pressen. Ich möchte nicht mehr, möchte den Atem anhalten, aber das Meer drängt sich gewaltsam hinein und hinaus, gegen meinen Willen. *»Lasst mich sterben. Lasst mich den anderen folgen«*, bitte ich die Macht, die mich festhält. Niemand antwortet mir.

Gefangen für Tage, Jahre, Jahrhunderte vielleicht. Tot, ohne sterben zu dürfen. Am Leben, aber so gut wie tot. So allein, dass alles, jeder willkommen wäre, egal wie abscheulich. Als endlich ein Besucher kommt, ist er süß. Morfix. Es strömt durch meine Adern, lindert den Schmerz, macht meinen Körper so leicht, dass er wieder aufsteigt und auf den Schaumkronen bleibt.

Schaum. Ich treibe wirklich auf Schaum. Ich fühle ihn unter den Fingerspitzen, meinen nackten Körper wiegend. Durch den starken Schmerz dringt so etwas wie Realität. Meine Kehle wie Sandpapier. Der Geruch der Brandwundensalbe aus der ersten Arena. Die Stimme meiner Mutter. All das macht mir Angst, deshalb versuche ich, in die Tiefe zurückzukehren, um mir einen Reim darauf zu machen. Aber es gibt kein Zurück. Allmählich muss ich akzeptieren, wer ich bin. Ein Mädchen mit schweren Verbrennungen und ohne Flügel. Ohne Feuer. Ohne Schwester.

Im grellweißen Krankenhaus des Kapitols vollbringen die Ärzte wahre Wunderwerke an mir. Umhüllen meinen rohen Körper mit neuen Hautbahnen. Bringen die Zellen dazu, sich mir zugehörig zu fühlen. Manipulieren meine Körperteile, beugen und strecken die Gliedmaßen, damit alles gut passt. Immer wieder bekomme ich zu hören, wie viel Glück ich gehabt habe. Meine Augen sind verschont geblieben. Der größte Teil meines Gesichts ist verschont geblieben. Meine Lunge spricht auf die Behandlung an. Ich werde so gut wie neu sein.

Als meine zarte Haut fest genug ist, um den Druck von Betttüchern auszuhalten, kommen weitere Besucher. Das Morfix öffnet die Tür zu den Lebenden und den Toten gleichermaßen. Haymitch, gelbgesichtig und ernst. Cinna, der an einem neuen Hochzeitskleid näht. Delly, die davon schwärmt, wie nett hier alle sind. Mein Vater singt die vier Strophen des »Henkersbaums« und ermahnt mich, dass meine Mutter – die zwischen zwei Schichten auf einem Stuhl in meinem Zimmer schläft – das nicht wissen darf.

Eines Tages wache ich wie vorgesehen auf und weiß, dass man mir nicht erlauben wird, weiter in meinem Traumland zu leben. Ich muss essen. Meine Muskeln bewegen. Auf Toilette gehen. Ein kurzer Besuch von Präsidentin Coin entscheidet die Sache.

»Keine Sorge«, sagt sie. »Ich habe ihn für dich reserviert.«

Die Ärzte fragen sich zunehmend verwirrt, warum ich nicht sprechen kann. Tests werden gemacht, doch die festgestellten Schäden an meinen Stimmbändern sind nicht die Ursache. Schließlich äußert Dr. Aurelius, ein Psychodoktor, die Theorie, dass ich vielleicht nicht physisch, wohl aber seelisch zum Avox geworden bin. Dass mein Schweigen auf ein emotionales Trauma zurückzuführen sei. Zig Behandlungen werden ihm vorgeschlagen, aber er sagt nur, man solle mich einfach in Ruhe lassen. Während ich also nach nichts und niemandem frage, bringen die Besucher mir immer neue Informationen. Über den Krieg: Das Kapitol fiel noch an dem Tag, als die Fallschirme explodierten, Panem wird jetzt von Präsidentin Coin geführt, und Truppen wurden ausgesandt, um die letzten Widerstandsnester auszuschalten. Über Präsident Snow: Er wurde gefangen genommen und wartet nun auf seinen Prozess und die fast sichere Hinrichtung. Über meine Attentäterbande: Cressida und Pollux sind in die Distrikte geschickt worden, um über die Kriegsschäden zu berichten. Gale, der bei einem Fluchtversuch zwei Kugeln abbekommen hat, säubert Distrikt 2 von Friedenswächtern. Peeta liegt wie ich mit Verbrennungen auf der Intensivstation. Hat er es also auch auf den Großen Platz geschafft. Über meine Familie: Meine Mutter begräbt ihren Kummer unter Arbeit.

Da ich keine Arbeit habe, begräbt mein Kummer mich. Was mich am Leben hält, ist Coins Versprechen. Dass ich Snow töten kann. Wenn das vollbracht ist, wird nichts mehr übrig sein.

Irgendwann werde ich aus dem Krankenhaus entlassen und bekomme ein Zimmer im Präsidentenpalast zugewiesen, das ich mir mit meiner Mutter teile. Sie ist fast nie da, sie isst und schläft auf der Arbeit. Es fällt Haymitch zu, nach mir zu schauen und sicherzustellen, dass ich esse und meine Medikamente nehme. Keine leichte Aufgabe. Ich greife meine alten Gewohnheiten aus Distrikt 13 wieder auf. Wandere unbefugt durch den Palast. Betrete Schlafzimmer und Büros, Festsäle und Bäder. Suche nach absonderlichen kleinen Verstecken. Ein Wandschrank mit Pelzmänteln. Ein Bücherschrank in der Bibliothek. Eine in Vergessenheit geratene Badewanne in einem Raum mit ausrangierten Möbeln. Schummrige, stille Plätze, wo ich unauffindbar bin. Ich rolle mich zusammen, mache mich ganz klein, versuche zu verschwinden. Eingehüllt in die Stille, drehe ich das Armband mit der Aufschrift GEISTIG VERWIRRT immer und immer wieder um mein Handgelenk.

Ich heiße Katniss Everdeen. Ich bin siebzehn Jahre alt. Meine Heimat ist Distrikt 12. Distrikt 12 gibt es nicht mehr. Ich bin der Spotttölpel. Ich habe das Kapitol gestürzt. Präsident Snow hasst mich. Er hat meine Schwester getötet. Jetzt werde ich ihn töten. Und dann sind die Hungerspiele zu Ende …

In regelmäßigen Abständen finde ich mich in meinem Zimmer wieder und weiß nicht, ob es aus dem Bedürfnis nach Morfix heraus geschah oder ob Haymitch mich aufgestöbert hat. Ich esse, nehme meine Medikamente und muss mich waschen. Das Wasser macht mir nichts aus, nur der Spiegel, in dem sich der nackte Körper einer Feuermutation zeigt. Die transplantierten Hautstücke sind noch immer so rosig wie bei einem Neugeborenen. Die geschädigte Haut, die man noch retten konnte, sieht rot aus, heiß und stellenweise geschmolzen. Flecken meines alten Ichs leuchten weiß und blass. Ich bin wie eine Patchworkdecke aus Haut. Teile meines Haars wurden vollständig versengt; die Reste wurden ohne große Umstände abgeschnitten. Katniss Everdeen, das Mädchen, das in Flammen stand. Es wäre mir egal, brächte der Anblick meines Körpers nicht die Erinnerung an den Schmerz zurück. Und an den Grund, warum ich diese Schmerzen aushalten musste. Und daran, was geschah, bevor die Schmerzen einsetzten. Und wie ich mit ansah, wie meine kleine Schwester zur menschlichen Fackel wurde.

Es nützt nichts, wenn ich die Augen schließe. Im Dunkeln lodert das Feuer heller.

Ab und zu kommt Dr. Aurelius vorbei. Ich mag ihn, weil er kein dummes Zeug redet, dass ich außer Gefahr sei zum Beispiel oder dass ich, auch wenn ich es mir jetzt nicht vorstellen könne, eines Tages wieder glücklich sein werde, oder gar, dass jetzt in Panem alles besser wird. Er fragt mich nur, ob ich reden möchte, und wenn ich keine Antwort gebe, schläft er auf seinem Stuhl ein. Tatsächlich glaube ich, dass seine Besuche zu einem Gutteil dem Umstand geschuldet sind, dass er einfach mal die Augen zumachen muss. Ein Arrangement, das uns beiden entgegenkommt.

Der Zeitpunkt rückt näher, obwohl ich nicht sagen könnte, wie viele Stunden und Minuten es noch sind. Präsident Snow wurde der Prozess gemacht und er wurde für schuldig befunden und zum Tode verurteilt. Haymitch sagt es mir, und ich höre die Wachen darüber sprechen, wenn ich hinter ihrem Rücken durch die Flure schleiche. Mein Spotttölpelkostüm wird aufs Zimmer gebracht. Mein Bogen ebenfalls, er sieht tadellos aus, allerdings fehlen Köcher und Pfeile. Entweder weil sie beschädigt sind oder, und das ist wahrscheinlicher, weil ich keine Waffen bei mir tragen darf. Ich frage mich flüchtig, ob ich mich nicht irgendwie auf das Ereignis vorbereiten sollte, aber mir fällt nicht ein, wie.

An einem Spätnachmittag stehe ich, nachdem ich lange an einem bequemen Fensterplatz hinter einem bemalten Paravent gesessen habe, auf und wende mich nach links statt nach rechts wie sonst immer. Ich gehe durch einen fremden Teil des Palasts und verliere sofort die Orientierung. Anders als der Trakt, in dem ich untergebracht bin, scheint hier niemand zu sein, den man fragen kann. Mir gefällt's hier trotzdem. Schade, dass ich ihn nicht früher entdeckt habe. Es ist so ruhig hier, dicke Läufer und schwere Wandteppiche schlucken alle Geräusche. Sanfte Beleuchtung. Gedeckte Farben. Friedlich. Bis ich die Rosen rieche. Schnell verstecke ich mich hinter Vorhängen, zittere zu stark, um wegzurennen, und warte auf die Mutationen. Schließlich wird mir klar, dass keine Mutationen kommen werden. Was rieche ich dann? Echte Rosen? Bin ich vielleicht in der Nähe des Gartens, wo die fiesen Dinger wachsen?

Während ich den Flur entlangschleiche, wird der Geruch übermächtig. Nicht ganz so heftig wie bei echten Mutationen vielleicht, aber unverfälschter, weil er sich nicht gegen Abwasser und Pulverdampf durchsetzen muss. Ich biege um eine Ecke und stehe zwei überraschten Wachen gegenüber. Keine Friedenswächter natürlich. Es gibt keine Friedenswächter mehr. Allerdings auch keine ordentlichen, grau uniformierten Soldaten aus 13. Diese beiden, ein Mann und eine Frau, tragen die zerrissene, zusammengewürfelte Kleidung der echten Rebellen. Ausgemergelt, mit verbundenen Wunden, bewachen sie die Tür zu den Rosen. Als ich hindurchgehen will, kreuzen sie vor mir ihre Gewehre.

»Da können Sie nicht rein, Fräulein«, sagt der Mann.

»Soldat«, korrigiert ihn die Frau. »Sie können da nicht rein, Soldat Everdeen. Befehl der Präsidentin.«

Ich stehe da und warte geduldig darauf, dass sie die Gewehre sinken lassen. So will ich ihnen vermitteln, ohne es aussprechen zu müssen, dass sich hinter dieser Tür etwas befindet, was ich unbedingt brauche. Nur eine Rose. Eine einzige Blüte. Um sie Snow ans Revers zu stecken, bevor ich ihn erschieße. Meine Anwesenheit scheint die Wachen zu verwirren. Sie diskutieren miteinander, ob sie Haymitch benachrichtigen sollen, da ertönt hinter mir eine Frauenstimme: »Lasst sie hinein.«

Ich kenne die Stimme, kann sie jedoch nicht gleich zuordnen. Nicht Saum, nicht 13, ganz sicher nicht Kapitol. Ich wende den Kopf und stehe Paylor gegenüber, der Rebellenführerin aus Distrikt 8. Sie sieht noch mitgenommener aus als damals im Lazarett, aber wer nicht?

»Auf meine Verantwortung«, sagt Paylor. »Sie hat ein Recht auf alles, was sich hinter dieser Tür befindet.« Das sind ihre Soldaten, nicht die von Coin. Gehorsam senken sie die Waffen und lassen mich durch.

Am Ende eines kurzen Gangs drücke ich Glastüren auf und trete ein. Der Geruch ist jetzt so stark, dass er weniger intensiv wirkt, als könnte meine Nase nicht mehr aufnehmen. Die feuchte, milde Luft tut gut auf meiner heißen Haut. Und die Rosen sind fantastisch. Reihe um Reihe üppiger Blüten, in opulentem Rosa, Sonnenuntergangsorange und sogar Hellblau. Ich gehe durch die Beete mit den sorgfältig beschnittenen Pflanzen und schaue, fasse aber nichts an, denn ich habe schmerzlich erfahren müssen, wie tödlich diese Schönheiten sein können. Auf einmal stehe ich vor ihr. Wie eine Krone prangt sie auf einem schlanken Stock. Eine prachtvolle weiße Rose, die sich gerade zu öffnen beginnt. Damit meine Haut nicht mit ihr in Berührung kommt, ziehe ich den linken Ärmel über die Hand, nehme eine Gartenschere und setze sie am Stiel an, als er plötzlich spricht.

»Ein schönes Exemplar.«

Ich zucke zusammen, die Schere schnappt zu und durchtrennt den Stiel.

»Farben sind schön, natürlich, aber nichts ist so perfekt wie Weiß.«

Ich kann ihn immer noch nicht sehen, doch seine Stimme scheint von einem nahen Beet mit roten Rosen zu kommen. Während ich den Stiel mit der Knospe vorsichtig durch den Stoff meines Ärmels festhalte, gehe ich um die Ecke. Da sitzt er auf einem Stuhl nahe bei der Wand. Er ist so gepflegt und gut gekleidet wie immer, trägt aber Hand- und Fußfesseln und Aufspürer. Im hellen Licht ist seine Haut grünlich bleich. Er hält ein Taschentuch in der Hand, das mit frischem Blut befleckt ist. Selbst in diesem heruntergekommenen Zustand leuchten seine Schlangenaugen hell und kalt. »Ich hatte gehofft, du würdest den Weg in mein Quartier finden.«

Sein Quartier. Ich bin in sein Zuhause eingedrungen, so wie er sich letztes Jahr in meins eingeschlichen und mir mit blutigem Rosenatem Drohungen zugezischt hat. Dieses Treibhaus gehört zu seinen Räumen, vermutlich ist es sein Lieblingsort; in besseren Zeiten hat er die Pflanzen vielleicht sogar selbst gepflegt. Aber nun ist es Teil seines Gefängnisses. Deshalb haben die Wachen mir den Weg versperrt. Und deshalb hat Paylor mich eingelassen.

Ich hatte vermutet, er werde im tiefsten Kerker verwahrt, den das Kapitol zu bieten hat. Doch Coin hat ihm den Luxus gelassen. Vermutlich, um einen Präzedenzfall zu schaffen. Sollte dereinst sie selbst einmal in Ungnade fallen, wäre es ganz selbstverständlich, dass Präsidenten – selbst die verabscheuungswürdigsten – eine besondere Behandlung verdient haben. Denn wer weiß, vielleicht schwindet ihre eigene Macht ja auch einmal.

»Es gibt so vieles, was wir bereden sollten, aber mein Gefühl sagt mir, dass das nur ein kurzer Besuch sein wird. Also das Wichtigste zuerst.« Er beginnt zu husten, und als er das Taschentuch vom Mund nimmt, ist es noch röter. »Ich möchte dir sagen, wie leid mir das mit deiner Schwester tut.«

Selbst in meinem abgestumpften, betäubten Zustand versetzt mir das einen Stich. Und erinnert mich daran, dass seine Grausamkeit grenzenlos ist. Und dass er noch auf dem Weg ins Grab versuchen wird, mich zu zerstören.

»So sinnlos, so unnötig. Zu dem Zeitpunkt wusste doch jeder, dass das Spiel aus war. Tatsächlich wollte ich gerade eine offizielle Kapitulationserklärung herausgeben, als sie diese Fallschirme abwarfen.« Sein Blick klebt förmlich an mir, unverwandt, als wollte er kein Fitzelchen meiner Reaktion verpassen. Aber was er sagt, ergibt keinen Sinn. Als *sie* die Fallschirme abwarfen? »Du hast doch nicht allen Ernstes gedacht, ich hätte den Befehl dazu gegeben, oder? Hast du etwa die offensichtliche Tatsache außer Acht gelassen, dass ich mich, hätte ich ein flugtüchtiges Hovercraft zur Verfügung gehabt, natürlich unverzüglich aus dem Staub gemacht hätte? Aber davon einmal abgesehen, wozu hätte das gut sein sollen? Wir beide wissen, dass es nicht unter meiner Würde ist, Kinder zu töten, aber ich bin kein Verschwender. Wenn ich ein Leben nehme, dann aus ganz bestimmten Gründen. Ich hatte aber keinen Grund, einen Pferch voller Kinder in die Luft zu sprengen. Nicht den geringsten.«

Ich frage mich, ob der nun folgende Hustenanfall gespielt ist, damit ich Zeit habe, seine Worte zu verarbeiten. Er lügt. Natürlich lügt er. Aber da ist auch etwas, das sich von der Lüge zu befreien versucht.

»Wie dem auch sei, ich muss gestehen, es war ein Meisterstück von Coin. Die Vorstellung, dass ich unsere eigenen hilflosen Kinder bombardieren lasse, zerstörte unverzüglich den Rest an Loyalität, den meine Untertanen mir noch entgegenbrachten. Danach gab es keinen echten Widerstand mehr. Wusstest du, dass es live übertragen wurde? Daran erkennt man Plutarchs Handschrift. Und an den Fallschirmen. Tja-ja, diese Denkweise sollte ein Oberster Spielmacher doch auch mitbringen, nicht?« Snow betupft sich die Mundwinkel. »Sicher hatte er es nicht auf deine Schwester abgesehen, aber so was passiert.«

Ich bin nicht mehr bei Snow. Ich bin wieder in 13 in der Abteilung Geheimwaffen, zusammen mit Gale und Beetee. Sehe mir die Zeichnungen an, die auf Gales Fallen beruhen. Die auf menschliche Instinkte bauen. Die erste Bombe tötet die Opfer. Die zweite die Retter. Ich erinnere mich an Gales Worte.

»Beetee und ich halten uns an dieselben Vorschriften wie Präsident Snow, als er Peeta eingewebt hat.«

»Mein Versäumnis«, fährt Snow fort, »war es, dass ich Coins Plan nicht schnell genug durchschaut habe. Das Kapitol und die Distrikte einander zerstören zu lassen und dann einzumarschieren und die Macht zu übernehmen, während 13 kaum einen Kratzer abbekommen hat. Täusch dich nicht, sie wollte von Anfang an meinen Platz einnehmen. Das dürfte mich nicht überraschen. Schließlich war es Distrikt 13, der die Rebellion, die in die Dunklen Tage mündete, angezettelt und dann die anderen Distrikte sich selbst überlassen hat, als das Blatt sich gegen sie wendete. Aber ich habe nicht auf Coin geschaut. Ich habe auf dich geschaut, Spotttölpel. Und du hast auf mich geschaut. Ich fürchte, wir sind beide an der Nase herumgeführt worden.«

Ich weigere mich anzuerkennen, dass er die Wahrheit spricht. Manches kann nicht mal ich ertragen. Ich spreche die ersten Worte seit dem Tod meiner Schwester aus. »Ich glaube Ihnen nicht.«

In gespielter Enttäuschung schüttelt Snow den Kopf. »Ach, mein liebes Fräulein Everdeen. Ich dachte, wir hätten ausgemacht, einander nicht zu belügen.«

26

Draußen im Flur steht Paylor noch an der gleichen Stelle wie vorher. »Und? Hast du gefunden, wonach du gesucht hast?«, fragt sie.

Als Antwort halte ich die weiße Knospe hoch und stolpere dann an ihr vorbei. Irgendwie muss ich es zurück in mein Zimmer geschafft haben, weil ich kurz darauf im Bad ein Glas mit Wasser fülle und die Rose hineinstelle. Knie mich auf dem eisigen Boden hin und schaue die Blume mit zusammengekniffenen Augen an, denn in dem kahlen fluoreszierenden Licht ist ihr Weiß kaum zu erkennen. Ich fahre mit dem Finger unter mein Armband und drehe daran wie an einem Druckverband, bis das Gelenk wehtut. Vielleicht hält der Schmerz mich in der Wirklichkeit, so wie die Handschellen Peeta. Ich muss durchhalten. Ich muss die Wahrheit herausfinden.

Es gibt eigentlich nur zwei Möglichkeiten. Entweder ist es so, wie ich bisher gedacht habe: Das Kapitol hat das Hovercraft geschickt, die Fallschirme abgeworfen und das Leben seiner Kinder geopfert, weil es wusste, dass die nahenden Rebellen ihnen zu Hilfe eilen würden. Dafür gäbe es Beweise: das Wappen des Kapitols auf dem Hovercraft, der unterbliebene Versuch, den Feind abzuschießen, sowie die lange Tradition, im Kampf gegen die Distrikte Kinder als Geiseln einzusetzen. Oder aber Snows Darstellung ist korrekt. Ein mit Rebellen bemanntes Hovercraft des Kapitols hat die Kinder bombardiert, um den

Krieg möglichst rasch zu beenden. Aber warum hat das Kapitol dann nicht auf den Feind geschossen? Waren sie zu überrascht? Hatten sie keine Luftabwehr mehr? Für Distrikt 13 sind Kinder besonders wertvoll, zumindest hatte es immer den Anschein. Na ja, mich vielleicht ausgenommen. Als ich meine Schuldigkeit getan hatte, war ich auf einmal entbehrlich. Allerdings dürfte es lange her sein, dass man mich in diesem Krieg als Kind betrachtet hat. Aber warum hätten sie das tun sollen, wo sie doch davon ausgehen mussten, dass ihre eigenen Sanitäter zu Hilfe eilen und von der zweiten Explosion getötet werden würden? Es ist ausgeschlossen, dass sie das getan haben. Snow lügt. Er versucht mich doch nur wieder zu manipulieren. Er hofft, mich zum Feind der Rebellen zu machen und sie womöglich zu vernichten. Ja. Natürlich.

Warum nagt es dann so an mir? Zuerst diese zeitversetzt explodierenden Bomben. Möglich, dass auch das Kapitol über solche Waffen verfügt hat, von den Rebellen weiß ich es ganz sicher. Gales und Beetees Erfindung. Hinzu kommt die Tatsache, dass Snow, obwohl er so ein Überlebenskünstler ist, keinen Fluchtversuch unternommen hat. Kaum anzunehmen, dass er nicht irgendwo einen Unterschlupf gehabt haben soll, irgendeinen Bunker voller Vorräte, wo er den Rest seines hinterhältigen Lebens unbehelligt hätte verbringen können. Und schließlich seine Einschätzung von Coin. Es stimmt, was er gesagt hat. Sie hat Kapitol und Distrikte in den Kampf geschickt, und als die sich verausgabt hatten, ist sie einfach hereinspaziert und hat die Macht übernommen. Aber selbst wenn sie das von Anfang an so geplant hätte, muss sie noch lange nicht die Fallschirme abgeworfen haben. Sie hatte den Sieg doch schon in der Hand. Alles hatte sie in der Hand.

Außer mir.

Mir fällt ein, was Boggs erwidert hat, als ich sagte, ich hätte mir noch keine großen Gedanken über Snows Nachfolger gemacht. »*Wenn du nicht spontan* Coin *sagen kannst, bist du eine Bedrohung. Du bist das Gesicht der Rebellion. Möglicherweise hast du mehr Einfluss als jeder andere. Nach außen hin hast du Coin bisher allenfalls toleriert, mehr nicht.*«

Plötzlich denke ich an Prim, die noch nicht vierzehn war, noch nicht alt genug, um Soldat zu sein, die aber trotzdem an vorderster Front gekämpft hat. Wie konnte das passieren? Dass meine Schwester selbst dorthin wollte, daran habe ich keinen Zweifel. Und es steht auch fest, dass sie fähiger war als viele Ältere. Trotzdem hätte es der Genehmigung einer sehr hochgestellten Persönlichkeit bedurft, damit eine Dreizehnjährige in den Kampf ziehen kann. Hat Coin diese Genehmigung erteilt, in der Hoffnung, dass Prims Verlust mich vollends in den Wahnsinn treiben oder mich wenigstens zu ihrer Verbündeten machen würde? Ich hätte es nicht mal persönlich miterleben müssen. Auf dem Großen Platz standen zahllose Kameras. Die den Augenblick für immer eingefangen hätten.

Nein, ich werde ja total verrückt, ich leide schon unter Verfolgungswahn! Es gäbe doch viel zu viele Mitwisser. Irgendetwas würde durchsickern. Oder vielleicht nicht? Wer müsste denn eingeweiht sein außer Coin, Plutarch und einer kleinen Schar loyaler oder gefügiger Gefolgsleute?

Ich brauche unbedingt jemanden, mit dem ich darüber reden kann, nur dass alle, denen ich vertraue, tot sind. Cinna. Boggs. Finnick. Prim. Peeta ist noch da, aber er könnte auch nicht mehr tun als spekulieren, und außerdem weiß ich nicht, in welchem Geisteszustand er sich befindet. Bliebe nur noch Gale, und der ist weit weg. Aber selbst wenn er hier bei mir wäre – könnte ich ihm trauen? Was könnte ich sagen, wie könnte ich es formulieren, ohne gleichzeitig zu sagen, dass es seine Bombe war, die Prim getötet hat? Weil diese Vorstellung so absolut unmöglich ist, muss Snow einfach die Unwahrheit sagen.

Letztendlich bleibt nur ein Mensch, an den ich mich wenden kann, der vielleicht weiß, was geschehen ist, und der noch auf meiner Seite steht. Es ist ein Risiko, das Thema überhaupt anzuschneiden. Ich bin zwar der Meinung, dass Haymitch in der Arena mit meinem Leben gespielt hat, aber dass er mich an Coin verrät, glaube ich nicht. Egal, welche Probleme wir miteinander haben, unsere Konflikte klären wir untereinander.

Ich rappele mich hoch, renne aus dem Badezimmer und über den Flur zu seinem Zimmer. Niemand antwortet auf mein Klopfen, deshalb mache ich selbst die Tür auf. Igitt! Unglaublich, wie schnell er einen Raum verwüsten kann. Halb leer gegessene Teller, zertrümmerte Schnapsflaschen und demoliertes Mobiliar zeugen von einem Wutanfall in betrunkenem Zustand. Ungekämmt und ungewaschen liegt Haymitch besinnungslos in einem Knäuel aus Laken auf dem Bett.

»Haymitch«, sage ich und rüttele an seinem Bein. Natürlich reicht das nicht. Ich versuche es trotzdem noch ein paarmal, ehe ich ihm den Wassereimer übers Gesicht kippe. Nach Luft schnappend, kommt er zu sich und sticht blindlings mit seinem Messer nach mir. Offenbar bedeutet Snows Ende nicht das Ende seiner Schrecken.

»Ach. Du«, sagt er. An seiner Stimme erkenne ich, dass er immer noch betrunken ist.

»Haymitch«, hebe ich an.

»Sieh an. Der Spotttölpel hat seine Stimme wiedergefunden.«

Er lacht. »Na, da wird Plutarch sich aber freuen.« Er nimmt einen tiefen Schluck aus der Flasche. »Warum bin ich eigentlich so nass?« Unauffällig lasse ich den Eimer hinter mich in einen Stapel Schmutzwäsche fallen.

»Ich brauche deine Hilfe«, sage ich.

Haymitch rülpst und füllt die Luft mit Schnapsausdünstungen. »Was ist denn los, Süße? Wieder Stress mit den Jungs?« Ich weiß nicht, warum, aber damit verletzt Haymitch mich so wie nur selten. Es muss mir anzusehen sein, denn selbst in seinem betrunkenen Zustand versucht er zurückzurudern. »Okay, war nicht witzig.« Ich bin schon an der Tür. »Nicht witzig! Komm zurück!« Ich höre, wie er auf dem Boden aufschlägt, und daran merke ich, dass er mir wohl nachlaufen wollte. Ein aussichtsloses Unterfangen.

Ich renne kreuz und quer durch den Palast und verschwinde in einem Schrank. Reiße die Seidenkleider darin vom Haken und lasse mich in den entstandenen Haufen sinken. Im Futter meiner Tasche finde ich eine einsame Morfix-Tablette und schlucke sie trocken hinunter, um die aufkeimende Hysterie abzuwenden. Doch es reicht nicht, um alles wiedergutzumachen. Aus der Ferne höre ich Haymitch rufen, aber in seinem Zustand wird er mich nicht finden. Besonders nicht in diesem neuen Versteck. Eingehüllt in Seide, fühle ich mich wie eine Raupe im Kokon, die auf die Metamorphose wartet. Etwas, das ich mir immer als friedlichen Zustand vorgestellt hatte. Anfangs ist es das auch. Doch mit fortschreitender Nacht fühle ich mich immer mehr in der Falle, erstickt von den seidigen Tüchern, unfähig herauszukommen, bevor ich mich in etwas Schönes verwandelt habe. Ich winde mich, versuche meinen zerstörten Körper abzustoßen und hinter das Geheimnis zu kommen, wie mir makellose Flügel wachsen könnten. Aller Anstrengung zum Trotz bleibe ich ein hässliches, von Brandbomben entstelltes Wesen.

Die Begegnung mit Snow öffnet die Türen zu meinem alten Repertoire an Albträumen. Als wäre ich erneut von den Jägerwespen gestochen worden. Schreckliche Bilder folgen in Wellen aufeinander, dazwischen eine kurze Atempause, die ich mit Wachsein verwechsele, nur um gleich darauf von einer neuen Welle zurückgestoßen zu werden. Als die Wachen mich endlich finden, sitze ich auf dem Boden des Schranks in einem wirren Knäuel Seide und schreie mir die Seele aus dem Leib. Erst wehre ich mich, bis sie mich überzeugen, dass sie mir nur helfen wollen, die würgenden Kleider zu entfernen, und mich zurück in mein Zimmer geleiten. Unterwegs kommen wir an einem Fenster vorbei und ich sehe einen grauen, verschneiten Morgen über dem Kapitol dämmern.

Ein reichlich verkaterter Haymitch wartet mit einer Handvoll Pillen und einem Tablett Essen, auf das weder sein noch mein Magen Appetit hat. Er unternimmt einen halbherzigen Versuch, mich wieder zum Sprechen zu bringen, doch als er sieht, dass es zwecklos ist, schickt er mich in die Badewanne, die jemand hat einlaufen lassen. Die Wanne ist tief und hat drei Stufen. Ich lasse mich ins warme Wasser gleiten, und so, bis zum Hals in Schaum, sitze ich da und hoffe, dass die Medikamente bald wirken. Ich starre auf die Rose, die über Nacht aufgegangen ist und die dampfende Luft mit ihrem kräftigen Duft schwängert. Ich stehe auf und will ein Handtuch nehmen, um ihn zu ersticken, als es zaghaft klopft. Die Badezimmertür wird geöffnet und drei vertraute Gesichter kommen zum Vorschein. Sie versuchen, mich anzulächeln, doch selbst Venia kann nicht verbergen, wie geschockt sie über meinen verwüsteten Mutationskörper ist. »Überraschung!«, quiekt Octavia, dann bricht sie in Tränen aus. Ich frage mich, weshalb sie hier auftauchen, bis mir klar wird, dass heute der Tag sein muss. Der Tag der Hinrichtung. Sie sollen mich für die Kameras herrichten. Mich auf Beauty Zero bringen. Kein Wunder, dass Octavia heult. Die Aufgabe ist unmöglich.

Sie trauen sich kaum, den Flickenteppich meiner Haut zu berühren, aus Angst, sie könnten mir wehtun, deshalb dusche und trockne ich mich selbst ab. Ich beruhige sie, dass ich kaum noch Schmerzen habe, aber Flavius schreckt trotzdem zurück, als er mir einen Umhang umlegt. Im Schlafzimmer wartet noch eine Überraschung auf mich. Aufrecht sitzt sie auf einem Stuhl, von der Goldmetallic-Perücke bis zu den Lacklederpumps auf Hochglanz poliert, ein Klemmbrett in der Hand. Bemerkenswert unverändert, bis auf den leeren Blick in ihren Augen.

»Effie«, sage ich.

»Hallo, Katniss.« Sie steht auf und küsst mich auf die Wange, als wäre seit unserer letzten Begegnung am Abend vor dem Jubel-Jubiläum nichts vorgefallen. »Tja, sieht aus, als hätten wir wieder einen großen, großen, großen Tag vor uns. Fangt ihr doch schon mit der Vorbereitung an, ich gehe auf einen Sprung rüber und kontrolliere die Arrangements, ja?«

»Okay«, sage ich zu ihrem Rücken.

»Es heißt, Plutarch und Haymitch hätten mit allen Mitteln dafür gekämpft, dass sie am Leben bleibt«, flüstert mir Venia zu. »Nach deiner Flucht war sie als Mitwisserin eingesperrt worden, das hat sie gerettet.«

Effie Trinket eine Rebellin. Das ist ziemlich weit hergeholt. Aber ich möchte nicht, dass Coin sie umbringt, deshalb nehme ich mir vor, sie als solche darzustellen, falls danach gefragt wird. »So gesehen, war es auch gut, dass Plutarch euch drei gekidnappt hat.«

»Wir sind das einzige Vorbereitungsteam, das noch am Leben ist. Auch alle Stylisten vom Jubel-Jubiläum sind tot«, sagt Venia. Sie sagt nicht, wer sie getötet hat. Ich frage mich langsam, ob das überhaupt noch eine Rolle spielt. Behutsam nimmt sie meine vernarbte Hand und inspiziert sie. »Hm, was meinst du? Die Nägel rot oder lieber rabenschwarz?«

Flavius vollbringt ein Wunder mit meinem Haar, zaubert einen gleichmäßigen Pony und überdeckt mit ein paar der längeren Locken die kahlen Stellen am Hinterkopf. Mein von den Flammen verschontes Gesicht birgt nur die üblichen Herausforderungen. Sobald ich in Cinnas Spotttölpelkostüm geschlüpft bin, sieht man nur noch die Narben an Hals, Unterarmen und Händen. Octavia befestigt die Spotttölpelbrosche über meinem Herzen, und wir treten einen Schritt zurück, um mich im Spiegel anzuschauen. Ich kann kaum glauben, wie normal ich dank ihrer äußerlich aussehe, wo ich innerlich doch eine Wüste bin.

Es klopft und Gale kommt herein. »Hast du kurz Zeit?«, fragt er mich. Im Spiegel betrachte ich mein Vorbereitungsteam. Sie sind unschlüssig, wohin sie gehen sollen, deshalb laufen sie ein paarmal ineinander und schließen sich dann im Badezimmer ein. Gale tritt hinter mich und wir mustern das Spiegelbild des anderen. Ich suche nach etwas, woran ich mich festhalten kann, etwas von dem Mädchen und dem Jungen, die sich vor fünf Jahren zufällig im Wald getroffen haben und unzertrennlich wurden. Ich frage mich, was passiert wäre, wenn die Hungerspiele dieses Mädchen nicht weggeholt hätten. Hätte es sich in den Jungen verliebt, ihn vielleicht sogar geheiratet? Wären sie irgendwann später, wenn die Geschwister groß geworden wären, in den Wald geflohen und hätten Distrikt 12 für immer hinter sich gelassen? Wären sie glücklich geworden in der Wildnis oder hätte sich die dunkle, tiefe Trauer zwischen ihnen auch ohne Zutun des Kapitols ausgebreitet?

»Ich habe dir was mitgebracht.« Gale hält einen Köcher hoch. Ich nehme ihn und sehe, dass er nur einen einzigen, gewöhnlichen Pfeil enthält. »Es soll ein symbolischer Akt sein. Du feuerst den letzten Schuss dieses Krieges ab.«

»Und wenn ich danebenschieße?«, frage ich. »Holt Coin den Pfeil wieder und bringt ihn mir? Oder schießt sie Snow dann einfach selbst in den Kopf?«

»Du wirst nicht danebenschießen.« Gale hängt mir den Köcher um die Schulter.

Wir stehen uns gegenüber, ohne uns in die Augen zu schauen. »Du hast mich nicht in der Krankenstation besucht.« Er antwortet nicht, deshalb spreche ich es irgendwann einfach aus. »War das deine Bombe?«

»Ich weiß nicht. Und Beetee auch nicht«, sagt er. »Spielt das eine Rolle? Du wirst sowieso immer daran denken.«

Er wartet darauf, dass ich es abstreite; ich würde es gern abstreiten, aber es ist die Wahrheit. Selbst jetzt kann ich den Blitz sehen, der sie erfasst, kann die Hitze der Flammen fühlen. Und es wird mir nie mehr möglich sein, diesen Augenblick von Gale zu lösen. Mein Schweigen ist meine Antwort.

»Ich hatte es mir fest vorgenommen. Auf deine Familie aufzupassen«, sagt er. »Nicht danebenschießen, okay?« Er berührt meine Wange und geht. Ich möchte ihn zurückrufen und ihm sagen, dass ich mich geirrt habe. Dass ich einen Weg finden werde, wie ich meinen Frieden mit dieser Sache mache. Indem ich mich an die Umstände erinnere, unter denen er die Bombe schuf. Meine eigenen unentschuldbaren Verbrechen bedenke. Herauszufinden versuche, wer die Fallschirme wirklich abgeworfen hat. Beweise, dass es nicht die Rebellen waren. Ihm verzeihe. Aber es geht nicht, und da ich es nicht kann, werde ich mit dem Schmerz leben müssen.

Effie kommt herein, um mich zu irgendeinem Meeting zu begleiten. Ich nehme meinen Bogen und erinnere mich im letzten Augenblick an die strahlende Rose in ihrem Wasserglas. Als ich die Tür zum Bad öffne, sitzt mein Vorbereitungsteam in einer Reihe auf dem Wannenrand, gebeugt und besiegt. Mir wird bewusst, dass ich nicht die Einzige bin, deren Welt zerstört ist. »Los, kommt«, sage ich. »Die Zuschauer warten.«

Ich habe eine Besprechung zum Ablauf erwartet, bei der Plutarch mir Anweisungen gibt, wo ich stehen soll, und mir das Stichwort nennt, auf das hin ich Snow erschießen soll. Stattdessen werde ich in einen Raum geschickt, in dem sechs Leute um einen Tisch sitzen. Peeta, Johanna, Beetee, Haymitch, Annie und Enobaria. Alle tragen die grauen Rebellenuniformen aus 13. Keiner sieht besonders fröhlich aus. »Was soll das?«, frage ich.

»Wir wissen es nicht«, antwortet Haymitch. »Scheint eine Art Versammlung der verbliebenen Sieger zu sein.«

»Nur wir sind noch übrig?«, frage ich.

»Der Preis des Ruhms«, sagt Beetee. »Beide Seiten haben uns unter Beschuss genommen. Das Kapitol hat die Sieger getötet, die es für Rebellen hielt. Und die Rebellen haben diejenigen getötet, von denen sie dachten, sie seien Verbündete des Kapitols.«

Johanna guckt mürrisch zu Enobaria. »Und was macht sie dann hier?«

»*Sie* ist durch etwas geschützt, das wir den Spotttölpel-Deal nennen«, sagt Coin, die in diesem Moment hereinkommt, hinter mir. »In welchem Katniss Everdeen zugestimmt hat, im Tausch gegen die Straffreiheit für die gefangenen Sieger die Rebellen zu unterstützen. Katniss hat ihren Teil der Vereinbarung eingehalten und wir werden es ebenso tun.«

Enobaria schenkt Johanna ein Lächeln. »Bild dir ja nichts darauf ein«, sagt Johanna. »Wir werden dich so oder so töten.«

»Setz dich bitte, Katniss«, sagt Coin und schließt die Tür. Ich setze mich zwischen Annie und Beetee und stelle Snows Rose vorsichtig auf den Tisch. Wie üblich kommt Coin sofort zur Sache. »Ich habe euch hergebeten, weil ich etwas mit euch besprechen muss. Heute werden wir Snow hinrichten. In den vergangenen Wochen sind Hunderte seiner Komplizen, die an der Unterdrückung Panems beteiligt waren, verurteilt worden, auch sie warten auf ihre Hinrichtung. Doch das Leiden in den Distrikten war so groß, dass diese Maßnahmen den Opfern als ungenügend erscheinen. Tatsächlich fordern viele die vollständige Vernichtung aller Kapitolbewohner. Dem können wir allerdings nicht entsprechen, im Interesse einer nachhaltigen Bevölkerungspolitik.«

Durch das Wasser im Glas sehe ich verzerrt Peetas Hand. Die Narben der Verbrennungen. Wir sind jetzt beide Feuermutationen. Mein Blick wandert hinauf zu der Stelle, wo die Flammen über seine Stirn geleckt und die Brauen versengt, die Augen jedoch verschont haben. Dieselben blauen Augen, mit denen er einst in der Schule in meine sah und dann ganz schnell wegschaute. Genau wie jetzt.

»Nun denn, es liegt eine Alternative auf dem Tisch. Da meine Kollegen und ich zu keiner gemeinsamen Haltung finden können, sind wir übereingekommen, dass wir die Sieger entscheiden lassen. Wenn vier dafür sind, ist der Plan angenommen. Keiner darf sich enthalten«, sagt Coin. »Der Vorschlag lautet: Statt die gesamte Bevölkerung des Kapitols zu eliminieren, veranstalten wir ein letztes Mal symbolische Hungerspiele, an denen die Kinder, Neffen, Nichten und Enkel derjenigen teilnehmen, die die meiste Macht innehatten.«

Wir fahren herum. »Was?«, sagt Johanna.

»Wir werden noch einmal Hungerspiele mit Kindern aus dem Kapitol veranstalten«, sagt Coin.

»Machen Sie Witze?«, fragt Peeta.

»Durchaus nicht. Eins sollte ich noch erwähnen: Falls diese Hungerspiele stattfinden, werden wir bekannt machen, dass es mit eurer Zustimmung geschah, wobei das individuelle Abstimmungsverhalten zu eurer eigenen Sicherheit geheim gehalten wird«, erläutert Coin uns.

»War das Plutarchs Idee?«, fragt Haymitch.

»Es war meine«, erwidert Coin. »Es scheint mir ein guter Kompromiss zwischen dem Rachebedürfnis und den geringstmöglichen Verlusten an Leben. Ihr dürft jetzt abstimmen.«

»Nein!«, bricht es aus Peeta heraus. »Ich stimme natürlich mit Nein! Es darf keine weiteren Hungerspiele geben!«

»Warum eigentlich nicht?«, kontert Johanna. »Ich finde das nur fair. Snow hat doch auch eine Enkelin. Ich stimme mit Ja.«

»Ich auch«, sagt Enobaria fast gleichgültig. »Wir zahlen es ihnen mit gleicher Münze heim.«

»Aber genau dagegen haben wir uns aufgelehnt! Wisst ihr nicht mehr?« Peeta sieht uns an. »Annie?«

»Ich stimme wie Peeta mit Nein«, sagt sie. »Finnick hätte sich auch so entschieden, wenn er hier wäre.«

»Er ist aber nicht hier, weil Snows Mutationen ihn getötet haben«, erinnert Johanna sie.

»Nein«, sagt Beetee. »Es wäre ein schlimmer Präzedenzfall. Wir müssen aufhören, einander als Feinde zu betrachten. In unserer Lage ist Einigkeit von fundamentaler Bedeutung für unser Überleben. Nein.«

»Dann fehlen noch Katniss und Haymitch«, sagt Coin.

Ob es damals genauso war? Vor fünfundsiebzig Jahren? Hat da auch eine Gruppe von Leuten zusammengesessen und darüber abgestimmt, Hungerspiele zu veranstalten? Gab es unterschiedliche Meinungen? Haben manche an das Mitgefühl der anderen appelliert und wurden von denen überstimmt, die den Tod der Kinder aus den Distrikten forderten? Der Duft von Snows Rose windet sich durch meine Nase in meine Kehle und schnürt sie zusammen. Es ist hoffnungslos. So viele Menschen, die ich geliebt habe, sind tot, und wir diskutieren über die nächsten Hungerspiele als Maßnahme, nicht noch mehr Leben zu verschwenden. Nichts hat sich geändert. Nichts wird sich je ändern.

Sorgsam wäge ich die Möglichkeiten ab, durchdenke alles genau. Den Blick auf die Rose, sage ich: »Ich stimme mit Ja … für Prim.«

»Haymitch, nun ist es an dir«, sagt Coin.

Peeta bestürmt Haymitch, er könne sich doch nicht an solchen Gräueltaten beteiligen, aber ich spüre, wie Haymitch mich ansieht. Jetzt endlich stellen wir fest, wie ähnlich wir uns sind und wie gut er mich versteht.

»Ich folge dem Spotttölpel«, sagt er.

»Hervorragend. Damit steht das Ergebnis fest«, sagt Coin. »Und jetzt ist es höchste Zeit, dass wir unsere Plätze für die Hinrichtung einnehmen.«

Als sie an mir vorbeigeht, halte ich das Glas mit der Rose hoch. »Wäre es möglich, dass Snow sich die ansteckt? Direkt über dem Herzen?«

Coin lächelt. »Natürlich. Und ich werde dafür sorgen, dass er von den Spielen erfährt.«

»Danke«, sage ich.

Jetzt kommen lauter Leute in den Raum und machen sich an mir zu schaffen. Ein letztes Mal pudern, Plutarchs Anweisungen, während ich zum Haupteingang des Präsidentenpalasts geführt werde. Der Große Platz quillt über, die Leute werden in die Seitenstraßen gespült. Die anderen nehmen draußen ihre Plätze ein. Wachen. Funktionäre. Rebellenführer. Sieger. Jubelrufe verkünden, dass Coin auf dem Balkon erschienen ist. Plötzlich tippt Effie mir auf die Schulter und ich trete hinaus in die kalte Wintersonne. Unter dem ohrenbetäubenden Lärmen der Menge nehme ich meine Position ein. Weisungsgemäß drehe ich mich zur Seite, damit sie mein Profil sehen können, und warte. Als Snow aus der Tür geführt wird, rast das Publikum. Er wird mit den Händen an einen Pfahl gebunden, was gar nicht nötig wäre. Er wird nicht fliehen. Es gibt keinen Ort, an den er fliehen könnte. Dies ist nicht die geräumige Bühne vor dem Trainingscenter, sondern die schmale Terrasse vor dem Präsidentenpalast. Jetzt verstehe ich, warum niemand verlangt hat, dass ich ein bisschen übe. Er steht keine zehn Meter entfernt.

Ich spüre den Bogen in meiner Hand vibrieren. Greife nach hinten und ziehe den Pfeil. Lege ihn ein, ziele auf die Rose, schaue ihm aber ins Gesicht. Er hustet und blutiger Speichel rinnt ihm über das Kinn. Seine Zunge fährt rasch über die aufgedunsenen Lippen. In seinen Augen suche ich nach dem leisesten Anzeichen irgendeiner Regung – Angst, Reue, Groll. Aber ich sehe nur den gleichen amüsierten Ausdruck, mit dem unsere letzte Unterhaltung endete. Als würde er den Satz noch einmal sagen. *»Ach, mein liebes Fräulein Everdeen. Ich dachte, wir hätten ausgemacht, einander nicht zu belügen.«*

Stimmt. Das hatten wir.

Ich reiße die Spitze meines Pfeils nach oben. Lasse die Sehne los. Und Präsidentin Coin stürzt über die Balkonbrüstung und knallt auf den Boden. Tot.

27

In dem verblüfften Aufschrei der Menge höre ich Snows Gelächter. Ein schreckliches gurgelndes Gegacker, gefolgt von einem Hustenanfall und einem Schwall schaumigen Bluts. Er beugt sich vor und spuckt sein Leben aus, dann versperren mir seine Bewacher die Sicht.

Während graue Uniformen von allen Seiten auf mich zustürzen, sehe ich meine Zukunft als Mörderin der neuen Präsidentin Panems vor mir. Das Verhör, vermutlich unter Folter, danach eine öffentliche Hinrichtung. Wieder einmal Abschied nehmen von den wenigen Menschen, an denen mir noch etwas liegt. Die Aussicht, meiner Mutter gegenübertreten zu müssen, die nun bald ganz allein auf der Welt sein wird, gibt den Ausschlag.

»Gute Nacht«, flüstere ich dem Bogen in meiner Hand zu, und er wird still. Ich hebe den linken Arm und beuge den Hals, um die Pille mit den Zähnen aus der Ärmeltasche zu befreien. Aber statt in Stoff bohren sich meine Zähne in Fleisch. Verwirrt zucke ich zurück und starre in Peetas Augen, nur dass sie meinem Blick jetzt standhalten. Blut tritt aus den Abdrücken meiner Zähne auf seiner Hand, die er über die Nachtriegel-Pille gelegt hat. »Lass mich los!«, fauche ich ihn an und versuche meinen Arm zu befreien.

»Ich kann nicht«, sagt er. Ich werde fortgeschleift und kriege nur noch mit, wie die Tasche vom Ärmel abgerissen wird. Die lila Pille, Cinnas letztes Geschenk, fällt auf den Boden und wird unter dem Stiefel einer Wache zermalmt. Ich verwandele mich in ein wildes Tier, trete um mich, kratze, beiße und tue alles, um mich aus dem Netz der zahllosen Hände zu befreien, die nach mir greifen. Die Wachen heben mich hoch, und während ich über die Köpfe der wütenden Menge hinweg davongetragen werde, schlage ich weiter um mich. Ich schreie Gales Namen, kann ihn unter all den Menschen nicht ausmachen, aber er wird sich denken können, was ich will. Einen sauberen Schuss, der dem Ganzen ein Ende bereitet. Doch es kommt kein Pfeil, keine Kugel. Kann es sein, dass er nicht sieht, was mit mir geschieht? Nein. Über uns, auf den riesigen Bildschirmen, die rings um den Großen Platz hängen, kann jeder verfolgen, was los ist. Er sieht es, er weiß es, aber er schafft es nicht. Wie ich, als er gefangen genommen wurde. Schöne Jäger und Freunde sind wir, alle beide.

Ich bin auf mich allein gestellt.

Im Palast bekomme ich Handschellen und eine Augenbinde angelegt. Über lange Flure werde ich halb fortgeschleift, halb getragen, fahre mit Aufzügen hinauf und hinunter und werde schließlich auf einem Teppichboden abgesetzt. Die Handschellen werden mir abgenommen, hinter mir schlägt eine Tür zu. Als ich die Augenbinde hochschiebe, sehe ich, dass ich in meinem alten Zimmer im Trainingscenter bin. Wo ich die letzten kostbaren Tage vor den ersten Hungerspielen und dem Jubel-Jubiläum verbracht habe. Auf dem Bett liegt nur die nackte Matratze, der Schrank steht offen und ist gähnend leer, aber ich würde den Raum immer wiedererkennen.

Ich habe Mühe, auf die Füße zu kommen und mein Spotttölpelkostüm abzulegen. Ich habe starke Prellungen, vielleicht sind auch ein paar Finger gebrochen, doch meine Haut hat den Kampf mit den Wachen am teuersten bezahlt. Die rosa Ersatzhaut ist in Fetzen zerrissen wie ein Papiertaschentuch und aus den im Labor gezüchteten Zellen sickert Blut. Kein Sanitäter lässt sich blicken, und da ich viel zu erschöpft bin, krieche ich einfach nur auf die Matratze und warte darauf, dass ich verblute.

Wieder kein Glück. Gegen Abend gerinnt das Blut, ich liege steif und wund und klebrig da, aber ich lebe. Ich humpele unter die Dusche und wähle die sanfteste Einstellung, an die ich mich erinnern kann, ohne Seife oder Haarshampoo. Die Ellbogen auf den Knien, den Kopf in den Händen, hocke ich mich unter den warmen Strahl.

Ich heiße Katniss Everdeen. Warum bin ich nicht tot? Ich müsste doch tot sein. Es wäre für alle das Beste, wenn ich tot wäre …

Ich stelle mich auf die Badematte und lasse meine zerfetzte Haut im heißen Luftstrom trocknen. Es ist keine saubere Kleidung da. Nicht mal ein Handtuch, in das ich mich wickeln könnte. Das Spotttölpelkostüm ist verschwunden. An seiner Stelle liegt da eine Art Morgenmantel aus Papier. Aus der geheimnisvollen Küche haben sie mir eine Mahlzeit nach oben geschickt, ein Schälchen Medikamente als Dessert. Ich esse, nehme die Pillen, verarzte meine Haut mit Salbe. Dann versuche ich darüber nachzudenken, wie ich mich umbringen soll.

Ich kauere mich wieder auf der blutbefleckten Matratze zusammen. Unter dem dünnen Papier auf meinem zarten Fleisch ist mir nicht kalt, aber ich fühle mich so nackt. In den Tod springen scheidet aus – die Fensterscheibe ist bestimmt dreißig Zentimeter dick. Im Knüpfen von Schlingen bin ich Experte, doch es ist nichts da, woran ich mich aufhängen könnte. Ich könnte meine Pillen horten und dann eine tödliche Dosis nehmen, aber bestimmt werde ich rund um die Uhr beobachtet. Auch in diesem Augenblick dürfte ich live zu sehen sein, während die Kommentatoren darüber spekulieren, was mich bewogen haben könnte, Coin zu töten. Die Überwachung schließt praktisch jeden Selbstmordversuch aus. Das Privileg, mein Leben zu nehmen, gebührt dem Kapitol. Wieder einmal.

Ich kann nur aufgeben. Ich beschließe, einfach liegen zu bleiben und weder Essen noch Trinken oder Medikamente zu mir zu nehmen. Ich könnte das, einfach sterben. Wenn da nicht die Entzugserscheinungen wären. Anders als auf der Krankenstation in 13 wird das Morfix jetzt ja nicht nach und nach abgesetzt. Kalter Entzug. Ich muss auf einer ziemlich hohen Dosis gewesen sein, denn wenn das Verlangen einsetzt, begleitet von Zittern, stechenden Schmerzen und unerträglichem Schüttelfrost, wird mein Entschluss zermalmt wie eine Eierschale. Ich kauere auf den Knien, harke mit den Fingern durch den Teppich und suche verzweifelt nach den kostbaren Pillen, die ich in einem Moment der Stärke weggeschleudert habe. Mein Selbstmordplan lautet daher jetzt: langsamer Tod durch Morfix. Zum gelbhäutigen Klappergestell mit riesigen Augen werden. Ein paar Tage halte ich den Plan durch und mache gute Fortschritte, als etwas Unerwartetes geschieht.

Ich fange an zu singen. Am Fenster, unter der Dusche, im Schlaf. Stundenlang singe ich Balladen, Liebes- und Berglieder. All die Lieder, die mein Vater mir beigebracht hat, bevor er starb, denn seither hatte die Musik in meinem Leben natürlich nur noch wenig Platz. Ich wundere mich, wie deutlich ich mich daran erinnere. Die Melodien, die Texte. Meine Stimme, anfangs rau und brüchig in den höheren Lagen, findet sich nach und nach. Eine großartige Stimme, bei der die Spotttölpel erst verstummen und sich dann überschlagen würden, um einzustimmen. Tage vergehen, Wochen. Ich sehe zu, wie der Schnee aufs Fensterbrett fällt. Und in all der Zeit ist meine Stimme die einzige, die ich höre.

Was machen die bloß? Warum dieser Stillstand da draußen? Es kann doch nicht so schwer sein, die Hinrichtung einer jungen Mörderin zu arrangieren. Ich setze die Selbstzerstörung fort. Mein Körper ist dünner denn je und mein Kampf gegen den Hunger so erbittert, dass der animalische Teil in mir manchmal die Oberhand gewinnt und der Versuchung von Butterbroten oder gebratenem Fleisch nachgibt. Doch nur manchmal. Ein paar Tage lang geht es mir so schlecht, dass ich denke, jetzt verlasse ich bald dieses Leben, da merke ich plötzlich, dass die Morfix-Tabletten kleiner werden. Sie versuchen, mich zu entwöhnen. Aber wieso? Einen betäubten Spotttölpel kann man doch bestimmt leichter vor einer Menge dirigieren. Dann kommt mir ein schrecklicher Gedanke: Was, wenn sie mich gar nicht töten wollen? Wenn sie noch etwas mit mir vorhaben? Eine neue Art, mich herzurichten, zu trainieren und zu benutzen?

Das mache ich nicht mit. Wenn ich mich nicht in diesem Raum umbringen kann, nutze ich eben die erste Gelegenheit draußen, um es hinter mich zu bringen. Sie können mich mästen. Sie können meinen ganzen Körper aufpolieren, mich einkleiden und wieder schön machen. Sie können Traumwaffen designen, die in meinen Händen lebendig werden, aber mein Gehirn werden sie nie wieder so manipulieren können, dass ich diese Waffen unbedingt benutzen muss. Ich empfinde keinerlei Verpflichtung mehr gegenüber diesen Monstern, die man Menschen nennt und von denen ich selbst eines bin. Vermutlich stimmt Peetas Theorie, dass wir uns alle gegenseitig vernichten, um einer anständigeren Art Platz zu machen. Denn ein Geschöpf, das seine Kinder opfert, um Konflikte auszutragen, ist gewaltig auf dem Irrweg. Man kann es drehen, wie man will. Snow hielt die Hungerspiele für ein wirksames Kontrollinstrument. Coin dachte, die Fallschirme würden den Krieg verkürzen. Und wem hat es letztendlich genützt? Keinem. Die Wahrheit ist, dass es keinem nützt, in einer Welt zu leben, wo so etwas passiert.

Nachdem ich zwei Tage auf der Matratze gelegen habe, ohne zu essen, zu trinken oder auch nur eine Morfix-Tablette einzunehmen, wird die Tür geöffnet. Jemand tritt ans Bett, in mein Gesichtsfeld. Haymitch. »Dein Prozess ist zu Ende«, sagt er. »Los, wir fahren nach Hause.«

Nach Hause? Was redet er da? Mein Zuhause gibt es nicht mehr. Und selbst wenn es möglich wäre, an diesen imaginären Ort zu gehen, ich wäre zu schwach dazu. Fremde tauchen auf. Hängen meinen ausgedörrten Körper an den Tropf und füttern mich. Baden und kleiden mich. Einer hebt mich hoch wie eine Puppe und trägt mich hinauf aufs Dach, in ein Hovercraft, wo er mich auf einem Sitz festschnallt. Gegenüber sitzen schon Haymitch und Plutarch. Im nächsten Augenblick heben wir ab.

Ich habe Plutarch noch nie so gut gelaunt gesehen. Er strahlt vor Begeisterung. »Du musst tausend Fragen haben!« Ich sage nichts, er gibt aber trotzdem Antworten.

Nach Coins Ermordung brach die Hölle los. Als sich der Tumult beruhigt hatte, entdeckten sie Snows leblosen Körper, der immer noch an den Pfahl gebunden war. Ob er an seinem Lachen erstickt ist oder von der Menge erdrückt wurde, darüber gehen die Meinungen auseinander. Es interessiert aber auch niemanden so recht. Eine provisorische Wahl wurde abgehalten und Paylor zur Präsidentin gewählt. Plutarch wurde zum Minister für das Kommunikationswesen ernannt und ist seitdem für die Programmgestaltung verantwortlich. Das erste große Fernseh-Event war mein Prozess, in dem er als Zeuge einen Starauftritt hatte. Um mich zu verteidigen, natürlich. Der wichtigste Entlastungszeuge war allerdings Dr. Aurelius, der sich für seine Nickerchen offenbar dadurch revanchiert hat, dass er mich als hoffnungslose, vom Krieg neurotisierte Geisteskranke darstellte. Eine Bedingung für meine Freilassung ist, dass ich mich bei ihm in Behandlung begebe, was allerdings nur über Telefon geht, weil er niemals an einem so verlassenen Ort wie Distrikt 12 leben würde, wohin ich bis auf Weiteres verbannt bin. Fakt ist, dass jetzt, da der Krieg zu Ende ist, keiner so genau weiß, was man mit mir anfangen soll. Falls doch noch mal ein Krieg ausbrechen sollte, würden sie aber bestimmt eine Rolle für mich finden, sagt Plutarch und muss herzlich lachen. Es scheint ihm nie etwas auszumachen, wenn kein anderer seine Witzchen lustig findet.

»Bereitet ihr euch denn auf einen neuen Krieg vor?«, frage ich.

»Ach, im Moment nicht. Jetzt befinden wir uns in der angenehmen Phase, in der alle der Meinung sind, dass sich die jüngsten Schrecken nie wiederholen dürfen«, sagt er. »Aber eine solche Einigkeit ist gemeinhin kurzlebig. Wir sind wankelmütig, dumme Wesen mit schwacher Erinnerung und einem großen Drang zur Selbstzerstörung. Obwohl – wer weiß? Vielleicht ist das jetzt der entscheidende Moment, Katniss.«

»Inwiefern?«, frage ich.

»Vielleicht hat es diesmal klick gemacht. Vielleicht werden wir Zeuge einer Evolution der Menschheit. Denk mal darüber nach.« Und dann fragt er, ob ich nicht in seinem neuen Musikformat auftreten möchte, das in ein paar Wochen auf Sendung geht. Irgendwas Fröhliches singen. Er werde mir ein Team ins Haus schicken.

Wir machen einen kurzen Zwischenstopp in Distrikt 3 und setzen Plutarch ab. Er will sich dort mit Beetee treffen, um die Sendetechnik auf Vordermann zu bringen. Zum Abschied sagt er noch: »Lass von dir hören!«

Als wir wieder in den Wolken schweben, schaue ich zu Haymitch. »Und wieso gehst du zurück nach 12?«

»Offenbar war für mich im Kapitol auch kein Platz zu finden«, sagt er.

Zuerst nehme ich das so hin. Aber bald kommen mir Zweifel. Haymitch hat niemanden ermordet. Er ist ein freier Mann. Wenn er nach 12 zurückgeht, dann, weil man es ihm befohlen hat. »Du sollst auf mich aufpassen, nicht wahr? Als mein Mentor?« Er zuckt die Achseln. Jetzt wird mir klar, was das bedeutet. »Meine Mutter kommt nicht zurück.«

»Nein«, sagt er. Er zieht einen Umschlag aus der Jackentasche und reicht ihn mir. Ich betrachte die zarte, vollkommene Handschrift. »Sie arbeitet beim Aufbau eines Krankenhauses in Distrikt 4 mit. Sie möchte, dass du sie gleich nach unserer Ankunft anrufst.« Mein Finger fährt über den anmutigen Schwung der Buchstaben. »Du weißt, warum sie nicht zurückkann.« Ja, ich weiß, warum. Weil dieser Ort zu schmerzlich für sie ist, wegen meines Vaters, wegen Prim, wegen der Asche. Für mich ist er das offensichtlich nicht. »Möchtest du wissen, wer sonst noch nicht da sein wird?«

»Nein«, sage ich. »Ich lasse mich überraschen.«

Ganz der große Mentor, fordert Haymitch mich auf, ein belegtes Brot zu essen, und tut dann so, als glaubte er, ich würde den Rest der Reise verschlafen. Er ist unheimlich umtriebig, sucht in jedem Winkel, findet schließlich den Schnaps und stopft ihn sich in die Tasche. Als wir auf der Rasenfläche im Dorf der Sieger landen, ist es Nacht. In der Hälfte der Häuser, einschließlich Haymitchs und meinem, brennt Licht. In Peetas nicht. Jemand hat in meiner Küche ein Feuer angezündet. Ich setze mich in den Schaukelstuhl davor, in der Hand den Brief meiner Mutter.

»Tja, dann bis morgen«, sagt Haymitch.

»Das wage ich zu bezweifeln«, murmele ich, während das Klirren der Schnapsflaschen in seiner Tasche verklingt.

Ich komme nicht mehr aus dem Stuhl raus. Der Rest des Hauses rückt kalt und leer und dunkel näher. Ich lege mir einen alten Schal über und starre in die Flammen. Ich muss eingeschlafen sein, denn kurz darauf ist es Morgen und Greasy Sae macht sich geräuschvoll am Herd zu schaffen. Sie brät mir Eier mit Toast und setzt sich zu mir, bis ich alles aufgegessen habe. Wir reden nicht viel. Ihre kleine Enkelin, die in ihrer eigenen Welt lebt, nimmt sich ein hellblaues Garnknäuel aus dem Strickkorb meiner Mutter. Greasy Sae sagt ihr, sie solle es zurücklegen, aber von mir aus kann sie es haben. In diesem Haus gibt es niemanden mehr, der strickt. Nach dem Frühstück spült Greasy Sae das Geschirr und geht, doch abends kommt sie wieder und sorgt dafür, dass ich etwas esse. Ob sie nur gute Nachbarschaft demonstrieren will oder ob die Regierung sie dafür bezahlt, weiß ich nicht, jedenfalls lässt sie sich zweimal am Tag blicken. Sie kocht, ich esse. Ich versuche mir vorzustellen, was ich als Nächstes mache. Es gibt nichts mehr, was mich daran hindern würde, mir das Leben zu nehmen. Doch irgendwie scheine ich auf etwas zu warten.

Manchmal klingelt das Telefon, klingelt und klingelt, doch ich gehe nicht dran. Haymitch kommt nie zu Besuch. Vielleicht hat er es sich anders überlegt und ist abgereist, aber vermutlich ist er einfach nur zu betrunken. Niemand besucht mich, außer Greasy Sae und ihrer Enkelin. Nach monatelanger Einsamkeit kommen sie mir vor wie eine Menschenmenge.

»Frühling liegt in der Luft. Du solltest rausgehen«, sagt Greasy Sae. »Geh jagen.«

Ich habe das Haus kein einziges Mal verlassen. Nicht mal die Küche habe ich verlassen, außer um in das kleine Bad zu gehen, ein paar Schritte weiter. Ich trage noch dieselben Sachen wie an dem Tag, als ich das Kapitol verließ. Ich tue nichts anderes, als am Feuer zu sitzen. Starre auf die ungeöffneten Briefe, die sich auf dem Kaminsims stapeln. »Ich habe keinen Bogen.«

»Schau mal hinten im Flur nach«, erwidert sie.

Nachdem sie gegangen ist, überlege ich, ob ich in den Flur gehen soll. Verwerfe die Idee. Nach ein paar Stunden gehe ich trotzdem, auf Socken, als wollte ich die Geister nicht wecken. Im Arbeitszimmer, wo ich mit Präsident Snow Tee getrunken habe, steht ein Karton mit der Jagdjacke meines Vaters, unserem Pflanzenbuch, dem Hochzeitsfoto meiner Eltern, dem Zapfhahn, den Haymitch uns geschickt hatte, und dem Medaillon, das Peeta mir in der letzten Arena geschenkt hat. Auf dem Tisch liegen die beiden Bogen und ein Köcher mit Pfeilen, gerettet von Gale in der Nacht der Bombardierung. Ich ziehe die Jagdjacke über, die anderen Sachen rühre ich nicht an. Im eigentlichen Wohnzimmer schlafe ich auf dem Sofa ein.

Ein schrecklicher Albtraum kommt: Ich liege auf dem Grund eines tiefen Grabs, und jeder Tote, den ich beim Namen kenne, tritt heran und wirft eine Schaufel Asche auf mich. Angesichts der vielen Namen wird es ein langer Traum, und je tiefer ich eingegraben werde, desto schwerer fällt mir das Atmen. Ich versuche zu rufen, bitte sie aufzuhören, doch die Asche setzt sich in Mund und Nase, und ich bringe keinen Laut hervor, während die Schaufel immer weiter schrappt, schrappt und schrappt …

Plötzlich wache ich auf. Bleiches Morgenlicht fällt durch die Jalousien. Das Schrappen der Schaufel geht weiter. Noch halb im Albtraum, laufe ich den Flur hinunter, durch die Vordertür hinaus, am Haus entlang, denn jetzt bin ich mir ziemlich sicher, dass ich die Toten anschreien kann. Als ich ihn dann vor mir sehe, bleibe ich wie angewurzelt stehen. Sein Gesicht ist gerötet, er gräbt den Boden unter den Fenstern um. In einer Schubkarre warten irgendwelche Pflanzen.

»Du bist wieder da«, sage ich.

»Dr. Aurelius wollte mich bis gestern nicht aus dem Kapitol rauslassen«, sagt er. »Übrigens meinte er, ich soll dir sagen, er könne nicht ewig nur so tun, als würde er dich behandeln. Du musst schon mal den Hörer abnehmen.«

Er sieht gut aus. Abgemagert und mit Brandwunden übersät wie ich, aber seine Augen haben diesen umwölkten, gequälten Blick verloren. Er mustert mich und runzelt die Stirn. Ich unternehme einen halbherzigen Versuch, mein Haar aus den Augen zu streichen, und da erst merke ich, dass es völlig verfilzt und verknotet ist. Ich fühle mich unsicher. »Was machst du da?«

»Ich bin heute Morgen auf die Weide gegangen und habe die

Dinger hier ausgegraben. Für sie«, sagt er. »Ich hab gedacht, wir könnten sie neben das Haus setzen.«

Ich betrachte die Blumen, die Erdklumpen an den Wurzeln und halte den Atem an. Erst will mir das Wort nicht einfallen, aber dann. Primel. Die Blume, nach der meine Schwester benannt wurde. Ich nicke, dann laufe ich zurück ins Haus und schließe die Tür hinter mir. Doch das Schlimme kommt von innen, nicht von außen. Vor Schwäche und Angst zitternd, haste ich die Treppe hoch. An der letzten Stufe bleibe ich hängen und schlage der Länge nach hin. Ich zwinge mich, aufzustehen und in mein Zimmer zu gehen. Der Geruch ist nur noch schwach, hängt aber immer noch in der Luft. Da steht sie. Die weiße Rose zwischen den vertrockneten Blumen in der Vase. Ausgedörrt und zerbrechlich, doch immer noch mit einem Anflug der Vollkommenheit aus Snows Treibhaus. Ich nehme die Vase, stolpere hinunter in die Küche und werfe den Inhalt in die Glut. Die Blumen lodern auf, eine blaue Stichflamme umschließt die Rose und verzehrt sie. Feuer schlägt Rose, noch einmal. Zur Sicherheit schmeiße ich die Vase auf den Boden.

Wieder oben, reiße ich das Schlafzimmerfenster auf, um zu vertreiben, was von Snows Gestank noch übrig ist. Aber er hängt noch immer an meinen Kleidern, in meinen Poren. Als ich mich ausziehe, bleiben spielkartengroße Hautfetzen an dem Stoff hängen. Ich meide den Spiegel, gehe unter die Dusche und schrubbe mir die Rosen aus Haaren, Körper und Mund, bis meine Haut knallrosa ist und kribbelt. Dann suche ich mir etwas Sauberes zum Anziehen. Eine halbe Stunde dauert es, bis ich meine Haare gekämmt habe. Greasy Sae kommt ins Haus. Während sie Frühstück macht, stecke ich die Kleider, die ich ausgezogen habe, ins Feuer. Auf ihre Anregung hin schneide ich mir mit einem Messer die Fingernägel.

Während ich die Eier esse, frage ich sie: »Wo ist Gale hin?«

»Er ist in Distrikt 2. Hat da einen netten Job bekommen. Ich sehe ihn ab und zu im Fernsehen«, sagt sie.

Ich grabe in mir, suche nach Groll, Hass, Sehnsucht. Das Einzige, was ich finde, ist Erleichterung.

»Ich gehe heute jagen«, sage ich.

»Hm, gegen ein bisschen frisches Fleisch zusätzlich hätte ich nichts einzuwenden«, antwortet sie.

Ich bewaffne mich mit Pfeil und Bogen und mache mich auf den Weg zur Weide. In der Nähe des Platzes entdecke ich Trupps mit Handschuhen und Atemschutzmasken und von Pferden gezogenen Karren. Sie sieben aus, was unter dem Schnee dieses Winters lag. Sammeln die Überreste ein. Einer der Karren steht vor dem Haus des Bürgermeisters. Ich erkenne Thom, Gales alten Kollegen. Er hält kurz inne, um sich mit einem Lappen den Schweiß von der Stirn zu wischen. Ich erinnere mich, dass ich ihn in Distrikt 13 gesehen habe, aber er ist offensichtlich zurückgekommen. Er grüßt, und das gibt mir den Mut zu fragen: »Habt ihr dadrin jemanden gefunden?«

»Die ganze Familie. Und die beiden Hausangestellten.«

Madge. Still und freundlich und tapfer. Das Mädchen, das mir die Brosche schenkte, durch die ich meinen Namen bekam. Ich muss schlucken. Und ich frage mich, ob sie sich heute Nacht zu den anderen in meinen Albträumen gesellen und mir Asche in den Mund schaufeln wird. »Ich hatte gedacht, wo er doch der Bürgermeister war …«

»Ich glaube nicht, dass es ein Glück war, Bürgermeister von 12 gewesen zu sein«, sagt Thom.

Ich nicke und gehe weiter, wobei ich darauf achte, ja nicht auf die Ladefläche zu schauen. Überall in der Stadt und im Saum das gleiche Bild. Die Ernte der Toten. Wo früher unser altes Haus stand, drängen sich die Karren auf der Straße. Die Weide gibt es nicht mehr, besser gesagt, sie hat sich auf dramatische Weise verwandelt. Eine tiefe Grube wurde ausgehoben, in die reihenweise die Knochen gelegt werden, ein Massengrab für mein Volk. Ich gehe um das Loch herum und betrete den Wald an der gleichen Stelle wie immer. Was eigentlich gar nicht mehr nötig wäre. Der Zaun steht nicht mehr unter Spannung, lange Äste sollen ihn stützen und die Raubtiere fernhalten. Aber alte Gewohnheiten lassen sich nicht so leicht ablegen. Ich überlege, ob ich zum See gehen soll, doch ich bin so schwach, dass ich es kaum bis zu meinem alten Treffpunkt mit Gale schaffe. Ich setze mich auf den Stein, auf dem Cressida uns gefilmt hat, doch ohne Gale neben mir ist er zu breit. Mehrmals schließe ich die Augen und zähle bis zehn, in der Annahme, wenn ich sie wieder öffne, steht er plötzlich lautlos vor mir, wie so oft. Ich rufe mir in Erinnerung, dass Gale in Distrikt 2 einen netten Job hat und vermutlich die Lippen einer anderen küsst.

Es ist einer der Lieblingstage der alten Katniss. Vorfrühling. Der Wald erwacht nach dem langen Winter. Aber der Energieschub, der mit den Primeln begann, lässt nach. Als ich zum Zaun zurückkehre, bin ich so matt, und mir ist so schwindelig, dass Thom mich in seinem Leichenkarren nach Hause fahren und mir aufs Sofa im Wohnzimmer helfen muss, wo ich zusehe, wie die Staubteilchen in den schmalen Streifen der Nachmittagssonne durcheinanderwirbeln.

Bei dem Fauchen fahre ich herum, aber es dauert länger, bis

ich begreife, dass er es wahrhaftig ist. Wie hat er es bloß bis hierher geschafft? Ich betrachte die Narben, die ein wildes Tier ihm mit den Klauen zugefügt hat, die Hinterpfote, die er kaum heben kann, die hervortretenden Schädelknochen. Er muss den ganzen Weg aus 13 zu Fuß hergekommen sein. Vielleicht hat man ihn rausgeschmissen, vielleicht hielt er es ohne sie einfach nicht mehr dort aus und kam nachschauen.

»Den Weg hättest du dir sparen können. Sie ist nicht hier«, erkläre ich ihm. Butterblume faucht noch einmal. »Sie ist nicht hier. Da kannst du fauchen, solange du willst. Du wirst Prim nicht finden.« Bei ihrem Namen horcht er auf. Spitzt die angelegten Ohren. Fängt an, hoffnungsfroh zu miauen. »Hau ab!« Er weicht dem Kissen aus, das ich nach ihm werfe. »Geh weg! Hier ist für dich nichts mehr zu holen!« Plötzlich zittere ich vor Wut. »Sie kommt nicht zurück! Sie wird nie mehr wiederkommen!« Ich greife wieder nach einem Kissen und stehe auf, um besser zielen zu können. Aus dem Nichts beginnen mir die Tränen über die Wangen zu laufen. »Sie ist tot.« Ich habe die Arme um mich geschlungen, um den Schmerz zu lindern. Sinke auf die Fersen, wiege das Kissen, weine. »Sie ist tot, du dummer Kater. Sie ist tot.« Ein neuer Laut, halb Weinen, halb Singen, kommt aus meinem Körper, gibt meiner Verzweiflung eine Stimme. Butterblume fängt ebenfalls an zu wimmern. Egal, was ich tue, er lässt sich nicht vertreiben. Er umkreist mich, gerade außerhalb meiner Reichweite, während die Schluchzer in Wellen durch meinen Körper fahren, bis ich irgendwann das Bewusstsein verliere. Aber er muss es verstanden haben. Er muss verstanden haben, dass das Undenkbare geschehen ist und er Undenkbares tun muss, wenn er überleben will. Denn Stunden später, als ich ins Bett gehe, liegt er da im Mondlicht. Neben mir kauernd, mit wachsamen gelben Augen, schaut er mich aus der Nacht heraus an.

Am Morgen bleibt er stoisch sitzen, während ich seine Wunden säubere, nur als ich ihm einen Dorn aus der Pfote ziehe, maunzt er wie ein Kätzchen. Wieder müssen wir beide weinen, aber diesmal trösten wir uns gegenseitig. Dadurch gestärkt, öffne ich den Brief meiner Mutter, den Haymitch mir damals gegeben hat, wähle die Nummer und weine auch mit ihr. Greasy Sae kommt in Peetas Begleitung, der unterm Arm einen warmen Laib Brot trägt. Sie bereitet uns ein Frühstück und ich verfüttere all meinen Speck an Butterblume.

Langsam, mit vielen verlorenen Tagen, finde ich ins Leben zurück. Ich versuche die Anweisung von Dr. Aurelius zu befolgen, einfach weiterzumachen, und wundere mich, wenn irgendwas plötzlich wieder eine Bedeutung bekommt. Ich erzähle ihm von meiner Idee mit dem Buch, und mit dem nächsten Zug aus dem Kapitol trifft eine große Kiste Pergamentpapier ein.

Das Pflanzenbuch der Familie hat mich auf die Idee gebracht. In dem wir alles festhielten, was wir vor dem Vergessen bewahren wollten. Jede Seite dieses neuen Buches beginnt mit einem Bild der jeweiligen Person. Ein Foto, falls vorhanden. Ansonsten eine Zeichnung von Peeta. In meiner besten Handschrift folgen sodann all die Einzelheiten, die nicht in Vergessenheit geraten dürfen. Wie Lady Prims Wange leckt. Das Lachen meines Vaters. Peetas Vater mit den Plätzchen. Die Farbe von Finnicks Augen. Was Cinna aus einem Stück Seide machen konnte. Boggs, der das Holo umprogrammiert. Rue, auf den Zehenspitzen balancierend, die Arme leicht angehoben, wie ein Vogel, der gleich abhebt. Und immer weiter. Wir versiegeln die Seiten mit Tränen und dem Versprechen, gut zu leben, damit ihr Tod nicht vergeblich war. Auch Haymitch gesellt sich zu uns und trägt die Tribute aus den dreiundzwanzig Jahren bei, in denen er gezwungen war, den Mentor zu spielen. Irgendwann werden die Einträge weniger. Ab und zu noch eine alte Erinnerung, die auftaucht. Eine späte Primel, die wir zwischen den Seiten aufbewahren. Seltene Momente der Freude, wie das Foto von Finnicks und Annies neugeborenem Sohn.

Wir lernen, wieder unseren Beschäftigungen nachzugehen. Peeta backt. Ich jage. Haymitch trinkt, bis der Schnaps alle ist, dann züchtet er Gänse, bis der nächste Zug eintrifft. Zum Glück können die Gänse ganz gut selbst für sich sorgen. Wir sind nicht allein. Ein paar Hundert andere kommen zurück, denn was immer passiert ist, dies ist unsere Heimat. Da die Bergwerke geschlossen wurden, pflügen sie die Asche unter und bauen Nahrungsmittel an. Baumaschinen aus dem Kapitol bereiten den Boden für eine neue Fabrik, in der Arzneimittel hergestellt werden sollen. Die Weide wird wieder grün, obwohl dort niemand gesät hat.

Peeta und ich nähern uns wieder an. Es gibt immer noch Augenblicke, da muss er sich an einer Stuhllehne festhalten, bis die Schatten der Vergangenheit vorbeigezogen sind. Ich erwache aus Albträumen von Mutationen und verlorenen Kindern. Aber seine Arme sind wieder da, um mich zu trösten. Und schließlich auch seine Lippen. Nachts empfinde ich wieder diesen Hunger, der mich damals am Strand überrascht hat, und ich weiß, dass es so oder so passiert wäre. Dass ich zum Überleben nicht Gales Feuer, das von Zorn und Hass genährt wird, brauche. Feuer habe ich selbst genug. Was ich brauche, ist der Löwenzahn im Frühling. Das leuchtende Gelb, das für die Wiedergeburt steht und nicht für Zerstörung. Ein Versprechen, dass das Leben weitergeht, ungeachtet unserer Verluste. Dass es wieder gut werden kann. Und das kann nur Peeta mir geben.

Und wenn er mich fragt: »Du liebst mich. Wahr oder nicht wahr?«,

dann antworte ich: »Wahr.«

Epilog

Sie spielen auf der Weide. Das tanzende Mädchen mit dem dunklen Haar und den blauen Augen. Der Junge mit den blonden Locken und den grauen Augen, der auf seinen pummeligen Kleinkindbeinen mit seiner Schwester Schritt zu halten versucht. Es hat fünf, zehn, fünfzehn Jahre gedauert, bis ich eingewilligt habe. Doch Peeta wollte sie unbedingt. Als ich das erste Mal spürte, wie sie sich in mir bewegt, packte mich ein Schrecken, der so alt ist wie das Leben selbst. Nur die Freude, sie in meinen Armen zu halten, konnte ihn bändigen. Bei ihm fiel es mir dann schon ein wenig leichter.

Langsam kommen auch die Fragen. Die Arenen sind völlig zerstört worden, Gedenkstätten errichtet, es gibt keine Hungerspiele mehr. Aber im Schulunterricht wird darüber gesprochen, und das Mädchen weiß, dass wir eine Rolle darin hatten. Der Junge wird es in ein paar Jahren erfahren. Wie kann ich ihnen von dieser Welt erzählen, ohne sie zu Tode zu erschrecken? Meine Kinder, die den Text des Liedes für bare Münze nehmen:

Auf dieser Wiese unter der Weide,
Ein Bett aus Gras, ein Kissen wie Seide.
Dort schließe die Augen, den Kopf lege nieder,
Wenn du erwachst, scheint die Sonne wieder.

Hier ist es sicher, hier ist es warm,
Hier beschützt dich der Löwenzahn.
Süße Träume hast du hier und morgen
erfüllen sie sich.
An diesem Ort, da lieb ich dich.

Meine Kinder, die nicht wissen, dass sie auf einem Friedhof spielen.

Peeta sagt, dass alles gut wird. Wir haben uns. Und das Buch. Wir können es ihnen irgendwie so begreiflich machen, dass sie gestärkt daraus hervorgehen. Eines Tages jedoch werde ich ihnen von meinen Albträumen erzählen müssen. Woher sie kommen. Warum sie nie mehr ganz verschwinden werden.

Ich werde ihnen erzählen, wie ich es überlebe. Ich werde ihnen sagen, dass es mir an schlechten Tagen morgens unmöglich erscheint, mich an irgendetwas zu erfreuen, weil die Angst, es zu verlieren, übermächtig ist. Dann mache ich mir eine Liste im Kopf und verzeichne darauf jeden Akt der Güte, den ich je erlebt habe. Es ist wie ein Spiel. Immer das gleiche. Fast ein bisschen langweilig nach über zwanzig Jahren.

Aber es gibt viel schlimmere Spiele.

ENDE

Danksagung

Den folgenden Personen, die den »Tributen von Panem« Zeit, Talent und Unterstützung geschenkt haben, möchte ich meinen Dank aussprechen.

Zuallererst danke ich meinem außergewöhnlichen Lektoren-Triumvirat. Kate Egan, deren Verständnis, Humor und Wachsamkeit mich nun schon durch acht Romane geleitet haben; Jen Rees, deren klarer Blick Dinge erfasst, die allen anderen entgehen; und David Levithan, der sich so mühelos durch seine vielfältigen Rollen als Stichwortgeber, Titelfinder und Redaktionsleiter bewegt.

Du begleitest mich durch Rohfassungen, Lebensmittelvergiftungen und jedes Auf und Ab, Rosemary Stimola, meine gleichermaßen begabte kreative Beraterin wie professionelle Aufpasserin, meine Literaturagentin und Freundin. Jason Dravis, mein langjähriger Entertainment-Agent: Ich bin so glücklich, dass du über mich wachst, während wir der Leinwand zustreben.

Danke an die Designerin Elizabeth B. Parisi und den Künstler Tim O'Brien für die wunderschönen Buchumschläge, die sowohl den Spotttölpel als auch die Leserschaft gebannt haben.

Gegrüßet seist du, unglaubliches Team meines amerikanischen Verlags Scholastic, das die »Tribute von Panem« in die

Welt hinausgetragen hat: Sheila Marie Everett, Tracy van Straaten, Rachel Coun, Leslie Garych, Adrienne Vrettos, Nick Martin, Jacky Harper, Lizette Serrano, Kathleen Donohoe, John Mason, Stephanie Nooney, Karyn Browne, Joy Simpkins, Jess White, Dick Robinson, Ellie Berger, Suzanne Murphy, Andrea Davis Pinkney sowie die gesamte Vertriebsabteilung und all die anderen, die so viel Energie und Köpfchen in diese Reihe gesteckt haben.

Den fünf Schriftstellerfreunden, auf die ich am meisten bauen kann, Richard Register, Mary Beth Bass, Christopher Santos, Peter Bakalian und James Proimos – großer Dank für euren Rat, Durchblick und Witz.

Besonders danke ich meinem verstorbenen Vater Michael Collins, der mit seinem großen Einsatz bei der Erziehung seiner Kinder in Sachen Krieg und Frieden den Grundstein für diese Reihe gelegt hat, und meiner Mutter, Jane Collins, die mich in die Welt der Griechen, der Science-Fiction und der Mode eingeführt hat (in Letztere allerdings ohne bleibenden Erfolg); meinen Schwestern Kathy und Joanie; meinem Bruder Drew; meinen Schwiegereltern Dixie und Charles Pryor sowie den vielen Mitgliedern meiner weitverzweigten Familie, deren Begeisterung und Unterstützung mir die nötige Kraft gegeben haben.

Und schließlich danke ich meinem Mann Cap Pryor, der »Die Tribute von Panem« in der ersten Fassung gelesen hat, Antworten auf Fragen verlangte, die ich mir nicht mal gestellt hatte, und der die ganze Reihe hindurch mein Resonanzboden geblieben ist. Dank ihm und Dank meinen wunderbaren Kindern Charlie und Isabel für ihre Liebe, ihre Geduld und die Freude, die sie mir jeden Tag bereiten.